ミッション建国

楡 周平

目次

序章

ゴールデンウィークの最中にあっても、南原の静謐《せいひつ》は保たれている。速度を落として進んでいた車が、一軒の別荘の敷地に入る。途端に落葉松《からまつ》の並木で塞《ふさ》がれていた天が開けた。

木立の先に、緑青が浮いた屋根が見える。新芽を宿したドウダンツツジに挟まれた小径《こみち》が、緩やかなカーブを描きながら車寄せへと続いている。

時刻は午後一時。約束の時間、ちょうどの到着である。

甲斐孝輔《かいこうすけ》は、上着を着用しながら車外に降り立った。

昨夜は雨でもあったのか。少し湿った地面を踏み締めながら玄関に立つと、呼び鈴を鳴らすまでもなくドアが開いた。

「やあ。遠くまで呼びつけて済まなかったね」

秘書、あるいは使用人が迎えに出るものと思っていたが、意外にも現れたのは、多賀《たが》谷《や》重次郎《しげじろう》その人である。

白い薄手のセーターの上に、ベージュのカーディガン。グレーのスラックスといった出《い》で立ちは、この時期を別荘で過ごすには相応《ふさわ》しいものには違いないが、スーツ姿以外の多賀谷を目にしたことがない。まして、直接言葉を交わすのは初めてにもかかわらず、いきなり私邸に招かれたのだ。否《いや》が応でも緊張が走る。

「お声がけをいただき、恐縮でございます」

甲斐は直立不動の姿勢を取ると、上体を深く折った。

「堅い挨拶《あいさつ》は抜きだ。上がりたまえ」

甲斐は多賀谷に続いて長い廊下を歩き、リビングに入った。

三十畳はあるか。二階まで吹き抜けになった空間は、天井、壁、床の全てが無垢《むく》の板張りで、一角に暖炉が設けられている。正面の窓の向こうに、落葉松の森に囲まれた広大な芝の庭があり、点在する白樺《しらかば》やもみじの木に宿る新緑が、春の日差しを浴びて煌《きら》めいている。

「そこに掛けたまえ」

多賀谷は部屋の中央に置かれた応接セットを目で指した。

足取りはまだしっかりしている。口調も明瞭《めいりょう》だ。しかし、弛緩《しかん》した首回りや、乾いた肌の質感に老いは確実に表れている。

無理もない。かつて昭和の時代に五年に亘《わた》って日本の政界の頂点に君臨した権力者も、九十三歳になる。だが、現役を引退した後も政治への関心は衰えることはなく、むしろ党利党略と離れた立場からの言動は、いまも尚、時の政治に大きな影響を及ぼす。

「素晴らしい別荘ですね」

甲斐はソファーに腰を下ろすと、多賀谷の背後に広がる庭に改めて目をやった。

「いや、随分がたがきていてね。本当ならとっくに建て直さなければならんのだ。かといって、わたしも先は短い。いまさら普請もあるまいと思いながら使い続けているうちに、年を重ねてしまってね」

多賀谷は口元に笑みを浮かべると、「この時期になっても、朝晩は暖炉に火を入れなければいられたもんじゃない」

続けていった。

多賀谷の言葉を裏づけるように、暖炉の中には薪の燃え残りがある。煙に燻《いぶ》されたせいであろう、濃い茶色に変色し、木目が黒く浮き出た壁板が、重ねた年月の長さを物語っている。

「いらっしゃいませ」

ドアが開く気配と共に、老いた女性が入ってきた。

若かりし頃の姿を、それも写真でしか見たことはないが、面差しには覚えがある。夫人の節子《せつこ》だ。

「初めてお目にかかります。甲斐孝輔でございます」

甲斐は立ち上がり、頭を下げた。

「はい。よく存じ上げてましてよ」

節子は、トレイに載せた紅茶をテーブルの上に置きながらいった。「結党以来最年少の青年局長。新聞、テレビ、雑誌。これだけ、頻繁にお姿を拝見していると、はじめてお会いした気がしないわ」

「恐れ入ります」

「恐れ入るのはこちらだわ。お忙しくしてらっしゃるでしょうに、年寄りの気まぐれで、軽井沢までお呼びだてして。ご用があるなら、こちらから出向くべきなのに」

節子は、ちらりと多賀谷に視線をやると、「新緑を愛《め》でるのも、今年が最後になるかもしれないと思《おぼ》し召して、勘弁してあげて下さいね」

さらりとした口調でいってのけ、ころころと笑い声をあげる。

冗談にもならない言葉に、何と返したものかと、戸惑う甲斐に、

「どうしても話しておきたいことがあるから来てもらったんだよ」

多賀谷は真顔でいった。

重い声だった。甲斐は思わず姿勢を正した。

節子も気配を察したらしい、

「では、ごゆっくり――」

空になったトレイを手に、リビングを出て行く。

「さて、甲斐君。わざわざ軽井沢くんだりまで、来てもらったのは他でもない」

多賀谷は切り出した。「君に、この国の将来を考えて欲しいのだ」

「といいますと？」

甲斐は問い返した。

「いまのままでは、間違いなくこの国は行き詰まる」

多賀谷はいきなり断言した。「そのことは、現政権を担う閣僚の誰しもが、感づいているだろうが、政権の中枢にいる人間は、目前に山積した問題の対処に追われるのが常だ。長期的な視点で、この国をどう導くか。まして、国のあり方を考える余裕などありはしない。いや、考えたところで、政権の寿命は極めて短い。ビジョンを実現する時間もない」

「確かに、ここ十年の政治のありようは、酷《ひど》いものでした。一年ももたずして総理が変わる。まして、途中で政権交代もありました。しかし、現内閣は違います。国民の支持率も高く――」

「長期政権になるといいたいのかね」

多賀谷は甲斐の言葉を途中で遮った。「なるほど、そうなる可能性は大いにあるだろう。しかし、それで、この国の何が変わるかね」

「現政権が打ち出した経済政策は、いままでに例を見ない大胆なものです。円高は解消され、株価も劇的に回復しています。それに、何といっても憲法の改正です。これが実現すれば、日本の国のありようは大きく変わるでしょう」

甲斐は当たり障りのない言葉を返した。

「憲法の改正はそう簡単に行かぬと思うがね」

多賀谷は、ぴしゃりといった。「先の衆院選の結果には、違憲という判決が下されているんだ。選挙区割りを見直し、定数是正を行った上で、改めて選挙を行わない限り、憲法改正など発議することすらできんよ」

「現政権が、早急に改憲に踏み出すのなら、七月の参院選の前にゼロ増五減を成立させ、衆参同時選挙で合憲化を図ることも、いまの情勢ならば選択肢の一つとしてあり得ると考えますが」

「それでも護憲論者たちとの間で、激しい論争になるだろうね。仮にそれで改憲に踏み切ったところで、全面改訂なのか、部分改訂なのか、どんな形で新しい憲法を提示するかによっても、国民の反応は変わってくる。国民の過半数の賛同を得るのは、考えているほど甘くはないよ」

多賀谷は現役の頃から、強硬な改憲論者として知られた人物である。いまの政治状況を考えれば、憲法改正の絶好の機会。国家の将来を考えよというなら、知恵を授けても不思議ではないのに、悲観的な言葉を口にする。

甲斐は、黙って多賀谷の言葉を待った。

「もっとも、こと九条改正へ向けての世論形成は、思わぬ形で進むかもしれんがね」

多賀谷は確信に満ちた口調でいうと、少しの間を置き、

「中国だよ」

意外な言葉を口にした。

「尖閣《せんかく》を巡って、戦争が起こるとでも？」

九条改正に中国の国名が出てくるとなれば、当然思いはそこに行き着く。

「そう遠からずして、間違いなく中国は尖閣を占領しに出る。覇権主義の表れでもあるが、本当の理由は別だ。共産党の一党独裁体制を少しでも長らえるため。紛争を激化させることで、民衆の危機感を喚起し、関心を国内問題から外に向けさせるためにだ」

「しかし、そうなればアメリカが動きます。尖閣は日本の施政下にある。安保条約の適用範囲内にあると明言しているではありませんか」

「軍人だろうが、漁民だろうが、島に上陸されたらそれまでだ。自衛隊が奪回のために、部隊を派遣すれば、中国も軍を前面に押し出してくる。一旦《いったん》戦端が開かれれば、全面戦争に突入しかねない。それを日本の世論が良しとするかね。かといって米軍が自衛隊に代わって尖閣の奪回に動くことはあり得んよ。日中間が戦闘状態に陥らない限り、米軍は絶対に動かんね」

その可能性は否定できない。

中国との軍事衝突は、日本も望んではいない。同時にアメリカもまた、何としてもそれだけは避けたいと考えていることに疑いの余地はない。中国が世界経済に及ぼす影響

力もさることながら、いまのアメリカにはもはや紛争に介入するだけの財政的余力がないからだ。

シリアの内戦、北朝鮮の度重なる挑発行為にも、いま以《もっ》て断固とした行動に打って出ないのは、その証左だ。たとえ尖閣に中国が上陸しようとも、アメリカは軍事行動を起こすどころか、日本政府に対しては、自衛隊の出動を自制することを求め、あくまでも話し合いでの解決を望むだろう。

つまり、上陸されたら最後、尖閣は中国の手に落ちるということだ。

「中国の尖閣占領が、九条改正への引き鉄《がね》になるとおっしゃるわけですか」

「世界には、話し合いでは解決できぬ問題もある。力を以て対峙《たいじ》せねば、守らなければならぬものも守れぬ。はじめてその現実に気がつく……」

多賀谷は頷《うなず》いた。「そうなれば九十六条、九条は、難なく改正されるだろう。だがね、君が考えなければならないのは、その時のことではない。もっと先の日本の姿だ」

現政権が集団的自衛権の確立を急いでいるのは、尖閣の領有権を巡る日中の緊張状態が日々高まる一方だからだ。奪取されてから九条そのものが改正されたのでは意味も半減する。多賀谷とてそれは十分承知のはずだ。

それを訊《たず》ねようとした甲斐の機先を制するように、見据える多賀谷の目に力が籠《こも》った。

「中国はそう長くはもつまい。十年、ひょっとするともっと早いうちに、共産党の一党独裁体制は崩壊する。いや、国そのものが成り立たない状況に陥っても不思議ではない。

その時、アジア、世界のパワーバランスは大きく変わる」

「国そのものが成り立たないとは、どういうことでしょう」

中国は、もはや共産主義の理念からほど遠い状態にある。GDP世界第二位の経済大国になったとはいえ、莫大《ばくだい》な富を手にした者は、共産党幹部、及びその人脈に連なるごく一部の人間たちだ。圧倒的多数の国民は、貧困に喘《あえ》ぎ、生活にも困窮する大格差社会の真っ只中《ただなか》に置かれている。

鬱積《うっせき》した不満を政府から逸《そ》らすために、情報を操作し、他国との間に緊張状態を作り上げ、国民の危機感を煽《あお》るのは、独裁体制を維持せんとする国家の常だ。そして、党、個人のいずれにかかわらず、独裁国家は必ずや崩壊の時を迎えるのは歴史が証明するところだが、中国も同じ結末を迎えるとでもいいたいのか——。

「あの国は、もはや人が住もうにも住めない環境になりつつあるからだよ」

ところが多賀谷は意外な言葉を口にする。「日本人は島原大変、肥後迷惑。中国の環境汚染というと、とかく大気ばかりに目を向けるが、もっと深刻なのは水不足と水質汚染。それにともなう土壌汚染だ。安全な飲み水を確保するのも覚束《おぼつか》ない。重度に汚染された農業用水で育てられた農産物、家畜を食料にせざるを得ない環境下で、どうやって人間が生きていけるかね」

それから、多賀谷は中国の環境汚染がいかに酷いものであるかを滔々《とうとう》と述べ始めた。

中国は水資源の三分の一を地下水に頼っているにもかかわらず、六四%にも及ぶ都市での地下水が深刻な汚染に見舞われていること。それも、基本的に清潔に保たれているのは僅《わず》か三％に過ぎず、河川、湖沼と、水源のことごとくがすでに重度の汚染に見舞われ、もはや回復不能な状態にあること。その原因は、急速な工業化に起因し、工場廃水を浄化処理することなく、河川、湖沼に垂れ流し続けた結果であり、しかもそれが問題視されるや、こともあろうに高圧ポンプで地下に流し込み、結果、地下水の汚染も進むばかり。安全な水を確保することは、ますます困難な状況に陥りつつあるという。

「確かに、環境汚染が深刻化していることは、わたしも耳にしたことはあります」

甲斐は、九十三歳とは思えぬ多賀谷の記憶力に驚嘆しながらこたえた。「それも、汚染水の処理は、経営的観点からいえば、マイナスのコスト。利益を最優先とする企業は、環境問題には徹底して無関心なのだと」

「中国共産党というのは、会社組織にたとえると分かりやすいのだ。企業でいえば経営幹部である党執行部、及びそれに連なる上位職責者たちがその年の達成目標を決め、それを下部組織へと順次下ろしていく。党内での出世は、目標の達成如何《いかん》。そして、出世は権力と富を手にすることを意味する。環境なんて誰が気にするものか」

そして、おおよそ全てのことが、党の認可なくして運ばないのが一党独裁体制である。当然賄賂《わいろ》が横行し、権力者とのコネを築いた者が大きな利益を齎《もたら》す仕事を手にする。結果富める者はますます富み、貧しい者は貧困から抜け出すのが極めて困難という社会ができあがる。権力構造そのものが腐敗すれば、もはや自浄作用は働かない。それが独裁体制の宿命でもある。

「環境汚染は、深刻化しこそすれ、改善されることはないと？」

「それを誰よりも熟知しているのは、党幹部と富裕者たちだよ。中央委員二百四名のうち、百八十七名の家族、親戚《しんせき》が外国国籍を取得し移住済み。中央委員候補百六十七名中百四十二名が海外拠点を確保。金を摑んだ者の大部分は、海外に移住する手だてを講じている。国の前途に輝かしい未来が開けているなら、どうして権力者、成功者のことごとくが国を捨てようとするかね」

こと中国経済の行く末に関しては、崩壊間近を口にする学者、識者は少なくないが、環境を理由に国家の破綻《はたん》に言及した論は、耳にしたことはない。しかし、詳細な数字を上げられると、多賀谷の言には妄言とはいえぬ説得力がある。

まさかそんなことが、と思いながらも、

「しかし、そんなことになろうものなら、日本、いや、世界経済は大混乱に陥りますよ」

そう返した甲斐の声に緊張感が籠る。

「国家そのものを食い物にしたんだ。逃げ出す手だてを講じた連中が手にした財産は莫大なものだ。自分たちは何があっても絶対に安泰。そう考えているさ」

多賀谷は、吐き捨てるようにいった。

「その時、中国はどうなるのでしょう。共産党体制が崩壊し、新体制が生まれるとしても、国土そのものが重度の汚染に見舞われ、人が住めない環境になってしまったら、取り残された圧倒的多数の国民は、どうやって生活していくのでしょう」

「それはわたしにも分からない――」

多賀谷は首を振った。「ただ、これだけはいえる。中国を人が住める環境にしようと思えば、気の遠くなるような長い年月がかかる。生産施設も根本から再構築しなければならない。当然、莫大な資金が必要になるわけだが、国家にそれを捻出《ねんしゅつ》する力はない。つまり自力再生は不可能。となれば誰がやる？」

「環境改善事業を展開しようにも、ビジネスとして成り立たないとなれば、少なくとも企業は出て行きません」

「ならば、他国が中国再興のために、支援の手を差し伸べるかね」

これも答えは明白だ。否である。

中国経済が破綻すれば、その余波は全世界に及ぶ。致命的なダメージを被る企業も、数多《あまた》出てくるだろう。まさに中国発の世界恐慌の勃発《ぼっぱつ》である。とても、中国再興支援どころの話ではない。

甲斐は、発する言葉も見つからず、身を硬くした。

多賀谷は続けた。

「中国は、貧しい国に逆戻りだ。市場開放直後のように、安い労働力も生まれるだろう。しかし、それでも中国が再び世界の工場となることはあり得ない」

当然の帰結である。どんな体制が生まれようとも、人の健康、あるいは生存が脅かされる環境下で経済活動を行う企業はない。つまり、進出していた外国企業が引き上げてしまえば、雇用もなくなる。安価な労働力の供給国としての中国はすでに過去の話だが、圧倒的多数の労働者が賃金を得る場を失えば、消費市場としての魅力も失《う》せてしまう。

しかし、多賀谷の言は、いささか悲観的に過ぎるように思えないでもない。

中国の環境が、本当に人が当たり前の生活を行えぬ域に達しているというのなら、彼《か》の地に進出している数多の企業の駐在員たちが、いち早く察知しているはずである。

「異を唱えるわけではありませんが」

甲斐は前置きすると、「確か、日本企業の対中直接投資額は、この二年間に激増しているのではなかったでしょうか。中国崩壊の危機が迫っているというのになぜ――」

疑問を口にした。

「良くも悪くも、とことんやり抜くのが日本人の性《さが》だからね」

多賀谷は皮肉めいた口調でいうと、紅茶に口をつけた。「一旦《いったん》はじめた限りは、決して中断したりはしない。費用対効果という概念が欠如している上に、当初の目算が狂っても誰も責任を取らない。損切り、撤退という決断に、極めて疎い。それが日本人だ」

多賀谷は、日本企業の経営体質だけを指しているのではない。公共事業のあり方も含めていっているのだ。

当初の予算通りに行かぬのは当たり前。それも漏れなく超過なら、一旦着手した事業はあくまでも貫徹。そこに費用対効果という概念もなければ、責任を取る人間などただのひとりもいない。その結果が、膨大な額に膨れ上がった赤字国債だ。そして、累積する赤字国債の残高に危機感を覚え、新規発行を食い止め、財政規律の回復に努めたのが政権を担っていた頃の多賀谷だ。

彼には、日本企業の経営、公共事業の双方を批判する資格は十分にある。

「実際、過去四年間の対中投資額は、日本だけがほぼ倍増と突出しているのに、他の国はよくて横ばい。様子見に入っている。アメリカに至っては、大幅に縮小しているからね」

苦々しげな多賀谷の口調。眉間《みけん》に深い皺《しわ》が刻まれる。その心情を表すように、置いたカップが皿と触れ合い、硬い音を立てた。

「だとすれば、崩壊によるダメージは、日本が最も大きいということになりますか」

「大変な血が流れるだろうね」

甲斐の言葉に、多賀谷は沈鬱な声を漏らす。「もはや、カオスだよ。大企業とて安泰とはいえん。それに連なる中小企業の倒産も相次ぐだろう。失業者で街は溢《あふ》れ、路頭に迷う人も数多く出る。だがね、カオスは、同時にチャンスでもある」

「チャンス？」

多賀谷の読み通りの事態になれば、待ち受けているのは絶望的な社会のはずだ。

甲斐は思わず問い返した。

「人はね、一生のうちに必ずや社会の大変革に直面するものだ。我々の一つ前の世代は維新。我々は大戦と敗戦を経験した。その度に、社会は混乱に陥ったが、それを乗り越えながら新秩序を確立し、日本は生まれ変わってきたのだ。既存社会の崩壊は悲劇には違いないが、新しい国を築き上げる絶好の機会でもある。そして、新しい国家を造るのが、政治家の仕事だ」

「確かに、国難を乗り切る舵取《かじと》りをし、新秩序を造り上げるのは政治ですが、どうしてその仕事をわたしに？」

甲斐は、はじめて訊《たず》ねた。

「それは、いずれ君がこの国を担う人物になるからだよ」

多賀谷の目が、真正面から見据えてくる。

権力への欲。ビジョンの実現。思いは様々なれど、政治の世界に生きる者は、誰しもが総理総裁を目指している。甲斐にしたところでその思いは同じだが、多賀谷の言葉を肯定するのは傲慢《ごうまん》に過ぎる。

まして、ただでさえ党最年少の青年局長の座に就いたことを快く思っていない議員は党内にも数多くいる。出る杭《くい》は打たれるの諺《ことわざ》通り、若くして将来を嘱望された人間ほど、足を掬《すく》わんとする人間の的になる。それが人の世ならば、あからさまに表に現れるのが政界なのだ。

甲斐は無表情を装い、紅茶を口に含んだ。

「日本が新しい国家に生まれ変わるためには、考えなければならぬことは山ほどある」

多賀谷は続けた。「中でも早急に打開策を見出《みいだ》さなければならないのは、少子化だ。年を重ねたわたしがいうのもおかしな話だが、老人が増え続ける一方で、後に続く世代が減少するばかりでは国がもたん」

「それは、少子高齢化が顕著になった時点から、歴代の政権が取り組んできた課題で——」

「これまで打ち出した政策が、何ら効果を生まなかったからいっているんだ」

多賀谷は、一刀両断に切り捨てた。「だから、移民を受け入れるという案も出てくる。もちろん、人がいてこその国家だ。移民の受け入れを全面的に否定するものではないが、それを是とするならば、国のあり方は大きく変わる。彼らを受け入れるというなら、日本人も異なった文化、価値観を受け入れ、共生していく覚悟を持たなければならない」

「当然です。移民を迎え入れるということは、国民としての権利を与えるということです。ネイティブがそれでも減少し続ければ、やがて、移民がマジョリティになることだってあるでしょう。国政の場に参画するようになれば、政治は数です。共通言語、法、いや憲法だって変わる可能性は十分にあります」

多賀谷は移民を必ずしも否定しないようなニュアンスでいったが、本心ではそんなことはあってはならないと考えているに決まっている。

「可能性じゃない。日本が民主主義国家として存続していく限りは、いずれそうなってしまうのだ。それが日本といえるのかね」

　果たして多賀谷はいった。「もちろん、少子化が続けば、増大する高齢者層を支えるためには、移民を受け入れるしか手はない。だがね、そうなったとしても、問題はその中身だ」

「中身？」

「移り住んで来るのが難民では問題が解決されるどころか、社会保障費、支援費用、国の財政負担は増すだけだ。受け入れざるを得ないというなら、国家に貢献できる人間を第一に優先すべきだ。そのためには何が必要か分かるだろう」

　これまでの話の経緯から〝難民〟が意味するところは明白である。真っ先に押し寄せてくるのは、国を捨てざるを得なくなった人間たちだといいたいのだ。

「高い能力を身に付けた人間を雇用できるだけの労働環境。つまり、確固たる経済基盤ということになりますか」

　甲斐の言葉に、多賀谷は大きく頷《うなず》いた。

「しかし、少子化、雇用基盤、強い経済。これらの問題をいまの社会構造の延長線上で、解決するのは極めて困難だ。だがね、一度崩壊したとなれば話は違ってくる。都市計画と同じだ。道路一つ通すにも、既住者を立ち退《の》かせ、区画整理をしていたんじゃ時間もかかる。むしろ、何もかも奇麗さっぱり壊れてしまえば、理想的な街が造れる」

　経済が崩壊したからといって、人が絶えてしまうわけではない。生きて行く限り、生活の糧を得るべく、人は働き続けなければならない。そして、そこに産業が生まれる。

戦後の日本が歩んできた道が、まさにそうだったのだ。

国土が焦土と化し、国家体制も経済も、完膚なきまでに叩《たた》きのめされたにもかかわらず、闇市が立ち、会社が設立され、やがて世界第二位の経済大国へと発展を遂げたのだ。

体制の崩壊、戦争、経済危機と原因は様々なれど、崩壊と再生は表裏一体。それを繰り返しながら、今日に至ったのが人類の歴史である。

崩壊の時が来る。しかし、それは再生の始まりでもある。

多賀谷はそれに備えよ、新しい国造りのプランを考えよといっているのだ。

「憲法改正を目指すのは結構だ。しかしね、肝心の日本人がいなくなってしまったのでは意味がない。人がいてこその国家、憲法じゃないか。いまの政治がまず目指さなければならないのは、国民が安心して子供を産み育て、労働に勤《いそ》しむことができる社会を造り上げることだよ」

多賀谷は声に力を込めると、続けていった。「君は勉強会を主宰しているそうだが、その中から将来を見据える力を持った人物を選びたまえ。君の内閣に名を連ね、ともに新しい日本を造り上げていく人間たちをね」

風が吹きつけたのか、窓ガラスががたりと音を立てた。

新しい国の形か——。

つきつけられた命題の重さに戸惑いながらも、甲斐は黙って頷いた。

第一章

1

「ふ〜ん。多賀谷さんにしては、ずいぶん弱気なことをいうものね。改憲論議が高まっているいまがチャンスだ。参院選で大勝したら、一気に改憲。そのくらいのことはいっても不思議じゃないのに」

ようやく体が温まってきたらしい。

甲斐の話を黙って聞いていた新町薫子《しんまちかおるこ》は、何杯目かの熱燗《あつかん》をつうっと飲み干すと、純白のジャケットを脱いだ。

ゴールデンウイークが終わったというのに、肌寒い夜だった。西麻布のモツ鍋《なべ》屋は、遅い時間になっても客の姿は絶えない。

新町はふたつ年上の三十五歳。そしてともに独身である。

誰もがカメラ付き携帯電話を所持している時代だ。ふたりきりで鍋を囲む姿を撮影され、ブログにでもアップロードされようものなら面倒なことになる。

その点、奥まったボックス席は、カウンターから死角となる上に、著名人が多く集う土地柄だ。メディアで見慣れた顔をみかけても騒ぐ客はいない。この地域が政界とはあまり縁がないのも好都合だった。

「いや、多賀谷さんのいうことも、もっともなんです。党が立案した改訂条項は多岐に亘《わた》る。まして、難解な法律用語の羅列ですもん、内容をきちんと理解できる人なんて、そうはいませんよ。一気に改憲に持ち込もうとすれば、激しい論争が巻き起こるのは間違いないんです。議論百出。大山鳴動して鼠一匹も出ずってことにもなりかねませんからね」

甲斐は徳利を差し出し、酒を勧めた。

「あり得る話よね」

新町は、盃《さかずき》を受けながらいった。「新憲法草案を提示しているのは党に限ったことじゃないしね。新聞だって、複数社が独自の案を提示してるし、内容もてんでばらばら。党改訂案をそのまま国民投票にかけようものなら、争点を絞り込むことすらできないでしょうからね」

新町とは、お互いが独身であること以外にも、いくつかの共通点がある。この年齢にして衆議院選挙区当選二回。双方の父親が閣僚を経験した政治家で、地盤を継いだ世襲議員というのも同じだ。そして、甲斐の父親、信英《のぶひで》が、五年に亘って総理大臣を務めた際には、新町の父親は経産大臣、官房長官を歴任したという浅からぬ縁もあれば、勉強会の中心メンバーでもある。

もっとも、「新しい国の形を考えろ」という多賀谷の言葉を最初に新町に話して聞かせた理由は別にある。

ふたりとも、選挙区は地方。親の代から引き継いだ、盤石な地盤と支援組織があるからだ。

週末を選挙区で過ごすことは他の議員と変わりはないにせよ、常日頃から陳情処理や挨拶《あいさつ》回りに追われる初代議員よりは、天下国家を考える余裕がある。

「薫子さんも、改憲を否定しないんでしょう」

甲斐は訊《たず》ねた。

「もちろん」

新町は頷いた。「戦後の占領下で、GHQがたった一週間やそこらで作り上げたものが六十六年間、国家の根本規範として存在し続けてきたのよ。当時からは想像もつかなかった時代に、わたしたちは生きているんですもの、そりゃあ、現状にそぐわない部分も出てくるわよ。せめて、いまのままでいいのか、改憲する必要があるのか。その是非ぐらいは議論するべきよ」

こと、その点において異論はない。

時代とともに、社会は変化する。国を取り巻く情勢も変化する。もちろん、いかなる時代が来たとしても不変の原則はあるだろう。ならば、何を残し何を変えるのか。あるいは現憲法を是として抱き続けるのか。改めてその判断を国民に問う必要はある。

「でもね、現憲法に不都合を感じている国民がどれほどいますかね。制定以来六十六年。日本は敗戦から奇跡といわれる復興を成し遂げ、中国に抜かれたとはいえ、世界第三の経済大国になるまでの成長を遂げたんです。その間、一度たりとも、国の存亡が脅かされる危機に直面したわけでもない。平穏無事に過ごしてきたわけですからね」

「もう限界よ」

新町はいった。「大戦後に限ったって、アメリカ六回、イタリア十五回、フランス二十七回、ドイツに至っては五十九回も改憲してるのよ。たとえ憲法といえども、時の情勢に応じて変えていかなければ、国家運営に無理が生じるってことの証《あか》しじゃない。このボーダーレス化に加速度が増してる時代に、日本だけが例外なんてあり得ない。もし、日本国憲法に、いつの時代にも通用する不変の原則があるっていうなら、各国もこぞって倣うはずでしょ。だけどそんな国なんて、ただの一つだってありゃしないじゃない」

仄《ほの》かに色づいてきた顔を歪《ゆが》め、改憲論者がよく語る理論を、新町は口にした。

「もちろん、僕だって改憲の必要性は否定しません。でもね、問題は、その必要性をどうしたら国民に理解してもらい、意識を共有してもらえるかだと思うんです。そのプロセスは慎重、かつ丁重にやらないと――」

「党が草案を示しているのは、改憲の是非を世に問うためでしょ」

新町は甲斐の言葉を遮ると続けた。「不都合に直面してからじゃ遅い。先んじて、策を講じるのが政治家の仕事なら、その必要性を啓蒙《けいもう》するのも政治家なんじゃないの」

「そう、その通り。改憲をしようというなら、案を提示し、必要性を明確に国民に説明するのは政治家の務めです。だけど、それを提案するのが政治家だから警戒されるのもまた事実——」

いわんとすることを察したらしい。新町は押し黙った。甲斐は続けた。

「憲法は国家の基礎となる法。そして権力を抑制するものでもある。それを権力自らが変えようとするからには、何か目論《もくろ》みがある。その意図を詮索《せんさく》する向きが必ず出てくる。実際、党草案に対しても、疑念を示す論調が数多《あまた》存在するのは紛れもない事実じゃありませんか」

新町の口から溜息《ためいき》が漏れた。そして、失笑——。

「だったら甲斐君、あなたなんで政治家になったの？　そんなことといいはじめたら、政治家なんて何もできないじゃない。お父様の跡を継ぐことを拒んだお兄様に代わって地盤を継いだだけ？　何をしたいか。何をすべきか。ビジョンもなしに国政の場に出てきたってわけ？」

それは違う。

確かに、父の地盤は長男の健輔《けんすけ》が継ぐ。父が当選を重ね、政界での地位が上がるに従って、周囲にはそうした雰囲気が固まっていった。

だから高校時代は部活に励み、大学は私立の経済学部に進んだ。サラリーマンとして一生を終える。そんな漠とした思いを抱いてもいた。

状況が一変したのは大学二年の時のことだ。

大学の最終学年を迎えた健輔が、父親の秘書にという段になって、断固としてそれを拒んだのだ。

政治家を家業同然に考えるのも、そもそもがおかしな話なのだが、政界に世襲議員が数多く存在するのは、選挙区の支援者が望むことにも一因がある。利権、便宜と理由は数多あるが、一から議員との人間関係を構築するより、代替わりで済ませた方が既得権益の確保が容易であるからだ。

健輔が駄目なら孝輔だ――。

後援会を中心に、後継者は次男だという雰囲気が、瞬く間にでき上がっていった。

父は、この件に関して何もいわなかった。継いで欲しいとも、止めろとも、一言も口にしなかった。

公人、それも権力者は、世間の厳しい監視と批判に晒《さら》される。行動の一挙手一投足が衆目に晒される。責任ある立場の人間の宿命とはいえ、それがいかに辛《つら》いものであるか。実の子供にそんな思いをさせたくはなかったのかもしれない。

かといって、現職であり続ける限り、支援者の意向は無視できない。父が黙して語らなかったのにはそんな理由もあったように思う。

俺は政治の世界に進むのか――。

漠とした思いを抱きながら、大学院に進み、政治学を専攻した。

研究テーマは『甲斐政権の政策研究』。

跡を継ぐなら継ぐで、政治家としての父親の総括をし、全てを引き受ける覚悟を持たねばならないと考えたからだ。

甲斐内閣は長期政権となり、当時五年目を迎えていたが、その間に父親が打ち出した大胆な政策の数々は、これまでの日本社会の構造を大きく変えた。それもドラスティックなまでに——。

功もあれば罪もある。万人が是と認める政策など、あろうはずがないのは百も承知だ。だが、甲斐政権が社会にもたらした変化は、結果的に勝者は富み弱者は貧困に喘《あえ》ぐ、格差社会を生んだ。そして、それを是としたのは、誰でもない、有権者である国民であるなら、甲斐政権の政策を肯定し、世論を煽《あお》ったメディアの力である。

甲斐は権力の怖さを学んだ。メディアの力がいかに強大なものであるかも——。

為政者が常に正しいことは断じてない。そして有権者も選択を間違う。だからこそ、為政者に課せられる使命と責任は重い。

兄が政治家への道を断固として拒んだ理由が、分かったような気がした。兄には父親の存在が大き過ぎたのだ。いや、父親が時の総理として打ち出していた、数々の政策に対する世間の評価を、甲斐信英の後継者として問われ続けるのが、重荷であったのだろう。

自分に、その罪を背負う覚悟はあるか。同じ過ちを犯さぬ確信はあるか。

修士論文を書く過程において、甲斐は自問自答を繰り返した。

父の過ちを二度と繰り返してはならないと思った。贖罪《しょくざい》は自らの手で行うべきだと決意した。

それを肝に銘じて、甲斐は政治の道へと進むことを決断したのだ。

「確かに、国を運営していくのは政治家です」甲斐はいった。「でもね、現政権が改憲に向けて取ろうとしている手段は、強引に過ぎませんかね」

「強引？　どこが？」

新町は問い返してきた。

「たとえば九十六条。両議院の過半数の賛成があれば、改憲案を国民投票にかけることができる。なるほど、改正へのハードルは低くなる。いまの我が党への圧倒的支持率を考えれば、九十六条を改正、その勢いを駆って、九条、あるいは全面改憲へと持ち込めるかもしれません。でもね、九十六条の改正は、諸刃《もろは》の剣ですよ」

「政権与党が変われば、新憲法がまた改正されかねないってこと？」

「あり得る話でしょう。前々回の衆院選で、我が党は大敗を喫し、政権与党の座を明け渡した。そして前回の選挙で圧勝。有権者が不満を抱けば、票は一気に政権与党から離れる。それがいまの民意であることに間違いないんですから」

「それは、いえてるかもね」

新町は、考え込むように視線を落とした。

「確かに前政権与党は酷《ひど》かった。有権者も愛想をつかした。党のご重鎮たちは、民意が二度と他党に向くことはない。そうも考えているでしょう。だけど、そんな保証はどこにもないんです。何が起きても不思議じゃない。それが選挙じゃないですか」

新町とて選挙の怖さは身に染みているはずだ。

日本民政党の重鎮にして閣僚を何度も経験した紀一郎《きいちろう》の四女にして、現役の経産省キャリア官僚。それが代議士になるまでの新町の経歴だ。父親の急逝で、地盤を引き継いだはいいが、そこに吹き荒れたのが日民党への凄《すさ》まじいばかりの逆風である。

それまでの紀一郎の得票数を考えれば、圧勝となるはずが、蓋《ふた》を開ければ次点とは三千票あまりの僅差《きんさ》。まさに薄氷を踏む思いで当選を果たしたのだ。それも野党の一員として——。

その時の記憶が浮かんだものか、新町は苦い顔をしながら盃《さかずき》を干した。

甲斐は続けた。

「改憲によって、何が変わるのか。どんな変化が社会に生じるのか。変えようとする人間が、自らの口で新しい国の形を明確に説明しておかなければ、必ずこんなはずじゃなかったという声が上がる。結果、我が党は野党に逆戻り。そこで、また改憲論が起きても不思議じゃありませんよ」

「甲斐君のいうことはもっともだけど、説明っていってもねえ……」

新町は口籠《くちごも》った。「条文だけで百三条。解釈を巡って裁判にもなれば、専門にする学者がいるほど漠とした部分が多い。それが憲法なんだもの。それに、穿《うが》った見方をすれば、解釈の幅を広く持たせた方が、時の情勢に応じて迅速な対応ができる。ご重鎮たちはそうも考えているでしょうしね」

「それが透けて見えるから、いってるんですよ」

甲斐は声に力を込めた。「いまの情勢を考えれば、ご重鎮たちは、あわよくばゼロ増五減を成立させて、衆参同時選挙。そこで大勝して一気に憲法改正へと持ち込みたいと考えてもいるかもしれません。でもね、どこがどう変わるにせよ、新憲法によって、最も大きな影響を被るのが我々世代なら、そして新憲法に対して責任を負うのは誰でもない、我々なんですよ」

新町は軽く息を吐くと、盃を傾けた。

「で？　青年局長としては、ご重鎮たちに意見でもしようっていうわけ？」

できるものならやってみろといわんばかりの口調。思い切りの上から目線だ。わざわざ役職を持ち出す辺りにも棘《とげ》がある。

それに、同期にして同志には違いないが、議員になるまでのキャリアは自分の方が上。能力的にも勝りこそすれ、決して劣らないと考えてもいるだろう。周囲の議員同様、甲斐が若くして党の重職にあることに面白くない気持ちを抱いているのは、新町だって変わりはないはずだ。

それに執行部に意見することは、異を唱えるのも同然の行為。聞く耳を持ってくれるならまだしも、黙殺されるのは目に見えている。

「徒労に終わることをやったって意味ありませんよ」

甲斐は温《ぬる》くなった燗《かん》酒を口に含んだ。「だったら、改憲の結果、必ずや問題になることと。国民がこんなはずじゃなかったって感じるであろうこと。我々の世代が直面すると想定される諸問題をいまのうちから検討して、対応策を準備しておくしかないじゃありませんか」

それがいかに重要なことかは、これ以上話さなくとも分かるはずだ。

新町も総理総裁の座を狙っている。それも、日本初の女性総理の座をだ。勢いのままに、成立した新憲法が国民の反発を買い、野党になる。いや、議員の座を失おうものならその野望も潰《つい》えてしまう。

「なるほど。それで、甲斐君は、党改憲案にはどんな問題があると考えてるの」

新町は徳利を差し出しながら、促してきた。

「メディア、国民の関心が最も高いのが九条ですが、日本がいま置かれている状況、自衛隊が事実上の軍であることを考えれば、その存在を憲法上に明確に謳《うた》うことは必要です。もっとも、多賀谷さんがいうように、尖閣が中国の手に落ちようものなら、こと九条の改正は、すんなり実現するかもしれませんけどね」

甲斐は九条に対しての持論を述べると、「それより僕が気になるのは、党改憲案の二十四条です。『家族は、互いに助け合わなければならない』。こんな当たり前のことをわざわざ憲法の条文に掲げようとする。これは、今後増大する社会保障費を国に頼るな、家族の問題は家族で解決しろ。そう取られてもしかたがないように思うんです」

話題を転じた。

「ドラスティックに切り捨てやしないでしょうけど、現行制度を変えないことには、行き詰まることは誰が考えたって明らかだものね」

新町も甲斐の推測を否定しない。「債務残高は、終戦時のレベルを超えて過去最高。一般会計予算に占める社会保障関連費が三〇%。高齢者人口が、今後激増することを考えれば、現在の年金、医療、介護サービスの水準を維持しようとするなら、毎年一兆円規模で増額し続けるんだもの……」

新町は、暗鬱《あんうつ》たる面持ちをあからさまにする。

日本の財政が、赤字国債の発行で保たれているのは広く知られたことだ。一千兆円の大台を超すのも、もはや時間の問題であることもだ。しかし、その現実にどれほどの国民が危機感を抱いていることか——。

「赤字国債に関しては、いろいろという人がいます。企業だって、自己資金だけでやってるわけじゃない。銀行から借り入れをしたって、支払う金利以上の収益を上げれば、経営は成り立つ。なるほど、その通りです。だけど収入は細る一方、借金はますます増えるんじゃ、どんな企業だって破綻《はたん》するに決まってるじゃないですか」

「家族は、互いに助け合わなければならない、か……」

新町は、改めて党改憲案の一節を口にすると、「本当にその条項を根拠に、社会保障費の削減を目論んでいるなら、大変なことになるわよ。いまさら三世代同居の時代でもあるまいし、高齢者、それも独居老人人口だって、激増する。現役世代だって仕事と介護の両立なんて不可能だし、第一、生涯を独身で終える人口が増加する傾向にあるんですもの、その人たちだって必ず老いる。そして介護を必要とする時がくるわけだしね」

いまさらながらに眉《まゆ》を顰《ひそ》めた。

「でもね、財政状況が劇的に改善されない限り、いずれ社会保障費も防衛費も捻出《ねんしゅつ》できなくなるんです。そして、その問題に直面し、対応策を考えなければならないのは、誰でもない。我々なんですよ」

党改憲案がそのまますんなり、現憲法に置き換わるとは思えないが、それを抜きにしても社会保障費の捻出が、遠からぬうちに政治の最重要課題になるのは間違いない。

「戦場に決して立たない人間が開戦を決め、命を懸けて戦うのは若者。それが戦争だっていうけど、赤字国債も同じようなものね。いよいよとなった頃には、当事者たちは過去の人。ツケを回され、苦しい思いをするのが後の世代じゃ、たまんないわよ」

新町は苦々しげにいい、盃に手を伸ばした。

「でも、それは少なくとも、僕らふたりには通らない理屈ですよ」

甲斐の言葉に新町の手が止まった。「我々の父親だって、赤字国債を発行して急場を凌いだのには違いないんですから。その跡を継いで政治家になった限り、責任を問われて当然なんですから」

　世襲議員が引き継ぐのは、地盤、看板、鞄《かばん》だけではないはずだ。親が残した負の遺産も受け継ぐ覚悟があってしかるべきだ。その意識に欠ける世襲議員が多いことは確かだが、新町は違う。彼女には志がある。

「確かに——」

　果たして新町は頷《うなず》く。「新憲法を制定したはいいけれど、国民が窮乏生活を強いられるようになったんじゃ、本末転倒だものね。かといって無い袖《そで》は振れない。改憲の果てにあるものも含めて、わたしたちの時代にどんな問題が生じるのか、いまのうちから策を立てて置くのは必要なことね」

　頷いた新町に向かって、甲斐は続けていった。

「多賀谷さんはこうおっしゃいました。改憲も結構だ。しかし、肝心の国民がいなくなったのでは、国そのものが持たない。それでは憲法を変えても意味がない。つまり、新しい憲法を掲げるにしても、社会保障制度を維持するためにも、まず解決せねばならないのは、少子化対策。人口が増えずとも、維持できるだけの政策を掲げるのが何においても、優先されなければならない課題なんだと。まずは、そこを起点にして、我々の時代の国の形を考えてみましょう」

2

神野《じんの》英明《ひであき》の朝は早い。

起床は午前五時。それから、自宅周辺を小一時間ほどジョギングし、シャワーを浴びる。

出勤のための身支度を整え、朝食の席に着くのが六時半。シリアルとサラダを平らげると、七時には家を出る。

すでにマンションの車寄せには、社用車が待機していた。

六本木にあるオフィスまでは十分ほどの距離だ。

後部のシートに座るやスマホを取り出し、メールをチェックする。それが、毎日の習慣である。

神野は従業員五百名、時価総額五千億円のIT企業クロコディアン社の経営者だ。

たったふたりではじめた会社が十六年の間に急成長を遂げ、いまでは押しも押されもせぬベンチャーの雄。その分、仕事は激務である。会社にいる間はもちろん、二十四時間どこにいても、仕事は常に追いかけてくる。会社が大きくなり、知名度が上がるにつれ雑務も多くなる。

政府主宰の新産業戦略会議のメンバーに選ばれたのもそのひとつだ。回数こそ多くはないが、これからの日本の産業のありかたについて有識者と目された人間が議論するのだ。その任は重い。

　相変わらず、うんざりするような着信の山だった。しかし、本当に報告されてしかるべき価値を持つのは、この中に数える程しかない。

　とりあえず知らせておく。手間はアドレスを加えるだけ。発信履歴は永遠に残る。後に問題が生じた際に、責めを負わされぬための保険というわけだ。

　それでも、どこに重要な報告が潜んでいるとも限らない。全てのメールに目を通さざるを得ないのだが、発信者欄に、『チャック・ハモンド』の名前を見つけて、神野はすかさず画面をタップした。

　ハモンドは、シリコンバレーに本社を置くIT企業の経営者だ。

　四十歳と年齢も同じなら、経営内容も似たようなもの。メールのやり取りがはじまったのは、一昨年、サンフランシスコで開催された業界の国際カンファレンスで知り合ったのが機だ。

「僕は、本気で憂えてるんです。スマホやパソコン向けに我々が開発してきた技術は、人々の暮らしを快適に、豊かにしてきました。でもね、それはいままで世の中に当たり前に存在した製品をプログラムという文字の世界に置き換えてしまったんです。このまま技術が進歩し続ければ、人間の労働の場なんてなくなってしまうんじゃないかと——

——」

カンファレンスが終わった懇親パーティの席上で、ハモンドが漏らした一言は、急成長を続けながらも、会社の将来に覚える漠とした不安の、さらにその先の世界を示しているように思えた。

そして、ハモンドはこうもいった。

「将来を憂えているのは僕だけじゃありません。シリコンバレーには、同じ思いを抱いている人間はたくさんいます。社会を変えていく技術を開発しているからこそ分かるんですよ。何とかしないと、大変なことになるって……」

パソコンが一般家庭に普及しはじめて十八年。インターネットもほぼ同じ年月しか経っていない。スマホに至っては僅《わず》か六年だ。その間に、社会も、産業構造も、人間関係も激変した。

もちろん、だからといって、新技術の開発を止めることはできない。一旦《いったん》手にした文明の利器を、人間は決して手放さないからだ。そして、そこにIT企業のビジネスチャンスがある。

だが、それで、本当にいいのか？　我々のビジネスが行き着く先にあるのは、どんな世界なんだ――。

新産業戦略会議は、神野にとって、まさにそのジレンマを改めて自問自答し続ける場であった。

なにしろ、そこで議論されているのは、第一に、時間外労働賃金の撤廃。第二に、派遣労働者の派遣期間、業種の規制緩和。第三として、雇用支援策を雇用維持型から、労働支援型にシフトし、旧産業から新産業への流動性を高める。まさに、日本企業の雇用形態を根底から変えてしまう事案なのだ。

会議は大学教授、シンクタンクの上席研究員、産業界の社長と、各分野の重鎮たち二十名で構成されている。

初回の会合では、担当閣僚列席の下、テレビカメラや新聞記者が押しかけ、「錚々《そうそう》たるメンバーだ」、「政府の意気込みは凄《すご》いな」と囁《ささや》き合う声が聞こえ、テレビニュースや紙面で大々的に報じられた。しかし、二回目以降は、まともに出席するのは、大学教授とシンクタンクの人間ぐらいのもので、企業の社長は代理人を出席させることも少なくなかった。

もっとも、それも無理からぬことではある。

会議は一回二時間。二十名のメンバーがひとり一回、五分を発言に費やしただけで時間がきてしまう。これでは侃々諤々《かんかんがくがく》の議論など望めるわけがない。つまり、結論は端《はな》から決まっており、会議は外部の有識者を集め、議論を重ねた証拠を残すだけのものといっても過言ではない。それが新産業戦略会議の実態だ。

学者は知らぬが、経営者の日常は多忙を極める。ただ、そこに座って他人の発言を聞くだけに費やす時間は、無駄以外の何物でもない。

事実、さしたる議論がないまま、回を重ねるごとに、確実に答申への方向性は固まっていく。

雇用環境の変化は、ＩＴ技術の進歩と無関係ではない。そこで、その先にある社会の姿に憂いを抱くハモンドに、会議で議論されている内容を伝え、意見を求めてみることにしたのだが、その答えが返ってきたのだ。

『ヒデの懸念はもっともだ。会議の中で検討されている新制度は、アメリカ型の雇用制度、企業風土の導入を念頭に置いているように思われる。確かに、日本型の雇用制度を維持していくのはボーダーレス化が進むビジネス環境の中では、困難を極める。しかし、このような制度が導入された先に開ける社会が決していいものではないことは、現在のアメリカを見れば明らかだ。実例を挙げよう。たとえば――』

長文である。しかし、簡潔な文章は、これまでの会議の席上で、神野が感じてきた問題点をことごとく突いているばかりでなく、アメリカ社会の実情が子細に記してあるだけに圧倒的な説得力があった。そして結びの一節――。

『しかし、悩ましいのは、経営者に課せられた使命という観点からいえば、これら制度の導入が間違っていると、断ずることができないことだ。なぜなら経営者の使命とは、会社を存続させること、それも最小限の組織で、最大限の利益を上げることにあるのだから』

なるほど、その通りには違いない。企業経営において、その論は絶対的に正しい。だが、その論をそのまま政策として社会に反映させれば大変なことになる。

会議は今日が最終回だ。答申を取りまとめるに当たって、意見を述べる機会があるはずだ。国の会議に招集されたのは初めてのことなら、錚々たる顔ぶれに気後れしていたこともある。これまでは持論を述べずにいたが、やはりいうべきことはいわねばならない。

神野は、そう決意するとメッセージを閉じた。

3

「本会議も、今回が最終回でございます。各委員からは、貴重なご意見を賜りましたが、いずれの事案に関しましても、おおむね了解していただけたと理解しております。ご異存がなければ、これから答申のまとめに入りたいと考えておりますが、いかがでしょうか」

議長を務める国立大学の教授が、事務的な口調で切り出した。

三田の共用会議所は、バブル時代に建設されただけあって外観と同様、内部も堅牢《けんろう》、かつ豪華なものだ。三階の大会議室の中央に長方形に並べられたテーブルに二十人の委員が着き、壁際に横一列に並べられた椅子には、関連各省庁の官僚が構えている。

最終回ということもあってか、代理を立てるメンバーはいない。初回以来の総顔合わせである。

元より結論は決まっている。ここに至って異論がでるわけがないと誰もが高を括《くく》っているに違いない。弛緩《しかん》した沈黙が流れた。

「よろしいでしょうか」

神野は挙手をした。

「神野委員――」

議長は、虚を衝《つ》かれたように目を向けてくると、「どうぞ……」

発言を許可した。

「いまさら話を振り出しに戻すようで申し訳ないのですが、このような制度が取り入れられれば、雇用はもちろん、労働のあり方そのものが、根底から一変することになります」

背後で官僚たちが、一斉にメモを取りはじめる気配を感じる。神野は続けた。

「時間外労働賃金の撤廃は、事実上の年俸制度の導入を見据えてのこと。雇用支援策を雇用維持型から労働支援型に。これは、解雇の制約を緩和することを意味するものです。給料が上がるも下がるも出来高次第。パフォーマンスが落ちれば解雇では、労働者は常に翌年の年収、雇用の有無に不安を抱きながら日々を過さなければならなくなります。これじゃあ、まるでプロ野球選手みたいなものじゃありませんか。こんな制度が、果たして日本社会、企業風土に受け入れられるものでしょうか」

「議長」

ひとり置いた席から、すかさず声が上がった。

ＩＴ企業の経営者、横沢勝彦《よこざわかつひこ》だ。

「神野さんのご意見は、分からないではありませんが、すでに現実からは大分乖離《かいり》しているもののように思えます。まず、時間外労働……残業代ですが、ネットがどこでも使え、携帯端末を持つのが当たり前の時代に、そもそも残業なんて概念は成立しませんよ。どこだって仕事はできるんです。会社にいれば残業代がつく、家でやればつかない。どう考えたって、そっちの方がおかしな話じゃないですか」

横沢は、代理人を立てる経営者がいる中で、神野同様全ての会議に出席してきたひとりだ。それは、三つの事案を是が非でも実現したいと願って止まないことの現れでもある。

「それに、年俸制の導入は、従業員にとっても悪い話ではないと思いますよ」

正面に座る小森昭吾《こもりしょうご》が言葉を継いだ。こちらは、小売流通業界のトップ企業の経営者だ。

「いままで多くの日本企業では、いくら実績を上げても、本給は入社年度が先の人間を追い越してはならないとされてきたんです。これは経営側が決めたことではありません。従業員同士に過度な競争が生じ、それが長時間労働に繋《つな》がることを懸念した労働組合の要求によるものです。これじゃあ、有能な人間が報われません。成果を上げた人間は、若くしても高いポジションに就け、高い報酬を得られる。それが労働に対するモチベーションを高めることに繫がるんじゃありませんか」

横沢は四十五歳の創業者。小森は企業生え抜きの五十歳と、経歴こそ違うが、若くして頂点を極めた成功者であることに違いはない。ふたりがあくまでも経営者、そして勝者の視点で論を進めてくるのはそのせいなら、弱者、敗者に対しての配慮に著しく欠けているのも同じ理由による。

「実績を上げた人間には、それに相応《ふさわ》しい報酬が支払われるのは当然のことです。では、逆に結果が残せなかった人間はどうなるのです。人材の流動性といえば聞こえはいいですが、わたしには、不要とみなされた人間に居場所はない。会社を去ってもらう。改めて自分の能力に合った職を探せといっているようにしか聞こえませんが」

神野がいい終えると、失笑か、溜息《ためいき》か、横沢が息を漏らす気配があった。

「まさか、神野さんからそんな言葉を聞くとは思いませんでしたね」

果たして、身を乗り出すようにして顔を覗《のぞ》かせた彼の口元は歪《ゆが》んでいる。「ビジネス環境がこれだけ目まぐるしく変化する時代なんですよ。人材に求められる資質、能力だって当然変わる。中には変化に対応できず、ついて行けない人間もでてくるでしょう。やれる仕事が社内になければ、ただそこにいるだけ。昇給は望めません。ボーナスだって極限まで減らされる。年収は頭打ちどころか減収ですよ。だったら、能力応分の仕事に転じてもらった方が、その人のためでしょう」

横沢の論にも一理あることは否めない。

ＩＴ技術は労働環境を激変させた。もはや仕事は場所を選ばない。残業という概念が成立しない職種が多くなってきているのもその通りだ。そして、その傾向が最も顕著に現れているもののひとつがＩＴ業界である。

システムやアプリの開発は、スピードが勝負だ。開発スケジュールは厳密に管理され、仕事の絶対量も決まっている。どれほどの期間で終えるかは、個人の能力が大きく左右する。どうしても労働時間に長短がでる。まして、横沢が経営する会社は、物販からはじまり、おおよそ全てのサービスを提供するネットビジネスの複合企業。営業マンも多く抱えている。

人件費は、経営上のコストの不確定要因の最たるものだ。年俸制を導入できれば、完全に固定化できる。経営者の側からすれば、そのメリットはとてつもなく大きい。

そして、解雇の制約を緩和しようと目論んでいる背景にも、ＩＴ技術の進歩がある。半導体の能力は乗算的に進化する。その勢いは、今後も衰えることはない。いま最先端の技術を駆使する能力を所持している人間も、そう遠からぬうちに使い物にはならなくなる。つまり、労働寿命が今後ますます短くなっていくのは間違いないのだ。それも、皮肉なことに時代の先端をいくＩＴ企業に顕著に現れる。

二十代前半から中盤で採用した従業員が、十年も経てば戦力にはならなくなる。かといって、正社員として採用したからには、簡単に首を切れないでは、企業は余剰人員を抱え込み、経営が成り立たなくなってしまう。

それはクロコディアン社とて同じだが、しかし、それでは——。

「じゃあ、解雇された人たちの受け皿になる産業って何です？」

神野は返した。「オールドモデルの産業は期待できませんよ。なぜなら、我々ＩＴ業界は、従来のビジネスモデルを破壊しながら成長しているからです。人手を要する仕事にしたって、ことごとく機械に取って代わられている。あったとしても、まだ機械よりも人の方が安くつく単純労働。大抵は派遣で済むようなものばかり。派遣労働者の派遣期間、業種の規制をいままで以上に緩和すれば、国中が低所得者で溢《あふ》れ返ることになりかねませんよ」

「それは、個々の資質の問題でしょう」

代わって口を開いたのは、加賀《かが》紀之《のりゆき》だ。

大学教授だが、経済政策の論客としてメディアへの露出度も高い。かつて、甲斐政権にあっては、ブレーンのひとりとして大胆な規制緩和政策を進めた中心人物でもある。

「横沢さんのおっしゃるように、今後企業を取り巻くビジネス環境は目まぐるしく変わります。少子高齢化が進むにつれ、国内市場は縮小し、内需だけでは企業規模が維持できない時代がやってくる。当然、日本企業は海外に出ていかざるを得ない。となれば、従業員に求められる資質もいままでとは違ってきます。変化に対応できない従業員を抱えていたのでは、企業の負担は増す。倒産だってあり得る。会社が潰《つぶ》れてしまったら、雇用も何もあったもんじゃないでしょう」

加賀がなにをいわんとしているかは改めて訊《たず》ねるまでもない。

日本企業が海外市場へ比重を移していけば、従業員に求められるのは語学力と異文化の中で暮らしていける精神力だ。まして、これからマーケットとして有望視されているのは、主にアフリカをはじめとする途上国。より高い適応力が求められる。

急速に事業を拡大するニューモデルの企業の中に、英語を社内共通言語とする社が多いのはそれを見越してのことだが、圧倒的多数の日本企業にその備えはない。つまり、その時企業が抱えることになる人材の『不良在庫』を一掃しやすくしておく制度を造り上げておかねば、企業は生き残れないといっているのだ。

「それに、アメリカ企業のように、丸裸で放り出すんじゃないんです。しかるべき対価を支払った上で、転職をしていただく仕組みを造ろうとしてるんです。そこから先は、それこそ本人の能力、適応力次第ですよ。第一、皆が皆、派遣労働に就くとは限らんでしょう。より良い条件の職に就けることだってあり得る話じゃありませんか」

加賀は続けていうと、薄い唇に笑みを浮かべた。

こいつも、横沢、小森の同類だ。いや、学者であるがゆえに、人を評価し、切るということの辛《つら》さを一度も経験したことがない分だけ、さらに性質《たち》が悪い。この薄ら笑いを目にする度に、むしずが走る。

「だけど、その一点を除けば、まさにアメリカの雇用慣習を日本に持ち込もうとしていることに変わりはないでしょう」

神野は唾棄《だき》したい思いをこらえ、苦笑を以《もっ》て応《こた》えた。「アメリカ社会の現状は、加賀さんだってご存じでしょう」

「まあ、失業率が日本より高いのは確かだけど、先進国の中で突出しているというわけじゃない。むしろ、経済規模を考えれば低いくらいですよ。それに、新産業を創出し、新たな雇用を生むという点で、アメリカは――」

「統計上の失業率は、実態を反映してませんよ」

神野は加賀の言葉を遮った。「アメリカにしたって、実際の失業率は一五％以上はあるといわれていますし、地域によっては三〇％になると聞かされています。三万ドルの年収でさえ、もはや夢のまた夢だとも」

それは、いずれもハモンドのメールに書かれていたことだ。

彼は故郷のデトロイトを例に挙げ、雇用統計に現れている数字と現実は大きく乖離しており、街が失業者で溢れ、特に若者の多くが職を探すことを放棄し、将来に希望が見いだせないでいる現状を憂えていた。日本の雇用統計にしても、就職断念者は、数字の中には含まれない。「引きこもり」や「ニート」という言葉が当たり前になった世相を考えれば、実態はすでにアメリカとそう違わないのかもしれない。

加賀は押し黙った。

「その時々の企業業績によって、解雇が自由に行われるようになれば、従業員は常に篩《ふるい》にかけられた状態に置かれます。確かに残る者は残る。より条件のいい仕事にありつくことも可能かもしれません。しかし、篩い落とされた人間は、またそこで篩にかけられ、落とされる度に条件は悪くなって行く。残る者、篩い落とされる者。どちらが多数を占めるかは明らかです。結果、圧倒的多数は不安定な仕事に甘んじ、低所得に喘《あえ》ぐ。それがアメリカの大格差社会を生んだんじゃないんですか。この会議が定めようとしている指針が、制度として導入されようものなら――」

「神野委員」

遮ったのは議長である。「貴重なご意見、ありがとうございました。時間も限られております。他の委員からもご意見を頂戴《ちょうだい》しなければなりませんので、この辺で……」

無表情を装ってはいるが、彼は明らかに困惑しているようだった。

最後の会合を迎えたところで、初めて議論らしい議論が戦わされたのだ。それも、シナリオを逸脱した異論を元にだ。ここに来て、こんな展開を迎えることなど、想像だにしていなかったに決まっている。

議長は、列席の委員に意見を求めはじめた。

神野の意見に賛成する者は、ただのひとりもいない。

当たり前だ。議論されてきた三つの事案は、いずれもこれからの時代、企業が生き残るために絶対に必要なものに違いないのだ。まして、列席のメンバーは、漏れなくいまの社会の中で功なり名を遂げた勝ち組に属する者たち。まかり間違っても、新しい仕組みの中で排除されることはない。

それは、我が身とて例外ではないのだが、だからこそ、篩にかけられ、こぼれ落ちていく人間たちのそれからに思いを馳《は》せるべきなのだ、と神野は思った。

しかし、もはや神野に発言の機会は回ってはこない。

「各委員のご意見は、事務方が取りまとめ、皆様にご承諾いただいた上で、担当閣僚ご列席の下、本会議の答申として政府に報告したいと考えます。その際には、改めて皆様にお集まりいただくことになります。長期間に亘《わた》り、ご尽力を賜りまして、まことにありがとうございました」

議長の宣言で、会議は終了した。

「神野さん」

会議室を出ようとしたところで、横沢が声をかけてきた。「答申がそのまま政策として実現するわけじゃありませんから。一気に制度を変えようとすれば、世間が猛反発するのは目に見えてるんです。それじゃあ政権がもちません。そんなに心配なさる必要はありませんよ」

達観したような言葉を口にしながらも、口元には不敵な笑みが浮かんでいる。

シナリオ造りに加担したな――。

無言のまま、見据える神野に向かって、横沢は続けていった。

「落とし所を探るということです。高いハードルを掲げ、どの辺りで民意の納得が得られるか。構造改革をぶち上げている以上、三つの事案のうち一つでも実現すれば、政権にとっては成果には違いないんです。まっ、憲法の改正と同じようなものですよ」

4

その日、甲斐は衆議院議員会館を出ると、広尾にあるワインバーに出向いた。

時刻は午後八時。ガラス張りになった店内の様子は、外からでも窺《うかが》える。

例年になく早い時期での梅雨入り宣言が出されたというのに、東京ではこの二日ばかり晴天続きだ。そのせいもあってか、カウンターもテーブル席も既に客で埋まっている。

「いらっしゃいませ」

タクシーを降りる甲斐の姿を見ていた店員がドアを開けた。「お連れ様は、お席にご案内してございます」

微《かす》かに漂うワインとオークの香り。密《ひそ》やかなざわめきの中を、甲斐は案内されるまま、奥の個室に入った。

「やあ、甲斐さん。お久しぶりです」

席に座っていた、堂島智人《どうじまともひと》が立ち上がった。

白地にグレーのストライプが入ったワイシャツ。インクブルーのスーツ。白と薄い黄色のレジメンタルタイ。服装のせいもあるが、硬質かつ、豊かな頭髪と相まって、五十代半ばを迎えているはずの年齢よりは、大分若く見える。

「お忙しいところ、急にお呼びだてして申し訳ありません」

甲斐は頭を下げた。

「忙しくはしてますが、三度の飯と晩酌はしっかり摂《と》るのが私の主義です。特に晩酌は、トッププライオリティー。甲斐さんと酒を飲みながら、ふたりでお会いできる機会なんて滅多にありませんからね。喜んで馳せ参じましたよ」

堂島は、良く通るバリトンでいい、笑い声を上げた。

日本有数のシンクタンク、太平洋総合研究所所長。それが堂島の肩書きだ。

経済、政策、外交、環境と太平洋総研の研究内容が多岐に亘《わた》るなら、堂島の経歴もそれに相応《ふさわ》しいものがある。日本の総合商社から、外資系企業、さらにコンサルタント会社へとキャリアを積み重ね、米国企業の日本法人の社長へと昇り詰めた後、いまのポジションに就いた。

企業の実務に精通しているのはもちろん、一貫してグローバルに展開する企業に勤務していただけあって、国内外の情勢分析にも長《た》けている。

『新しい国の形』を考えるにしても、論点が明確になっていなければ、会合を重ねたところで、時間を浪費するだけだ。現状を分析した上で問題点を洗い出し、解決に向けて知恵を出し合い、指針を見いだしていく。それが最も効率的、かつ効果的な方法である。

堂島の持つ知見は、間違いなくその一助となると、甲斐は考えていた。

「ところで、堂島さん。中国をどう見ていらっしゃいます?」

お互いの近況を語り合い、注文したワインと料理がテーブルの上に並んだところで、甲斐は切り出した。

真っ先に中国のことを話題にしたのは、多賀谷の見解があまりにも意表をついたものであったからだ。その点、堂島は国際問題に通じている。果たして、どう考えているのか。それを知りたかったのだ。

「どう見ているとは？」

「中長期のスパンで考えた場合、中国の発展がこのまま続くのかということです。欧米諸国の中国離れが進んでいる中で、日本企業の対中投資は増加の一途を辿《たど》っています。製造業の拠点としての魅力が失《う》せても、まだ巨大消費市場としての魅力は衰えない。そう語る向きもあります。堂島さんも、その通りだとお考えですか」

始終笑みを宿していた堂島の顔が素に戻った。

「正直いって、こと中国に関しては、明確な見解は申し上げられませんね」

堂島はしばしの沈黙の後、困ったような顔をしながら漏らした。「だって、それって検査データがないのに、患者の自己申告だけで医者に診断下せっていってるようなもんですよ」

「どういうことです？」

甲斐は問い返した。

「中国が公表するデータが、信用できないってことです」

堂島は声のトーンを低くする。「ＧＤＰひとつ取っても、達成目標は党上層部が決める。それが、下部組織や企業に振り分けられるんですからね。達成できなければ、党の中での出世は絶たれるとなりゃ、是が非でも数字を整えようとするに決まってるじゃないですか」

「つまり、捏造《ねつぞう》……ですね」

「虚偽の数字の積み重ねが経済指標として公表されるという点では、粉飾といった方が適切でしょうね」

堂島はいった。「資本主義国家では、到底起こり得ないことがまかり通っているんです。少なくとも、公式データは、全くあてにならない。中国の実態がどうなっているのか、本当のところを正確に語れる人間なんていやしないでしょう。当の中国政府だって、分からんのじゃないですかね」

「でも、粉飾するのは、実態を知られては困るから。マイナス要因を隠蔽《いんぺい》する目的で行われるものですよね。その一点からしても中国の実態は――」

「悪い。それは、多くの人が気づいています。ひょっとすると、もはや危機的状況にあるんじゃないかともね。実際、どう考えても、危ないと思えることはいくらだってありますからね」

堂島は眉間《みけん》に深い皺《しわ》を刻んだ。「たとえば、シャドーバンキングです」

「影の銀行ですか？」

「金融監督当局の規制銀行以外の金融機関の取引。多少実態は異なりますが、日本でいうならノンバンクといった方が分かりやすいでしょう。とにかく、この影の銀行が抱える債権が、異常な額に膨れ上がっていると推測されるんです」

甲斐は静かにグラスを傾けると先を促した。堂島は続けた。

「これは、アメリカの経済紙が報じたことですが、中国の公、民間債務はGDPの二倍。昨年一年間だけでも新規貸付額は二兆七千五百億ドル。その半分が、シャドーバンキングからの資金といわれているんです」

邦貨に換算すれば、影の銀行からの資金だけでも、日本の国家予算以上。額の巨大さも相まって、それがどんな事態を引き起こすのか、もう一つピンとこない。

「当たり前に考えれば、影の銀行から資金を調達するのは、与信枠の得られないところ。財政基盤が脆弱《ぜいじゃく》なところってことになりますよね」

それでも、その程度のことは察しがつく。甲斐はいった。

「もちろん。主な融資先は、中小、あるいは民間企業。当然、国有銀行に比べて金利は遥《はる》かに高い」

「それが、民間債務の半分も占めたら——」

「経済が順調に成長している間はいいでしょう。だけど、成長が鈍化すれば真っ先に資金繰りに行き詰まるのが中小企業。それは西側諸国であろうと中国であろうと変わりはありません。返済が滞る融資先が続出すれば、たちまち不良債権の山となります」

「一兆三千億ドル以上もの金がですか！　大丈夫なんですか。銀行だって破産しちゃうでしょう」

甲斐は声を裏返らせた。

「でしょうね」

ところが堂島はあっさり肯定する。「それだけじゃありません。影の銀行が機能しなくなれば、資金調達をそこに頼っていた中小国有企業、民間企業の連鎖倒産がはじまります。それは大量の失業者が出ることを意味するんですから、消費だって落ちる。そうなれば、負の連鎖ですよ。大企業だって、どうなるか分かりませんよ」

「そうなる可能性は？」

想像するだに恐ろしい。甲斐は、生つばを飲み込んだ。

「いつ起こるかは分かりませんが、必ずその時がやって来るのは間違いありません」

堂島は断言した。「それは歴史を振り返れば明らかです」

「歴史……といいますと」

「中国のGDPの内訳は、投資が四六から四八％を占めるといわれていますが、その多くの部分はインフラ、特に住宅投資が多いといわれているんです。甲斐さん、中国の都市開発が、どういう形で行われているか、ご存じですか？」

甲斐は首を振った。

「土地の個人所有が認められていない中国では、用地の確保は問題になりません。だって、地方政府が、僅《わず》かばかりの補償金を支払って、土地から農民を強制的に立ち退《の》かせるだけですからね。それをデベロッパーに数百倍から数千倍で転売し、その上に建てられた住宅を、国民が買い漁《あさ》る。つまり、土地があり、開発を続ける限り、幾らでも金が生み出せる。そんな仕組みが中国のGDPのかなりの部分を支えているんですよ」

「まさか、その開発資金や、住宅購入資金にも、シャドーバンキングが介在しているかと?」

「そういわれています」

堂島は頷《うなず》いた。「それだけじゃありません。影の銀行は、債権を高利回りの金融商品として販売してるんです。この構図、どこかで見た記憶があるでしょう」

「アメリカのサブプライムですね」

不動産を債権化した金融商品といえば、真っ先に思い浮かぶのはそれだ。堂島が『歴史』といったのも、それを指してのことだろう。

住宅価格は上昇し続ける。ローンの支払いが滞っても、担保とした住宅を売りに出せば、販売時以上の金額になる。融資が焦げ付くことなどあり得ないと固く信じ、普通では到底与信審査が通らない所得者層に高利でローンを貸し付け、さらにそれを金融商品化して販売したのだ。

まさに中国のシャドーバンキングの仕組みがその再現なら、不動産とて永遠に上昇し続けるわけがないのは、いずこの国とて同じである。どんな結末を迎えるかは明らかだ。

「僅かばかりの補償金と引き換えに、土地を取り上げられた農民は、行き場を失います。都市に出たって、まともな仕事はありません。かくして、富める者はますます富み、貧しい者は、さらに貧しくなる。とてつもない格差社会が生じることになるわけです」

堂島は溜息《ためいき》をついた。「それに、この仕組みを維持するには、開発の継続が絶対条件になります。それは、貧困者が増大し続けることを意味します。金持ちがさらに財産を殖やしたところで、消費に回る金は知れたもの。圧倒的多数が、貧困層では消費なんて生まれませんよ」

軽井沢での多賀谷との会話が脳裏に浮かんだ。

多賀谷は環境問題で、堂島は金融でと要因は異なるが、ふたりとも中国の近未来を否定的な視点で捉《とら》えていることでは一致している。となると、問題はその時、日本がどうなるのかだ。

それを問おうとした甲斐より早く、堂島が続けた。

「事実、中国の通貨供給量は世界の四分の一。新規発行量に至っては約半分に達しているんです。これが何を意味しているかは明らかです。金を刷らないことには、経済が維持できないことの現れです」

さらに堂島は、中国の公務員や国有企業には党官僚の子弟や縁故によって採用された人間が膨大な数に及び、それらの雇用を支えるためにも、金を刷らないことにはやっていけないことを付け加えた。

湯水のように通貨を発行すれば、何が待ち構えているかは明白だ。

「そんな状況が続けば、凄《すさ》まじいインフレが起こるじゃありませんか」

甲斐はいった。「かといって、通貨供給量を減らせば、金は回らない。シャドーバンキングだって機能不全に陥ってしまう。進むも地獄、退くも地獄じゃないですか」

「それをわたしに訊《き》かれても……。どうするんでしょうねえ」

堂島は腕組みをして考え込むと、「でもね、甲斐さん。これ、別に中国に限った話じゃないですよ。日本、いや先進国の多くが同じ問題を抱えているんですよ」

溜息交じりに漏らした。

「といいますと？」

堂島は、そこで一瞬間を置くと、あからさまに憂いの色を顔に浮かべた。

「わたしがいいたいのは、西側先進国の多くが財政難に陥り、国家予算を国債の発行で賄っている。経済成長が止まった途端に、国家財政が立ち行かなくなる。国家が破綻《はたん》の危機に瀕《ひん》しているという点では、中国と何ら変わりはないということです」

堂島の指摘に異存はない。増大する一方の国債に関しては、新町とも語り合ったばかりである。

「第一、十三年度税収が四十三・一兆円。公務員の人件費は、財務省が公表している額で、二十六・九兆円。国債の償還金額が二十兆円ですよ。これは言わば国の固定費です。本来の予算原資を、固定費だけで上回る。まして、負債は今後増えることがあっても減ることなんて、いまの国家の仕組みでは期待できない。これで、どうして国が成り立ちますか。破綻《ぜっぽう》するに決まってるじゃないですか」

堂島は舌鋒鋭く迫ってきた。

「でもね、堂島さん。赤字国債の発行が、国のシステムや雇用を維持し、経済を回してきたことは事実でしょう。無い袖《そで》は振れない。よって、耐乏生活に甘んじろというのは簡単ですが、それでは国家財政よりも先に、国民の生活が崩壊してしまっていたんじゃないですか」

堂島のいうことはもっともである。反論の余地がないことは百も承知で甲斐は返した。

「問題は、その中身と使われ方です」

それでも堂島は、語気を緩めない。「赤字国債が国のシステムを維持し経済を回してきた。それは一面の事実ではあるでしょう。でもね、その結果、日本はどんな国になりましたか。日本全国どこへいってもミニ東京。立派な公共施設があり、道路も整備された。快適な生活が送れる環境ができあがりもしました。だけど、建物は建てれば終わりじゃない。必ず朽ちるものです。維持費というコストが継続的に発生してくるものなんです」

公共事業のあり方ひとつにしても、長期的視点に立って論を進めるのは、堂島に企業経営の経験があるからだ。施設ひとつを建てるにしても、投下した資金がどれほどの期間で回収でき、収益を生み出すか。稼働や維持にかかるコストは幾らになるか。あらゆる状況を想定した上での綿密な試算をくり返し、決してマイナスにはならないと判断されて、初めて実現に向けて動き出す。

そんな話は、これまでにも何度となく聞かされていた。

それに比べれば、公共事業のあり方は、確かに実情が異なる。

国会議員は国政を委《ゆだ》ねられた人間には違いないが、同時に選挙区の代表者でもある。地元の要望を汲《く》み上げ、いかにそれを実現するかに手腕を問われる。そもそもが、経営的概念なんてものは、端《はな》から欠如している上に、有権者だって無関心だ。

しかし、いまさらそんなことを語り合ったところで、国が抱えた負債が消えて失《う》せるわけではない。

「このままでは財政が持たない。だけど、破綻させるわけにはいきません。この危機的状況を脱するためには、何をすべきだと思いますか」

甲斐は訊《たず》ねた。

「わたしは政治家じゃありませんよ」

堂島は苦笑を浮かべた。

「でも、日本の将来を案じていらっしゃるのでしょう?」

「そりゃあね……」

堂島は口籠《くちごも》った。

「経営者、いや研究者の視点からでも結構です。堂島さんのお考えをお訊きしたいのです」

「小さなことからいえば、悪しき慣習を捨てることですかね」

堂島はワインで口を湿らすと続けた。「先ほど、問題は使われ方にあると申し上げたのがそれです。これは、国も企業も同じなのですが、予算は年度内に消化されるものだという考えが、常識としてはびこっている。これは、獲得した予算を残すと、次年度予算が減らされる。そうした思い込みがあるからです。これは実に馬鹿げたことです。予算を予定通りに消化するよりも、下回る額で立派な仕事をした。あるいは、無理な執行はさせない。それが評価に繋《つな》がる。そうした仕組みを導入することが、まず必要でしょう」

「でも、それは、赤字国債の部分のことですよね。固定費が税収を上回っている以上——」

「その通りです。でも、赤字国債を発行し続けなければならないからには、当面の課題は発行額をいかに抑えるかが先決問題じゃありませんか」

「確かに——」

「そのためには、何を残し、何を切るか。特に老朽化し、メンテナンスに金がかかるインフラの整理が必要になるでしょうね」

「そんなことができますかね。それでは切られた自治体の人たちに、不自由を強いることになりますが」

それ以前に該当地域選出の議員が猛烈に異を唱えるのは目に見えている。

「中長期スパンで考えれば、黙ってたってそうなりますよ」

「どういうことです？」

「だって、人がいなくなるんですから」

堂島はあっさりいった。「過疎高齢化が進む、いわゆる限界集落は国交省の調べでも全国に七千八百余。早晩消滅の危機に晒《さら》されているものが、そのうち四百以上。過疎地対策は急務の課題とされていますが、働き口がない、子供も生まれないでは、解決なんてできるわけがありません。集落が消滅すれば、施設や道路をメンテする必要がなくなります」

「朽ち果てるままにしたら、ますます人が減るじゃないですか」

「道路や施設を立派にすれば、人が増えるんですか？」

「しかし、集落に人が住んでいる限りは……」

「高齢者が自動車を運転するんですか？」

堂島は甲斐がこたえる度に、畳みかけるように問い返してくる。

「介護が必要になったらどうするんですか。アクセスの手段がなくなれば、介護できませんよ」

「介護ったって、入れる施設がなけりゃ巡回介護でしょ。寝たきりになった人のところに、一日数十分滞在して、後は放置しておいていいんですか。それが、介護と呼べるものなんですか」

　そこを突かれると、返す言葉がない。

　甲斐は黙った。

「限界集落だけじゃありません。高齢化は大変に深刻な問題ですよ。都市部だって、その例外じゃない。甲斐さん、『金曜日の妻たちへ』ってドラマ、知ってます？」

　堂島は訊ねてきた。

「いいえ……」

「そうでしょうね。あなたの年代じゃ知らないのも無理はない。八〇年代前半、わたしたちが若い頃に流行《はや》ったドラマですもんね」

　堂島は白い歯を覗《のぞ》かせて笑った。「私鉄沿線の新興住宅地を舞台にしたドラマでしてね、あの頃、こぞって住宅を買い求めた層が、定年を迎えはじめているんです。大都市近郊にも、高齢者の街がこれからどんどん生まれてくるんですよ。そんなことになれば、どうなると思います？」

　なるほど、介護は限界集落に限った話ではない。

「街の高齢化が進むに連れて、当然介護を必要とする人が増える。しかし、家に住み続けている限りは、在宅介護。一日のほとんどは放置されたままということになりますか……」

「それが、あるべき姿とはわたしには思えません。第一、そんな事態を黙認しようものなら、憲法違反にだって問われかねませんよ」

「憲法違反？」

思わぬ言葉を投げ掛けられて、甲斐は声を上ずらせた。

「だって、そうでしょう。全て国民は、健康で文化的な最低限度の生活を営む権利を有する。国は、全ての生活部面について、社会福祉、生活保障及び公衆衛生の向上及び増進に努めなければならない。第二十五条にちゃんとそう書いてあるんですから。寝たきり老人をほとんどそのままにして、最低限度の生活もあったもんじゃないでしょう」

「しかし、完全介護を国が担うとなれば、社会保障費が膨れ上がる。それも、今後の高齢者人口の増加を考えれば、必要経費はいまの比じゃありません。予算を捻出《ねんしゅつ》するには、赤字国債をいままで以上に発行するか、増税以外に方法はありませんよ」

「増税ね」

堂島は、ふんと鼻を鳴らした。「労働人口が減るのに、社会保障費で賄わなければならない人口が激増するんですよ。所得税、消費税のどちらを上げるにしたって、ちょっとやそっとじゃ追いつかない。まして、平均寿命は、今後もどんどん延び続けると見て間違いないんです。百歳以上の人口だけでも二〇三〇年で二十五万人。五五年には六十六万人になるとされてるんですからね」

「えっ……」

高齢者人口が激増することは、元より承知だが、百歳以上がそれほどになるとは初めて聞いた。

「あれ、ご存じありませんでした？　これ、国立社会保障人口問題研究所の推計ですよ。四十年後には、百歳以上の超高齢者が、鳥取県の人口よりも多くなっちゃうんです。わたしも、ど真ん中ストライク。その中のひとりになるかもしれません。昔々、あるところにお爺《じい》さんとお婆さんがいました。いまはどこにでもいます。日本は、そんな国になっちゃうんですよ」

堂島は、冗談をいったつもりだろうが、とても笑える話ではない。

なるほど、党が改憲草案二十四条に『家族は、互いに助け合わなければならない』と謳《うた》いたくなるわけだ。百歳を超えればその多くが、介護を必要とするようになるだろうし、十分な支援を行えるだけの予算を、税収の中から捻出するのは不可能だ。

「かといって、家族に面倒見ろとはいえませんよね。普通に考えれば、子供たちだって十分高齢です。とっくに退職して年金生活に入ってもいるでしょうからね……」

甲斐の声はどうしても暗くなる。

「その受け皿になるのは特別養護老人ホームのような施設ということになるのでしょうが、需要はますます高まるんですから、民間企業は今後も続々と参入してくるでしょう。いままで以上に国も後押しをしなければなりません。結果、要介護者の集約が進めば、手厚い介護も可能になる。もちろん、介護士の低賃金、介護者の質と、解消しなければならない問題にも、国が深く関与していかなければなりませんがね」

「しかし、特養に入居できたとしても、毎月費用がかかります。今度はそれを誰が負担するのかという問題が発生する。日本人の平均金融資産は、確か九百万円ちょっとでしたよね」

「それは、全世帯平均の話で、約九百四十万円でしたか……。だけど、それが六十代以上となると、約千八百万円に跳ね上がります」

「それに加えて年金か——。それでも、どれほど生きるかを考えると不安が残る金額ですね」

「年金なんて、あてにできるもんですか」

堂島は苦々しげにいった。「年金制度ができたのが一九五七年。当時の平均寿命は、男性六十五歳、女性七十歳。それがいまや、男性七十九歳、女性八十六歳を超してるんです。支給開始年齢を引き上げることになった上に、支給額の減額が検討されているのは、そうでもしなけりゃ年金制度が破綻《はたん》しちゃうからじゃないですか」

いつの時代にも、長寿は人間の願望の一つだ。喜ばしいことでありこそすれ、否定されるものではない。そして、夢を叶《かな》えるべく、日々研究を重ね、技術を進歩させてきたのが人間の歴史である。その点からいえば、現在の長寿社会の到来は、その夢が叶えられる時代になったことを意味するのだが、それと引き換えに、自立した生活が送れなくなった時に、誰がその面倒をみるのかという問題に直面する。考えようによっては、何とも皮肉な話だ。

「だからといって、親の面倒は、家族がみろなんていうのは、現実的じゃありませんよ」

堂島のことだ。党の改憲案を読んでいるはずだ。おそらくそれを念頭においてのことだろう。深刻な顔をして溜息《ためいき》を吐くと続けていった。

「独身の甲斐さんにはピンとこないかもしれませんけど、子供が息子か、娘かで介護の状況も大分変わってきますからね」

「それって、嫁、姑《しゅうとめ》の問題ってことですか」

堂島は頷《うなず》いた。

「夫の親とはいっても、嫁さんにしてみりゃやっぱり他人ですからね。実の親に対する思い入れとは、どうしても温度差が出てきますよね。実際、わたしの親父も認知症を患って、病院に入れてるんですが、自分の親なら、家内の対応もちょっと違っていたかもしれないと思うんですよね」

微妙な話だけに、何と応《こた》えていいのか分からない。

甲斐は黙った。

「それにね、わたしだって自分の親の介護を妻に任せるってのも、やっぱり気が引けますよ。介護には大変な労力が要りますからね。それで、完全介護の病院に入院させたわけなんですが、その費用たるや尋常じゃありませんよ。まあ、個室に入れてるせいもありますけど、親父の年金なんて、何の足しにもなりません」

「じゃあ、不足分は、堂島さんがご負担なさっているわけですか？」

甲斐は訊《たず》ねた。

「弟と割合を決めてね。でも、わたしだってサラリーマンです。負担は大きい。それで、両親が住んでいた家を、リフォームして賃貸に回したんです。ウチは、子供も独立して、余ってる部屋があるし、お袋を同居させて、家賃を入院費の足しにしたんです」

話しぶりからすると、それでも奥方とひと悶着《もんちゃく》があったことは想像に難くない。

果たして堂島は重い溜息をつくと、

「まあ、ウチの場合、家族が頻繁に訪ねられるようにと思って、都心の病院に入院させましたから、料金も高くついてしまっているわけですが、それはともかく、要介護者の資産を施設入居費、介護費用に充当させる。この仕組みをもっと社会に広めないと、大変なことになりますよ」

続けていった。

「言葉は悪いですが、高齢者層の資産をいかに吐き出させ、経済の活性化に繋《つな》げるかは、最近よく話題になることですもんね。若輩者が、こんなことをいうのも何ですが、子供には迷惑をかけたくないと思うのが親心ってもんでしょうからね。現役時代の蓄財を、自分の老後に使う。確かに理に適《かな》ってますよね」

甲斐が深刻な声を漏らすと、

「六十代以上の世代の金融資産は、約千八百万円ですが、住宅、宅地資産は、平均で三千万円を優に上回る。つまり、金融資産と合わせれば、五千万円近くになるんです。それに、この仕組みの普及は、特に大都市圏の交通インフラを維持するためにも極めて重要なんです」

堂島は話題を転じた。

「それは、どういうことです？」

いわんとするところが、俄《にわ》かにはピンと来ない。甲斐は訊ねた。

「たとえば先ほど申し上げたドラマの舞台になったような、かつての新興住宅地ですが、その多くは鉄道会社の沿線にあって、ターミナル駅へのアクセスも極めて便利な立地にあることが多いんです。だからこそ、働き盛りの世代がこぞって家を買った。それが、住人の多くが、通勤を必要としない人間だらけになったらどうなると思います？」

「そりゃあ、通勤客が減るんですもの、鉄道会社の収益は落ちますよね」

「収益が落ちればどうなります？」

「運行本数を減らすしかありませんよね」

「長距離の通勤を強いられる上に不便。料金も上がるじゃ、沿線住民の人口減少に拍車がかかる。それが本数の減少と料金の高騰に繋がっていく。こうなると負の連鎖です。交通の便が悪くなった郊外の街には若い人は住まなくなる。鉄道の経営も成り立たなくなる。高齢者が陸の孤島となった街に取り残される。やがて、つまり、かつての新興住宅地の高齢化は、鉄道会社、自治体の双方にとって、まさに存亡の危機に関わる深刻な問題になるんです」

「となると、現役世代にどうやって、代替わりさせるかということになりますね」

「そこです」

堂島は、グッドポイントといわんばかりに、人さし指を突き立てた。

「鉄道沿線の新興住宅地を開発したのは、関連の不動産会社です。若い世代向けにリフォームをして賃貸に出す。あるいは転売を斡旋《あっせん》させる事業を活性化させるんです。借りる、買うのいずれにしても、現役世代には、ターミナル駅に近いという立地は魅力的なはず。高齢者にしても、賃貸にすれば毎月家賃が、売ればまとまったお金が入ってくる。不動産会社もリフォーム工事費用、仲介手数料が得られます。三方一両損どころか、三方一両得じゃありませんか」

「なるほどねえ。それどころか、特養を経営している不動産会社だってありますからね。斡旋する会社が介護施設を経営すれば、そのまま要介護者の受け皿になる。それもまた、大きなビジネスになりますね」

さすがだ。

甲斐は唸《うな》った。

悲観的見解を口にしながらも、対案を出してくる。それが、堂島の常だ。

「そう感心しないでくださいよ」

堂島は照れた笑いを浮かべた。「これは、リバースモーゲージの応用ですよ。すでに行っている不動産会社は日本にもあるんです。信託銀行も有料老人ホームの入居一時金として、この手法を取り入れた商品を販売してもいます。ただ、入居施設の斡旋までを行うところはほとんどない。だから、資産運用から、入居施設の経営までを一体化したスキームを官と民が一体となってつくりあげる。そうすれば、安心して利用する人が増えるんじゃないかと考えているんです」

「しかし、リバースモーゲージも、資産を持っていればこそ。それも住宅需要の多い都市部でなら通用する話ですよね。無資産、あるいは資産があっても買い手がつかない、運用もできないような地方では、応用が利きませんよね」

「その通りです」

堂島は笑みを消し真顔になった。「無資産層の社会保障費をどう捻出《ねんしゅつ》するか。赤字国債を発行しないで、それを賄おうとするのなら、企業の収益性を上げ、納税者ひとり当たりの収入を格段にアップさせるか、それが不可能ならば、納税者人口を増やす以外にありません」

納税者人口の増加。それが意味するところは明らかだ。

「つまり、少子化対策こそが、何においても優先されることだと――」

やはり最大の問題はそこに行き着くのか。

甲斐は訊ねた。

「事はそれほど単純ではありませんよ」

堂島は首を振った。「ただ人が増えりゃいいってもんじゃありません。雇用があって初めて賃金が発生し、納税者が生まれるんです。人は増えた、仕事がないじゃ、社会保障費がますます膨れ上がるだけです」

堂島は、さあどうするとばかりに、甲斐の目を正面から見詰めてきた。

「でもね、堂島さん。今年の予算規模を税収で捻出しようとすれば、所得を倍増させなきゃなりませんよ。となれば、いかにして納税者人口を増やすか。そちらの方が、現実的な対策ってことになりませんか。人口増加は、国内市場の拡大を意味します。当然、雇用だって生まれるでしょう」

甲斐はいった。

「問題は、仕事なら何でもいいって時代じゃなくなっていることです」

堂島は、すかさず反論してくる。「日本の大学進学率は、約六〇%。大学は八百近く。そして、その多くが、ホワイトカラーになりたいと望んでいる。だけど企業が人材に求める資質、能力は、かつてとは比較にならないほどに高くなっている。とても、全ての大卒者の願いを叶《かな》えてやるだけの環境にはないのです」

高い教育を受けたからには、それに相応《ふさわ》しい職に就きたいと願うのは当然のことだ。まして、貧困家庭に生まれた者は、教育費用が捻出できないために、高等教育が受けられず、低賃金に甘んじる職にしか就けない。貧困の連鎖から抜け出すことが難しい時代になっていることは、多くの学者が指摘していることでもある。その点からいっても、国民の高学歴化は、本来喜ばしいものであるはずだ。

しかし、就職に当たって問われるのは、学歴だけではない。戦力となり得る人間であるかどうかだ。同じ試験であっても、点数という客観的な指標で合否が下されるものではない以上、努力と結果は別である。

「だからといって、農林業、漁業だといっても、若い人がどれほど目を向けるか……。実際、政府も力を入れていますけど、後継者難、高齢化に歯止めがかからないのが現状です。もちろん、社会が存続する限り、これらの産業は絶対になくならないものですが、きつい労働だというイメージがありますからね」

甲斐は呻《うめ》くようにいいながら、腕組みをして考え込んだ。

「だったら、外国人労働者を受け入れるしか方法はありませんね」

堂島はあっさりといった。「食料需要は絶対になくならない。だけど、やるって人間がいないんじゃ、他所《よそ》から人を連れてくるしかないじゃありませんか。農林業従事者の平均年齢は六十一・四歳。野菜を作るにしても、魚を獲《と》るにしても、技術が必要です。ぐずぐずしていたら、誰もいなくなっちゃいますよ」

その通りである。農業、漁業、いずれにしても、研修生の名の下に、数多くの外国人労働者が従事しているのは紛れもない事実である。後継者が生まれない限り、日本の農林業、漁業は、本当に彼らに将来を委《ゆだ》ねるしかなくなるかもしれない。

「まして、政府の少子化対策が実を結んでみなさい。食料需要は増大するのに供給は細るんですよ。ビジネスとしては願ってもない環境ができあがるんです。それでも日本人が見向きもしないとなれば、世界には喜んでやるって人間は、ごまんとでてきますよ」

堂島は続けると、「人口減少に歯止めをかける観点からも、それが最も効果的、かつ即効性のある方法だと思います。国が決定的な打開策を早急に打ち出さなければ、移民――。間違いなく、そうした流れになりますね」

真顔で断言した。

第二章

1

「あれっ、時間間違えました？」

甲斐が、衆議院議員会館の新町の部屋を訪ねたのは、午前八時半ちょうどのことだった。

応接室の中央に置かれたテーブルを囲むように置かれた六脚の椅子。

そこで待ち構えていたのは、新町ひとりである。

「彼らには、四十分にって、いってあるの」

彼らとは、今日これから会うことになっている、ふたりの厚生労働省官僚のことだ。

「人選は慎重にやらないとね。官僚からだって、わたしたちが検討しようとしていることが漏れ伝わらないとは限らないもの。事前に打ち合わせしとこうと思ってさ」

新町はそういうなり、一枚の紙を机の上に滑らせた。

本当に彼女は、こうしたことには感心するほど頭が回る。

勉強会そのものは珍しいものではないが、党内には政策課題ごとに委員会が設けられている。ただでさえ青年局長にある甲斐が、本格的に政策の立案を手がけはじめたと知れようものなら、越権行為と見なす向きもでてくるであろうことは想像に難くない。いったい何様のつもりだといわれる程度ならまだいい。中には、事実上の派閥の立ち上げと見る向きもあるだろう。出る杭《くい》は打たれるというが、それがもれなく当て嵌《は》まるのが政界だ。いい、悪いの問題じゃない。人の欲と嫉《ねた》み妬《そね》みが渦を巻く世界である以上、必要以上に注目を浴びる行動は避けるに越したことはない。

甲斐はそれを受け取ると、素早く目を走らせた。

入省以前のキャリア官僚の経歴は、誰も似たようなものだ。

江副涼太《えぞえりょうた》、三十五歳。保険局国民健康保険課。もうひとりは、柏田孔明《かしわだこうめい》、総務課・少子化対策企画室。こちらも、やはり三十五歳である。

「ふたりとも、薫子さんの同窓にして同期ですか」

「大学時代の学部は一緒。面識があったから、声を掛けやすかったのよ」

新町は答えると、「でも、性格は正反対。江副君は典型的な官僚タイプ。仕事はそつなくこなすし、超現実主義。省内出世を目指しているわね。一方の柏田君は、優秀であることは変わりないけど、周囲との協調よりも、独自のビジョンに基づいて行動しようとする。省内出世は望んじゃいない。いずれ外に出るかもね」

意味を含ませたいいかたをした。

「それって、柏田さんは、政界入りを目指しているってことですか？」

「わたしはそう睨《にら》んでいるけどね」

新町は頷《うなず》いた。「このふたりを選んだのは、実務に長《た》けた人間がいいのか、必ずしも現実的とはいえないかもしれないけれど、突拍子もないアイデアを出してくる人間の方がいいのか、判断がつきかねたから」

「いい取り合わせじゃないですか。保守派と改革派。同じような種類の人間から話を聞くより、異なった視点を持つ人間から話を聞いた方が、問題の本質が把握できますからね」

甲斐が、いい終えたその時、応接室の中に、ノックの音が響いた。

予定の時間より、まだ五分ほど早い。

「先生、お見えになりました」

秘書の女性が顔を覗《のぞ》かせるなりいった。

「おはようございます」

丁重に体を折りながら、ふたりの官僚が入ってきた。

いずれも甲斐は初対面だ。相次いで名刺を差し出してくる。

なるほど、新町がいう通り、ふたりの性格の違いは外見にも現れている。

ハーフカットにした頭髪。少し張り出した顴骨《けんこつ》。銀縁眼鏡の下に覗く眼差《まなざ》しは、笑みを湛《たた》えてはいても、油断ならない光を宿している。痩《や》せ形の長身と相まって、いかにも官僚といった雰囲気を醸し出す江副。

一方の柏田だが、こちらは中肉中背。頭髪は坊主に近い短髪。瞳《ひとみ》の半ばまで上の瞼《まぶた》がかかっている目に厚い唇は、泰然自若とした印象を受ける。

「ごめんね。朝早くから呼び出して」

省は違えども、同期である。新町は、砕けた口調で切り出した。

「いえ、これがわたしたちの仕事ですから――」

江副は、如才ない笑みを湛えながら、落ち着き払った口調で応《こた》えた。

「まあ、今日は仕事っていうより、僕らの勉強のために来てもらったんです。これからの国を担う、若手官僚の率直な意見を聞きたいと思いましてね。私的会合です。本当は、酒でも酌み交わしながらの方が、いいのかもしれないけれど、皆さんは仕事に忙殺されている身だし。それで、こんな早朝になってしまったわけです」

官僚の日常は多忙を極める。通常業務に加えて、議員からの問い合わせ、勉強会への出席、さらには、閣僚の国会答弁まで作成しなければならない。それも絶対的時間の制約の中でだ。帰宅が午前様になることも日常茶飯事。勤務時間など、あって無きがものだ。

無駄な時間を費やす暇はない。甲斐は、続けて訊《たず》ねたいことの概要を述べると、

「これまでにも、散々論議されてきたことには違いないのですが、本当のところ、あなたたち世代の官僚は、この問題をどう考えてるんでしょう。このままで行くと、どん詰まりになったところで、対処を迫られるのは、我々の世代ってことになりますよね」

ふたりの顔を交互に見ながら意見を求めた。

「どう考えてるとおっしゃられましても――」

ちらりと、柏田に視線をやりながら、江副が口を開いた。「確かに先生のおっしゃるように、現行制度を維持しようとする前提に立てば今後も社会保障費が増加し続けるのは間違いありません。国民の平均寿命も延び続けるわけですからね。もっとも、ひと昔前の六十歳といまの六十歳は違います。ならば、制度を時代に即したものに変えていく。個人的には、それしか方法がないと考えます。実際、政府の政策もその方向で動いているわけですから」

個人的にと前置きしながら、江副は官僚答弁の見本のような答えを返してくる。

「なるほど、確かに再雇用制度が導入されて、本人が希望すれば六十五歳まで働けるようになった。だけど、本当の狙いは基礎年金の支給開始年齢を六十五歳に引き上げ、少しでも年金の支払い総額を軽減することにあるわけでしょう？」

「いや、先生、それは少し違います。支給開始年齢は、繰り上げも、繰り下げもできるわけですし、定年延長は、高齢者層の意向を汲《く》んでのことでもあるんです」

江副は、甲斐の問い掛けを即座に否定する。「少し古いデータですが、六十歳から六十四歳の非就労者のうち、半分以上が、六十五歳から七十歳になっても四割が、実際に就業を希望してるんです。その最大の理由は、健康を維持したいからですよ。働きたいと願っているのなら、働ける環境を整えて差し上げる。歓迎されこそすれ否定されるものではないはずですし、健康維持に繋《つな》がるのなら、健康保険の公的負担の軽減にもなれば、税収増にも繋がるじゃありませんか」

国民健康保険の支出内訳の中でも、突出して多く、年々増加を続けているのが、老人保険拠出金だ。確かに江副のいうことにも一理ある。

「でもね、江副さん。市町村国保の職業構成比では、半分以上が無職でしたよね。それに国保料滞納世帯だって二〇％。五世帯に一世帯は保険料を支払えない状況にあるんですよ。政府が提出している、財政が悪化している厚生年金を解散させる法案が通れば、九割は存続を認められなくなるだろうともいわれてるんです。そうなれば、当てにしていた通りの年金が、もらえなくなっちゃうんですよ。基礎年金だけになっちゃったら、国保の保険料なんて払えるわけないでしょう。第一、基礎年金にしたって本当にもつんですか」

甲斐が重ねて訊ねると、江副は一瞬、言葉に詰まったが、

「それは、破綻《はたん》するかということですか？」

と逆に訊ね返してきた。

「そうです」

「基礎年金は絶対に破綻しません」

江副は確信に満ちた口調で断言した。

「どうして？　その根拠は？」

「破綻はしません。もっとも、給付開始年齢のさらなる引き上げもあれば、給付額の減額もあり得る話ではありますがね」

江副は、臆面《おくめん》もなくこたえにならない言葉を返す。

なんだそれ。

甲斐と新町は、同時に顔を見合わせた。

「給付を先延ばしにする上に減額しても、払い続けている限りは、破綻とは呼ばない。そういいたいわけ？」

新町が、呆《あき》れた口調で迫った。

「破綻の定義は、修復しようがないほどうまくいかなくなること。行き詰まることです。その点からいえば——」

「あのさあ」

新町が苛立《いらだ》った声を上げながら、手にしていたボールペンをノートの上に叩《たた》きつけた。

「そんな官僚答弁を聞きたいんじゃないの。だったら、さらに寿命が延びたら年金支給開始年齢を遅らせるために、再雇用年齢をもっと引き上げるわけ？」

「先ほど申し上げたように、現時点においても六十五歳を過ぎても四割の人が——」

まるで、不正献金を追及される議員のように、江副は話を戻す。

「企業がそれを素直に受け入れると思う？　歳相応の仕事がなければ、働くに働けないじゃない。仕事はないわ、厚生年金はもらえないじゃゃ、健康保険料を支払えない人たちが増大するだけでしょ。第一、今後、老人保険拠出金だってますます増えるんでしょ。国保料が未納だからって、医療を施さないわけにはいかない。介護しないってわけにもいかない。どっから、そのお金を捻出《ねんしゅつ》するつもりなのかって聞いてるわけ」

新町は、ぶち切れたように一気に捲《まく》し立てた。

「これ、まさに憲法第二十五条にかかわる問題ですよ」

甲斐が発した言葉を受けて、

「それ以前に、老人は、多年にわたり社会の進展に寄与してきた者として、かつ、豊富な知識と経験を有する者として敬愛されるとともに、生きがいを持てる健全で安らかな生活を保障されるものとする。老人福祉法第二条に立派に抵触するわよ」

法学部出身らしく、新町が諳《そら》んじた。

「薫子さ……いや先生。それは国に求める以前に、まず家族に求められるべき条文じゃないですかね。それに、案を作ったのは官僚かもしれませんけど、制度として認め、ここに至るまで放置してきたのは、先生方じゃありませんか。いまさら、どうすんだって聞かれましてもねえ……」

江副は、口の端に皮肉な笑みさえ宿しながら、白けた口調でいった。

そこを突かれると、答えに詰まる。

遥《はる》か昔のこととはいえ、現在の社会保険制度は、日民党の政権下で設立されたものならば、今日に至るまで、根本的な対処策を講じることなく放置してきたのも、長く政権与党として日本の政治を担ってきた日民党である。責めを問われて当然なのだ。

黙ったふたりに向かって、江副はいった。

「まあ、先生方おふたりは、問題を解決しなければならない当事者になることは間違いないんですから、そうおっしゃりたくなるのも分かります。でもね、その思いは私たちだって同じです。出生率が減少に転じた時点で、いずれこうでもしないと現行制度がもたなくなることは分かっていたはずなんです。ところが我々の先達は、策を講じるどころか、よりによって保養施設に約七兆円もの公的年金を流用したんです。あり得ませんよ」

もちろん、流用先が官僚の天下り先になったことはいうまでもないのだが、資金流用の絵を描いたのは、時の日民党総裁にして総理だ。こちらもまた、非は日民党にもある。

「七兆円ねえ……」

新町が、溜息《ためいき》をついた。

「もっとも、そのお金がそっくりそのまま残っていたとしても、年金積立金は年に六兆円の規模で取り崩され、その額は今後ますます増加していくんです。現行制度を改正しない限り、どちらにしても財源が尽きるのは時間の問題ではあるんです。ですから、働けるうちは働いていただく。制度を維持するためには、年金の支給期間を極力抑えるしか方法はないんです。人口の増加が見込めない以上はね」

江副は、それまで一言も発することなく、三人のやり取りを聞いていた柏田に目をやった。

「そりゃ無理です」

ところが、柏田は野太い声で、素っ気なく断じる。

「無理って、あなた、少子化対策企画室にいるんでしょ。どうやって人口増やすのか、策を考える立場にあるんでしょ」

新町が、身を乗り出して食ってかかった。

「そりゃあ、必死に考えてますよ。寝ても覚めても、そのことで頭がいっぱいです。だけど、どう考えても、人口が急激に増加に転じる根拠がみつからないんです。出てくるのは逆のデータばかりなんですから」

「たとえば？」

新町が訊《たず》ねた。

柏田は大きく息を吐くと、話しはじめた。

「最大の根拠は、今後五十年間で、出産可能性の高い二十五歳から三十九歳までの女性が六割も減少し、未成年者も五割減るとされていることです。つまり、次世代を産む人口の絶対数が激減するんです。ここにきて、多少改善の兆しは見えていますが、それでもひとりの女性が生涯に産む子供の数、特殊出生率は一・四一。これは人口を維持するだけでも、程遠い数字です」

五十年後といえば、百歳人口が六十六万人を突破しているはずである。社会保障費を必要とする人口が激増しているのに、支える人口がそこまで減れば、どんな社会になるかは改めて説明を受けるまでもない。

「人口が安定的に推移する出生率は、確か――」

「人口置換水準は、二・一です」

新町の言葉が終わらぬうちに、柏田は答えた。

「一組の夫婦が、ふたりの子供を産んでもいまの人口すら維持できない。現実を考えれば、確かに遠い数字ですね」

改めて事態の深刻さに、暗鬱《あんうつ》たる気持ちになりながら甲斐は漏らした。

「子供の医療費無償化、児童手当、児童託児施設の増設、育児休暇の延長と、いろいろと策を講じても、特殊出生率がちょっと上向いた程度。まして、数字を押し上げているのは三十歳以上、二十代は下がり続けてるんですからね」

そういう柏田の眉《まゆ》がハの字に開く。

溜息をつきたくなるのが分かるようだった。

「まだまだ、子育てしやすい環境になっていないのよ」

新町がいった。「女性参加型の社会を掲げても、産休、育休が終わって、安心して働ける環境が整っているかといえば、必ずしもそんなことはありませんからね。朝夕の送迎も母親ならば、子供が病気になれば、仕事を途中で放り出して駆けつけなきゃならないのも、大抵の場合母親なんだもの。ひとりでも手いっぱい。とてもふたり目を産める

「もちろん、それもあるでしょう。しかし、子育ての環境を整えるだけでは、この問題は解決できないように思うのです」

柏田はまたしても否定的な見解を口にする。

「というと？」

甲斐は訊ねた。

「ライフスタイルの変化。いや、社会の変化です」

柏田は、相変わらず半ば閉じた瞼《まぶた》から覗《のぞ》く瞳《ひとみ》を、一点に見据えたまま答えた。「就職し、仕事を覚えた頃には、お金にも余裕が生じてきます。仕事に余暇にと二十代を謳歌《おうか》している間に、三十代が目の前にやってくる。当然、結婚年齢は遅くなる。実際、現在の女性の平均初婚年齢は二十九歳。第一子出産年齢、約三十歳。これは、三十年前の、ほぼ第三子出産年齢ですよ。これじゃあ子供は増えません」

「それって、例の女性手帳のことをいってるわけ？」

新町の眉が吊《つ》り上がり、声に棘《とげ》が宿った。「妊娠には適齢期がある。だから女性は早く子供を産め。それを逃すんだから、子供が生まれなくなるのは当然だ。そういってるわけ？　それに、なんだか、あなたのいってることを聞いてると、女性が社会進出するようになったのが、少子化の原因みたいに聞こえるけど」

柏田も新町の変化には気がついているはずだ。しかし、相変わらずの口調で続ける。

「そうではありません。女性の社会進出は、本来喜ばしいことです。労働人口が増えれば、税収も増えるんですからね。国にとっても、いいことずくめです。ですが、仮に母親の負担の問題が解決できたとしても、出産層の若年齢化、ましてふたり目、三人目と子供を産んでもらえるようになるかといえば、必ずしもそうはならないでしょうね」

端《はな》から、無理だと断じているのだ。否定的な見解を聞かされるのは当たり前だが、新町の見立てでは、柏田はビジョンを持つ男のはずだ。

期待外れもいいところだが、それともこれは前段だとでもいうのか。

「じゃあ、育休制度や待機児童ゼロを目指している、いまの政策はことごとく無駄だっていうわけ？」

新町は、むっとした声を上げる。

「そんなことはありません。私だって、共稼ぎで四歳の子供を育ててるんです。託児施設の充実が、いかに重要かは痛感してますよ」

柏田ははじめて瞼を僅《わず》かに見開くと、首を振った。「問題は、若くして子供を持とうにも、子育てを行える収入がない。特に都市部においては、生活の基本的コストがかかり過ぎるのです」

「二十代前半の年収は確か、男女平均で約二百五十万円程度でしたか。後半になって、三百四十万円。結婚して新居を構えるにしても賃貸でしょうし、まして子供が生まれ、学齢期に入ればワンルームってわけにもいきませんからねえ」

江副も、思い当たる節があるのか、傍らから口を挟む。

基本的コストとは、家賃を指しているのだろうが、国家公務員には、月額最高二万七千円の住宅手当が出るはずだ。それに配偶者には一万三千円。子供にだって、六千五百円の家族手当がつく。

「それでも、民間企業に比べれば、あなた方は随分恵まれていると思うけど？」

新町も、そこに気がついたのだろう、皮肉の籠《こも》った声でいった。

「だから、大変だと申し上げているのです」

柏田が答えた。「住宅手当が支給されている企業は、従業員千人以上の規模でも約五割。それも廃止される傾向にあります。支給額に至っては、平均で一万円から二万円。都市部に住み、家賃を支払うとなると、二十代後半共働きでも、子供ひとりがやっと。まして、片働きではかなり厳しい」

甲斐も新町も独身だ。子育てに親がどれほどの労力を要するか、出費の多寡ぐらいはデータで知ってはいても実感に乏しいことは否めない。

それを知ってのことか、

「それに、いまの子育てに伴う出費は、多岐に亘《わた》りますからね」

江副が言葉を継いだ。「未就学期には保育費。学齢期になると、学校外教育費に加えて食費が徐々に増えていくんです。年間子育て費用は、ゼロ歳で年間九十三万円、中学三年では、百六十万円になるという民間のデータもあります」

「二十代前半の片働きともなると、税金と社会保障費を支払えば、実質収入は約二百万を割り込みます。第一子が生まれ、仮に家賃を月額八万円に抑えたとしても、残りは僅か。光熱費が支払えるかどうかでしょう。他に見込める収入といえば、会社の家族手当、月額一万円の児童手当ですが、夫婦ふたりの生活費には到底足りません。共働きにしても、三年の育休が終わって、職場に復帰すると保育費のウエイトが増し、子育て費用はこの時点で年間百万円を超すんです。やはり厳しいですよね」

官僚らしく、柏田の口からはすらすらと数字が継いで出る。

いや、ごもっとも。圧倒的な説得力である。ぐうの音も出ないというのはこのことだ。

甲斐は思わず溜息《ためいき》を漏らした。

「我が国は紛れもない長寿大国です。ですが、寿命の延びは、人間の身体能力がそれに応じて延びることを意味するものではありません。それはアスリートの選手寿命を一つとっても明らかです。ピークは、十代後半から三十代まで。どれほど鍛練を積んでも、トレーニングの方法が変わっても、昔から変わらないんです。身体能力がピークの時に、子供が生まれない。いや、産めない。これでどうして、人口が増えますか」

柏田の口調にやるせなさが潜んでいるのは、気のせいではあるまい。

なるほど、そういわれると、少子化は社会の変化によるものだという、柏田の論も理解できる。

かつて、人口の流動化がそれほど顕著ではなかった時代には、三世代同居も当たり前。

家賃も必要なければ、子育て、いや介護ですら、家庭内で賄えた。職は家業を継ぐも良し、雇用にしても、その時代には、地域完結型の経済圏が存在し、地場で職を得るのも然程《さほど》困難ではなかったのだ。

かくして若くして家庭も持てれば、子供も持てた。して考えると、全ては、より快適な生活、より高い賃金を求め、故郷を離れ、家族が核化したことから始まったこと。少子化は高度に成長した社会が行き着く当然の帰結といえるのかもしれない。

『やるって人間がいないんじゃ、他所《よそ》から人を連れてくるしかないじゃありませんか』

一次産業の後継者対策を移民に求める、堂島の言葉が脳裏を過《よぎ》った。

こちらも、産む人口が減るのなら、他所から人を連れてくる以外にないということになってしまうのか。

しかし、それでは――。

「柏田さん」

甲斐は縋《すが》る思いで口を開いた。「本当に策はないんでしょうか。このままじゃ、日本は本当につんじゃうじゃないですか」

「考えてるんですけどねえ――。第一、打開策があるのなら、とっくに政策として提案してますよ」

柏田は、厚い唇をへの字に結んで俯《うつむ》いた。「初婚年齢、二十四・七歳。第一子出産年齢、二十五・七歳。これは昭和五十年当時の数字ですが、ここまで年齢が下がれば、特殊出生率が二・一まで回復する可能性がでてきます」

「それでようやく、人口減少に歯止めがかかるわけですね」

「ですが、子供を産んでも生活を維持していけるだけの収入と環境が得られないことにはどうにもなりません。かといって、給与水準を上げろといっても、それは企業が決めること。政策としては難しい。児童手当を増額しようにも、原資がありません。となれば、収入の中で基本的コストとして無条件で出て行く額を減らすしかない。そこまでは、思いつくのですが、打開策となると、今のところは——」

柏田は、呻《うめ》きながら腕組みをし、瞼を閉じた。

所得の中で無条件に出ていくコストをいかにして減らすか——。

甲斐はペンを取ると、その文言をメモ用紙の上に書き留めた。

2

足下にハックが忍び寄ってくる気配を感じて、神野はキーボードを打つ手を止めた。

ハックは三歳のゴールデンレトリバーの雄だ。

仕事柄、コンピュータ画面に向き合う時間が長くなる従業員の気分転換のために、職場のマスコットとして飼っている。

ハックと名付けたのは神野である。

ハッキングの語源となった言葉だが、本来の意味合いは大分異なる。コンピュータがまだごく一部の特殊技術を持った人間しか扱えなかった頃、MIT（マサチューセッツ工科大）の鉄道愛好家たちが、模型を動かすプログラムをいかに手短に書き上げるかを競ったことを「ハック」すると称した。そして優れたプログラムをものにした時に上げる言葉が「ハック！」。

つまり、自社が開発する製品も、その例に倣い常に優れたものであれ。そうした願いを込めたというわけだ。

クロコディアン社のオフィスは、二つのフロアに分かれているが、いずれにもパーティションはない。

横一列に並べられた机がフロアを埋め、管理職もその中に席を置く。

唯一の例外は神野の席だが、さすがに社員の席から間隔を置いているとはいえ、誰からも見通せる環境にあることには変わりはない。

「ハック、みんなからさんざんおやつ貰《もら》ってるんだろ。お前、メタボになっちまうぞ」

そうはいいながらも、神野は机の上の小皿にあったビスケットを取り上げた。

もちろん、自分のためのものではない。ハックに与えるために、用意してあったものだ。

かりかりと音を立てながら、嬉《うれ》しそうに尾を振るハックの姿に目元が緩む。

「ヒデさん――」

頭の上から声を掛けられて、神野は振り向いた。「ちょっと、いいかな」

専務取締役の津村繁和《つむらしげかず》である。創業以来、苦楽を共にしてきたパートナーにして、卓越した技能を持つプログラマーだ。

もっとも、会社の規模がここまで大きくなると、実際にプログラムの開発に当たることはなく、いまは開発部門の総指揮を執る立場にある。

神野は、ハックの頭を撫《な》でてやると、

「座れよ」

傍らに置いた椅子を目で指した。

黒いTシャツに、ビンテージのジーンズ。坊主頭に黒縁眼鏡。ラフな格好は日頃外部の人間と、あまり会う機会のない、開発部門の特権だ。

「参ったよ……」

津村は腰を下ろすなりいった。「また、休職願。これで今年三人目。すでに休職中の人間を含めりゃ五人だぜ」

「理由は？」

「前の四人と同じ。メンタルヘルスの問題」

津村は肩で大きく息を吐くと、「ここ二日ばかり、体調不良で休んでいたと思ったら、いきなり診断書と休暇届を送り付けてきやがった。ったく電話ぐれえかけて来いってんだ」

毒づきながら、手にしていた紙を差し出してきた。

診断書、休職願、どちらにしても、書いてある内容は同じだ。目を通すまでもない。

「そんなに仕事、ハードだったのか？」

神野は、それを机の上に置くと訊《たず》ねた。

「そうとは思えないけどね」

津村は怒ったような口調でいい、首を振った。「そりゃあさ、プログラミング部門は、人手がいりゃあいいってわけじゃねえ。チームで動いている限り、期間中にやらなきゃならない個々の仕事の絶対量は決まってる。遅れりゃ、どこかで取り返すしかねえさ。だけど、無茶な業務量を課してるわけじゃない。能力応分の仕事を与えているつもりだけどね」

管理職者としては、当然の見解だろう。

人手を増やせば、コストが増す。それは採算分岐点が、高まることを意味し、会社の業績に即座に反映する。まして、クロコディアン社は上場企業である。業績は株主に常に監視され、決算書は経営者の通信簿だ。

いかにコストをかけずに大きな収益を上げるか。そこに管理職、ひいては経営者の手腕が問われている以上、社内に余剰な人員を置くわけにはいかない。

「それにさ、ウチの会社は、従業員に報いている方だと思うぜ。プログラマーは事実上の年俸制度を取っているけど、給与は他の職種に比べて優遇してるし、能力評価に加えて、開発ソフトの売り上げをボーナスに反映してるしな。ここまでやってる企業はそうないぜ」

津村は、半ば呆《あき》れた口調で肩を竦《すく》めた。

「理由がメンタルヘルスにあるってんなら、しょうがねえよ。無理させるわけにもいかねえしさ」

溜息《ためいき》をつきたくなるのを抑えて、神野はこたえた。「で、どうなんだ。戦力がひとり減っても、開発は計画通りに進むのか」

「やるしかねえじゃないか。とはいっても、当面チームリーダーにカバーさせるしかねえんだけどさ」

津村は先が思いやられるとばかりに、むっとした声でいった。

「大丈夫か。リーダーが潰《つぶ》れちゃ話になんねえぞ」

「こと今回に関しては心配ない」

津村は、自信ありげに断言する。

「しかし、何でまた、こう続くんだろうな。俺たちが会社はじめた頃は、それこそ昼も夜もなく、ふたりして、キーボード叩《たた》きまくってたけどな」

あの当時のことを思い返すと、よくも体が続いたものだと思う。

ワンルームのマンションの一室で、誰よりも早く、少しでも優れたものをと、まさに寝食を忘れて仕事に打ち込んだ。食事といえば、カップラーメンかコンビニの弁当。睡眠といっても、寝袋に包まって床に転がるだけ。仮眠といった方が当たっている。もちろん定収はない。それどころか、資金が尽きれば、全てが終わる。そんな危機感と、プレッシャーに苛《さいな》まれる日々を過ごしたのだ。

「若かったし、誰のためでもない。自分たちのためだったからな」

津村は、ふっと笑った。「だけど、これから先も休職者が続出なんてことになったら、悪循環に陥りかねないぜ。休職願はある日突然やってくるからな。かといって、余剰人員なんて、会社のどこを探したっていやしねえ。当座を現行人員で凌《しの》ぐしかないとなりゃ、他の人間に負荷がかかる——」

結局、新たな休職者が出現する確率が高くなるというわけだ。

従業員を雇用するということは、その数だけ問題が発生するリスクを抱えるということだ。それを切り盛りしていくのが経営者の務めだと分かっていても、人の内面に関わる問題の解決は容易なことではない。

「例の新産業戦略会議じゃ、従業員の解雇がいままでよりずっと簡単にできるよう制度を改める方向に意見がまとまったんだろ」

津村が突然、話題を変えた。

何をいわんとしているかは、想像がつく。

「俺は賛成できんが、実業界から選出された委員。特に、横沢さんあたりがそれを強く主張していてね」

神野はこたえた。

「分かるな」

果たして、津村はいう。「酷ないいかただけど、メンタルヘルスを理由に、医者の診断書を添えて休職願を出してくる人間は、復職してもまた繰り返すケースが多いからな。復職しても、また途中で仕事を放り出されたんじゃ、堪《たま》んねえよ。まとまった金を出して解雇できりゃ、どれほど楽か——」

「でもな、経営者にとって、この制度は麻薬だぞ」

神野は反論に出た。「だって、そうだろ。こんな制度が法で認められたら、会社はどんな理由ででも従業員を解雇できるようになるんだぞ」

「正規雇用者の促進につながるかもしれないじゃないか。派遣から正社員への道が開かれてるっていっても、現実はそう簡単なもんじゃない。解雇しやすくなれば、雇用もしやすくなる。戦力と見なされているうちは、社員でいられ続ける。残れるかどうかは、それこそ本人次第だ」

「そんなきれい事で終わるもんか」

神野は断じた。「社員に瑕疵《かし》はなくとも業績いかんで、首切りに走る経営者だって出てくるに決まってんぜ。本来経営者側が責めを負わなきゃならないことを、従業員に押し付ける。それじゃあ、本末転倒だろ。第一、そんなルールを前提にして採用された人間を、正社員とは呼べねえよ」

神野だって経営者だ。業績好調のクロコディアン社にしたって、好不調の波もあれば、全ての従業員が必ずしも期待通りの働きをしてくれているわけじゃない。まして、いまでこそ時代の最先端を行き隆盛を極めるIT業界だが、どんな産業にしても、もれなく一時代を築いた時期があったのだ。

勃興《ぼっこう》期があり、やがて最盛期を迎え、成熟産業となる。そして、その時に新技術が出現し衰退期を迎える。それが産業の歴史だ。

時の経営環境に応じて、人員の増減も思うがまま。人材の入れ替えも自由になる。確かに経営者にとっては魅力的に過ぎるシステムではある。だが、それでは——。

「でもさ、これは人事部も指摘していることなんだが、気になんのは、入社年次の若い層、特に新卒採用に休職者が集中しているってことだ」

津村は声を潜めた。「他所《よそ》で働いたことのある人間は、朝礼も強制されない。給料も悪くない。前の職場に比べれば、ウチは格段に働きやすいって口を揃える。実際、中途採用組の離職率は高くないし、休職者に至っては、ほとんど出ちゃいねえ。メンタルヘルスを理由にしたのはゼロだ。その点からいっても、勤務形態を改善する必要があるとは思えないし——」

そうした傾向が見られることは、役員会でも何度も話題になった。

ウチでついて行けない人間は、どこへ行っても勤まらない。

そう断言する役員もいた。

神野は、机の上に置いた休暇届に目をやった。

「辞めた人間はどうすんのかな……」

神野は思わず呟《つぶや》いた。

「えっ？」

「ウチだって、そこそこの人気企業だ。入社してくる新卒社員は、選びに選び抜いた人間だ。それが、一人前になるかどうかのあたりで辞めていく。他業種っていったって、特別なスキルか実績がありゃ職探しには苦労しないだろうが、ただでさえ既卒者には厳しいのが日本の雇用環境だからな」

「さあ……」

津村は、考えたこともないとばかりに、気のない返事をする。「贅沢《ぜいたく》いわなきゃ、何とかなるんじゃないのかな。体ひとつあればって仕事だってあるもの」

「そんな仕事、いまどきあるか？」

「それこそ、派遣とかさ。だって、働かないことには食っていけないじゃないか」

「だけどな、一生派遣ってわけにはいかねえだろ。時給ベースじゃ、昇給ったって限度がある。それこそ会社の業績、事業方針の変更で、いつ首になるか分からないんだぞ」

津村が黙った。神野は続けた。

「それにさ、派遣でまかなえるような仕事は、大抵が機械と人間のどっちが安くつくかだ。まして、日本はこれから少子高齢化の時代に入るんだ。国内市場はますます縮小する。製造業だって、生産拠点の海外移転は、今後加速していくのは間違いないんだ。派遣の仕事だって、いつまであるか分かったもんじゃないぞ」

「高齢化社会ね。その年代層に向けたアプリなんてのもいいかもな」

「そうじゃねえよ」

軽口を叩く津村を神野は一喝した。「職にありつけるのは勝ち組ばかり。落ちこぼれたら最後、職はない。あっても低賃金の片手間仕事ばかりになったらどうなんだよ。誰が生活を保障するかっていったら社会だろ。憲法で最低限の生活を営む権利を保障するって謳《うた》っている限り、国が面倒みなきゃならねえんだぞ」

語気に気圧《けお》されたのか、津村は再び押し黙る。

「そんな人間が多数を占めるようになってみろ。ただでさえ、労働人口は減る、高齢者は増えるんだ。社会保障費がいくらあったって足りるわきゃねえだろ」

「確かに——」

津村は頷《うなず》いた。

「それは、この会社が危機を迎えるってことになるってことでもあるんじゃないか。だってそうだろ。所得に余裕のない人口が増えれば、どんなアプリやゲームを開発しても、ビジネスになるわきゃねえじゃねえか」

「そりゃあ、日本国内だけに限ればの話だぜ。世界に目を向ければ、人口はこれからも増え続ける。俺たちの仕事は国境って制約とは無縁なんだぜ。しかも今後人口が増加するのは途上国。未開の市場だ」

悲観的に過ぎるといいたげに、津村は苦笑する。

「なるほど、国境はない。でもな、海外市場に進出するってことは、競合相手が格段に増えるってことだぞ」

神野は返した。「競争はいまでも激しいが、日本語って障壁があるからまだこの程度で済んでんだ。スマホが本格的に普及してから、たった五年。その間にアプリだけでも、二つのプラットフォーム合わせて二百万を超してるんだぞ」

津村は渋い顔をしながら、口を噤《つぐ》んだ。

「それにだ」

神野は続けた。「スマホだって、いつまであるか分かんねえぞ。通話の手段も変われば、ゲームのツールだって変わっちまうかもしれない。それも、俺たちの技術がそのまま転用できるとは限らない。新しいベンチャーに、一気に取って代わられたって不思議じゃないんだ」

それは、この会社が創業以来、極めて短期間のうちにここまでの成長を遂げた経緯からも明らかだ。

クロコディアン社のビジネスモデルは、すでに確立されたといってもいい域にある。エンジニアの能力一つとっても、これから先に生まれる技術に対応できる保証はどこにもない。まして、半導体の能力は乗算的にいまも進化し続けている。いま存在する情報環境、ツールを一変するような、新しいテクノロジーが生まれれば、そこで生まれるベンチャーに駆逐されてしまう恐れは十分にある。

「なあ、シゲ──」

神野はいった。「この会社の二十年先を考えたことあるか」

「二十年先ね。俺たち六十歳か……」

津村はこたえに窮したように語尾を濁す。「考えたことないな」

「その時、ここにいる社員の大半が四十代から五十代。働き盛りの真っ只中《ただなか》だ。おまえ、彼ら、彼女らが、その時ここで働いている姿、想像できるか？」

神野は重ねて訊《たず》ねた。

津村は、少しの間考え込むと口を開いた。

「会社が成長し続けなきゃ、えらいことになるな。給料だって、毎年上げてやらなきゃならないわけだし……」

「五百人だぞ」

自分で発した数字の重さが、神野の胸に突き刺さる。「新技術が出現しても、会社は対応できるさ。スキルを身に付けた人間を採用すればいいだけだからな。だけどその時、新技術についていけなくなった人間をどうすんだ。やれる仕事が会社にあるのかよ」

「それは……」

津村は、言葉を詰まらせながら、深い息を吐いた。

「そう考えると、新産業戦略会議で決まった方針は、確かに魅力的さ。僅《わず》かばかりの金を渡して、解雇ができるようになるんだからな。だけど、四、五十代って、一番金がいる時だぞ。家族もいれば、ローンもあるだろう。そこで放り出されたら、彼らの人生どうなるんだ」

「考え過ぎだよ。会社の業績が怪しくなれば、さっさと見切りをつけて、他所に移る人間だって出てくんだろさ」

「他所に移れる人間って、ウチにとっても必要な人材なんじゃないのか」

「えっ？」

津村は虚を衝《つ》かれたように固まった。

「ウチの中途入社組を見れば分かんだろ。採用するのは前の職場で確かな実績を上げてる人間だけだ。逆もまた同じ。真っ先に辞めていくのは、買い手のつく人間。最後まで残るのは行き場のない人間だ。知恵を絞れっていうなら、残らざるを得ない社員をどう活かすか。これからの企業経営者に求められるのは、そこなんじゃないのか」

それは神野が新産業戦略会議に出席して以来、ずっと考えてきたことだった。

津村は腕組みをすると、考え込む。

「確かにそれはいえてんな。四、五十歳で会社を放り出された人間が、簡単に次の職を見つけられるとは思えない。あったとしても、それまでの賃金を維持できるわけがない。そんな人たちが世の中に溢《あふ》れ返れば消費は低下する。結局そのツケは、企業経営に必ず跳ね返ってくることになるよな」

「新しい事業を考えてみないか」

神野はいった。「やっぱり、企業の事情一つで、簡単に従業員を解雇できるってシステムは間違っていると思うんだよな。おまえのいう通り、企業が存続し続けるためには、消費が生まれないことには話にならねえ。つまり、雇用を守らなけりゃ、結局困るのは俺たち企業ってことになるんだからな」

「しかし、新しい事業ってもなあ……。年齢相応の賃金を捻出《ねんしゅつ》できる仕事となると、難しいぜ」

津村は、ハックに同意を求めるように頭を撫《な》でた。

「分かってる」

神野は頷いた。「でもな、この仕組み造りはこれからの企業のあり方として、絶対に必要になることは間違いないんだ。それに、別に損をしてまでやろうってんじゃない。あくまでもビジネスだ。ものにできればウチの会社に新たな柱ができる。それは決して悪い話じゃないだろ」

「確かに――」

ニヤリと笑う津村に向かって、

「何もないところから、十六年でここまでの会社にしたんだぞ。知恵を絞れば、きっと何かが見つかるさ。絶対に」

神野は、笑みを浮かべて断言した。

3

六月に入ると、甲斐の身辺は俄《にわ》かに慌ただしさを増してきた。

翌月に控えた参議院選挙に向けて、全国を駆け回る日々が始まったのだ。

『政界のプリンス』

誰が呼びはじめたものかは分からぬが、同じ言葉を以《もっ》て称された政治家はこれまでにも数多くいる。

しかし、三十三歳という若さで、党の青年局長を担うことになったのは、長い党の歴史の中でも、甲斐が初めてだ。もっとも、それが政治家としての力量を買われてのことでないのは、誰よりも自分が承知している。

かつて、絶大な支持を集め、盤石な政権基盤の下で構造改革を断行した父親の後継者。その血筋と人気を引き継いでいることを称してのことなら、政党には分かりやすいシンボルが必要だ。いや、この場合イメージキャラクターといった方が当たっているかもしれない。プリンスがキングになった例は、数えるほどしかないのがその証左というものだが、与えられた職分は全うしなければならない。

その日甲斐は、宮城県北部にある海沿いの町を訪ねた。

先の震災に伴う大津波で、壊滅的な打撃を被った町は、いまだ復興とはほど遠く、かつて集落があった場所は、雑草が生い茂る荒れ野と化している。町外れには、いまも尚、震災がれきが残ったままだ。

高台にある集会所で演説を行い、仮設住宅を訪問した。

被災地は、これまでにも何度となく訪れていたが、震災から二年以上が経過したというのに、被災者の暮らしぶりに変化はない。

六畳の和室に台所。トイレと風呂《ぶろ》が一緒になったユニットバス。一Kタイプの仮設住宅暮らしがどれほど辛《つら》いものであるかは想像に難くない。まして、避難生活者たちは、以前の居住地に戻ることもままならず、高台への移転を強いられている。杖《つえ》をつき、あるいはマミーカーを押し、湾曲した脚でゆっくりと歩み寄ってくる老人の姿。平日の昼間ということもあるのだろうが、それにしても高齢者の姿が本当に多い。

震災後の対応方針を決めたのは、当時の政権与党だが、現在は日民党である。遅々として進まぬ復興事業に、「何も変わらねえじゃねえか」と罵声《ばせい》の一つでも浴びせられるかと思いきや、握手を求め、口々に激励の言葉を口にする。

それが我が身の力の至らなさを思い知らされるようで、何ともやるせない気持ちになる。

「この町を訪れたのは初めてですが、他の地域同様ですね。被災者の方々の暮らしは、何も変わってませんね」

訪問を終え、この選挙区から出馬が決まっている増山健一《ますやまけんいち》の事務所に入ったところで、甲斐はいった。

「自治体も手を尽くしてはいるんですけど、高台移転といっても、用地の確保が思うようにならんのです」

増山は肩を落とす。「山が海岸線に迫る地形が多いところですからね。移転に向いた場所は限られてますし、地主との交渉もあります。めぼしい土地は高騰してますし、地権者が亡くなって権利が分散しているケースも少なくないんです。これが、移転指定地域の買収の足枷《あしかせ》にもなっていましてね。実際、難題山積ですよ」

「しかし、それでは高齢被災者の方々は、このまま仮設住宅で生涯を終えることにもなりかねないじゃないですか」

甲斐は差し出された麦茶に口をつけた。

「このままでは、間違いなくそうなります」

増山は断言した。「移転用地が整ったとしても、ただでさえ過疎高齢化が進んでいたんです。高齢化率は三割を遥《はる》かに超え、収入を年金に頼っている人が少なくありません。家の新築どころか、仮に蓄財があっても、あと何年使うか分からない。自分がいなくなれば、後に住む人間がいないんじゃ、家を建てても意味がない。お年寄りは誰だってそう考えますよ」

仕事にしても、それは同じだ。

漁業を再開するにも、船や機材を新たに調達しなければならない。まだ先のある世代ならまだしも、高齢とあっては、それも無駄と考えるだろう。農業にしても、潮を被《かぶ》った土地は、回復までに時間もかかれば労力もいる。結果、人はどんどん流出して行くばかり。購買力は低下し、商店の再興も困難なものになる。まさに負の連鎖。生活圏の崩壊である。

「もちろん、都会に出た子供が親を呼び寄せるケースもないわけじゃありませんよ。だけど、家族以外に見知った人間がいない。日がな一日やることもないんじゃ、衣食住に困らなくとも、幸せな暮らしとはいえませんよね。新たな交友関係を築けっていったって、言葉も違えば習慣も違うじゃ、部屋に閉じ籠《こも》るしかないんですから……」

増山は言葉を呑《の》むと、固く歯を噛《か》みしめ、蟀谷《こめかみ》をひくつかせた。

彼のやるせなさが伝わってくるようだった。

「都会に出た子供さんにしても、住宅事情を考えれば、決して余分な部屋を持っているわけじゃないでしょうしね」

「結局、行き場がないんですよ。子供の負担にはなりたくないと考えるのが親心ですからね。いままで通り、昔からの友人、知人と触れ合いながら、苦楽を共にする方を選んでしまうんです。でもね、みんな耐えてるんです。我慢してるんですよ」

増山は、血を吐くような言葉を吐いた。「ですから、私は国政の場に出ようと決意したんです。ここは現職が強い。でも、この状況を少しでも改善しなければ、被災地は終わってしまいます。悲嘆にくれながら、人生の終わりを待っている人たちを黙って見ている。そんなの、酷過《むご》ぎますよ」

　増山は四十歳の県議会議員、党の公募に応募し、選考を経て候補者に内定している人物だ。地元の状況を熟知している上に、被災者のひとりでもある。それだけに、言葉のひとつひとつが甲斐の胸を打つ。

「しかし、家を再建できない、建てても意味がないとお考えの方が多くいらっしゃるのでしたら、やがて介護、医療が必要になった時に、どうするかという問題が出てきますよね」

　志は良し。しかし、現実には乗り越えなければならないハードルがある。介護はその最たるものになるはずだ。

　甲斐の問い掛けに増山は頷《うなず》くと、

「この地域にも、特養がありますが、ご多分に漏れず、現時点でも入居待ちの状態が続いてましてね。かといって、滅多やたらと増やせばいいというものでもありませんし——。第一、建てたところで、過疎化に歯止めがかかるわけじゃなし、人口が増加に転じないことには、やがて入居者そのものがいなくなってしまいます。結局、解決する方法はひとつ。人をいかに増やすか。つまり、雇用をどうやって生み出すかしかないんです」

「でも、それは、被災地に限らず過疎高齢化に悩む地域が頭を悩ませ、知恵を絞り続けても、いまだ解決を見いだせずにいる問題じゃありませんか」

甲斐はいった。「何か、お考えがあるんですか」

「この地でやれることといったら、限られてますね。農業、漁業、一次産業しかありません」

「それもまた、後継者が現れずに、就労人口が減少している産業ですよ」

人間がいる限り一次産業が必要とされるものであることは、かつて堂島が指摘したことだが、問題は、それらの仕事に従事することを望む絶対数が、あまりにも少ないことにある。

ニーズがあるのに、担い手が減少するのは、チャンスなのだが、現実はそう甘くはない。まして、被災地となれば機材、環境整備と、全てのことを一からやり直さなければならないのだ。そのためには応分の資金もいる。

「まだ件数は僅《わず》かですが、きっかけになりそうな事業は、被災地でも立ち上がっているんです。岩手県の陸前高田、福島県の川内村で行われている野菜工場がそれです」

増山の顔に少し明るさが宿った。

「いわゆるスマートアグリですね」

いずれの地も、すでに訪ねている。

陸前高田の場合、津波に洗われた土地に、八棟のドームを建設し、内部の温度や湿度をコンピュータで管理し、葉物野菜を育てている。従来の農業とは違い、作物の管理が箇素化できる上に、生産効率も上がれば、何よりも労力が格段に楽になる。そこが近未来の農業としてスマートアグリが着目される所以《ゆえん》だ。

「避難所暮らしを強いられている高齢者の中にも、働き口があるのなら働きたい、そう考えている方々も数多くいます。若者の中にも、地元で暮らしたくとも職がない、しかたなく都会へ出て行く者も少なくないんです。集団移転の跡地に、企業がやって来て、雇用を生むなんてことは今の時代にあり得ませんからね。自分たちで再生できる産業は何かと考えたら、震災前の地場産業の延長線上で考えるしかないじゃありませんか」

増山はしみじみとした口調でいった。

住むことが危険とされた土地に、多額の設備投資を伴う生産施設を設ける企業はそうあるものではないだろう。まして、いかに地方とはいえ、国内に比べれば人件費が安くつく国は、世界に幾つもある。その点からいえば、この地に雇用をもたらすためには、増山の考えが最も現実的といえる。

「夢かもしれません。でもね、甲斐さん。もし、これがうまく行けば、救われるのは被災地の人たちばかりではないと思うんです」

増山の言葉が熱を帯びてくる。「都会よりも地方の方が、生活コストは安くつく。高齢化が進む都市部においても、限りある蓄えと年金で老後を送ることに不安を覚える人が、今後増加することは間違いないんです」

「都市部に購入した持ち家を処分すれば、地方なら家を購入してお釣りがくる。まして、夫婦ふたりなら、小さな家で済みますものね。それに、生活コストも安くつけば、軽労働である程度の収入も得られる。確かに魅力的な話かもしれませんね」

甲斐は、自宅を老後の暮らしに活用するといった堂島の話を思い出しながらいった。

「都会育ちの人が、田舎暮らしを望むかどうかは疑問ですけどね……」

増山は苦笑いを浮かべたが、すぐに真顔になった。「でもね、Uターンは見込めるんじゃないかと思うんです。年老いた親を、仮設住宅に住まわせたままにして、平気な子供がどこにいますか。できることなら、家を建ててやりたい。傍にいて面倒を見てやりたい。誰だってそう思ってるに違いないんです」

「でも、その子供たちが故郷に帰るつもりがないから、家を建てても意味がない。そう思ってるんでしょう？」

甲斐は素直に疑問を口にした。

「それはどちらで老後を過ごそうとも、変わりはなかったからですよ。故郷に帰れば、やれる仕事があるというなら、話は違ってくるんじゃないでしょうか」

増山は静かな口調で反論してくる。

そうかもしれない。

定年が六十五歳まで延長されたとはいえ、多くの場合は再雇用。収入が大きく減少すれば、ポジションなどあって無きがごとしだ。

役職者が一介の平社員になれば、与えられる仕事もまた、それなりのものになるだろう。それはいったいどんな仕事なのか。いや、そもそもが、やれる仕事なんてあるのか。

人件費の絶対額が決まっている以上、賃金に見合わぬ労働と見なされたら、どんな目に遭うかは明白だ。到底できもしない仕事を与えられ、あるいは「追い出し部屋」に閉じ込められ、精神が疲弊し、プライドをずたずたにされた揚げ句、自ら会社を辞めざるを得なくなるように仕向けられるケースも続出するかもしれない。

まして、圧倒的多数の中小企業に至っては、定年延長を受け入れる余裕すらない。定年を迎えてもなお、働き続けたいとなれば、自ら探すしかないのだが、六十歳を迎えた人間が、新たな職を得るのはいまでさえ困難を極める。どちらにしても、定年後の就労のあり方が、改めて問われる時代が来ていることに間違いはない。

「確か、津波浸水被害地の買い上げ予定地は、三県二十四市町村で三千ヘクタール以上になるんでしたね」

甲斐は訊《たず》ねた。

「そうです。そのうち、七割以上が、いまに至っても活用策が決まっていません。これは東京の品川区に匹敵する広さになります」

もちろん、その全てがスマートアグリに適しているわけではない。そして、再度津波が押し寄せれば同様の被害が想定される土地でもある。だからこそ、集団移転を余儀なくされたわけだが、逆の見方をすれば市街地があった場所は、施設を建てるのに適した土地ということでもある。

「そりゃあ、問題は幾らでもありますよ」

増山は続ける。「多額の設備投資を必要とするわけですからね。津波被害のあった土地に、誰が大枚叩《はた》いて野菜工場を建てるかっていう人もいます。だけど、この事業が成功すれば、ひとり暮らしの老人が、寂しい思いをしなくても済むようになるかもしれないじゃないですか。若者が、この地に居着いてくれるようになるかもしれないじゃないですか」

「高度成長期に核化が進んだ、家族のあり方が、見直されるようになる。そう、おっしゃりたいのですね」

増山は頷いた。

「正直いって、『家族』を謳《うた》う党の憲法改正草案が通ったとしても家族のあり方なんて何も変わらないと思います。生きていくためには働かなければならない。より高い生活の糧を得られる職を求めたからこそ、家族は分散していったんです。でもね、高齢化社会、雇用環境の変化は、従来の職への概念を必ずや変えると私は思っています。地場に働き口があれば、帰ってくる人間もいる。残る若者も出てくる。結果、家族の形態は自然と元に戻っていくんじゃないかと――」

国が家族のあり方や義務を定義するのが無理な話なのだ。

生活基盤を他所《よそ》の地に置いてしまった以上、親の面倒を見ようにも見られない。憲法がどう定めようとも、人はみな、変えられぬ環境というものを抱えている。その点からいえば、増山の考えの方が、確かに現実的である。

退職年齢から年金の支給年齢に、空白期間が生まれる可能性は高い。かといって、退職者が都会で職を得られるかといえば、それも難しい。第一、年金にしたって、いつまでいまのままの金額がもらえるかすらも怪しいのだ。

限りある資産でどう老後を過ごすかを考えれば、生活コストが安くつく地に目を向ける人も出てくるだろう。そこに、些《いささ》かでも収入が得られる職がある。まして、それが故郷ともなれば、離れた子供が戻り、若者が地場に居着きと、自然と家族のあり方が回復することになる。

「それに、被災地の復興は、本当に急がなければならないと思うのです。復興モデルの確立は、国家の存続に関わる最重要事案のはずなんです」

増山の声に緊迫感が籠《こも》った。「あの震災以来、東海、東南海、南海地震の発生確率が格段に高まったといわれています。震災当時の政権は、防潮堤の高さを理由に浜岡原発を停めました。しかし、それ以外、被害が想定される地域に根本的な防災措置が施されたという話は聞いたことがありません」

「そりゃあ、事前対策には限度がありますからね。まさか、津波想定地域の住民を、いまから高台に移転させるわけにもいきませんし――」

これればかりはどうしようもない。事は天災である。

震災時の緊急避難場所の確保、その後の支援体制の検討ぐらいしか、準備のしようがない。

「三連動型の大地震が発生すれば、災害規模は東日本の比ではないとされています。その通りでしょう。大都市、大工業地帯を地震が、津波が直撃するんですからね。死傷者、被災者は膨大な数に上るでしょうし、経済的損失は計り知れません」

増山は甲斐の目を正面から捉《とら》えると、「大丈夫なんですか？　こんな有り様で、この何倍もの大災害に対応できるんですか？」

冷ややかにいった。

返す言葉が見つからず、甲斐は黙った。

東日本大震災からは、多くのことを学んだ。そう返したいのは山々だ。

実際、警察、自衛隊、被災の対処に直面した自治体と、それぞれの現場で、災害対処のノウハウが積み上げられてはきた。しかし、二年経っても、被災地の復興がこの程度しか進んでおらず、未《いま》だ解決できずにいる問題が山積しているのもまた事実なのだ。

「次に想定されている大震災で壊滅的な被害を受けるのは、過疎高齢化が進んだ地域ばかりではありません。一次産業主体の地域ばかりでもない。日本経済を支える大企業の製造拠点や、日本有数の人口密集地帯も含まれるんです。そこで働く人の雇用は？　産業地帯の再興は？　浸水被害地域は高台移転させるんですか？　そんな土地がどこにありますかね。大阪平野なんて、七〇％から九〇％が津波被害に遭うっていわれてんですよ。ここと同じ手順を踏んでたら、復興以前に、日本なんて終わっちゃうじゃないですか」

増山は、一気呵成《かせい》に畳みかけてくる。

自然の脅威を前に、人間はあまりにも無力だ。

そういってしまうのは簡単だ。しかし、学術的な見地からも、三連動型の大地震の発生確率が高まっているとされているのは紛れもない事実である。想定される被害を食い止めるのが不可能である以上、その先を考えるのが政治の仕事なのだ。

だが、それも容易なことではない。

被災者の安全確保、生存者の救出、犠牲者の収容は、まず最初に着手せねばならないことだが、想定される地域は広範囲に亘《わた》る。被災人口も東日本の比ではない。

消防、警察、自衛隊を総動員したところで、とても手は足りはしない。必要になる仮設住宅だって、膨大な数に上る。その用地の確保も困難を極めるだろう。被災人口と、工業地帯が多いことを考えれば、高台移転は不可能だ。個人住宅一つをとっても、東北とは違い、マンションだって多いはずだ。ただでさえ、土地の権利については、困難な問題が付き纏《まと》うのに、限られた土地に多数の地権者が存在する上に、再建費用の問題もある。

まして、輸出入を行っている産業にとっては、生産施設が港湾部から離れてしまえば、製造のコストを押し上げることになる。結局は同じ場所に施設を再建するしかないとしても、用地、港湾施設がそのまま使える状態で残るかどうかは怪しいものだ。もし、東北同様、何ヵ月、何年もの間使えぬ状態が続けば、黙っていても生産施設が海外に出て行くのがいまの日本だ。新設するなら、安い労働力のある海外へと、生産拠点を移す企業が相次ぐことも十分考えられる。

いや、それ以前に破壊されたインフラの再建。がれきの処理もある。とにかく、途方もないほどの難題に直面することは間違いないのだ。

いよいよこたえに詰まった甲斐に向かって、増山はいった。

「改憲というと、九条改正を念頭に置いた九十六条の問題がとかく論議の的になりますが、本当に急がなければならないのは、党草案の九章で新たに提示された第九十八、九十九条の『緊急事態』なんじゃないでしょうか」

「確かに、現憲法では緊急事態は明確に謳われてはいませんからね」

甲斐はようやく言葉を返した。

「あの震災の直後に、何にがっかりしたかって、時の総理、国家のリーダーの言葉です」

増山は唾棄《だき》するようにいった。「最初の総理会見が、『この震災を東日本大震災と名付けます』ですよ。国難とも呼べる大災害に遭遇して、息を呑《の》みながら縋《すが》る気持ちで会見を見ていた身には、絶望的な気持ちに襲われましたよ。あの今太閤《いまたいこう》と謳われた人なら、『大丈夫だ、この国は立派に立ち直る』。笑みを湛《たた》えて、力強く断言して見せたに違いなかったでしょうけどね」

その今太閤が、年金流用のプランを考えた張本人である。

俄《にわ》かには、頷《うなず》けるものではないが、初動に数え切れないほどの落ち度があったことは確かである。

「正直いって、現行の災対法（災害対策基本法）の下でも、あの時災対緊急事態の宣言はできたんです。なのに、それも行わなければ、重大緊急事態に対処する安全保障会議すらも行われなかったんですからね。酷《ひど》い話です」

甲斐はいった。

「災対法では、大震災、大津波のような巨大災害に対処するには限界があります。非常時においては、総理、あるいは内閣の責任において私権の制限も認められるように、リーダーが必要とみなす措置を適時、迅速に行えることを明文化すべきだと思うんです」

なるほど震災を体験し、自らもまた被災者になったからこその見識である。

「確かに、次の巨大地震の危険性が指摘されているのに、災害が起きた後の対処、特に復興プロセスについてはほとんど触れる人はいませんね」

甲斐は腕組みをしながら考え込んだ。

もちろん、想定される災害規模が、あまりにも大き過ぎるせいもある。

しかし、一刻を争う非常事態を前にして、平時の法の下に定められた手続きを遵守するのは馬鹿げた話だ。それは、事態が落ち着きを取り戻し、復興に向けて動き出す過程においても同じことがいえるだろう。

この地同様、津波浸水指定区域になった居住地を自治体が買い上げるにしても、所有者の追跡が不可能な土地も多々でてくるだろう。権利者が分散する土地だってあるはずだ。それを、法に従ってひとつひとつの所有者を調べ、買収交渉をやっていたら、いつになっても復興に取りかかれない。

私権の制限も含め、国家非常時における、国家指導者の権限をどこまで認めるのか。党改憲草案に提示されこそすれ、東日本大震災から二年以上経つのに真剣にそれが論議されたことは皆無である。

「南海トラフだけでも、想定死者数は三十二万人を超す。火災に見舞われる家屋は七十五万棟とされているんですよ。犠牲者はどこに収容するんです。火葬の順番が来るまで、また土に仮埋めするんですか。それとも、起きてみるまで分からない。でたとこ勝負。泥縄式に対処するしかないとでも考えてるんですか」

おそらくその通りだろう。

震災については、中央防災会議が策を練ってはいるが、被害想定区域の住人をいかに早く安全な場所に逃れさせるか、つまり人的被害をいかにして最小限に抑えるかがもっぱらの検討事項である。自分の身は自分で守れ。そういっているのに等しい。

だが、それも無理のないことではあるのだ。

浸水被害が想定されるからといって、当該地域を事前に高台に移転させることなど不可能だ。災害発生後に備えて、仮設住宅の建設用地、機材を事前に用意しておくことも、準備にまつわる時間、費用の観点から現実的とはいえない。

仮に準備に取り掛かったとしても、それらは災害が発生して初めて必要になるものであって、その間、備えに費やした莫大《ばくだい》な資金は眠ったままになってしまう。

非常時の食料、医薬品と、被災者が日常生活を送る上で必要不可欠な物資にしたところで同じことだ。賞味期限、有効期限がある限り、その都度廃棄と新規購入を繰り返さなければならない。

備えあれば憂い無しとは、よくいわれることだが、事は国難ともいえる問題、かつ、莫大な資金を要することだけに、『言うは易し、行うは難し』の典型的事案でもある。

しかし、復興プランは別だ。

「確かに、大災害に遭遇した後に、人々の暮らしを、産業をどう復興させるかは、国家の命運に関わる問題です。真剣に考え、備えておくべき事案ですね」

甲斐はいった。

「施設が破壊されたからといって、企業がそのまま消滅するわけではありません。しかし、施設が移転を余儀なくされれば、そこで働いていた従業員もまた転居を強いられる。さもなくば、職を失うことになるのです。まして、想定被災地域の中には、ここと同じように、過疎高齢化に直面している場所も少なくないんですよ」

家を再建しても、いつまで住むか分からない。跡を継ぐ者もいない。無力感と絶望の中で、仮設住宅に住み続けながら人生の終わりが訪れるのを待つ。

そんな人々の姿を見るのは、もう我慢ならない。

増山の声には、強い意志と決意が込められていた。

「それに、大袈裟《おおげさ》ないいかたかもしれませんが、東北の被災地の復興は、地域だけではなく、これからの日本の職業観や人生観を見直すきっかけになるんじゃないか。私にはそうも思えるんです」

増山は続けていった。

「人生観とは、どういうことです？」

甲斐は問い返した。

「戦後の経済成長の中では、都会に出れば仕事がありました。企業もとにかく人手を必要としていました。実際この辺りにしても、農閑期になれば季節工として出稼ぎに出るのは当たり前の時代があったのです。そして、学歴を身に付ければ、家業を継ぐよりも、遥《はる》かに高く安定した収入が得られ、定年までそれが保証もされていた。しかし、それはもはや過去の話です」

「季節工なんて、いまじゃあまり聞きませんし、雇用だって、企業業績の変化でどうなるか分かりませんからね」

「その通りです」

増山は頷いた。「ついこの間まで、世界市場を席巻《せっけん》していた家電メーカーにしたって、何千人、何万人という単位でリストラする時代ですよ。それも、真っ先に対象とされるのがコストの高い人間。つまり、四十代、五十代です。学歴を付けて大企業に入っても、雇用は保証されない。それどころか、その年齢で放り出されれば、転職もおぼつかない。これじゃあ、サラリーマンなんて不安定極まりない、最も危険な職業ってことになってしまうじゃありませんか」

増山の指摘が的を射ていることは間違いない。

「終身雇用制度は既に過去のもの。仮に大企業に入社できたとしても、そこから、選別と淘汰《とうた》が始まるのがいまの企業ですからね」

甲斐は同意しながら先を促した。

「もはや、親の世代の職業観を以《もっ》て、就職を語れる時代じゃないんです。嘘か真《まこと》か、大学の就職説明会では、大企業と中小企業とでは、生涯年収が億単位で違ってくる、だから大企業に子供を就職させたいと願う親がいるそうです。でも、定年を迎える時まで、無事に勤めあげられる人間はそうはいない。すでに、そんな時代になってるんです。職業観、人生観だって変わって当たり前じゃありませんか」

「そうかも知れませんね……」

甲斐は答えた。「最も堅い就職先と思われてる銀行にしたって、学卒者の採用人数は支店の数を遥かに凌《しの》ぐんですからね。支店長ですらなれるのは、同期の中でも数えるほどですもんね」

語尾を濁した甲斐に向かって、

「常に篩《ふるい》にかけられ、ついて行けなくなった人間は、それなりの処遇に甘んじることを余儀なくされる。それが、これから先、ますます顕著になることは間違いないんです。そして、放り出されたら最後、都市部で仕事を見つけるのは難しい――」

増山は断じた。

「大企業に入ったところで安泰じゃない。厳しい生存競争に明け暮れるなら、生活コストがかからず、ゆったりとした生活が営める地方での生活を望む人が出てくる。そうおっしゃりたいのですね」

増山は頷いた。

「もちろん、農業だって競争とは無縁じゃありません。収入だって決して高いとはいえないかもしれない。でも、やれる仕事は必ずあります。それに決してなくならないものでもある。まして、スマートアグリはこれからの産業です。技術を高め、生産性を向上させ、作物の幅を広げ、と知恵も必要とされるんです。そこにやりがい、生きがいを見いだす人が、必ず出てくるはずです。そして、人が集まれば、必ずや漁業に目を向ける人も少なからずでてくる――」

より高い収入、さらなる厚遇を求める以上、そこに必ずや競争が生まれる。個と個の競争は、組織の競争へと繋《つな》がる。つまり企業間の競争となる。それが生き残りを懸けた戦いである以上、当然脱落せざるを得ない人間が、企業が出てくる。

企業への就職が、職の保証を意味するものではなくなったいま、就労のあり方が、改めて見直される時に差しかかっていると増山はいいたいのだ。

それに、何を置いても被災地における安定的雇用の回復が、急務の課題であることは論を俟《ま》たない。

まして、次の大震災がいつ起きても不思議ではないとされている以上、復旧のモデルケースを早急に確立しておく必要があるというのもその通りだ。その時、日本の産業構造、雇用環境は、間違いなく激変する。住む家もない、働き口もいつ再興されるか分からない。いや、元の場所に再建される保証もないでは、いったい、日々の暮らしをどう支えて行けばいいのか――。

この教訓を活《い》かさずして日本の未来はない。

「増山さん」

甲斐は声に力を込め、心からいった。「あなたのおっしゃる通りだ。この選挙は絶対に勝たなければなりません。勝って、国政の場で一緒にやりましょう」

4

有楽町のガード下には、一杯飲み屋が軒を連ねる一角がある。

その中にある焼きとん屋は、甲斐が学生時代から馴染《なじ》みにしている店だ。

選挙前の遊説に忙殺され、常に多くの人目に晒《さら》されていると、ふとひとりになりたい気持ちに襲われる。

そんな時、甲斐はこの店を訪れる。

染み込んだ脂で黒光りするカウンター。テーブル席の椅子は、ビール箱に板を置いただけ。洒落《しゃれ》たいい方をすれば、オープンテラスというのだろうが、店内と外を仕切るものはない。

襟元を大きく開けたワイシャツ姿でカウンターの隅に座り、甲斐は焼き立てのホルモンを頬張っていた。

「甲斐孝輔さん……ですよね」

慌てて口の中の物を飲み下し振り向いた。目の前に、ジョッキを手にした男が立っていた。

少し離れたカウンター席で、ひとり飲んでいた男である。

歳の頃は、四十歳になっているかどうか。よれた白いワイシャツ、折り目が取れ、皺《しわ》が寄ったブルーのスーツパンツ。この辺りのサラリーマンにしては、いささかくたびれた服装をしている。

「やっぱりそうだ。握手してもらっていいかな。俺、あんたのファンなんだ」

男は手を差し出してきた。

握り返すと、

「驚いたなあ。あんたのような政治家が、こんな店に来るんだ」

男は至極自然な動作で、隣の席に座った。

よくあることだ。政治家が、人気稼業の一面を持つ以上、無下にすることはできない。

それに時刻は十一時半になろうとしている。閉店は近い。

「いやあ、焼きとんは好物でしてね。暑くなると、スタミナをつけに来るんですよ」

男以外に、気づいた人間はいないようである。

甲斐は明るく返した。

「いよいよ参議院選だね。俺、日民党に入れるよ」

男はジョッキを傾けると、「前評判じゃ、日民党の大勝だっていうけど、そうなると思うよ。政治は、やっぱプロに任せるに限るんだからさ」

いささか酔いの回った口調でいった。

「ご期待に沿えるよう、精いっぱい頑張ります」

酒の席である。政策論議を吹っかけられては面倒なことになりかねない。まして、最近では誰もが情報発信者となり得る環境が整っている。

甲斐は当たり障りのない答えをした。

「野党の連中は、何かっていうと、市民目線だとかクリーンな政治っていうけどさ、欲があんのが人間ならば、応分の見返りがあるから、血眼になって仕事すんだ。市民のためにって、ボランティアじゃあるめえし、まともな仕事なんか、できるわけねえもんな」

「いや、そんなことはありませんよ。与党、野党にかかわらず、理念こそ違え、国や社会を思う気持ちは、皆一様に抱いていることは間違いありませんよ」

奇麗事をいい過ぎた。現実は男の論にあることはいうまでもない。

甲斐はそんな思いを飲み下すように、ビールを喉《のど》に流し込んだ。

「いいんだよ。世の中そんな奇麗事は通じねえんだからさ。世の中が良くなりゃ、自分も良くなる。要は、きっちりプロの仕事をしてくれりゃいいんだよ」

男は、顔の前でひらひらと手を振ると、「だけどさ、甲斐さん。本当に日民党の政策で、給料上がんのかね。円高が是正され、株価が上がり、企業業績が回復したら、雇用が生まれんのかね」

続けていった。

「物価上昇率と失業率は逆相関。物価が上がれば、失業率は下がる。リストラのリスクが減り、賃金が上がる。これは経済の法則の一つでして、二％のインフレを目指しているのは――」

「フィリップスカーブのことだね」

男は甲斐の言葉が終わらぬうちにいった。「確かに、いまの政権が金融緩和政策を取った途端、株価は上昇したよ。円高も是正され、輸出産業の収益も格段に改善した。だけど、ボーナスは上がっても基本給が上がったって話はほとんど聞かないけどね」

「効果がはっきりと現れるまでには、それなりの時間がかかるものですよ」

「そうかなあ」

男は白けた笑いを宿した。「円高が解消された途端に、業績が劇的に改善するって、為替《かわせ》レートが逆に振れたら大赤字に転ずるってことだろ。基本給は固定費だ。浮かれてベースアップなんかしようものなら、経営に大きな負荷としてのしかかる。まして、基本給は退職金の算定基準になるんだよ。業績給のボーナスは増やしたって、ベアなんて期待できないんじゃないの」

「物価が上昇することは、利益の絶対額も増えるわけです。ベアも必ず——」

「だけど、円安になれば、原材料のコストがアップすんだよ。どうして利幅が大きくなるの？」

ファンだ、支持者だといいながら近づいてきた人間の言葉を額面通りに受け取るわけにはいかない。日民党への不満や批判、あるいは政策論議を吹っかけてくる人間も少なからずいる。それもまたよくある話ではあるのだ。

だとすれば、あまり愉快な話ではない。

程よいところで帰り支度に取り掛かりたいのは山々だが、まだ焼きとんは四串《くし》も残っている。

甲斐がそれに手を伸ばしたところで、男はいった。

「それにさ、あんたのところは、しきりに規制緩和っていうけどさ。本当に大丈夫なの？」

「とおっしゃいますと？」

溜息《ためいき》をつきたくなったが、堪《こら》えて問い返した。

「規制に守られて生活している人たちだっているってことさ」

「それは重々承知しております」

「甲斐さんはそうかもしれないけど、党のお偉いさんたちは分かってねえんじゃねえのかな」

男はまたジョッキを傾ける。「そりゃあ、時代にそぐわない規制は変えるべきだとは思うよ。だけどさ、何でもかんでも、変えりゃいいってもんじゃないだろ。大丈夫かよ。水道まで民営化するなんていっちゃってさ」

男がいっているのは、四月にＣＳＩＳ（米戦略国際問題研究所）で副総理が行ったスピーチのことだ。

『水道を全て民営化する』

確かに、あの場で副総理はそう断言した。

「あれは、政府見解ではありませんよ」

甲斐は返した。

「一国の副総理の言葉だよ」

男は間髪を容《い》れずぴしゃりという。「そりゃあ、日本の水道インフラは国中を網羅してるんだ。民間に売却すれば、凄《すご》い値段で売れるだろうさ。買う側にしたって水は必需品。人が生きていくためには、絶対に必要なもんだ。元が取れるのは目に見えてるもんな。おいしいビジネスには間違いないさ。だけど、ビジネスとなりゃあ、どれほどの短期間で元を取り、利益を上げるか。そこが焦点となるに決まってんだぜ」

その通りには違いない。

絶対的生活必需品である水の供給を、公的機関が担っているからこそ、水道料金はいまの程度で収まっているのだ。収益を上げることが絶対的使命である民間会社に水の供給を委《ゆだ》ねる。まして、事業者が独占的な営業権を与えられる、コンセッション方式で行おうというのだ。莫大《ばくだい》な投資を、契約期間の内に回収しようとすれば、水の値段は跳ね上がる。

「水道がビジネスになってしまったら、料金を支払えなくなった人はどうなんの？　公園や公衆便所の水道は？　供給を断たれたら、ホームレスの人はどっから水をもらうの？　金がなけりゃ、水すら飲めない。水道を民営化したのは間違いだったと、公営に戻した国が世界にはたくさんあるのに、何で日本がそんなことをしなけりゃなんねえの？」

かつて、日本人は水と安全はただだと思っているといわれたものだが、ことこの問題に関して、面と向かって疑義を唱えられたのは、男が初めてである。

「確かに、政府主宰の民間会議でそうした意見が出ていることは承知してますが、あくまでも案です。決定したわけじゃありません」

甲斐は苦し紛れに返した。

「でもさ、そうでもしなけりゃ、国に金がないのは事実だろ」

男は追及の手を緩めない。「民間に売却すれば、数十兆円もの財源になるって、その会議の委員がいってるじゃない。財源を捻出《ねんしゅつ》するために、国民の命を危機に陥れる。これが国のやることなのかね。これじゃ、金が払えるヤツ以外は日本に住むな。そういってるのも同じじゃないか」

男の指摘が的を射ているのは間違いなかった。

甲斐は返す言葉が見つからず、押し黙った。

「それだけじゃない。下水道、道路、空港、公立学校の民営化。『世界一ビジネスのしやすい環境下』を謳《うた》い文句に、外国企業を呼び込もうってんだ。生活の基本コストが上がれば、金融緩和なんかしなくとも、黙ってたって物価は上がる。でもさ、年金暮らしの高齢者はどうすんだ？　給付額は増えやしないんだろ？　医療費だって三割に上がんだろ？　金がなけりゃ、生活保護にすがるしかない。それって、社会保障費がどんどん増えることを意味するんじゃないのかね」

基本的生活にまつわるコストの上昇は、現役世代をも直撃する。まして、収入が低い若年層は、ただでさえ子供を持つことが困難な状況にある。それに、水はあらゆる産業にとっても必要不可欠なものだ。水道料金が跳ね上がれば、製品原価も応分に上昇する。それは国際市場での日本製品の競争力の低下を意味することであり、当然企業業績も低下する。給与だって上がらない。雇用も生まれない。結果、生活困窮者が増大し、社会保障費の増加に歯止めがかからなくなるのは、十分に考えられるストーリーである。

「なあ甲斐さん」

男は続けた。「俺は、何でもかんでも最後は国が面倒見ろとはいわないよ。安易に社会保障に頼るのは間違いだと思ってるし、働けるヤツは四の五のいわず働け。そうも思ってる。規制緩和も基本的には賛成だ。だけど、政治家は規制緩和ってやつを、あまりにも安易に考えていやしないか」

「そんなことはないと思いますけど――」

理は圧倒的に男にある。そう返すのが精いっぱいだった。

「そうかな」

男は小首を傾げた。「息子を前にしてこんなことをいうのも何だけど、規制緩和っちゃ、あんたのお父さん、甲斐信英さんだ。派遣労働法を改正して製造業の派遣が全面解禁された。正規雇用の職を得るのは難しいが、派遣なら簡単に仕事にありつける。無職よりもマシだろう。そういわれりゃその通りだ」

男が声を掛けてきたのは、この話をするためだったのか。

世間には、派遣労働法の改正によって、正規社員への採用がより困難になり、職の不安定化、低賃金化を生んだと考える向きが少なくない。

実際、大学院時代に父親の政策を研究した甲斐自身もそう考えている。しかし、それをここで語ったところでしかたがない。

地盤を引き継いだ限りは負の遺産も引き受けるということだ。ここは耳を傾けるしかない。

「そして、こうも考えたんだろうな」

男はいった。「企業業績によって、簡単に首を切られるヤツも出る。そいつらを、どこへやったらいいんだ？　そうだ、タクシーの規制を緩和しよう。いまの時代、誰だって免許は持ってんだろう。自動車を運転するなら、誰でもできるって」

「いや、それは——」

「現実はその通りになったじゃないか。だって、俺がそうなんだもの」

「えっ、じゃあ、あなたのお仕事は……」

「そう、タクシーの運転手。仕事に縛られるのが嫌でね。フリーターを気取っていたはいいけど、気がつけば職がない。持ってる資格は自動車免許だけ。まんまと、あんたのお父さんが描いた絵図に乗っかっちまったってわけさ」

男は溜息をついた。「だけど、規制緩和のお陰で、街はタクシーで溢《あふ》れ返ってる。まして、不況のご時世だ。客は減ってるのに、車が増えたんじゃ収入が上がるわけがねえ。日々の暮らしを送るのがやっと。給料日にここで少し酒を飲むのが唯一の贅沢《ぜいたく》だ」

男の一言一句が胸に突き刺さる。

そんな意図があって、タクシーの規制緩和を行ったのかどうかは分からぬが、そう取られても仕方がない。第一、当時の内閣で、積極的にこの政策を推し進めたのは、現在新産業戦略会議に名を連ねる加賀である。水道の売却もまた、彼のアイデアだ。有能には違いないのだろうが、彼が打ち出す案は、構造改革とはいいつつも、弱者は強者のおこぼれに与《あずか》って細々と暮らせといわんばかりに、常に強い立場にある者の利益を代弁するきらいがあるのは紛れもない事実だ。

「そろそろ、閉めたいんですが――」

カウンターの向こうから、店員が声をかけてきた。

「すみません。遅くまで。お勘定お願いします」

救われる思いで甲斐はいった。

「ごめんな。なんか偉そうなこといっちゃって――」

男は頭を下げた。

「いえ、いいんです。本当に勉強させていただきました」

「勘違いしないでくれよな」

「何がです」

「日民党……つうか、あんたに期待しているのは、ほんとだから」

男は改めていう。「市民に寄りそうなんて、心にもねえことをいうのが政治家だとは思ってねえからな。自分の生活は、自分で何とかするしかないもんだとも思ってる。政治家はさ、頑張れば報われる。今日が駄目でも、明日《あした》か一年後かは分からないけど、きっと報われる日が来る。そんな国造りをするのが本来の仕事だろ」

男の目が甲斐を捉《とら》えて離さない。

「夢を見させてくれよ」

男は続けた。「どこぞの資源大国じゃあるまいし、完璧《かんぺき》な社会保障なんて望みやしねえよ。当たり前に働けば、結婚できて子供も持てる。ごく普通の暮らしが送れる国にしてくれよ。いまの政権には期待しちゃいないけど、あんたの時代にはきっとって思ってんだ。そうじゃなきゃ、この国、本当に終わっちまうじゃねぇか」

言葉は違うが、かつて多賀谷が軽井沢で語ったように、彼が求めているのも、この国の将来へのビジョンだ。

赤字国債の削減には全く目処《めど》が立っていない。それどころか、今後も年を重ねるごとに、膨れ上がっていくことは目に見えている。超高齢化社会が訪れる一方で、少子化には歯止めがかからない。その時、医療費、社会保障費をどうやって捻出するのか。年金は。災害への対応策は。山積する課題への打開策を、何一つ見いだせずにいるのは紛れもない事実である。

そして、そんな時代の真っ只中《ただなか》を生きていかねばならないのが男の世代であり、国を導いていかねばならないのが甲斐世代の政治家なのだ。

備えなければならないことは分かっている。しかし、山積する課題の一つにさえも、先が開けるような解決策のヒントすら摑《つか》めずにいる——。

甲斐は男の言葉を噛《か》みしめながら、深々と頭を垂れた。

5

「何度乗っても、この快適さには驚嘆するね。静かで速い。しかも、まず一分たりとも遅れない。間違いなく世界最高の交通機関だよ」

西に向かう新幹線の中で、チャック・ハモンドは満面の笑みを湛《たた》えた。

六月も半ばに差しかかろうとしている。金曜の昼のグリーン車は空席が目立つ。

ハモンドは、中国への出張の帰途にある。明日からの週末にかけての三日間を、お気に入りの京都で過ごしたいと、神野を誘ってきたのだ。

「これでもまだ満足がいかないらしくてね。来年からは、中央新幹線の建設がはじまるんだ。リニアモーターカーなら名古屋まで四十分。六十分短縮するのに十三年の歳月と、五兆円以上のお金をかけるんだとさ」

「ほんとかよ」

ハモンドは片方の眉《まゆ》を吊《つ》り上げながら、横目遣いに神野を見た。「じゃあ、この新幹線はお払い箱になるのか？」

「いや、残る。リニアは最終的に大阪まで延長される計画でね。完成のあかつきには、三大都市が二つの高速鉄道と在来線で結ばれることになるわけだ」

「信じられんな……」

ハモンドは呆《あき》れたような笑いを浮かべ、首を振った。「計画にゴーサインを出した人間が、費用対効果をどう計算したか、物凄《ものすご》い興味を覚えるね。十三年後の社会がどう変化しているか、そのことを考慮したのかもね。第一、同一区間内で、移動手段が増えれば、利用者が分散するに決まってんじゃねえか」

「さあね……」

神野は苦笑いを浮かべ、肩を竦《すく》めた。「まあ、この手の事業は、工期が延びれば、予算も膨れ上がるのが常だからね。その間、多くの雇用が発生するし、日本のテクノロジーは折り紙つきだ。世界に目を転じれば、高速鉄道への需要は高い。輸出できると考えたんだろ」

「笑いごとじゃないと思うがね。インフラ事業で雇用を創出するなんて、先進国で通用する経済モデルじゃないぜ」

ハモンドは真顔でいった。「国が発展途上にあって、経済が右肩上がりのうちはいいさ。安い労働力を求め、先進国の企業が進出し、資本がどんどん流入してくる。国が富み、社会インフラを整備する金もできる。それが雇用を生み、国民を豊かにしていく。だけど、それも成長の伸びしろが十分にあるうちの話でね」

「国が豊かになるってことは、国民の所得が増す。つまり、人件費が上がるわけだからな。製造拠点としての魅力が失《う》せれば、安い労働力を求めて、企業は途上国に目を向ける——」

　それが当たり前の頭を持つ人間の考えだ、と思いながら神野はいった。

　リニアが赤字になろうが知ったことではないが、これも、企業の経営者といい、政治家といい、この国の舵取《かじと》りを担う人間が、いかに想像力に欠けているかの現れだ。

「当然、雇用は減る。税収も落ちる。国民の不満は政権へと向かう。雇用を生む最も手っ取り早い方法は公共事業だ。しかし、原資がない。そこで起債に走るわけだが、インフラは作れば終わりじゃない。維持費が継続的に出て行く。それを補って余りある収益を上げられなければ、投下した資金が焦げ付く。いま中国が直面している問題がまさにそれだ」

　それが今回の中国行で見極めたことのひとつなのだろう。ハモンドはいった。

「十三年後といやあ、日本は、超高齢化社会に突入しちゃってる頃だしな——」

　神野は呟《つぶや》いた。

「日本は少子化も進んでるんだろ。人が減れば、利用者だって減る。それに、ビジネス環境だって、いまとは様変わりしてるに違いないんだぜ」

　ハモンドはいった。「半導体の能力は乗算的に進化する。これから先もね。十三年後なんて、想像もできなかった技術が出現して、いまのネットなんて、オールドテクノロジーになってるさ。それこそ、人と会わずして仕事が成り立つ。そんな社会になってたって不思議じゃないんだ」

あり得る話だ。

インスタントメッセンジャーの出現によって、個と個を結ぶツールであったメールも、何人とでもリアルタイムで結ばれるようになった。それも、いまでこそ文字でだが、映像と音声に変わる時代がすぐそこまで来ているのだ。

その利便性は、テレビ会議などの比ではない。IT技術は、いよいよユビキタス（あらゆる機器に内蔵）、ウエアラブル（着用可能）の時代へと入りつつある。

「人は技術は実用化されるために開発されるものだと考えるもんだからな。リニアにしたって同じさ。技術を確立した以上、採算が取れようが取れまいが止めるわけがない——」

神野は皮肉を込めていった。

「その通りだ」

ハモンドは神野の言葉に同意すると続けた。「日本の産業構造だって、その頃は激変しているかもしれないなんてことも、露ほども考えちゃいないだろうしね」

「企業が安い労働力を求めて、海外に流出して行くってこと？」

「企業が追求するのは、低賃金労働力だけじゃない。オペレーションの効率化もしかりだ。納期の短縮、輸送費の削減。自社製品の市場競争力を高めるために、ありとあらゆる手段を講じて生産原価の圧縮に心血を注ぐ。最終的には、より消費者に近い場所での生産を選択するようになるんだよ。実は、これもいま、中国ではじまっていることでね」

「雇用が減れば、消費力は低下する。すでに、消費国としての魅力すら中国にはないというわけか」

「中国だけじゃない。このままだと日本だってそうなるさ」

ハモンドは断言した。「日本企業の生産拠点の海外流出がまだこの程度で済んでいるのは、国内にまだ応分の消費力があるからさ。それも戦後、奇跡と呼ばれた経済復興の中で、終身雇用制度に守られ、世界のどの国よりも富の分配がよくなされた。その間に蓄積した財を抱えた世代が残っているからだ」

興味深い見解だ。

所得格差はいつの世にも存在するが、つい最近までは国民の九割が中流階級に属すると考えていたのが日本だ。大金持ちにはなれないが、安定した職場と賃金が得られ、その中で人は安心して応分の消費をし、蓄財を行ってきた。良くも悪くも、先が見えていた時代が長くあったのだ。

「その点が中国は大きく異なる。あの国の発展は、あまりにも急激だったし、先に富める者は富め。むしろ、格差が生ずることを、国が奨励したんだからね」

ハモンドは皮肉の籠《こも》った笑みを浮かべた。

「先富論か――。先に富んだのが、権力者とそれに連なる人間たちだからな。呆れたもんだ」

「国は確かに富んだかもしれない。だけど、富が一部の特権階級に集中し、圧倒的多数の国民に行き渡る前に、成長がピークを迎えてしまったんだ。富裕層にしたって蓄財は海外で。国の中に残っている金は貯蓄じゃない。投機の金だ。市場が破綻《はたん》すれば溶け失せて、明日《あした》の暮らしにも困る人間が湧いて出る。利に敏《さと》い企業が、いつまでもそんな国に残っているもんか」

しかし、このままではいずれ日本も同じ道を辿《たど》るとハモンドはいった。

まして、終身雇用どころか、雇用を流動化させることで成長産業への人材流入を促すという名目の下に、解雇をしやすくしようと目論《もくろ》んでいるのがいまの政府だ。確かに雇用の保証がなくなれば、消費、蓄財どころの話ではない。

「企業、特に製造拠点の移転は、本当に深刻な問題でね」

短く刈り込んだ赤毛の頭髪、同色の眉の下に覗《のぞ》く緑色の目に、沈鬱《ちんうつ》な色を宿しながら、ハモンドは溜息《ためいき》をつく。「デトロイトの話を前にしたよね」

「実質失業率は三〇%を超える。三万ドルの年収なんて夢のまた夢って話？」

「ああ……。破綻したGMが再生できた理由は、街を見捨てたからだ。あの光り輝くビルの回りは廃屋と失業者だらけ。酷《ひど》いもんさ」

ハモンドは車窓を流れる景色に遠い目線をやった。

「メキシコ、中国。安い労働力を求め、より消費者に近い場所に生産拠点を移した結果か」

「悩ましいのは、こうした手法が経営的見地からすれば、間違ってはいないということでね。いい製品を安い価格で手に入れたい。これは、消費者の誰もが望むことだ。それを叶《かな》えずして経営は成り立たないんだからね」

どうしようもないジレンマだといいたげに、ハモンドは視線を落とした。

「まるで、焼き畑だな。肥料をやり、水をやりと手間暇かけて耕作するより、肥沃《ひよく》な土地を新たに見つけた方が手っ取り早いし、より豊かな収穫も得られる――」

「GMはいまでも本社をデトロイトに置いちゃいるけど、あの巨大なビルの中で働くのはホワイトカラーだ。そして街を支えていた圧倒的多数の工場労働者は、GMが生産拠点を海外に移した途端、職を失った。デトロイトは自動車産業の街だからね。失業者を吸収できるだけの雇用基盤は他にない。他所《よそ》の土地に移り、仕事を探せというのは簡単さ。だけど、生産拠点の海外移転はアメリカ中で起きてるんだ。ブルーワーカーの仕事なんて、そう簡単に見つかるもんじゃない」

「日本もそうなっても不思議じゃないな」

まるで日本の将来像だ。神野はしんみりとした口調でいい、「地方には企業城下町が沢山あるし、企業の活動のグローバル化に、今後ますます拍車がかかることは間違いないんだ。まして少子化だ。日本市場は黙っていても、縮小していくのは目に見えてるからね――」

深い息を吐いた。

「見捨てられた街の行く末は、そりゃあ悲惨極まりないもんだぜ。税収が落ちれば公共サービスをカットするしかない。市の職員はもちろん、警察官、消防士だって例外じゃない。道路のメンテナンス、公共施設の維持費、ゴミ収集、社会福祉費、とにかくありとあらゆる公共サービスがカットされるんだ。それがまた人口の減少に拍車をかける」

まさに負の連鎖だ。

アメリカと日本とでは、公共サービスのあり方が大分異なるが、財政破綻に追い込まれた街が、どれほど悲惨な目に遭うかは北海道の夕張市を見れば明らかだ。いや、むしろアメリカに比べれば、質が高く、より広い範囲で公共サービスが提供されているのが日本であることを考えれば、その影響はより深刻なものになるはずだ。

「さらに悪いことに、政治家は傷口をより深くするような行動に出る——」

ハモンドは眉間《みけん》に深い皺《しわ》を刻んだ。「彼らは有権者に我慢を強いるという行為を絶対に取らない。有権者の不興を買おうものなら支持を失うからね。だから何とか現状を維持しようとする。自分の地位の安泰と引き換えに起債し、当座の金を捻出《ねんしゅつ》し、ご機嫌取りに出るんだ。自分が現職でいる間もてばいいんだといわんばかりにね」

「そこが分からんところなんだな。収益を上げられる見込みがないのに借金を重ねれば、いずれ破綻の時が訪れる。家計だろうが国家財政だろうが、理屈は同じなんだがな」

神野はいった。

「所詮《しょせん》、みんな他人事《ひとごと》なんだよ。市民は納税義務を果たしてる限り、応分の公共サービスを受ける権利があると考えている。公務員だって同じさ。与えられた仕事をきっちりこなしている限り、決まった報酬を受け取って当然だと考える。だから、イコール・オア・ベターな政策を掲げる政治家を支持し、現実を突きつけ、痛みを伴う改革を行おうとする人間を絶対に選ばない――」

政治が企業経営に準《なぞら》えて論ぜられることはよくあることだ。しかし、この二つの間には、根本的に異なる点がある。政治家は民意によって選出されるものだが、企業社会のリーダーは創業者、あるいは職を全うするに相応《ふさわ》しい能力があると認められた人間を組織が選ぶのだ。

経営者に求められる使命は明確だ。組織の力をフルに使い、最大限の利益を生むことだ。それが従業員の雇用を守り、給与を保障することにも繋《つな》がる。しかし、ビジネスの世界が生存を賭《か》けた戦いの場である限り、市場動向、新技術の出現と業績は必ずや好不調の波に見舞われる。昇給の凍結、ボーナスの減額、泣いて馬謖《ばしょく》を斬る思いでリストラをせねばならないこともある。そして多くの場合、従業員もまた、甘んじてそれを受け入れる。

なぜか。破綻したら、元も子もないことを知っているからだ。危機的状況に直面すれば、血を流さずして、乗り越えられないことを熟知しているからだ。

しかし、政治は違う。ハモンドがいうように、大衆は痛みを強いる人間を許さない。そして、政治家は地位を失うことを何よりも恐れる。このままでは破綻すると知りながらも、為政者がもはやどうにもならない状態になるまで、起債を続け体制維持に努めるのは大衆の危機意識の欠如にも原因がある。

「地方自治体だろうが国であろうが、為政者がはっきりと認識しておかなければならないのは、企業は常にビジネスに最適な環境を探し求めているということさ」

ハモンドはいった。「街や国は動けないからね。企業がいなくなれば、全盛時に構築したインフラや社会保障システムは、とてつもないコストとなって財政を圧迫する。新しい産業基盤と雇用が生まれなければ、莫大《ばくだい》な負債が残された者にのしかかる。ところが残っているのは、国や街を出るに出られない人間だけ。つまり貧困層だ。そうなったらどうしようもない。破綻に向けて一直線だ」

「確かに、リニアなんて浮かれてる場合じゃないよな」

神野は溜息を漏らした。「完成した頃には産業もない、人もいないじゃ採算なんかとれるわけがない」

「少なくとも、日本がいま真剣に考えなければならないのは、こんな便利な乗り物を、さらに便利にしようなんてことじゃないと思うがね」

ハモンドは、いいか、とばかりに人さし指を目の前に突き立てた。「離れた企業を呼び戻すのは物凄《ものすご》く難しいことだぜ。まして日本は島国だ。海外に出た企業を、労働者が追いかけていくなんてことは、まずできない。いままでの感覚でインフラ整備を続けていけば、日本はデトロイトと同じことになるぞ。それを防ぐための方法は一つしかない。

日本が企業にとって魅力ある市場であり続けることだ」

魅力ある市場が何を意味するかは明らかだ。

「消費購買力の維持。つまり、人口減少に歯止めをかけろってことか」

ハモンドは頷《うなず》いた。

「これは極めて重要な課題だよ。企業の目が、より消費地に近いところへと向いている以上、人口の減少は市場の縮小を意味するんだからね」

「しかし、これからの時代、ただ人が増えればいいってもんじゃないだろ。応分の雇用が発生しなければ失業者が溢《あふ》れ返るだけだ」

「その通りだ――」

「実は、前に君からメールを貰《もら》って以来、そのことをずっと考えていてね」

神野は、企業にも栄枯盛衰がつきものであり、大きく成長したいまの会社の従業員の行く末を考えた時、新たな柱となる事業の創出をせねばならないこと。そして、それがこれからの企業において、極めて重大な課題になるであろうことを話して聞かせた。

「同感だね。百パーセント同意するよ」

ハモンドは即座に返してきた。「ただ、難しい問題だな。IT技術は人の労働をどんどん機械に置き換えながら進化しているからね」

「そして、人は利便性に味を占めたものを、決して手放さない」

「絶対に。いまさらアーミッシュのような生活は送れんよ」

アーミッシュとは、文明の恩恵を極力排除しながら、自給自足の生活を送る人々のことだ。宗教的理由によるものだが、アメリカやカナダでは、そうした日々を送る人間がいまもなお存在している。

ハモンドは続ける。

「進んじまった時計の針は元に戻すことはできないんだ。ならば、その先に出現する技術の中に希望を見いだすしかないじゃないか」

「だから、それが見えないんだよ。製造業は人手をいかに減らすかに腐心している。頭を使う仕事には応分の能力が求められる。それも、いつまで技術についていけるか分からない。リニアなんて、採算に見合うかどうか怪しい大プロジェクトを手がけようとしているのも、そうでもしなけりゃ、雇用が発生しない。食っていけない人々が、国中に溢れ返ってしまうからでもあるんだ」

「個人的には、遺伝子組み換え作物なんて、面白いと思うけどね」

ハモンドは唐突にいった。

「どうかな。アメリカじゃ当たり前に流通しているようだけど、日本じゃその手の農産物にはナーバスな反応を示す人が多くてね。それに、生産規模の点からいっても——」

「そうじゃない」

ハモンドは、神野の言葉を遮った。「食用じゃない。医薬品になる作物だよ」

「薬?」

そんな話は初めて耳にする。

神野は問い返した。

「この分野の研究で、最先端を行っている国のひとつが日本だ。遺伝子を組み換えたイチゴなんて、犬の歯周病予防薬として、実用化されようとしてるんだぜ」

「それって薬の原料を作るってこと？」

「いや、このイチゴには、イヌインターフェロンの遺伝子が組み込まれていてね、果実自体が薬なんだ。果実を砕いてフリーズドライの粉末にして錠剤にする。それを犬に食べさせる」

「まるで漢方じゃないか」

良薬口に苦しといわれるが、果実がそのまま薬になる。それも予防薬になるというのだから、夢のような話だ。

神野は思わず身を乗り出した。

「研究が進んでいるのは、イチゴだけじゃない。鳥インフルエンザワクチンになるジャガイモ。コレラワクチンを発現する稲や煙草。これらは、既に栽培に成功しているそうだよ」

「本当に？　全然知らなかった……」

聞けば聞くほど、途方もない可能性を秘めた技術のように思える。ジャガイモや稲がイチゴのように、そのままワクチンになるかどうかは分からぬが、いずれにしても実用化されれば薬の概念を根底から覆すことになるような話だ。

「もちろん、遺伝子を操作した作物だ。種子が外界に出れば、大変なことになる。栽培はクリーンルームの中。温度管理、排水処理も含めて、厳重にコントロールできる施設が必要になる。誰でもできるというわけじゃないが、収穫された作物には高い付加価値が付く。市場は世界に開けるんだぜ。とてつもない、ビジネスになると思わないか？」

「その延長線上には、もちろん人間向けの薬品開発があるわけだよね」

「当たり前だ」

ハモンドは、笑みを湛《たた》えながら頷いた。「動脈硬化や血栓の予防薬をコケから、カイコからは血液凝固タンパクを効率的に採取する研究も進んでいると聞いたけど」

「面白い話だな。技術が確立されれば、日本の産業に大きな柱ができるな」

「このビジネスは従来の農業とは似て非なるものだ。広大な土地はいらないんだ。施設を建設する用地と良質の水があればいい。そして、食品作物に比べて値段は遥《はる》かに高い。何よりも、必ずやそこに雇用が発生するはずなんだ」

それが、世界市場を席巻《せっけん》するような規模となれば、従来の農業に比べ、人手は少なくとも済むとはいえ、規模でカバーできる可能性はある。何よりも、労力の点においては、従来の農業に比べ、格段に楽なものとなるはずだ。

「とても興味深い話だね。久々に前途に光明を見いだした気がしてきたよ」

神野は顔一杯に笑みが浮かぶのを感じながらいった。

「興味を覚えたのなら、可能性をとことん研究してみることだね。のんびり構えてる時間はないぞ。これだって立派なベンチャーだ。先行者が利益の大半を攫《さら》って行く。後に続くやつは、おこぼれに与《あずか》るしかない。それがベンチャーの掟《おきて》だからな」

ニヤリと笑うハモンドに向かって、

「分かってる」

神野は大きく頷いた。

第三章

1

参議院選挙の応援に明け暮れた七月が終わろうとしていた。

選挙前の予想通り、結果は先の衆議院選挙同様、日民党の大勝。安定多数を獲得し、長きに亘《わた》った衆参両院のねじれは完全に解消された。

「薫子さん、ご紹介します。宮城選挙区で初当選なさった増山健一さんです」

衆議院議員会館の執務室で、甲斐は上京してきた増山を新町に紹介した。

「おめでとうございます」

握手を求めた新町の手を握りながら、

「新参者ですが、精いっぱい働きます。宜《よろ》しくご指導下さい」

増山は、上体を深く折った。

新町に増山を引き合わせることにしたのは、彼の選挙区を訪れた際に交わした言葉から、これからの国のあり方を考えて行く上で、チームの一員として必要な人物になると踏んだからだ。

早晩いずれかの派閥に加わることになるにしても、いまのところはまっさらな新人議員である。国会議員として学ばなければならないことは多々あるが、県会議員として地方政治の経験がある。何よりも、東日本大震災を通して、国家再興のあり方までも論じた彼の言には確かに聞くべきものがあった。中央政界の既成概念に縛られないだけに、斬新《ざんしん》な発想をもたらしてくれることも期待できる。

「いよいよこれからですね。被災地の復興のためにも存分に働いて下さい。私たちも、応援しますから」

甲斐は、椅子を勧めながらいった。

「増山さんのお考えは、甲斐君から伺いましたけど、確かに東日本大震災を教訓として、次に想定されている災害発生後の復興計画を確立するのは急務の課題です。被災地復興の最前線に立たれた経験を国政の場で存分に発揮して下さいね。新人だからって遠慮することはありませんよ。党内合意がそのまま政策として反映できる環境が、ようやく整ったんですから」

新町も力強い言葉を投げ掛ける。

「ありがとうございます」

東北の天候が、近年になく不順であったせいで、夏の選挙であったにもかかわらず、増山はそれほど日焼けをしていない。うっすらと小麦色になった顔をほころばせると、増山は改めて頭を下げた。

しかし、それも一瞬のことで、すぐに真顔になると、

「もちろん、選挙区の代表者として国政の場に送り出された限りは、被災地の復興に全力を挙げるのが私に課せられた義務だと思っています。ですが、国会議員の仕事はそれだけではないと思うのです。一年生議員がこんなことをいうのは生意気なのは重々承知しておりますが、国会は国のあり方を決する場です。選挙区の代弁者だけに終始していてはならないとも肝に銘じております」

きっぱりといい切った。

初当選の議員は数多く見てきたが、初めて永田町を訪れる人間は、概して晴れて国会議員になったことへの高揚感や喜びの色を露《あら》わにするものだ。もちろん、大志を抱きこれからの議員生活へ思いを馳《は》せ、決意のほどを口にする人間もいないではないが、増山の場合はそれとも少し違うようである。

「ごもっともだとは思うわ。だけど、選挙区のために働くのも、議員に課せられた重要な使命じゃありません？」

新町は穏やかながらも、入学前の新入生がといわんばかりに、冷ややかな口調で返した。

「それは否定しません。私が公募に応募したのは、被災地の復興のためには、政権与党の議員になるのが最も早い。そう考えたからです。その気持ちはいまも変わってはいません。しかし、今回の選挙で党が掲げた公約に全面的に賛同するかといえば、必ずしも

そうではありません」

「たとえば？」

新町は訊《たず》ねた。

「特に疑問を抱くのは、景気浮揚策として、大規模な公共事業計画を掲げていることです」

増山は即座に答えた。「これは被災地、過疎高齢化という二つの問題を抱えている地域の人間の率直な意見ですが、日本にこれ以上の高速道路や新幹線、まして海峡を横断するトンネルを造る必要はまったくないと思うのです」

確かに、党は参議院選のマニフェストにも、『国土強靭《きょうじん》化計画』の名の下に、増山が挙げた巨大公共事業を今後十年の間に二百兆円の資金を投じて行うと謳《うた》っている。これらが完成した暁には、日本中が新幹線と高速道路で網羅されることになるのだが、その是非を巡っては論議を呼んでいるのも事実である。

「新幹線にせよ高速道路にせよ、現在建設が計画されている地域のほとんどは、人口が既に減少に転じている地域です。そんなところに、有料の交通網を整備して、採算が取れるんでしょうか。交通網が整備されれば、人口が増えるんでしょうか」

「その多くは、地元の要望が極めて強いものなんです。それに、交通網が整備されれば――」

新町の冷ややかな声に、硬さが加わる。

「企業がやってきて雇用が生まれるんですか？」

増山は新町の言葉が終わらぬうちにいった。「だとしたら、こんな計画を立てた方は、よほどのオプチミストですね。過去の政策から何も学んでいないとしか思えませんね」

「でもね、増山さん。ただでさえも都市部への人口集中が加速して、地方の人口が減り、雇用基盤が脆弱《ぜいじゃく》になっているのがいまの日本ですよ。産業の分散化を図るためにも、交通網の整備は重要な課題ですよ」

容赦ない増山の口調に、新町は不快感を露わにする。

「同じような言葉をかつて聞いたことがあります。むかし茨城県を訪れた際に、大型船が接岸できるコンテナヤードがほとんど使われないままになってるのを見ましてね。何でこんなものをと訊ねたら、造れば船が入ると思ったって」

増山は宮城県で酒蔵を営む家に生まれた次男坊である。県会議員になるまでは、東京の商社で数年間働いた経歴を持つ。おそらくはその時の体験談であろう。

「貿易に携わる人間からすれば、信じられない発想ですよ。首都圏の物流拠点は市場に近い京浜地区に集中してるんです。茨城で荷揚げをすれば、海上運賃よりも国内の陸送運賃の方が高くつく。港ができたからって、市場から離れた場所に拠点を移す企業なんてありません。荷がなければ船は来ません。日本には、この手の公共事業の遺物がごまんとあるんです」

「つまり、廃れる地域は、廃れるに任せる。お金を投じるのは無意味だっておっしゃりたいわけ？」

新町の声に苛立《いらだ》ちが籠《こも》る。

「公共事業が地方活性化の解決策にならないのは、過去の例からでも明らかじゃありませんか」

ところが、増山は気に留める様子もなく断言する。「過去のバラ撒《ま》き政策のお陰で、地方の街はどこへ行っても、立派な公共施設ができました。道路だって整備されたし、果てはこの狭い国土に九十八もの空港を造ったんですよ。それで人口の減少に歯止めがかかったんですか？　地方産業が活性化したんですか？　いま、党が打ち出している交通網が整備されれば、自動車、鉄道、飛行機の間で、利用者の食い合いにはならないのですか？　ただでさえも、人口が減るんですよ。それでどうして、採算が取れるんですか」

軽井沢で、公共事業を語った多賀谷の言葉が脳裏に浮かんだ。

『良くも悪くも、とことんやり抜くのが日本人の性《さが》だからね』

そして、こうもいった。

『一旦始めた限りは、決して中断したりはしない。費用対効果という概念が欠如している上に、当初の目算が狂っても誰も責任を取らない。損切り、撤退という決断に、極めて疎い。それが日本人だ』

実のところをいえば、甲斐自身も、党が打ち出した公共事業計画には、否定的な見方をしていた。

工事が行われている最中は、建設業界を中心に雇用が生ずることは間違いないとしても、増山が指摘するように、いずれの事業も採算がとれるとは思えないからだ。まして、交通網の整備は、地方の活性化に繋《つな》がるどころか、所謂《いわゆる》ストロー現象を生み、基幹都市への人口集中へと繋がったのは紛れもない事実なら、都市部への人口集中は、収入の中に占める生活の基本コストを押し上げ、若年層が子供をもうける環境を著しく阻害する要因となったのだ。

しかし、それを声を大にして唱えられないのは、公共事業が多数の雇用を生んでいることが厳然たる事実であり、対案なくして異議を発するのは無責任であると考えていたからだ。

増山は続ける。

「高速道路が欲しいかといわれりゃ、そりゃ誰だって欲しいっていいますよ。新幹線だってあった方がいい。空港だってそうでしょう。どんなものにしたって、無いよりはあったほうがいいに決まってるんです。そのノリでやってきた結果がいまの日本じゃないですか。第一、党が謳う公共事業の財源は、消費増税から五兆円も回すんでしょう？　消費増税は、そもそも社会保障費に使うってことで可決されたんじゃなかったんですか」

ぐうの音も出ないとばかりに、新町は押し黙る。

絶対的正論である。もちろん、経済が活性化すれば、税収が上がるという狙いもあってのことだが、空港一つをとっても、これだけの数ができたのは、当該地域の人口が今後増加に転ずるという、何を根拠にしたのか、もはや出鱈目《でたらめ》としかいいようのない予測に基づいてのことだ。

成功事例が皆無である以上、計画されている事業もまた、同じ結末を迎える公算は極めて高い。

「増山さん」

甲斐は口を開いた。「党が掲げている公共事業が無謀だとおっしゃるのは簡単です。ですが、そのためには、誰もが納得する理由を客観的なデータとともに提示し、さらに対案を出さなければなりません。そうでなければ、誰も耳を傾けないと思いますが」

「公共事業を全て止めろといっているわけではありません。雇用を創出し、経済を回す上でも、いかに公共事業が重要であるかは十分理解しています。要は、無駄なもの、未来に負の遺産となるようなものは造るべきではないと申し上げたいのです。やるならやるで、造れば終わりじゃない。もっと生産的な事業を行うべきじゃないかと――」

「計画に掲げている公共事業は、生産的な事業だ。党の人間の多くはそう考えてると思いますが？」

そう訊ねた甲斐を、増山は眉《まゆ》をぴくりと吊《つ》り上げて、本気でいっているのかといわんばかりの目で見た。

「私は県会議員をやってたんですよ。道路や公共施設が、どんなプロセスを経て建設に至ったのか。奇麗事ばかりじゃないことは、散々目の当たりにしてきたんですよ」

まだ先がありそうだ。

甲斐は黙って促した。

「政治家は自分の力を選挙区の住民に認めさせないことには、政治家であり続けられません。力とは、住民の要求を叶《かな》えてやることです。確かに、地元に道路が通れば、『オラ方の町さ、道路が通った』。『やや、あの先生は大したもんだなや』。住民は大喜びします。あの先生に頼めば、もっといいものを造ってくれる。町民ホールを、図書館を、プールをと要求はどんどんエスカレートしていきます」

増山は息をつくと、「それを衆議院小選挙区三百人。参議院地方選挙区百五十人。都合四百五十人が地元のニーズとして叶えたら、どんなことになりますか。その結果が赤字国債の山、誰も使わない公共施設の山じゃないですか」

声のトーンを暗くした。

「おっしゃることはごもっともだと思うけど、地域格差を無くすのも、政治の仕事でしょ。整備されるのは大都市だけ。地方には施設がないじゃ、ますます地方は寂れるばかりってことになりません？」

今度は新町が眉を吊り上げた。

「宅配便は全国のほとんどの地域に翌日届く。しかも、時間まで指定できるんですよ。

テレビが見られない地域はありません。携帯電話だって、ほとんどのエリアをカバーしています。ネット通販を使えば、買えない物を探す方が難しい。どこに住んでいようがリアルタイムで情報に接し、物を手に入れられる環境を、既存のインフラを使って民間企業が整えたんです。計画されている公共事業が完成して、これ以上何が変わるんですか？　どんな効果が期待できるんでしょう？」

国土強靭《きょうじん》化計画、地域格差の是正といえばもっともらしく聞こえるが、増山は県会議員をやっていたのだ。その裏に、どんな思惑が蠢《うごめ》いているかは百も承知だ。

地域を目に見える形で整備してくれる議員に票を投じるのが有権者なら、仕事を作ってくれる議員を支援するのが企業である。政治は数だ。数を維持するには資金がいる。まさに、両者ウイン・ウイン。双方の利害が一致するところに公共事業が発生するのは否めない事実だ。

その点からいえば、『世の中が良くなりゃ、自分も良くなる』。いつか有楽町の焼きとん屋で会ったタクシー運転手の言葉は本質を突いている。実際、党が掲げた公共事業の中でも、突出して予算額が大きい計画は、新町がいったように、総理、幹事長、国土強靭化計画の旗振り役と、内閣、党の重鎮たちの地元のものだ。

事業規模が政治家の力に比例することの証左だが、それゆえに覆すのは困難を極める。

「増山さん。さきほど、造れば終わりじゃない。もっと生産的な事業を行うべきだとおっしゃいましたが、それについては何かお考えがあるんですか」

甲斐は訊《たず》ねた。

「それは、まあ……夢のような話ですけど——」

増山の勢いが落ちた。

「聞かせて欲しいわ。是非」

皮肉が籠《こも》った口調で、新町が急《せ》かした。

「たとえば、被災地の公共事業としては、集合住宅の建設はどうかと考えているのです」

「集合住宅？」

新町が語尾を吊り上げた。「それなら、復興住宅の建設がすでに進んでいるじゃありませんか」

「ただの復興住宅じゃありません」

増山はいう。「甲斐さんには、応援にお越しいただいた際にお話ししましたが。被災地には家を建てようにも、建てられない高齢者がたくさんいます。このままでは、あの狭い仮設住宅で人生の終わりを迎えることになってしまいます」

再び増山の声に力が籠る。

「それって、特養をばんばん建てろってことですか？」

新町は呆《あき》れたようにいう。

「現在建設されているのは、ファミリータイプの集合住宅で、老人介護を前提としたものではありませんから」

「あの……。きちんとした介護施設の必要性は分かります。だけど、こういっちゃ身も蓋《ふた》もありませんけど、すでに高齢化が進んだ地域に特養を建てたって、そう遠からずして需要はなくなる。空き室だらけになりません？」

この部分に関しては、新町の言に理がある。しかし、増山はそれほど思慮に欠ける人間ではない。考えがあるはずだ。

「何もしなかったらそうなります」

果たして増山はすぐに返した。「集合住宅と申し上げた根拠は二つあります。一つは、高齢者の介護をどうするか。被災地に限らず、どこの特養も入居希望者に対応し切れず、多くのウェイティングを抱えた状態が続いています。家があっても高齢夫婦のふたり住まい、ひとり暮らしは沢山いるんです。このままでは、介護が必要となっても巡回看護。一日のほとんどを事実上放置しておくことになってしまいます。その点、特養は介護を必要とする人を、一箇所に集めて集中的に介護することができますから」

被災地を訪れた際に増山は、人口が減るのが目に見えている地域に特養を新設するわけにはいかないといっていた。だとすれば、これまでの間に、何か新たな案を思いついたのか。

「それは分かりますけど、高齢者が復興住宅から特養に移れば、復興住宅が空き室だらけになっちゃうじゃないですか」

甲斐は先を促した。

「新たに流入してくる人の受け皿にするんです」

なるほど、ここまで聞けば、増山の考えが見えてくる。

「スマートアグリ従事者の住まいにしようというわけですね」

甲斐はいった。

「六十歳で定年を迎えた時に、故郷に従事できる仕事があれば、Uターンしてくる人も出てくるでしょう。端《はな》からスマートアグリに従事することを目指す若者だっているかもしれない。でも、その時に問題になるのが住居です」

「実家が被災しているなら、建て直さなければならない。まして、初めての地に移り住もうとするなら、家探しからはじめなければなりませんもんね。高台移転を余儀なくされた被災地にして、過疎高齢化が進んでいる地域となれば、賃貸物件だって不足しているでしょうからね」

「その通りです」

増山は頷《うなず》いた。「もちろん、この構想は高台移転を強いられた地域で大々的にスマートアグリが事業化されることが前提になります。でも、この事業を始めようにも住居がなければ話になりません。そして、賃貸価格が安ければ安いほど移住へのハードルは低くなる——」

「人口が増えれば、高齢者も継続的に生ずる。生活コストの安い地域で退職金を有効に使い、さらにスマートアグリに従事することによって収入を得る。それをいざ介護が必要になった時の原資に充てるというわけですか」

なるほど、それなら復興住宅に加えて特養の建設を進めても、どちらの施設も有効活用が可能になる。

もちろん、増山の構想はスマートアグリ、集合住宅のどちらが欠けても成り立たない。建設したところで、移住者がやって来なければ、それこそ無駄な公共事業の見本となってしまう危険性もある。それに、二百兆円もの巨額の資金を要する巨大公共事業から党の重鎮たちの目を向けさせるには、いかんせん規模が小さ過ぎる。しかし、この構想は、練り上げればさらなる可能性を生み出す気がする。

つまり、筋はいいのだ。しかし、何かが足りない。

それは何だ——。

増山はふと腕時計に目をやると、

「いけない。こんな時間だ。ご挨拶《あいさつ》だけのつもりが、お時間を取らせてしまって」

腰を浮かせた。「今日は、地元に帰らなきゃならないもので」

「面白いお話でした。是非改めてまた——」

甲斐は手を差し出した。

増山はふたりと握手を交わすと、慌ただしい足取りで部屋を出ていった。

「どんな構想かと思いきや、とどのつまりは箱物建てろっていってるだけじゃない」

新町が呆《あき》れた様子でいった。「パッとしないな」

「でも、介護の問題は早急に根本的対応策を講じなければならない問題ですよ。人の臓器だって3Dプリンターで造れる時代になりつつあるんです。良きにつけ悪しきにつけ、人を長生きさせる技術は、物凄《ものすご》い勢いで進化してるんですから」

ふうっと新町は溜息《ためいき》を漏らした。

「ここまでくるとねえ……。我が身の将来を考えると、喜んでいいんだか、どうなんだか――」

「こういった人がいましたよ。『昔々、あるところにお爺《じい》さんとお婆さんがいました。いまはどこにでもいます』と」

新町は噴き出した。

「なあに、それ」

「日本の近未来の姿です。間違いなくそうなるって――」

甲斐は真顔で答えた。

2

「あいつもついに年貢を納めるか」

都心にあるホテルのティールームで、正面に座る高坂真治《こうさかしんじ》に向かって、甲斐はいった。

「三十二だしな。頃合いだな」

今日は友人の結婚式の日だ。

昼下がりのティールームは混み合っている。普段着姿の客に交じって、礼服やドレス、和服に身を包んだ列席者の姿が散見できる。

支持者の結婚披露宴に出席する機会は頻繁にあるが、新郎は大学時代からの旧友だ。祝宴開始間際に席に着き、祝辞を述べて退席というわけにはいかない。それに、懐かしい顔ぶれが揃う機会でもある。早めに式場に出かけたのだったが、そこで出くわしたのが高坂だった。

「三十三だ」

高坂が返してきた。「呑気《のんき》に構えてる場合かよ。お前だって、もうすぐ一つ年を重ねんだぞ。どうなんだ、いったい。何かと注目されて大変なのはわかるけどさ。浮いた噂一つ聞きやしないが」

「こいつばっかりは、縁の問題だ。自助努力だけでは、どうにもならねえ」

甲斐は苦笑いを浮かべた。

高坂も昨年、学生時代から十二年間も付き合ってきた女性と結婚したばかりだ。本人が身を固めた途端、独身者の結婚予定を話題にするのはよくある話だが、特に三十歳を過ぎてからというもの、友人、知人はもちろん、果ては支援者に至るまで、会えば必ず訊ねられる。

「海外じゃ愛人をファーストレディとして公の場に同伴する元首もいるけどさ、日本じゃ絶対にそんなことはあり得ねえ。それに、政治家は奥さんの助けが必要な仕事だろ。ますます忙しくなるのは目に見えてんだ。いねえなら本気で探さねえと、あっという間に四十になっちまうぞ」

「ご忠告は有り難く聞いておくよ」

もちろん、甲斐にその気がないわけではない。しかし、政治家の妻の日常は、ともすると夫以上に多忙を極める。体力、気力、なによりも地盤においては政治家本人同様の働きを強いられる。当事者同士の愛情は重要だが、それ以外に要求される資質がいくつもある。

「それよりお前、子供はまだか。真美《まみ》ちゃんとの付き合いは長かったんだ。いまさら新婚気分でもあるめえし、そろそろいいんじゃないのか」

心許せる旧友である。それに、彼の妻は学生時代からよく知っている。

甲斐は直截《ちょくせつ》に訊《たず》ねた。

「子供なあ……。それについちゃ、ふたりで話したんだが――」

高坂は口籠《くちごも》ると、

「俺たち、子供持たないことにしてるんだ」ぽつりと漏らした。

「えっ、何で？」

甲斐は思わず問い返した。

高坂は外資系の製薬会社。真美は大手家庭用品メーカーに勤務している。収入的には子供をもうけても十分にやっていけるはずだ。もちろん、人の価値観、人生観は様々だ。所謂《いわゆる》DINKS《ディンクス》、共働きにして意図的に子供を持たない生き方を選択する夫婦がいるのは事実だが、ふたりがそんな決断をしていたとは、はじめて聞かされた。

「最大の理由は真美の仕事さ。彼女、結構いいポジションにいんだよな。もちろん、産休もあれば、子育て休暇もある。職場復帰もできるけどさ、やっぱブランクができっからな。それに、そこから先は、何かあったら仕事と子供どっちを優先するかの選択を迫られる。俺たちの結婚が遅くなったのも、子供をどうするか。それに折り合いがつかなかったからなんだ」

「じゃあ、お前、本当は子供欲しいのか」

「彼女だって産みたいと思ってるさ。だけど、やっぱり両立は難しいのが現実なんだよ。特にキャリア志向の女性にはね」

高坂は、苦い顔をしてコーヒーを口にした。

「差し出がましいことをいうようだけどさ、後でやっぱりってことになっても、年齢を考えると、子供を持つのが難しくなんぞ。そこんところは考えたのか」

「ああ……」

高坂はどこか寂しげな顔をして頷いた。「入社以来あいつが頑張ってきたことは、誰よりも俺が良く知ってるし、じゃあ俺が応分を負担するかっていわれれば、それもできねえ。余人を以《もっ》て代え難いなんて仕事はねえからな。仕事がチームで動いている限り、足並みを乱すやつが出てくりゃ、必ず代わりが出てくる。それが現実だ。いくら国が制度を整えたって、組織の論理なんて何も変わりはしねえんだよ」

高坂は声を沈ませる。

産休、育児休暇制度を設け、保育施設を増設しても、子供を育てるのが親の務めである限り、時間を割かれるのはやむなきことだ。会社とてそんなことは百も承知だが、家庭の事情を職場に持ち込まれては業務に支障をきたす。まして、基幹業務を担う人間ともなれば、その傾向は顕著に現れる。

結局、比較的時間が自由になる業務へと異動させられることになるのだが、会社の中枢でばりばり働いてきた人間であればあるほど、その現実は受け入れ難いものであることは想像に難くない。

つまり、いくら子育て支援制度の充実を図ろうとも、キャリアが途切れることを恐れる女性にとっては、子供の存在自体が大きな負担となってしまうことに変わりはないのだ。

「こうなると、うちの姉貴のような生き方が正解なのかもしれねえな」

高坂がぽつりと漏らした。

「姉さん？」

「大学の二年、二十歳の時にできちゃった結婚してよ。中退して、子育てに専念したんだけど、その子供は今年大学生だ。下の子も高校生。妊娠したって告げられた時には、親は腰抜かすほど驚いてたけど、三十八歳にして子育て終了。姉貴、これから好きなことをする。大学に入り直して働きに出るって張り切っちゃってさ」

「定年も六十五歳まで延びたしな。大学終わって就職すれば、二十年以上働けるもんな」

「何の憂いもなくね」

高坂は頷《うなず》いた。「そう考えるとさ、子育てなんて順番の問題だとも思えてくるんだよな。さっさと産んで、早く終わらせりゃ、人生どんどん長くなってんだ。姉貴が六十五になる頃には、定年だってもっと延びてるだろうしょ」

高齢者人口が今後激増することは、もはや避けられない。年金制度の崩壊を防ぐためには、支給対象年齢のさらなる引き上げ、支給額を減少する以外に方法はないことを考えれば、定年の再延長は十分にあり得る話だ。

同時に少子化がこのまま進めば、いずれ新卒人口は激減し、若い労働力の確保が困難になることだって考えられる。となれば、高坂の姉のように、若くして子育てを終え、二十年以上も継続して働ける女性は、企業にとっても、貴重な戦力として着目されるようになるかもしれない。

甲斐はふと、そう思った。

「しかし、これから大学に入り直すとなると、受験勉強が大変だな」

甲斐は漏らした。

「日本には、大学が八百近くもあんだぞ。苦労なんかするかよ」

高坂はきっぱりといった。「それに、昔に比べりゃ試験だって多様化してるし、えり好みをしなけりゃ、入れるところなんていっぱいあるさ。むしろ問題はその先だ」

「就職……か」

「新卒っても、その頃には四十過ぎてんだからな」

高坂は苦笑した。「新卒の段階で内定もらえなきゃ、たちまち就職に苦労するご時世だぜ。まして、職についたことのないおばちゃんを採用する企業がどこにあるかよ」

なるほど、その通りだろう。しかし――。

「いや、高坂。これは、物凄《ものすご》く大事なことかもしれないぞ」

甲斐は真顔でいった。「子育てを終えた女性が、第二新卒として新卒と同じ条件で企業に採用してもらえる環境が整えば、女性の雇用促進にも繋《つな》がる。キャリアが途切れる恐れもない。となればだ、さっきお前がいったように、産んでから働いても遅くはないって考える人たちも出てくるんじゃないかな」

「そりゃ、ないとはいえないけど。そんなこと俺に聞かれてもなあ……」

「でも、真美ちゃんだって本音では子供欲しいと思ってんだろ」

「そりゃあ、そうだけど――」

高坂は、再びコーヒーに口をつける。

「年功序列なんて、無きも同然の社会だ。二十年間、働き続けられれば、企業内でそれなりの地位を得られる可能性だって十分にある。もし、女性の雇用が子育てを終えた世代にも新卒同様に開かれていたら、真美ちゃん、子供を産まない選択をしたかな」

「それもなんともいえないけどさ……」

高坂は微妙な顔をしてカップを置いた。「だけどな、孝輔。少なくとも、いまの職場で想像する範囲においての話だけど、おばちゃんが新入社員として入社してくるなんて、俺にはちょっと想像がつかねえよ」

「何で？　お前の職場は若い女の子ばっかりなのか。おばちゃんの社員はいないのか」

「いることはいるけどさあ――」

高坂は語尾を濁した。

「定年は六十五歳にまで延長されたんだ。これから先の職場の光景は様変わりすんぞ。本来ならいなくなっていたはずの人たちが、五年間職場にいるようになるんだからな。それどころか、お前の頃なんて、それこそ七十歳定年になったって不思議じゃないんだぜ」

その時の光景を想像しようとしているのか、高坂は神妙な顔をして腕組みをして考え込む。

「六十過ぎた同僚がたくさんいる職場で、四十歳の女性が新入社員で入ってきちゃおかしいか？　それで何か不都合が起きるかな。そもそも新入社員に年齢なんて関係ねえんじゃねえのか。問われるのは、職務を全うできるかどうかの能力だろ？」

甲斐が返すと、

「それは……」

高坂は口籠《くちごも》る。

「むしろ、子育ての経験もある。社会の仕組みも熟知している。企業にとっては困ることなんて、何もないんじゃないか」

具体的な根拠があっていったわけではなかったが、

「でもさ、おばちゃんてのは、こう何ていうか、世間を知ってる分だけ、使いづらいって点も——」

高坂のこたえもまた同じだ。困ったように口を濁す。

「あのさ。雇用するからには、それ以前に入社試験を受けなきゃならないんだぜ。採用するかどうか、企業が応募者を吟味する機会はあるんだ。そこで採用するに値せずと判断すれば、落としゃいいだけの話じゃねえか」

「まあ、そうには違いないけど——」

「それにだ、子育てを終えた女性を新入社員として採用する。これは、企業にとっても、大きなメリットがあるんじゃねえのか」

会話を重ねていると、思わぬ考えが浮かぶことがある。

甲斐はニヤリと笑った。

「どんな？」

怪訝《けげん》な顔をして訊《たず》ねてくる高坂に向かって、

「生涯賃金を抑えられれんだろ」

甲斐はいった。「二十代の新卒社員を採用すれば、勤務期間は四十年以上。賃金上昇カーブは企業によって違うけど、大抵の場合年を重ねる度に上昇していく。それに、退職金は勤続年数に比例するもんだろ。だけど、四十代採用なら二十年ちょっとだ。トータルの人件費は格段に安くつく」

「なるほど。確かに二十年の差はでかいな」

高坂は感心したように、相槌《あいづち》を返してきた。

「これは働く側にとっても悪い話じゃない。いままでなら、この年代が働き口を求めりゃ、時給幾らのパートだが、正社員になれれば、収入は格段にアップする。能力いかんでは、昇進の道だって開けけんだ。旦那《だんな》の給料と合わせれば、ダブル・インカム。それこそ、十数年、二十年遅れてDINKSになるってことになんだろが」

「それはいえてんな。子供が手を離れれば、家計は大分楽になるからな。夫婦ふたりの共働きとなれば、貯蓄も増やせる。まして、退職金も貰《もら》えるとなりゃ、老後の備えにもなるな」

高坂は二度、三度と頷いたが、「でもさ、その年代の女性に正社員の道を開くには、再教育が必要になるぞ。最先端のスキルを身に付けている若い世代と、ブランクがある女性とじゃ、企業がどちらに魅力を感ずるかは明らかだからな」

一転して、懸念の色を浮かべた。

「もちろん、再教育プログラムは必要さ。でもさ、これは思うほど、難しい話ではないと思うよ」

甲斐は即座に返した。「お前がいったように、日本には大学が八百近くもあるんだ。いまでさえも定員割れを起こして経営の危機に瀕《ひん》している大学は少なからずある。今後少子化が進めば、その数はますます膨れ上がる」

「そりゃあ、大学だってAO入試が導入されて以来、社会人も入りやすくなっていることは確かだけどさ。だけど、企業は学校ならどこでもいいとは考えちゃいないぜ。口が裂けても認めやしねえけど、学歴フィルターをかけて、事実上の指定校制度を設けているのは、紛れもない事実だからな」

「もちろん、プログラムの確立、クオリティの保証は教育機関が担わなければならない。あるいは、能力証明試験のような制度を国が設けてもいいだろう」

それこそが政治の仕事だと思いながら、甲斐はいった。

「問題はもう一つある」

高坂は、人さし指を顔の前に翳《かざ》した。「学費だ。私立に行こうもんなら、結構な金がかかっからな。確実に正社員になれるってんならともかくさ、出たとこ勝負じゃ、誰がそんなリスクを冒すかよ」

「そんなの、現役の学生だって同じじゃねえか」

「えっ？」

「だってそうだろ。学校を出さえすりゃ、就職できるなんて保証はどこにもねえんだぞ。卒業資格を取らなきゃ、就職試験が受けられねえ。だからみんな金を払って学校行くんだろ？　つまり投資だ。採用されるかどうかは本人次第。第二新卒と違いがあるとすりゃ、正社員への門戸が開かれているかどうかだけ。その道が開けりゃ条件は同じ。何も変わらねえじゃねえか」

「投資ね……。少なくとも、就職を目指す学生にとっちゃその通りかもな」

高坂は頷《うなず》いた。

「もちろん、人の生き方は様々だ。第二新卒に雇用の道が開かれても、端《はな》から仕事を選ぶ女性もいるだろさ。だけど、子供を産み、子育てに専念してブランクが生じても、働きたくなれば、ちゃんとした職が得られる。それって悪い話じゃねえだろ？」

「その点は、全面的に同意するよ。でもさ孝輔。うちの姉貴のように、四十そこそこで、子育てが終わるなんて、いまの時代レア・ケースだぜ」

そこを突かれると、返す言葉がない。

黙った甲斐に向かって、高坂は続けた。

「女性の進学率だって上がってるんだ。大学出りゃ大抵は就職する。仕事を覚えりゃ、面白くなる。給料も年を重ねるごとに上がる。五年、六年なんてあっという間だ。実際結婚年齢だって、三十近くになってるんじゃなかったか」

「平均初婚年齢が二十九歳。初子出産年齢が三十歳だ」

高坂の念押しに、甲斐はこたえた。

「だろ？　そこから、子育て終わるっていったら、子供ひとりでも四十半ば。ふたり持てば五十の声が聞こえてくる頃だぜ。そんな歳で、新入社員もあったもんじゃねえだろ」

その通りかもしれない。しかし、このアイデアが実現すれば、女性の職場進出への機会が遥《はる》かに増える。もちろん、こんなことをいい出そうものなら、若くして女性に子供を産めと促す案だという批判は出てくることは百も承知だ。しかし、子供は女性にしか産めないのだ。そして、出産にも適齢期があることは、医学的事実だ。ならば、若くして子供を産むのに障害となっている要因をひとつひとつ解決し、いかに産みやすい環境を整えていくかしかない。

そのためには――。

「高坂。お前のお姉さんって、二十歳で子供を産んだんだよな」

甲斐は話題を転じた。

「ああ」

「若くして子供を持ったら、家計の遣《や》り繰り大変だったんじゃないのか」

甲斐は直截《ちょくせつ》に訊ねた。

「旦那は大学のサークルの先輩でさ。不動産会社に入社したばかりだったんだよ。給料はそこそこ良かったようだし、子供ができた時点で社宅に入れたんで何とかなったんだろな」

「なるほど、社宅ね」

「そうでもなけりゃ、かなりきつかったろうな。民間のアパート借りりゃ、当時だって給料の三分の一からが黙ってたって出て行ったろうしな。ミルク、おむつ代はけちれない。そうなりゃ生活費なんて、なんぼも残らんぜ。まして、ふたり目なんてとてもとても——」

「お姉さんが働きに出ることは考えなかったのか？」

「保育園だってタダじゃねえからな。家計の足しにと思って働きに出たつもりが、そっくりそのまま保育園の費用に消えたんじゃ意味ねえじゃん。確か姉貴、それで自分で育てることにしたんじゃなかったかな」

高坂は記憶を辿《たど》るように、視線を上に向けると続けていった。「姉貴、しみじみといってたよ。早くに産んでよかったって。旦那の会社も、いまじゃ社宅が減っててさ、なかなか入居が難しいんだと。結婚が遅くなっていたら、ふたりも子供産めなかったって」

「どこの企業も、社宅を減らす傾向にあるっていうからな」

甲斐は、厚労官僚の柏田の言葉を思い出しながらいった。

「まあ、俺のような外資勤めには、社宅なんてないのが当たり前だけどな。でもな、社宅を廃止するのはどうかと思うぜ。そりゃあ、会社が住宅の面倒を見る時代じゃないっていえばその通りさ。老朽化した社宅を建て直すにも、偉い金がかかるしな。だけど、賃金が安いうちに、結婚できて、子供が持てて、それでも生活できたのは、やっぱ、社宅の存在が大きかったんじゃないのかな」

甲斐は冷めたコーヒーに口をつけた。

高坂はしみじみとした口調でいう。

「実際、俺だって小学校に上がるまでは親父の会社の社宅暮らしだったもんな。俺らの親の世代は、みんな、そうしながら家の頭金を貯めたんだよ。それが貯まった頃には、収入もローンを払える額に上がってた。姉貴だって同じだよ。衣食住の住のコストが軽減されたから、何とかなったんだ」

確かに、その通りなのかもしれない。

若い世代の給与は、いつの時代だって、結婚し、子供を持つに十分とはいえなかったのだ。企業が抱える資産を社宅という形で運用し、従業員に提供する仕組みがあったからこそ生活が成り立った。もちろん、世の中には昔から社宅を持たない企業は数多く存在する。しかし、社宅の減少が若くして子供を持つことを困難にしているのは一面の事実というものだろう。

「いまの時代、給料がばんばん上がるってわけじゃねえ。せめて社宅でも建ててやらなきゃ、姉貴がいうように、子供なんかそう持てやしねえぜ。それこそ国が何とかしなけりゃなんねえ問題なんじゃねえのかよ。首都圏にしたって、開発したはいいが、塩漬けになってる広大な土地があるんだからさ」

思いもしなかった言葉を聞いて、甲斐はカップを戻しかけた手を止めると、

「塩漬けになってるでかい土地？　首都圏に？」

訊《たず》ね返した。

「これだよ――」

高坂は呆《あき》れたような顔になって、小さく息を吐いた。「政治家ってやつは、本当にやっちまったことは奇麗さっぱり忘れちまうんだな」

返す言葉がない。

「まあ、お前が知らないのは無理ねえかもな。開発されて四十年も放置されてる土地だからな」

高坂は肩を竦《すく》めた。「俺の実家のあるところ。千葉の常総ニュータウンだ」

絡まった糸が一瞬にして解《ほど》けるような閃《ひらめ》きがあった。閃きはみるみるうちに形を成していく。視界が、急に明るくなったような感覚がある。

「俺、学生時代にひとり暮らししてただろ」

高坂は念を押すようにいった。「あれはな、定期代がばか高《た》けえ。通学に費やす時間を考えたら、家賃払ってアパート借りた方がまだ安くついたからだ。とにかく、電車賃

が異常に高けえんだよ。何でこんなことになったか分かるか？」

高坂は、問い掛けに対するこたえを待つまでもなく、自らその理由を話しはじめた。

「当初の計画じゃ三十四万人になるはずが、蓋《ふた》を開けてみりゃ、たった九万人止まりだ。想定人口の四分の一近くにしかなんねえんじゃ、採算なんて取れるわけがねえ。かといって、廃線にしようものなら、本当に陸の孤島になっちまう。中央駅から都心に通勤するにしたって、乗り継ぎ駅に出るまで、半年間の定期代が十七万円を超えんだぞ。あり得ねえよ」

思い出した。

高度成長期に、地方自治体と国が一体となって、全国各地に造成したニュータウン。構想が経済環境の変化によって頓挫《とんざ》し、いまや国の財政に重い負担となってのしかかる大問題となっている広大な土地。

まさに甘き見通しに立った、無駄な公共事業の見本のようなものだが、負の遺産となっているのも、用途に目処《めど》が立たないからだ。

しかし、活用への道が開ければ話は違ってくる。

需要は絶対あるはずだ。もちろん、巨額の資金を必要とする事業になるだろうが、これは造れば終わりの事業じゃない。若くしても、安心して子供が産め、育てられる環境を整える事業。人口の減少に歯止めをかける。つまり、この国を維持し、次世代の人口を安定的に供給する事業。国家の存続に関わる事業になるはずだ。

いや、そればかりではない。沿線住民の人口が増えれば、問題となっている鉄道の運賃も下がる。第一、あのニュータウンにしても住人の高齢化は進んでいるのだ。このまま、放置すれば通勤人口も年々減少する。それはただでさえ、高額な鉄道運賃をさらに上げなければ経営が行き詰まるということだ。その問題を解消する、起死回生の一発となるかもしれない。

面白いんじゃないか――。

脳裏に一気に広がっていく青写真を検証しながら、顔に笑みが広がっていくのを甲斐は感じた。

3

「あの人をメンバーに入れる？　それ、本気でいってるの」

衆議院議員会館にある甲斐の執務室で、新町は信じられないとばかりに目を剝《む》いた。

あの人とは、増山のことだ。

新町は国政の場を熟知している。彼の持論が青臭いものに聞こえたのも無理からぬことだが、甲斐の世代の政治家に求められているのは、従来の政策の踏襲ではない。斬新《ざんしん》な発想と信念、そして長期的ビジョンを築き、それを実現することだ。

その点からいえば、増山はまだ永田町の毒に晒《さら》されてはいない。信念もあればビジョンもある。これから取り掛かろうとするプランを実現するためには、彼のようなタイプの人間が必要なのだ。

「僕は、最適な人間だと思いますけどね」

甲斐はいった。

「スマートアグリはともかく、箱物が目新しいアイデアだとは思えないけど」

新町は鼻でせせら笑う。

「いや、それだけじゃありません。改憲についての見解も、的を射ていますよ」

「党草案九章第九十八、九十九条の『緊急事態』のこと？」

「ご重鎮たちも、九条の改正はハードルが高いと見て、憲法解釈で集団的自衛権を合憲にしようと方針を転換したようですが、それが通ったとしても改憲に向けての動きを止めるわけじゃないでしょう。でもね、党草案を一気に通すなんてことは不可能ですよ。ドイツやアメリカが、ひとつひとつ条文を改正していったように、長い時間をかけて議論をし、国民の同意を得ながら変えていかなければ、いつになっても改憲なんてできるわけがありません」

「それは、甲斐君のいう通りだと思うけど——」

「そのためには、まずひとつでも改憲の実績を作ることです」

甲斐は断言した。「その点からいえば、増山さんのいった緊急事態は最も分かりやすく、説得力を持つ条文でしょうね。現行憲法には存在しない条文を、新たに付け加えるだけなんですから」

「分かりやすいし、通る可能性が最も高い条文かもしれないけど、そう楽観視はできないんじゃない？　いくら緊急事態とはいえ、私権の制限なんていったら、世の中には敏感に反応する人がごまんと湧いてでてくるに決まってんだから」

眉根《まゆね》に皺《しわ》を刻みながら、新町はあからさまに懸念の色を浮かべる。

「でもね、薫子さん。南海トラフ地震の被害想定ひとつを考えても、この条項は考慮するに値しますよ」

甲斐は声に力を込めた。「内閣府の中央防災会議の想定では、静岡県十万九千人、和歌山県八万、高知四万九千。ワーストスリーの県だけでも、これほどの犠牲者が出るんです。愛知、大阪だって、防災会議の想定を遥《はる》かに上回ると見ておくべきです。被害想定地域は、日本の主要産業が密集してるんですよ。私権を優先し国家の対応が遅れれば、東日本どころか、関東大震災の二の舞いになってしまいます」

「関東大震災？　どういうこと？」

「本当の意味での、防災都市造りの千載一遇のチャンスを逃してしまうということです」

「チャンス？」

災害をチャンスと称するなんて、正気とは思えないとばかりに新町は問い返してきた。

「天災は避けられないものである以上、膨大な被害、犠牲者が出ることは覚悟しなければばなりません。もちろん、犠牲者を最小限に抑える措置を講ずることは最優先です。でもね、いずれにしても、破壊された地域は再建、復興しなければならないんです。その際の復興は、同じ都市を造ることじゃない。大惨事の教訓を活《い》かし、可能な限りの防災措置を施した、新しい都市、地域を構築しなければならないんです」

甲斐の脳裏に浮かんでいたのは、明治・大正の偉大な政治家の名前である。

あの時代に、大災害を東京を近代都市に生まれ変わらせる大チャンスと捉《とら》え、短時間のうちにいまに通ずる壮大な都市計画を描いて見せた男。あの構想が実現していれば、現在の東京の姿は、防災に優れ、より近代的な街並みへと様変わりしていたに違いないのだ。

「そうか……」

合点がいったとばかりに、新町は頷《うなず》いた。「関東大震災の時に、当時の復興院総裁に就任した後藤新平《ごとうしんぺい》さんは、東京に防災措置を施し、かつ近代化を図る大チャンスだっていったんだったわね」

「百メートル道路、環状線。あの時、後藤さんの描いたプランが実現していたら、東京大空襲だって、もしかしたら犠牲者がずっと少なくて済んだかもしれないんです。あの計画が実現しなかったのは、必要となる予算が当時の国家予算に匹敵するほど巨額であったこともありましたが、私有地の買収問題にも一因があったんです」

「確かに、被災地域が広範に亘《わた》ることを考えれば、防災都市を造ろうにも、私権を優先していたんじゃなかなか前に進めないわよね」

「後藤さんが計画した環状道路が、いまに至ってやっと完成しようとしていますが、関東大震災から九十年ですよ。そんなことやってたら、復興も何もあったもんじゃないでしょう」

甲斐は、きっぱりといい放った。「増山さんが緊急事態に着目したのは、被災地の現状を知ればこそのことでしょうが、それを真っ先に優先すべきだといったこのセンスは、なかなかのものじゃないですか」

「そこは認めざるを得ないわね」

新町はしぶしぶといった態《てい》で頷いた。

「それに、復興住宅に特養。薫子さんは、批判的に見てるようですが、これも、意外と悪いアイデアじゃないと思いますよ」

甲斐は話を先に進めた。

「どうして？」

「どんな形であれ、産業基盤の確立は重要課題。それなくして、人は増えないからです。そうでなけりゃ憲法を改正したって意味ないじゃないですか。覚えてます？　柏田さんが今後五十年間で、出産可能性の高い二十五歳から三十九歳までの女性が六割も減少する。未成年者も五割減るっていったこと」

「忘れちゃいないわよ」

新町は髪を掻《か》き上げながら溜息《ためいき》を吐いた。

「国民がいての国家であり、憲法でしょう？　つまり、少子化問題の解決は、改憲と同じくらい重要な課題だってことです」

「それは分かるわ。だけど、復興住宅や特養がそれとどう関係するのよ」

「子育てマンションを建てたらどうですかね」

甲斐はおもむろに切り出した。

「はあ？」

新町はきょとんとした顔をして訊《たず》ね返してきた。

「これも前に、柏田さんがいってましたよね。人口の減少に歯止めをかけるためには、特殊出生率を二・一に引き上げてようやくその時点での人口が維持できる。そのためには、第一子出産年齢を二十五・七歳まで引き下げる必要があるって」

「それが、子育てマンションとどう関係すんの？」

新町は小首を傾げる。

「国営住宅にするんです」

甲斐はいった。「少子化を解消するには、まず若くして子供を産んでもらえる環境を整えてやることだと思うんです。だけど、出産に最も適した年代は、概して収入が低い。そして、結婚して独立した生活を送り始めた場合、生活に纏《まつわ》る固定費の中で最も大きなウエイトを占めるのが家賃——」

「でしょうね。どこに住むかにもよるでしょうけど、その世代の平均賃金からすれば、収入の中に占める家賃の割合はかなりのものになるでしょうからね」

「柏田さん、こうもいってましたよね。初婚年齢二十四・七歳。第一子出産年齢二十五・七歳。これは、昭和五十年の数字だって」

新町は頷いた。

「若い世代の給与が低かったのは、いまにはじまったことじゃありません。なのに、昭和五十年までの若い世代は、平均して二・一人の子供を産めた。これは、社宅や住宅手当を提供する会社が多かったからじゃないでしょうか」

「うーん。どうだかなあ」

新町は首を傾げる。「確かに、柏田君は、住宅手当を出す企業は減っているっていってたわ。労務行政研究所だったかしら、社宅や独身寮もかなりの割合で減っているってレポートを読んだこともある。だけど、住居を用意してやれば、子供産むかなあ」

「産みやすくはなるでしょう」

「ならないとはいわないけどさ、子育てに纏る女性の負担は解消されないわよ。出産休暇、育児休暇で生じるブランクがキャリアの上でマイナスになると考える人も少なくないでしょうし、職場に復帰したって、毎朝託児所に送って、買い物して、子供を迎えに行ってって、やらなきゃならないことは同じだもの」

新町は、思った通りの反応を示す。

「そこです」

甲斐は身を乗り出した。「子育てマンションにしようっていったのは、まさに子育てに纏る負担を軽減するためなんですよ」

「どうやって」

「たとえば、居住フロア十五階のマンションにするとしましょうか。ワンフロアに十世帯とすれば、一棟に百五十世帯が入居できます。二棟なら三百。三棟なら——」

「あのね。私だって学校出てんだから、そんなことはご説明いただかなくとも分かるわよ」

新町が馬鹿にするなとばかりに言葉を遮った。

甲斐は構わず続けた。

「共有スペース、あるいは低層階部分でもいいでしょう。そこに保育施設を設置するんです」

ぴんと来るものがあったらしい。新町の表情が変わった。

「なるほど。一階に託児所があれば送迎は行き帰りに立ち寄るだけ。郵便ボックスを覗《のぞ》くようなものよね」

「さらに、託児所の預かり時間を極力長くする」

「どうやって？」

「昼間は、保育の経験を持つ六十代以上の女性を活用し、それ以外の時間は、若い世代の保育士を使ったらどうかって……」

「定年は六十五歳まで延びたわけだし、その層を活用しようっていうわけか」

新町は目を見開いた。

「シルバー人材センターがあるくらいですからね。現役を引退しても、短時間勤務なら働きたいと考えている高齢者はたくさんいるはずです。中には保育士や看護師の資格を持つ人だっているでしょう。何よりも、子育てについては子供を預けるお母さんたちより経験に長《た》けている。そうした人たちを活用するんです」

シルバー層を活用しようと考えたのは、かつて厚労省の官僚、江副が、六十歳から六十四歳の非就労者のうち半分以上が、六十五歳から七十歳になっても四割以上が就労を希望しているという言葉が頭にあったからだ。

「保育士は決して楽な仕事じゃないものね。高齢者に長時間の勤務はきついかもしれないけど、例えば一日四時間。二交代制でとなれば、負担も軽減される、か――」

要介護者が分散していれば、介護の手は行き届かない。十分なケアを行うためには、一箇所に集めた方が、効率的、かつ十分なケアができる。その理屈は子育てにだって当て嵌《は》まる。低家賃の集合住宅に託児施設を併設すれば、共働き、片働きにかかわらず、育児に纏る負担は大幅に軽減されるに決まってる。

「でもさ、甲斐君。百五十世帯もの子供を預かる託児施設って大変よ。国の基準では〇歳児は三人にひとり、一歳から二歳児は六人にひとり。三歳児で二十人にひとりの保育士が必要になるのよ。極端な話、○歳児だけ集まったら、保育士が五十人必要になるじゃない」

もちろん、それについての考えはある。

「入居時の子供の年齢を分散させるんです」

甲斐はこたえた。「○歳児を抱えた家庭だけを入居させれば、薫子さんのいう通りになります。でも、○歳児、一歳から二歳児、三歳児をそれぞれ五十世帯としたら必要になる保育士は二十八人。一年間の育児休暇を取得する人が増えれば、○歳児に必要になる保育士は、さらに小さくなる」

甲斐は続けて、だからこそシルバー人材を活用するメリットを説明した。

フルタイムの従業員は固定人員だが、シルバー人材をパートタイム扱いにすれば、必要に応じて人員の調整が可能になるからだ。

新町は、ふむといった態で、腕組みをして考え込む。

「それに、○歳児の保育費用は、それ以降の年齢の子供に比べて格段に高い。これは、ひとりの保育士が面倒を見られる子供の数が年齢によって異なるからです。実際、二歳児、三歳児と年齢を経るに従って、保育料は格段に下がって行く。となれば、産休をフルに使い、一歳に達するまで、子供の面倒は自分で見るお母さんの方が多いように思うんです」
○歳児の保育費用は、ともすると家賃に匹敵するほど高額だ。高坂の姉がいったように、出産後早々に復帰しても、保育費用を捻出《ねんしゅつ》するために働くようなものとなってしまいかねない。

「なるほど。キャリアを考えるお母さんは、早く職場に戻るもよし、子育てに専念するもよしか」

新町は悪くないとばかりに、片眉《まゆ》を吊《つ》り上げた。

「さらに、このマンションには、居住可能期間を設けます」

甲斐は続けた。「一番下の子供が小学校を卒業した時点、あるいは中学卒業でもいいでしょう。とにかく、一番下の子供が手がかからなくなった時点で退去していただく——」

甲斐が『一番下の子供』を強調した意味を悟ったらしい。新町はにやりと笑うと、

「つまり、第二子、第三子と産み続ければ、それだけ長く住み続けられるってわけね」

「そういうことです」

甲斐は大きく頷《うなず》いた。「その頃には、親の収入も大分上がっているでしょうし、そこそこの蓄えだってできているはずです。家族構成に合った家を借りるもよし、都市部の高齢者が老人向け施設に入居する際に売却する家を斡旋《あっせん》すれば、入居資金になる。結果、高齢化が進んだ住宅地にもファミリー層の移住が進み、活性化していく効果も期待できます」

「いいじゃない」

新町は、ついに満面の笑みを顔に宿した。「そうなると、問題は子育て住宅の家賃ね」

それについての考えはある。

「薫子さん。マンションの建設費用って、どれくらいかご存じですか？」

甲斐は訊《たず》ねた。

新町は首を振った。

「もちろん土地代を除いての話ですが、十六階建てなら、坪八十万円もあれば、立派に建つそうです。もちろん原価じゃありません。建設会社の利益を入れてもです」

「えっ、そんなもんなの？」

新町は拍子抜けしたように、口をぽかんと開けた。

「仮に、一部屋六十平米とすると、約千四百五十万円。減価償却を五十年の定額法で計算すると、ひと月約二万二千円。六十平米あれば、子供ふたりを育てるには何とかこと足りるでしょう。これなら、ふたり分の児童手当とそう変わりません。もちろん、入居者には児童手当は給付しませんが、これで子供をふたり、三人と産んでくれるなら、国の将来を考えれば、極端な話、家賃をタダにしたって安い投資じゃないですか」

「甲斐君。それ、凄《すご》く面白いかもしれない」

新町が感心したように、目を見開いた。「安い投資どころか、所得に応じていくらかでも家賃を取れば、実質的に児童手当が削減できることになるじゃない」

「もっとも、子育てマンションの事業規模が拡大していかないことには、家賃収入はまず見込めないと考えておくべきでしょうけどね」

「どうして？」

「おそらく、初期の段階で入居するのは、収入の中で家賃が占める割合が大きい世代。つまり、二十代の夫婦。あるいは、シングルマザーが中心になると思うんです。それに、若くして子供を持ったということは、第二子を産んでもらえる可能性が高いということでもあるからです」

新町は、むっとした顔で眉間《みけん》に皺《しわ》を刻んだ。

いいたい事は分かっている。しかし、少子化に歯止めをかけるためには、まず初婚年齢、第一子出産年齢を昭和五十年のレベルに下げる必要がある。ならば、可能性の高い年代を優先すべきだ。

「それに、三十代に入っていれば、所得にも多少の余裕が生じているはずです。子供を持ったはいいが、生活が苦しい世代を真っ先に支援するのは当然のことじゃありませんか」

甲斐はニュアンスを微妙に変えて、さらに言葉を継いだ。

「まあ、いいわ」

新町は、軽く鼻を鳴らした。「子育て住宅が実現すれば、初子出産年齢の若年化という効果が期待できるわけだし……」

「それと、もう一つのメリットは、これが立派な公共事業となるってことです。それも、増山さんがいっていたように、単に雇用を生むだけで、造ったはいいが赤字を垂れ流すような事業じゃない。建設の際には、雇用を生み、経済の活性化に繋《つな》がる。そして、人口減少を抑え、次世代の国民を増やす生産的な事業になるんです」

「確かに――」

新町は、同意の言葉を漏らしながらも、「でもさ、公共事業のあり方としては、全面的に賛成するけど、問題は規模よ。採算が取れるかどうか分からない怪しい事業よりこっちの方がまだマシだっていいたいんでしょうけど、一棟や二棟建てたって何の効果もないわよ」

「手始めに、十棟規模で建てたらどうでしょう」

「十棟？　あんた、本気でいってんの？」

新町は声を裏返らせた。

「一棟の建設費が約二十三億円。十棟なら約二百三十億。千五百世帯。それだけでも、人口四千五百人の子育ての街が生まれることになります。思惑通りに事が運んだら、子育てマンションの規模を拡大し、全国に展開していく。そこを起点にして人口を増やして行くんです。ネスティングプレイス（子育ての地）。日本人の営巣地にするんです」

「あのさ……」

甲斐は声を弾ませた。

ところが新町は、呆《あき》れた顔で、深い息を吐く。「十棟もの十五階建てのマンションを建設するっていったら、どんだけの土地が必要になると思ってるの？　とんでもない辺《へん》鄙《ぴ》な場所じゃ、誰も住みやしないわよ。通勤は？　通学は？　用地の買収にだって時間がかかるわよ。計画倒れになるのは目に見えてるじゃない」

「それがあるんですよ。都心まで約一時間。とっくの昔に鉄道が開通してれば、用地の買収も済んでいる。なのに、四十年もの間、野ざらしになってる広大な土地が」

「どこに？」

「ここです」

甲斐は、テーブルの上に置いておいたファイルを広げると、一枚の図面を広げた。

「千葉の常総ニュータウン」

新町は食い入るように図面に見入る。そして、呻《うめ》いた。

「あそこかあ……」

「このプランを思いついたのも、この土地の存在を知ったのがきっかけです。七〇年代のニュータウン開発計画の中で、造成までは比較的順調に進んだ。だけど、さあこれからという時に起きたのが、オイルショックにバブル崩壊、そして少子高齢化です。計画があれよあれよという間に頓挫《とんざ》して、いまに至る——」

「これって、県と旧宅地開発公団。いまのＵＲ（都市再生機構）が手がけた案件じゃない」

新町は再び眉間に皺を刻む。「まずいんじゃない。有利子負債十三兆円を抱えた大原因がニュータウン開発。常総はその代表例じゃない。UR自体をどうするかって論議が進んでる中で、よりによってその物件に手をつけるなんて……」

もちろんそれは十分に承知している。

だが、これだけ長期間に亘《わた》って放置されてきた土地だ。URにとっても、大規模団地ができ上がるとなれば願ったり叶《かな》ったり。まして土地だって事実上国有地みたいなものだ。活用しない手はない。

「この場所を否定するつもりはないけどさ」

新町は前置きして続けた。「子育て住宅の必要性を認識させるためには、まず結果を出さなきゃならないと思うの。それに、子育てする当事者たちに是非住みたいって気にもさせなきゃならない。その点からいえば、常総ニュータウンは魅力に欠けるわ。だって、都心から一時間よ。それも、規模がかなり大きくならない限り、電車賃だってそう簡単には下がらない。家賃負担は軽くなっても、交通費がべらぼうにかかるんじゃ、そこに住むこと自体に難色を示す会社もあるんじゃない」

新町の指摘は的を射ているものには違いない。

高揚した気持ちが、途端に萎《な》えていくのを感じながら、甲斐は押し黙った。

「でも、アイデアとしては、本当にいいと思うわ。だからこそ、失敗はできない。だったら、ここなら誰もが住みたい。そう思う土地を見つけることが最大の課題じゃないかしら」

新町は、にこりと微笑むと、

「絶対にあるわよ。知恵を絞って探してみましょうよ。ネスティングプレイスに最適な土地を――」

自らにいいきかせるように、何度も頷《うなず》いた。

4

それは実に退屈な時間だった。

彩りこそ豊かだが、パワーポイントの画面をそのままプリントしたと思《おぼ》しきレジュメ。しかも、項目ごとに、事細かな解説文が記してある。報告書なのか、プレゼン資料なのか、どちらともつかぬ。クロコディアン社を訪れた官僚が五人。その中のひとりが、まるで判決を告げるかのごとくそれを淡々と読み上げて行く。

内容は新産業戦略会議での取り纏《まと》め。つまり、政府に対する答申の原案である。

これが部下なら、プレゼンスキルの拙《つたな》さを叱るところだが、外部の人間ともなれば、そうもいかない。

「いいでしょうか」

長い説明がようやく終わったところで、神野はいった。「会議っていっても、一回二時間。委員が発言するのは、ひとり二回がせいぜい。それぞれが持論を述べるだけで、深い議論になったことは、まったくなかったと記憶してます。どこをどうすれば、こんな答申ができ上がるのか、僕は不思議でならないんだけど」

別に、こちらが頼んで委員に名を連ねたわけじゃない。乞《こ》われて委員になったのだ。

神野の口調は、どうしても高圧的なものとなる。

「委員の皆様のご意見には、一貫した方向性がございました。記録に沿って、取り纏めるとこうなるのです」

こたえたのは、説明を行った経済産業省の官僚、殿村《とのむら》である。

疑問を口にしたところで、些《いささ》かも動ずることはない。下手に出るわけでもない。むしろ、間違いはないのだとばかりにいい、

「神野さんが発した疑義は、答申の中に記してございます。それに、他の委員の方々には、すでにこの答申原案をご説明申し上げ、ご了解を得ておりまして――」

とあくまでも慇懃《いんぎん》な口調で続けた。

官僚は感情を顔に表さない能力を身に付けていることは、会議に参加していた過程で学んだことのひとつだ。肩書は課長代理。一般企業の感覚からいえば、平社員に毛が生えた程度に過ぎないもののように思えるが、官僚の世界ではまったく異なる。十分、重大な職責を担う地位だ。

「残業代無し。事実上の年俸制度の導入。派遣業種のさらなる規制緩和。補償金と引き換えに、解雇も自由にする。そりゃあ、委員に名を連ねた人たちは、大企業の経営者だ。

こんな制度が実現すれば、夢のような話だろうさ」

「ご賛同なさっているのは、経営者の方だけではありません。加賀先生をはじめとする――」

「同じだ」

神野は殿村の言葉を遮った。「それ以外のメンバーだって、超一流校の大学教授やシンクタンクの人間ばかり。全員に共通しているのは、定年まで職場は保証されていること。学者先生に至っては、定年を迎えりゃ、下位校の教授に転ずる道が約束されてんだろ」

官僚の天下りについては問題視されて久しいが、大学教員の世界にも、同じ構図がある。

国公立、私立のいずれを問わず、大学教員の世界にも、もれなく定年が存在する。しかし、巷間《こうかん》一流と称される大学教員は、定年と同時に在籍校の名誉教授の称号が与えられ、さらに、下位校の教授へと転ずるケースが多いのだ。

「功なり名を遂げた経済人や学者。そんな人間たちが集まりゃ、結論なんて端《はな》から決まってるよ」

神野は声を荒らげると、「改めていわせてもらうけど、こんな制度が導入されたら、日本の雇用制度は崩壊する。国民の圧倒的多数は、間違いなく不幸になるぞ」

君たち官僚は、絶対に職を失うことはないと確信しているから人ごとでいられるのだ、といいたくなるのをすんでのところで呑《の》み込んだ。

「実は、ご懸念の点は、他の委員の皆様に、改めてご意見を伺ったのですが、口を揃えていささか極端に過ぎやしないかと――」

ところが殿村は語尾を濁しながらも、相変わらず表情ひとつ変えることはない。

「極端？　どこが？」

「残業代を無しにして、事実上の年俸制度を導入したとしても、それが年収の低下に繋《つな》がるかといえば、必ずしもそうはならない。現在でさえ、管理職社員には残業代は支払われてはおりませんし、むしろ非管理職者においては、残業代を加味した上で、本俸そのものを上げざるを得なくなる。加えて業務の効率化にも繋がる効果を生むはずだ。そう、おっしゃるのです」

なるほど、残業代稼ぎに居残る社員がいないわけではない。それが、びた一文も出ないとなれば、勤務時間内に仕事を終わらせようと、業務の効率化を図りもするだろう。

しかし、だ――。

「個々に与えられる業務量は誰が決めるんだ？　雇用者であり、管理職者だろ？　仕事を与える側は、時間内にできて当たり前。これくらいはやってもらわなければ困ると考える。当然、与えられる側は、ノルマをこなし、結果を出そうと必死になる。労働時間の短縮どころか、休日返上で仕事をせざるを得なくなるんじゃないのか。そんなことになってみろ。ただでさえ、メンタルヘルスに問題を抱えるビジネスパーソンが激増してるんだ。疲弊し、潰《つぶ》れて行く人間が続出するぞ」

時間という絶対的制約があるがゆえに、十分議論されなかった問題を、答申を提出する段になって官僚相手に交わすのも、随分と馬鹿げた話だ。

第一、ここで持論を展開したところで、結論はすでに決まっているのだ。ともすると、徒労感に襲われそうになるのを堪《こら》えて、神野は迫った。

「労働時間と生産性は、反比例するものです。労働時間の短縮は、生産性の向上に繋がるんです。余暇の時間が増えれば、生活の質も必ずや向上するはずです」

殿村は、確信に満ちた口調でいう。それがまた、癇《かん》に障る。

「本気でいってるのか？」

神野は訊《たず》ね返した。

「実際、アメリカなど年俸制を取り入れている国の企業には、残業という概念がありません。五時半になると、オフィスから人が消えるともいわれています。個々の成果は、ボーナス、ストックオプションや昇進という形で反映される。時間をかけるよりも、いかに効率良く仕事を行ったか、実績を上げたかによって評価が決まるのです」

殿村の声は、あくまでも静かだ。

「その分、成果が上げられなかった人間には、厳しい現実が待ち受けているじゃないか」

一面の真実には違いないが、表があれば裏もあるのが世の中だ。「ある日突然、上司に呼び出され解雇を告げられる。その場でIDカード、携帯電話を取り上げられ、席に戻ることすら許されない。私物は箱詰めされて、後で届けられる。それでお終《しま》いだ」

殿村は黙る。神野は続けた。

「それに、海外の例というなら、同様のシステムを取り入れている韓国はまったく逆じゃないか。平均残業時間は、週四十六時間強。日本人より年間で五百時間も多いんだぞ。平均勤続年数にしたって、現代重工業や自動車などの重工業は勤続年数が長いが、ネットやベンチャー企業は精々二年程度。最も売り上げが高く、従業員が多いサムスン電子でさえ七・八年。これは、IT産業は技術変化が早い分だけ、離職が頻繁になるからだ」

それだけじゃない。韓国の定年は五十五歳だが、多くの人が四十歳でリストラの対象にされるのは広く知られた話だ。起業する人間が毎年百万人いるとされるのも、再就職が困難を極めるからにほかならない。六十歳の年金支給開始年齢まで、何とか収入を確保するには自分で事業を起こすしかないのだ。

アメリカと韓国。二つの国のどちらが、制度導入後の日本の姿になるのかといえば答えは明らかだ。

「神野さんのおっしゃることは、理解できなくはありません」

殿村は、落ち着き払った声でいう。「しかし、もはや時代は企業が生涯の職を保証する時代ではないのです。時の情勢によって、企業を取り巻く環境も変化します。経営者、労働者の双方が変化に適応する必要に迫られるようになるのです。つまり、人材の流動化をいかに円滑に行われるようにするか。そうした仕組みを造り上げなくして、日本企業は世界に伍《ご》して生き抜くことは不可能なんです」

終身雇用が確約されている世界に身を置くお前がいうな。

そういいたいのは山々だった。

神野は大袈裟《おおげさ》に溜息《ためいき》をついてみせた。

「アメリカには残業という概念がないというけどさ、高額を食《は》む職種。たとえば、ファンドや相場をやってる連中は、それこそ昼夜の区別なく馬車馬のように働いてるんだぜ。労働時間と生産性は反比例するっていうが、彼らにはその法則が当て嵌《は》まるのかね」

「それは、特別なスキルが求められる仕事だからで――」

殿村は面倒くさそうに、そっと溜息を吐く。

「だろ？」

神野はいった。「高いスキルを持った人間のところには、仕事が集まる。だから高い収入を食める。ところが、残念ながら世の中は、そうじゃない人間が圧倒的多数を占めるんだ。アメリカだけじゃない。先進国といわれる国々で、おしなべて所得格差が広がっているのは、その現れなんじゃないのかね」

他の四人の官僚は、メモを取るだけで、一言も発しない。

「あなた方の世界だって同じじゃないか」

神野は続けた。「霞が関の官僚は、毎日長時間、大変な重労働を強いられているんだろ。労働時間と生産性が反比例するっていうなら、時間内で仕事を終わらせりゃ生産性も格段に上がるってことにはならないか？」

殿村は、口を真一文字に結んで答えを返さない。

公務員の仕事のあり方が、世間のやり玉にあがることはよくある話だ。しかし、こと霞が関の官僚に関していえば、まさに仕事に忙殺されるといってもいい状態にある。

日頃の業務に加えて、国会期間中ともなれば、国会対応に迫られる。大臣への質問は事前に知らされるが、内容が知らされるのは大抵前日の深夜。それから回答骨子を作成し、担当大臣へレクチャーを行わなければならないときている。しかも、公務員の残業代はおおまかではあるが課別に決まっており、それに達した時点でカット。サービス残業となってしまうという過酷さだ。

「それは、担当者でなければできない仕事だからだろ？　ひとりでこなすのが一番効率的だからだろ？　大事な仕事、ミスが許されない仕事は、それに相応《ふさわ》しい能力を持った人間のところに集中するもんなんだ。それは民間企業だって同じだ。労働時間を削減すれば、効率が上がるなんて、全てに当て嵌まる理屈じゃない」

神野は、静かな口調で断じた。

「しかし、これから先、企業を取り巻く環境は、どんどん変化して行きます。制度もそれに応じて、変わらなければ、必ずや齟齬《そご》が生じます。そして、それは間違いなく労使双方に悲劇的な結末をもたらすことになります」

殿村は一歩も譲らない。

当たり前だ。判決はすでに出ている。そして絶対に覆らない。

それが分かっているだけに、むしろ怒りは増幅される。

「会社が生き延びるためには、従業員の雇用を犠牲にするのもやむなし。そういいたいのか」

神野は険しい声を上げた。

「経済のグローバル化には、ますます拍車がかかることは間違いないんです。従業員の多国籍化も進むでしょう。いつまでも、日本が独自の雇用体系を維持していくことは不可能です」

殿村は、ぴしゃりといい放った。

殿村のいっていることは絶対的に正しい。

雇用制度一つとっても、日本が独自のシステムを堅持してこられたのは、企業が活動の基盤を日本に置いてきたからだ。しかし、市場を世界に求め、生産拠点をも海外に置くようになれば、いつまでも日本独自のシステムを堅持することは困難だ。いずれ、経営者が労働条件の統一を強いられることになるのは間違いのないことではあるのだ。

短い沈黙が流れた。

「わたしひとりが異を唱えても、答申の内容は変わらないんだろ」

聞くだけ無駄だが、神野は敢《あ》えて訊ねた。

「答申には、懸念される点も書き記されますので……。あとは官邸の意向次第ということになります」

殿村は一転して慇懃《いんぎん》な口調に戻った。

もちろん、答申が制度として発令されるか否かは、国議の場で議論され、可決に至るかどうかによる。しかし、衆参両院共に日民党が過半数を占めているとなれば結論は明らかだ。

小森の、横沢の、加賀の高笑いが聞こえてきそうだった。

それにしても——。

神野は思った。

小森や横沢は経営者だ。人件費を固定化し、有能な人材だけで、組織を構成したいという願望に駆られるのは理解できないではない。しかし、加賀は学者だ。こんなシステムが制度として認められた後の社会がどんなことになるか、客観的な視点から見通す力を持っているはずだ。なのに、年俸制、解雇条件の緩和、さらには派遣雇用業種の緩和をさらに推し進めようとする。

まして、加賀はかつての甲斐政権で、派遣業種の規制緩和を積極的に推し進めた張本人である。あの政策が、どんな結果を日本社会にもたらしたかを考えれば、今回の答申には、異を唱えて当然であるはずなのだ。それが、弱者をさらに増やすような政策を推し進めようとする――。

いったい、この国をどうするつもりだ？　何を目論《もくろ》んでいるんだ？

神野は、加賀の顔を思い浮かべながら、殿村をじっと見やった。

5

「どうかしてるぜ。国民を苦しめるような政策を立案するのが、新産業戦略会議なんだとよ。馬鹿馬鹿しいったらありゃしねえ」

神野は執務席に戻ったところで、呼びつけた津村に向かって吐き捨てた。

「委員は絶対安全圏に身を置くやつばっかだし、官僚だって似たようなもんだからな。残業代だって、もともとシーリングが設けられてんだし、連中にしてみたら、民間が公務員の世界に近づいてきたって感じなんじゃないか」

津村は、仕方がないとばかりに肩を竦《すく》めた。

「民が官に近づいただって？」

神野は眉《まゆ》を吊《つ》り上げた。「大違いだ。残業代はそうかもしれんが、彼らは首を切られることはないからな。パフォーマンスが悪くとも、自分から辞めるっていわねえ限り、定年まで職場も給与も保証されてるんだ。こんな制度を認めるっていうなら、まず隗《かい》より始めよ。公務員の雇用体系を、真っ先に見直せってんだ」

会合の席では、さすがに口にするのを憚《はばか》った思いの丈を、神野はここぞとばかりにぶちまけた。

「だよな」

津村が頷《うなず》く。「民間企業の若い世代は、いつ放り出されるか分からないってのに、六十五歳に定年が延長されても、六十歳時点の給料の七割を保証しろっていいだすんだからな。派遣業種を緩和すりゃ、そこで失業者を吸収できるって考えてんだろうが、それじゃ税収なんか上がるわけがねえ。公務員の給料は、税金が原資なんだぜ。そんなことやったら、本当に国が破綻《はたん》しちまうぞ」

「民間企業なら、とっくに終わってる」

神野は吐き捨てた。「人件費と、借金の支払いで純利が吹っ飛ぶんだ。人件費をゼロにしたってまだ足りねえ。売上の数倍もの借入をしなきゃ会社が回らねえような会社に、金を貸す馬鹿がどこにいるかよ」

その当事者たる人間たちから、危機意識が微塵《みじん》も感じられないのが信じられない。それがまた、苛立《いらだ》たしさに拍車をかける。

「もっとも、日本は対外純債権を持ってる。それも毎年増加してるわけだし、政府は金を刷る権限を持ってる。企業経営と国家運営は、ちょっと違うっていってる人もいるけどさ」

学者のいうことなんか、当てになるもんか。

そう思うと、加賀のにやけた笑いが脳裏に浮かぶ。

「確かに日本の経常収支は黒字だ。だけどな、こんな制度が導入されれば、所得格差が開き、低所得者が多数を占めるようになるのは間違いないんだぜ。貯蓄どころの話かよ。金融資産が減りゃ、国債だって買い支えられなくなんだろが。だからって、日銀が買い取りを進めればインフレが起こる。貯蓄の取り崩しに拍車がかかる。国債の引き受け先を海外に求めれば、金利の上昇だ。対外債務が債権の額を上回れば、それこそギリシャになっちまうぜ」

「どうなるんだろ……」

津村は、いまさらながらに声を落とした。

「んなこと知るか！　みんな人ごとのように考えてるけど、これだけの借金を造り続けたのは、誰のせいでもねえ。自分たちが選んだ政治家だからな。国民、いや、有権者全員の責任だ。だから歯を食いしばっても、借金は国民全員で返さなきゃならねえんだ」

「でもさ、借金を重ねないことには国が回らない。しかし、いずれそれも限界が訪れる――」

「まあ、人類がいまだかつて経験したことのない事態に向かって、この国が突き進んでいることは事実だろうな。国家財政が破綻した国は、いままでにもいくつもあるけど、これだけ莫大《ばくだい》な金額となると、ＩＭＦだって支援のしようがない。その時、どんなことが起きるかは神のみぞ知るというやつだ」

自ら語っておきながら、その時のことを考えると空恐ろしくなる。

借金を返す手段はただ一つ。収入を増やし、支出を抑えるしかない。つまり途方もない増税と財政の緊縮である。警察官、消防士、自衛隊員も含む、公務員の削減はもちろん、社会福祉サービスも限りなく減らされることになるだろう。公共事業などもっての外。つまり、デトロイトの再現だ。

街は荒廃し、失業者で溢《あふ》れ返る。介護を必要とする高齢者も家族が面倒を見るか、さもなくば放置されるに等しい状態になるだろう。税率が格段にアップすれば、消費は伸びない。企業活動も低下する。まさに負の連鎖。社会、いや国家の崩壊である。

「いまのうちに資産をシンガポールにでも移しておいた方がいいのかな」

津村は冗談ともつかぬ口調で漏らした。

「阿呆《あほ》ぬかせ。社員はどうなんだよ。俺たちには、この会社を、従業員を守る義務があんだぞ」

津村にいったのではなかった。自分自身にいったのだ。

「新しい会社の柱か――」

津村は呟《つぶや》いた。「明日《あした》の飯の心配をしなきゃならなくなったら、ゲームやSNSどころの話じゃない。企業だって業績が落ちりゃ、広告どころじゃなくなるしな」

「それなんだが」

神野は頬を緩めると、「農業、どうかって考えてるんだ」

切り出した。

「農業？」

津村は怪訝《けげん》な表情をあからさまにする。

「この間、チャック・ハモンドと京都に行っただろ。あの時、あいつ面白いことといってたんだ」

神野は、それから暫《しばら》くの時間をかけて、ハモンドに聞かされた内容を話して聞かせた。

「農作物がそのまま薬になる？　そんな話、はじめて聞いた」

津村は目を丸くして、身を乗り出した。

「もちろん、遺伝子組み換え作物だ。特許にも縛られはするだろうし、そんなものが、外に漏れて既存の作物と交配しようものなら大変なことになる。クリーンルームも必要になるし、設備投資、ノウハウを確立するのも大変だろうさ。だけどな、こいつが実用化されれば、とてつもない市場が生まれんだぞ。そうは思わないか」

「だろうな。市場があるから技術を開発してるんだもんな」

津村は頷いた。

「で、ちょっと調べてみたんだ。ペットの医療費は、犬で生涯百万円。猫で六十万円かかかるっていうんだ。犬や猫の歯周病は手術に至るケースが多くてな、軽度でも二万円。重度ともなると十万円にもなる。歯周病予防のイチゴが真っ先に開発されているのも、その辺りに理由があるんじゃないか。俺はそう睨《にら》んでるんだ」

「確かに、動物にも保険はあるけど、加入してなきゃ自由診療。いい値みたいなもんだからな」

津村は、足元に横たわるハックの頭を撫《な》でた。「だけど、いくら有望なビジネスったって、俺たちにはまったく未知の分野だ。ド素人が進出するには、凄《すげ》えハードル高いぜ」

「飛ぼうとしなけりゃ、ハードルの高さなんていつまでたっても変わらねえよ」

神野はそう返したが、津村の顔は冴《さ》えない。

「そりゃそうだけど、人材、施設、技術の確立、販路の開発……。いくら体力のあるうちにっていってもさ、それだけの資金は賄い切れんぜ。第一、ビジネスが軌道に乗るまでの期間、資金はまるまる寝ちまうんだぜ」

「何も、いきなり薬品植物の生産に乗り出そうってんじゃない」

神野だって経営者だ。いくら将来性のあるビジネスでも、会社が窮地に陥るような真似はできない。

「じゃあ、どうするっていうんだ」

「まずは、農業そのものの分野に乗り出そうと考えている」

神野は本題を切り出した。

「最近、農業を企業化するって動きが出てきているけど、それをウチがやろうっていうのか」

本気かとばかりの津村の口調。「しかし、それにしたって、ノウハウも必要なら、耕作地も確保しなきゃならねえぜ」

「方法はあるさ。耕作放棄地を借り上げて、そこを自社農園とする。あるいは、生産者と契約して、収穫物を販売する。これらはすでに大手スーパーが手がけていることだ」

「そりゃ、自社に販路があるから成り立つビジネスモデルだろ」

神野のこたえに、津村は疑念を呈す。

「スーパーったって、大手ばかりじゃねえ。自社農園を持とうにも持てない規模のスーパーは、世の中にごまんとあんだ。それに、販路がないなら開拓すんのがビジネスだろ」

どんな大企業だって、いきなり大きくなったわけじゃない。みんなゼロから会社を立ち上げ、客先を一つ一つ増やしながら成長してきたのだ。それはクロコディアン社にしたところで同じだ。無から有を生み出さずして、ビジネスの成功はあり得ない。

「理屈はそうだけどさ――」

しかし、津村はあからさまに難色を示す。

「もっとも、ただ農園をやってたんじゃ芸がない。最終目的は、薬品植物にあるんだからな。そこで、農園と同時にスマートアグリをやろうと思う」

神野はいった。

「スマートアグリって、コンピュータで作物を管理して、生産性を高めるってやつ？」

「薬品植物は、温室かクリーンルームかの施設こそ違うけど、生育技術はスマートアグリそのものだ。そこで、この農法のノウハウを積み上げるんだ」

「水を差すわけじゃないけど……」

津村が語尾を濁しながら異を唱える。「薬品植物のビジネスにスマートアグリの技術が必要不可欠だってことは分かるけどさ。技術を確立した先が生産まで一貫してやっちゃうんじゃないの。第一、技術開発に当たっては、製薬会社が関与してんだろ。ウチがつけ入る隙なんてあんのかな」

「もちろん、製薬会社が自己完結型のオペレーションを行うケースは多々あんだろう。だけどな、前途有望な未開の市場で、大成功を狙っているのは大手資本だけじゃないんだぜ。ベンチャーだって、さらに先を行く技術をものにしようと、開発に心血を注いでんだ。うちらの業界のようにさ」

「だから？」

「電子機器産業でいうところのEMS。この分野の受託生産企業になれないかと考えてるんだ」

神野はいった。

企業規模のいかんにかかわらず、自社で製造設備を持たず、製品開発や設計に経営資源を集中させるビジネスモデルは、いまやあらゆる産業で当たり前に取り入れられている。バイオの世界にしても、技術の開発能力はあっても、肝心の生産設備までは持てない企業も、数多《あまた》あるに違いない。

もちろん、自社で開発した技術を高く売るということも考えられないではない。しかし、製品として販売すれば、収益はさらに増す。電子機器の分野で起きたことが、この分野でも起こり得るのではないか。神野はそう考えたのだ。

「ＥＭＳね。それなら、ありかもしんねえな……」

津村ははじめて納得した様子で呟いた。

「まあ、この場合ＯＥＭ（相手先ブランドによる生産）といった方が当たってるんだろうが、いまの製薬業界でもＯＥＭ自体は当たり前に行われていることだ。しかし、ここに農業が加われば話は違ってくる。それに、スマートアグリには、ＩＴ技術が必要だ。こいつをウチの新しい柱に育て上げられれば――」

「社員の再雇用の場にもなる、か――」

「その通りだ」

神野は、津村の顔を見詰めながら、ニヤリと笑った。

第四章

1

「子育て住宅とは、面白いですね」

　神楽坂の一角にある小料理屋の狭い個室で、新町と共に練り上げたプランを聞き終えたところで、増山は手にしていたジョッキをどんとテーブルの上に置くと身を乗り出した。

「子供を持とうにも、子育て費用が捻出《ねんしゅつ》できない。これでは、保育所をいくら増設しても、子供は増えません。若くして、子供を持っていただくためには、収入の中に占める固定費、それも負担が大きいと思われる、家賃を軽減してやる。それもひとつの手だと思うのです」

　甲斐はいった。

「住居と保育施設が近接し、保育時間も融通が利くとなれば、働く女性にとって、負担もずっと軽くなります。継続して働くもよし。第二新卒の制度を設ければ、女性の職場進出も促進される。子育てを早くに終わらせて、そこから定年まで継続して働く。そうした選択肢も出てくるわけです」

新町が言葉を継いだ。

「子供を抱えた家庭がある程度の規模で集まれば、小児科の診療所も併設できるでしょうからね。医療の面でも、手厚いケアができるようになるかもしれませんね」

増山は、うんうんと頷《うなず》いたが、「しかし、どうなんでしょう。住宅問題、保育環境が充実しただけで、若い人が本当に子供を産むようになるでしょうか」

一転して懸念の色を示した。

「もちろん、これが少子化対策の決定打になるとは考えてはいませんが、産みやすい環境を整える。まずそこからはじめないことには――」

「いや、その通りなんですが……」

増山は語尾を濁しながらも続けた。「上がっているのは平均初婚年齢だけではありません。三十歳から三十四歳の未婚率は三四・五％。五十歳時点の生涯未婚率も、二割を超しているんです。理由は様々でしょうが、子供をもうける以前に、結婚に対する意識が変化している。それは間違いないと思うんです。だとしたら、これを変えるのは容易なことではありませんよ」

「その一方で、不妊治療を受けている人口が増加しているのも事実なのよね」

答えたのは、新町だ。「厚労省の推計でも二〇〇三年時点で、不妊治療を受けている人は約四十七万人。その九割は、十年早く子供を作ろうとしていれば、自然に妊娠できていたのではないかと指摘する医師もいますからね」

「それも晩婚化に原因があるわけですよね」

増山は念を押すようにいった。「ならば、いかにして早く結婚させるか。子育て住宅は確かに、問題を解決するひとつのきっかけになるかもしれませんね。だとしたら、もっと大きなメリット、インセンティブを設ける必要があるんじゃないでしょうか」

彼がそういうからには、何か案があるはずだ。

「たとえば？」

新町が訊《たず》ねる。

「子育てに纏《まつわ》る出費は、保育代だけじゃありません。学齢期を迎えれば、今度は教育費が大きな負担となってのしかかってくる。少子化対策を考える時、これは大変大きな問題だと思うんです」

甲斐は、黙って先を促した。

増山は続けた。

「地方に住んでいると良く分かるんですが、日本には地域による教育環境の格差があるんですよ。最低限の教育は、等しく受けられるシステムが完備されているのは事実ですが、問題はそれ以外の部分です」

「塾、教室、情操教育、つまり学校外教育の環境ですね」

甲斐はいった。

「学校外教育はビジネスです。ビジネスである限り、一定の需要が見込めない地域は取り残されちゃうんですよ。その一方で、偏差値による学校の序列化は進み、有力校に入らなければ就職の際に大きなハンディを負う。地方の親もそのことは十分に承知してますから、もよりの基幹都市にある塾や教室に、親が送迎するのは珍しい光景ではないんですね」

地方の教育環境の中で学齢期を過ごしてきただけあって、増山の言葉には重みがある。

「大都市だって同じよね。小学校受験はまだ限られているとしても、中学受験はもはや珍しい話じゃないし、それが終われば大学受験。大抵の場合、塾に行き、予備校通いしてるんだもの」

新町も声を落としながら、大きく頷く。

「そのことごとくに、お金がかかるんです。学校教育だけでは、受験を勝ち抜くことは難しい。いまの親の世代は、誰もがそれを知ってますからね」

貧困は貧困を生む。

そう記述した社会学者の論文を甲斐は思い出していた。

高収入を得られる仕事に就くには、高学歴が必要だ。しかし、低所得者には、教育費を捻出できない。結果、その子供も高い学歴を身に付けられず、低所得を強いられる仕事にしかつけない。それが論文の趣旨だったが、いまの日本社会の一面の真実であることは確かだろう。

「学校外教育にかかるコストか……」

新町は軽い溜息《ためいき》を吐いた。「実際、日本よりも少子化が進んでいる韓国じゃ、激烈な受験を勝ち抜くために、小学生でさえ親の月収の三分の一以上を受験対策費用にかけているっていうものね。それが、第二子を産むに産めない大きな要因のひとつだとも——」

「憲法二十六条には、すべて国民は、法律の定めるところにより、その能力に応じて、ひとしく教育を受ける権利を有するとありますが、実際は能力に応じて、ひとしくなんてもんじゃないんです。環境と経済力に応じて、受けられる教育の内容が違ってるんです」

増山は苦い顔をした。

万人に平等な社会はあり得ない。能力、あるいは時の運によって、結果は異なる。結果、そこに格差が生じる。それが人間社会の宿命である。

しかし、人は生まれる環境を選べない。その人が持つ能力を発揮できるチャンスが、地域特性や経済力によって閉ざされてしまうというなら、それを是正すべく策を講じるのが政治だろう。

「増山さん。さきほどインセンティブとおっしゃいましたが、具体的には？」

あるに違いない。

甲斐は確信を以《もっ》て訊ねた。

「ならば、いっそどうでしょう。子育て住宅に学校外教育の施設を併設しては――」

増山はいった。

「それって、塾のこと？」

新町が声を裏返らせた。

「手っ取り早くいえば、そうです」

「誰がそこで教えるの？　まさか、教員を国家公務員にして派遣しようとでも？」

正気かとばかりに、新町は上目遣いに増山を見る。

「そうじゃありません。施設を民間に開放したらどうかと思うんです。無料でね」

増山は、即座に返す。「塾は受験対策に関する分析力もあれば、独自のノウハウを持っていますからね。誰もができるってわけじゃありません」

「有料になったら、何も変わらないじゃない」

「家賃を無料にして、その分月謝を安くさせたらどうでしょう。同時に、小学校低学年向けの塾については、保育士同様、シルバー人材センターを活用して、教師経験者を雇用する――」

「でもさ、それじゃ、子育て住宅に入居している人間だけの、特権にならない？　そんなことしようものなら、不公平だっていう意見が湧いて出てくるわよ」

「子育て住宅に入居できること自体、特権じゃありませんか」

新町は一瞬黙ったが、すぐに反論に出た。

「そりゃあ、全国規模で一気に展開するわけにはいきませんからね。子育て住宅が少子化対策に効果があると分かれば、大都市に限らず、地方にも事業を拡大していく。そのモデルケースを造ろうってんですもの――」

「だったら、塾だってありじゃないですか。うまく行くか行かないか、それを見定めるための、モデルケース事業。そもそもこの構想は、子育て特区を造るってことでしょう？　だったら、やれることは全部やればいいじゃないですか」

増山のいうことにも一理ある。

少子化問題が取り沙汰《ざた》されるようになって久しいが、この間に打ち出された対応策は、改善の兆しすらないどころか、悪化の一途を辿《たど》ってきたのだ。これまでの常識を覆す策が必要なら、小出しにしていたのでは効果は見込めないのは確かだろう。

しかし、こと学校外教育に関していえば、増山の案は必要性は感じても、とても現実的とは思えない。

新町がどう思うとばかりに視線を向けてくる。甲斐は黙って顔を見合わせた。

「実現性に乏しいのはわたし自身も重々承知しています」

増山は視線を落としたが、すぐに顔を上げた。「でもね、少子化はおっしゃる通り、本当に深刻な問題です。以前、甲斐さんが選挙応援においで下さった際に、老後は生活コストが安くつく地方で暮らす。そうした環境造りを国が率先して行うべきだと申しあげたことがありましたね」

もちろん覚えている。

「ええ。スマートアグリを普及させ、若年層、リタイア層に仕事を与え、さらに高齢者向けの集合住宅を建設する。居住費は、都市部の家を売り払うもよし、リバースモーゲージで運用するもよし。住居がそのまま介護施設に転用できれば、介護の効率化も図れると——」

甲斐はこたえた。

「実は、このアイデアにも欠点がないわけではないのです」

「といいますと」

「肝心の買い手や借り手が現れないのでは話にならないということです」

増山は眉間《みけん》に深い皺《しわ》を刻んだ。

「でも、大都市圏への人口流入は、今後も加速していくのは間違いないわけだし、高齢になっても就ける職があり、さらに生活コストが安いとなれば、改めて地方に目が向くってことはありなんじゃない？」

新町がいった。

「しかし、二十年後、総人口に占めるひとり暮らしは四五％。既婚者に至っては僅《わず》か三三％という推計があるくらいですからね。おそらく、今後この傾向は都市部でより顕著になるはずです。それに加えて、都市部、地方の双方で、少子化が改善されないとなれば、売買、貸借の需給バランスが崩れる恐れが出て来る——」

改めて暗鬱《あんうつ》たる気持ちになった。

国家が国家たりえるのは、国民がいればこそのことだ。肝心の国民が、減少の一途とあっては、国家そのものが成り立たなくなる。

とかく少子化が論ぜられる時、今後激増する年金や社会保障費の維持が論点になるが、それは問題の一面でしかない。ことは、この国の形そのもの、いや国家の存亡に関わる問題なのだ。そして、現実は、最悪の結末に向かって確実に進行している。

「家という資産を運用しようにも、需要そのものが減少するのではどうにもなりませんね」

甲斐は頷《うなず》いた。

「人の概念や価値観を変えるのは容易なことではありません。でもね、甲斐さん。結婚して、子供を産めばこんないいことがある。仕事にも支障をきたさない。安心して子供を育てられる。それを形として提示して見せれば、必ずや意識も変わると思うんです」

増山は声に力を込めると、「でなけりゃ、日本は本当に夢も希望もない国になってしまうじゃありませんか」

一転して、切ない口調でいった。

「増山さん。一緒に考えていただけますか。この国をどうしたら維持できるか。我々世代の国のあり方を」

甲斐がテーブル越しに伸ばした手を、増山はすかさず握り返してきた。

「もちろんです」

2

枕元に置いた携帯電話が鳴った。

未明の電話にロクなものはない。

誰もが携帯電話を持つのが当たり前になった時代とはいえ、その法則は不変のものだ。

しかし、今日は別だ。赤坂にある宿舎は、いつものように静寂に包まれていても、そのどこかに人の気配を感じる。息を潜めて運命の時を待つ。期待と興奮が、エネルギーとなって渦を巻いている。

テレビ画面に現れたIOCのロゲ会長が、五輪のロゴが描かれた封書を開ける。

「二〇二〇年の開催都市は――」暫《しば》しの間を置いて「トウキョウ」。

その瞬間、テレビから沸き上がる歓声とともに、静寂の中に漂っていたエネルギーは、音を発することなく頂点に達した。

「もしもーし」

携帯電話のパネルには増山の文字が浮かんでいる。歓喜に沸く誘致団の姿を横目で見ながら、甲斐はこたえた。

「決まりましたね。本当に東京にオリンピックが来るんですね」

いつになく早口な増山の声は、興奮していることの証《あか》しだ。

「失われた二十年。東日本大震災と、暗い時代が続きましたからね。当面の目標ができたことは、喜ばしいことです。国内を満たしていた停滞感も、これで一変するでしょう」

こうこたえる甲斐の声も弾む。

「オリンピックもさることながら、私にとっては総理がプレゼンの中で、福島原発への対応をコミットしたのが一番嬉《うれ》しいですよ」

増山の声が冷静さを取り戻す。「漁業への風評被害は、茨城以北、青森に至るまでの太平洋沿岸全域に及んでいて、築地市場での競り値も、関東以西で取れた魚に比べて格段に安い値しかつかないんです。この状況が改善されないことには、この地域の漁業は本当に壊滅しかねませんからね」

「その点からいえば、まさに天恵ですよ」

甲斐は本心からいった。「汚染水の貯蔵タンクにしたって、耐用年数が五年しかないことは端《はな》から分かっていたことなんです。あと三年以内に根本的な対策を講じなければ、間違いなく使い物にならなくなる。そんなことになったら、オリンピックどころの話じゃありません。総理が安全を確約した以上、国が責任を持って対処せざるを得なくなったんですからね。これは大きな進展です」

「国が前面に立つのは結構ですが――」

増山の声に陰りが見えた。「でもね、甲斐さん。オリンピックの誘致は日本にとって、喜ばしいことには違いありませんが、これは被災地の復興に甚大な影響を及ぼしますよ。開催が七年後と決まった以上、カウントダウンはもうはじまっているんですからね。いまでさえ、不足している被災地の労働力と建設資材が、どこに集約されることになるかは火を見るより明らかです」

増山の懸念はもっともだ。

被災地の復興、原発への対処、そしてオリンピックと、日本は三つの大事業を抱えることになったのだ。いずれも最優先の重要案件なら、労働力、建設資材の生産力は、すぐに増やせるものではない。

事実、被災地の復興が遅々として進まないのは、このふたつの要因によるところが大きい。鉄筋工、型枠工、左官といった技能を持った職人は、一人前になるまで十年かかるといわれているが、従事者人口はピーク時の七割。しかもそのうちの三割は、五十五歳以上だ。労働力は被災地周辺地域だけでは賄い切れず、国が宿泊費や旅費を負担し、全国からかき集めてもまだ足りない状態が続いている。

建設資材にしても同じだ。砂、砕石、コンクリート。膨大な需要に対して、供給力は圧倒的に不足している。原発対応とオリンピックがセットである以上、被災地の復興が後回しにされる公算は極めて高い。

「わたしの地元の宮城では、建築、土木の技術者は、四・四人の需要に対してひとり。

鉄筋工、型枠工、左官に至っては、実に十六人に対してひとりですよ」

果たして増山はいう。「まして、国土強靭《きょうじん》化計画の公共事業が本格的にはじまったら、労働力の不足はいまの比ではありません。そこに、オリンピック施設の建設、首都高の補修、環状線の整備にリニアですよ。これだけの需要を賄える労働力なんて、日本にはありませんよ」

喜びはどこかに消し飛んでいた。

復興は確かに重要だ。それと同時に、経済の回復もまた重要だ。まして、長きに亘《わた》って経済が停滞していた日本国内には、明らかに閉塞《へいそく》感が漂っている。将来に希望を見いださせるのが政治の仕事なら、オリンピックの招致自体は間違った選択肢とはいえない。

しかし、労働力の不足だけはいかんともし難い。それを承知でオリンピックを誘致した限り、打開策はひとつしかない。

「こうなったら、外国人労働者を迎え入れるしかないでしょうね」

甲斐は複雑な思いを抱きながらいった。「もちろん、これは移民を前提としたものではありません。労働力不足を補うために、建設業関連を中心に外国人の就労を認める。実際これは多くの国で行われていることでもありますからね」

「でもね、不足しているのは単なる労働力じゃないんですよ。技術を身に付けている人間なんです。第一外国人となれば、語学や宿泊施設の問題だって出てくるじゃないですか」

「それも含めて、労働力の確保はこれから論議がはじまるでしょう」

甲斐はいった。「それよりも、問題はオリンピック後の日本ですよ。東京は四千五百億円を準備しているといいますが、都も政府も、道路建設、老朽化したインフラ整備、地下鉄の建設、ここぞとばかりに公共事業に国家予算が湯水のように注ぎ込まれるでしょうからね。工期が限られているとなれば、金に糸目はつけられません。費用総額は、当初予算を遥《はる》かに上回るとみておくべきです。その原資をどうやって捻出《ねんしゅつ》するのか。新たに建設した施設だって、以降継続的に維持費がかかります。お祭り気分で大盤振る舞いをしていたのでは、後世にさらに大きな負の遺産を残すことになりますからね」

金の匂いがするところには、必ず人が群がる。

オリンピックの経済波及効果は、大きなものがあるが、中でも最大の恩恵を被るのが建設業界だ。そして、その多くが公共事業である限り、政治が深く関与する。族議員といわれる人間たちが存在するのが紛れもない事実なら、そこには必ず利権が生じ、莫大《ばくだい》な金が動く。

千載一遇のチャンス到来とばかりに、歓喜に打ち震え、今頃祝杯を上げている輩《やから》も少なからずいるはずだ。

「オリンピックをビジネスにたとえるのも変な話かもしれませんが――」

増山は前置きして続けた。「ビジネスで最も大切なのは、クロージングですからね」

「クロージング？」

耳慣れない言葉だった。甲斐は問い返した。

「手仕舞ですよ」

増山はいう。「プランをぶち上げるのも、店を開くことも簡単なんです。問題は、いかにプラン通りに展開し、収益を上げるか。そして、それ以上に難しいのがビジネスの閉じ方。店の畳み方なんです」

いかにも商社マンを経験した増山らしい見解だ。

「なるほど。いまの日本の状況を考えれば、プランを広げ、オリンピックという店を開店することは確実になった。繁盛することはまず間違いない。しかし、同時に終わりも確実に見えている――」

甲斐は返した。

「開店期間は二週間。その間しか施設はフル稼働しない。普通の商売ならば、仮店舗で済ませるところでしょうが、オリンピックはそうはいきませんからね。採算見通し。つまり、キャッシュフローをしっかり計算しておかないと、後でえらいことになりますよ」

「まあ、いまの情勢を考えると、誰もそんなことは言い出さないでしょうね。むしろ、ここぞとばかりに、公共事業の規模を拡大していこうとするに決まってますよ」

「それは、断じて許すわけにはいきません」

増山は甲斐の決意を代弁するかのようにいった。「だからいまのうちに、オリンピックで新たに建設される施設の有効活用を考えるべきだと思うんです」

「同感ですが、有効活用といっても、競技施設の用途は限られますからねえ……」

「競技施設はともかく、わたしがいいたいのは選手村のことですよ」

増山は唐突に切り出した。

「選手村は終わった後に、分譲、賃貸にされる予定ですよね」

甲斐は答えた。

「もったいないと思いませんか。都心に近い場所に、一万八千人を収容できる住宅や、共有スペースが建つんですよ。しかも、緑豊かな公園まで併設される。子育てには最高の環境じゃありませんか」

あっ、と声を上げそうになった。

いわれてみればその通りなのだ。

都心から半径九キロの圏内に競技施設を集中させた、コンパクトなオリンピック。それが東京オリンピックの基本コンセプトなら、その中心となる施設が選手村だ。いまでこそ、都心へのアクセスには難があるが、開催までには、都心に続く道路が新たに建設される。土地代はさておき、建物自体の建設コストは普通のマンションと然程《さほど》変わらないはずだ。

増山は続ける。

「あれだけの環境に恵まれたロケーションです。分譲にせよ、賃貸にせよ、あっという間に買い手、借り手が現れるでしょう。でも、いずれにしても、居住できるのはそれなりの収入のある人間。若い世代には手が出ませんよ」

「だからこそ、ネスティングプレイスとすれば、余計魅力溢《あふ》れたものになる。そうおっしゃりたいのですね」

甲斐は感嘆の声を上げた。

「貸すか売るなんて、オリンピックが終わった後の施設の使い方としては、当たり前過ぎますよ。せっかく公金をつぎ込んで、最高のロケーションに集合住宅を造るんです。だったら、国が直面している大問題を解決するための手段に用いる。その方が、よっぽど有益な使い道ってことにはなりませんか？」

「いや、その通りです」

甲斐は頷《うなず》いた。「オリンピックの誘致に成功したお陰で、東京の都市整備はますます進む。便利になれば、人口の集中にさらに加速がつく。その一方で、東京の特殊出生率は一・〇六と全国最低。国の将来を支えるという意味では、最も貢献していない自治体ですからね。その点からいっても東京には少子化を改善させる義務がある」

「今後も地方都市の人口を吸い上げながら東京はどんどん巨大化して行くでしょう。だけど、子供を産むに産めない街のままじゃ、人口減少に拍車をかけるだけです。選手村の完成予想図を見る限りでは、かなり魅力的な物件ですもん。子育て住宅にすれば、できるだけ長く住みたい。そう考える人が相当数出てくることは間違いありませんよ」

まさに目から鱗《うろこ》というものだ。

オリンピックの開催が決まった以上、黙っていても都心に集合住宅が建つ。間取りがファミリータイプなら、都心へのアクセスも便利なことこの上ない。共有スペースを改装の際に、託児施設にしてしまうことだって可能なはずだ。子育てには、これ以上にない理想的な環境ができあがる。条件さえ整えば、子供が増えるか否かの効果を見るには絶好のモデルケースだ。

「だとしたら、急がなければなりませんね」

増山はいう。「閉会後の選手村の利用プランは、改装後の間取りも含めて、かなりのところまで青写真ができているようです。本格的な設計に入るのは、これからだとしても、提案するのは早いにこしたことはありません」

その通りだ。選手村の再利用は基本的に東京都が決める。本来ならば、国がとやかくいえる筋合いのものではないが、開催地をものにできたのは、国の支援があってのことなら、インフラ整備にしても、国家予算の多くが注ぎ込まれる。まして、少子化問題は、国全体が総力を挙げて取り組まなければならない問題だ。

「早々にこのプランをまとめて、次の勉強会で提案してみましょう。若手とはいえ、賛同が得られれば、政治は数です。まして、メンバーの多くは少子高齢化問題に直面する世代の議員たちばかりですからね。もちろん、全員が賛同するとは思えませんが、それも実現に向けての問題点の洗い出しになるはずです」

甲斐は力を込めた。「被災地で仮設暮らしを強いられている方々のことを思うと複雑なものがありますが、少子化もまったなしの重要事案です。ネスティングプレイス。是非とも実現に向けて頑張りましょう」

3

青年局長の部屋は、党本部ビルの三階にある。

同じフロアーには、総裁室や幹事長室といった党の重鎮たちの執務室があることからも、青年局長の役職に就く者が、いかに将来を嘱望されたものであるかを物語っている。

「よう、孝輔」

部屋に入りかけたその時、隣の憲法改正推進本部のドアが開くと、中から現れた水嶋《みずしま》五郎《ごろう》が声をかけてきた。

七十五歳。衆議院議員として、当選八回。防衛庁の時代に長官として入閣の経験もある党の重鎮のひとりだ。日頃は好々爺然《こうこうやぜん》として、つぶらな瞳《ひとみ》に笑みを絶やさないが、ひと癖もふた癖もあるひと筋縄ではいかぬ人間が集まる政界を生き抜いてきたのだ。加えて防衛族の中では親玉的な存在で、国防については党の論客のひとりでもある。

その実績が買われて、いまは党の憲法改正推進本部の副本部長を務めており、特に九条の改憲案に関しては、彼の意向が反映されている部分が大きい。

「あっ、水嶋さん。お久しぶりでございます」

甲斐はドアノブに伸ばした手を引っ込めると、深く体を折って一礼した。

「風が吹いてきたな」

さすがに老いは隠せない。笑みを湛《たた》えると、顔に刻まれた皺《しわ》が、さらに深さを増す。

水嶋は続けた。

「オリンピックが来るなんざ、宝くじに当たったようなもんだ。これも、政治を玩具《おもちゃ》にすると、罰があたるってことの証明だ。普天間移転を台無しにして日米関係を不安定にするわ、よりによって最悪の人間がトップの時に震災は起こるわ、尖閣問題をややこしくするわ、ほんとあのままだったら日本は沈没しとったぞ」

水嶋の言葉は、党執行部のいまの心情そのものだろう。

衆議院に続いて参議院でも大勝。庶民にとってはまだ実感は乏しいだろうが、金融緩和政策の効果か、数字の上では景気も上向きつつある。そこにオリンピックだ。日民党が福を呼び込んだ。そう考えている人間は、党内に少なからず存在する。

「閉塞《へいそく》感に満たされた世間にとっては、久々の明るいニュースです。これで、景気が本格的に回復すれば、いうことはないのですが……」

甲斐は当たり障りのない言葉を返した。

「まあ、これから七年、景気は上向くことはあっても悪くなることはないな」

水嶋は明るい声でいい放つと、「さて、こうなると次は憲法だ。経済が立ち直れば、我が党への支持は盤石なものとなる。野党がつけ入る余地があるとすれば改憲だ。否《いや》が応でも、激しい論戦をしかけてくるだろうからな」

一転して真顔でいった。

「しかし、その前に消費増税があるじゃないですか。前政権与党時代に決まったこととはいえ、増税に踏み切った政権はことごとく潰《つぶ》れてるんです。八％はまだしも、一〇％へとなると、さすがにハードルは高いと思いますが」

何が地雷になるか分からない。それが政治だ。諫《いさ》めたつもりが、

「だったらどうなる？　我が党以外に、政権与党たり得る党はない。そのことは国民だって、あの悪夢のような三年間で身に染みてるさ。それがこの衆参選挙の結果じゃないか」

水嶋は勇ましい言葉を返す。

彼だけじゃない。これもまた、圧倒的多数の日民党議員が抱いている意識そのものだ。国民は日民党以外の政党に愛想をつかした。野党は壊滅状態。国を担えるだけの人材もいない。どんな政策でも数の力で押し切れる。いまがチャンスだ。慢心に満ちた雰囲気が渦を巻いている。

しかし、それは大きな間違いだ。

直近の選挙の投票率は、僅《わず》か五三％。有権者の半数近くが棄権し、それも年代層が若くなるにつれ高くなっているのが最近の傾向だ。次回の選挙まであと三年。財政再建、

社会保障制度改革、規制緩和といった中長期的課題に目処《めど》をつける姿勢をみせず、それどころか、ここぞとばかりに将来に負の遺産を残すような政策を打ち出せば、若い世代はそれが自分たちの問題であることに必ずや目覚める。そして、その時票を投ずる政党は、日民党ではない。他のどこかだ。

「増税に改憲。これを一気に進めるのは、簡単な話じゃないと思いますが……」

甲斐はやんわりといった。「第一、増税を行った時点で、政党支持率は下がると見ておくべきです。しかも予定通りだと一〇％に上げるのは二年後。その翌年には選挙ですよ」

「景気が上向いているなら、必ずしも逆風にはならんと思うがね」

ところが水嶋は、いとも簡単にいい放つ。「オリンピックに向けての施設建設、インフラ整備、リニア、整備新幹線、高速道路の公共事業もはじまる。雇用も増えれば、国が目に見えて発展、整備されていくんだ。景気は気だ。消費税が、八％になり一〇％になったって、所得が増えればそれほど気にはならんさ」

政局は、ほんの些細《ささい》な出来事で激変する。政治の世界の酸いも甘いも嚙《か》み分けた水嶋にして、この様《ざま》かと溜息《ためいき》をつきたくなった。

党の要職を務める人物にしてからが、口を衝《つ》いて出るのは目先のこと。それも財政を健全化させるどころか、さらに湯水のように金を使うことを考えている。もちろん、それが収益というリターンが見込めるものなら行う意味はある。しかし、今後国の人口が増える見込みはまったくない。収益をもたらすどころか、赤字を増やし、次世代の負の遺産となるのは間違いないのだ。

しかし、口調とは裏腹に水嶋の目には、こちらの反応を探るような気配がある。こんな傲慢《ごうまん》な言葉を吐くのも、何か考えがあってのことかもしれない。

「じゃあ、憲法はどうするんです」

甲斐は話題を転じた。「衆参両院ともに、我が党単独での議席は三分の二に届いてはいません。これじゃ国民投票にもこぎ着けられません。集団的自衛権ひとつとっても、官邸は憲法解釈で乗り切る方針のようですが、いかに何でも無茶が過ぎますよ」

「お前、本当にそう思うか」

「ええ――」

水嶋は頷《うなず》くと、

「孝輔、時間はあるか」

真剣な眼差《まなざ》しで訊《たず》ねてきた。

「ええ――」

「ちょっと話したいことがある」

立ち話では済まないようだ。

今日は六時から、党本部の会議室で勉強会が開かれることになっている。それまでに、まだ三時間ほど時間がある。

「どうぞ」

甲斐は自室のドアを開けると水嶋を中に誘った。

執務室に入るには、秘書がいる部屋を抜けなければならない。

甲斐はお茶の用意を命じると、執務室の中央に置かれたソファーに腰を下ろした。

「改憲案の中で、最も論議を呼んでいるのが九条だ」

水嶋は切り出した。「自衛隊ったって、誰が見たって実態は陸海空の戦力を装備した立派な軍だからな。戦力を保持しないと明確に謳《うた》った条文に違反していることは明らかだ」

「そりゃそうですよ」

甲斐は頷いた。「イージス艦や戦闘機の多くは、アメリカ軍が軍事目的で開発したものを使っているわけですし、日頃の訓練にしたって有事、つまり戦闘を行うことを前提として行われているわけですからね」

「敗戦直後に設定された条文だ。まして、起案したのは日本軍と壮絶な戦いを繰り広げたアメリカ人だ。最終的には完膚無きまでに叩《たた》きつぶしたとはいえ、開戦当初暫《しばら》くは、大変な苦戦を強いられたんだ。まして、戦況が決した後も、ひとりでも多くの敵を倒さんと、我が身の命と引き換えに、最後まで戦う様をまざまざと見せつけられたんだしな。こんな連中に、再び軍備を持たせたら、何をしでかすか分からない。そんな恐怖もあっただろう。二度と刃向かわせないためには、武器を持たせないに限る。そうした気持ちの表れでもあっただろう」

その見解に間違いはないだろう。

もちろん、甲斐はあの大戦を知らない。しかし、特攻や弾丸が雨霰《あめあられ》と交錯する中を、倒しても倒しても突撃してくる日本兵の姿がアメリカの兵士を恐怖のどん底に陥れたことは数多《あまた》の文献で読んだ記憶がある。

甲斐は頷くと、先を促した。

「まして、いまの憲法はオキュパイド・ジャパン。文字通り、アメリカの占領下で公布されたものだ。国防なんて概念がそもそも成立し得なかった状況下で制定されたんだ」

秘書が、お茶をテーブルの上に置くと、部屋を出て行く。

水嶋は、口を湿らすと続けた。

「しかし、時の流れと共に、国の周辺を取り巻く情勢は刻々と変わる。占領軍が朝鮮戦争に向かうと、治安維持部隊として警察予備隊が創設された。組織の規模は徐々に大きくなり、装備も重武装化されていった。隊員の多くは、旧日本軍の軍人。組織形態、装備のいずれをとっても立派な軍だ。軍を持たないと定めた憲法を作った当のアメリカが、公布から僅か四年も経たずして日本に再軍備を促したんだ。大戦の記憶が薄れるにつれ、日本の主権も回復し、再び独立国家となった。日本の社会も、国際情勢も変化した。しかし、占領下で制定された憲法だけが何ひとつ手を加えられないまま残ってしまったんだ。これじゃあ現状と齟齬《そご》をきたすのも当たり前だ」

異論はない。

「違憲状態が、六十年以上にも亘《わた》って続いているのは、異常なことです。日本は自衛力としての武器を持ち、それを行使し得る組織を持っているんです。それを放棄できない状況下にある以上、憲法上で自衛隊を専守防衛のための軍と定義するのは当然のことです」

与党に籍を置く人間が、自衛隊は違憲だなどとは口が裂けてもいえるものではないが、この場にいるのは水嶋ひとりだ。

甲斐は率直にいった。

ところが、水嶋は口をへの字に結ぶと、深い息を吐いた。

「問題は、党改憲草案の中の九条の第二項。新たに新設された九条の二の三項だ」

九条第二項とは『自衛権の発動を妨げるものではない』、つまり集団的自衛権を認めるもので、九条の二の三項とは『国際社会の平和と安全を確保するために国際的に協調して行われる活動』への参加を可能とするものだ。

「確かに、集団的自衛権は必要なものであるだろう。よくいわれるように、たとえば北がアメリカに向けて発射したミサイルは日本上空を通過する。それを日本が撃墜する力を持っていても、行使できないのは馬鹿げた話なら、ＰＫＯで海外に派遣された部隊は、自らの力では身を守れない。護衛に当たっている他国の軍が攻撃に遭っても、一緒に戦うこともできない。現実離れした話には違いないんだからね」

集団的自衛権の必要性を論じながらも、そういうからには、異なった見解を持っているに違いない。

甲斐は黙って話に聞き入った。

「気になるのは、ここ最近のアメリカの変化だ」

果たして水嶋はいい、「孝輔。シリア問題に対するアメリカの対応をどう思う？」

と訊ねてきた。

「アメリカの再三の警告を無視して、政府軍が化学兵器を使ったことにですか？」

「そうだ」

「確かに従来の政権に比べて、アメリカの対応は慎重ですね。もっとも、これまでのアメリカが武力行使にあまりにも短絡的に過ぎたともいえますが……」

甲斐はこたえた。「サダム・フセイン、カダフィ、いずれも独裁者には違いありませんでしたが、それが国内の宗派間対立を押さえ込み、国内の安定を保っていたことは事実です。実際に独裁者の重しが外れた途端、内戦がはじまり収拾のつかない事態に陥りましたからね。アフガニスタンにしても同じです。アメリカでテロを行ったのは、タリバーンであってアフガニスタンという国ではありません。宗教に基づくテロ組織に国境はありません。そこに兵を送り、武力を以《もっ》て国を平定しようという考えが、どだい無茶な話だったのです」

水嶋は手にしていた茶碗《ちゃわん》を置くと、

「その通りだ。しかし、それでも武力を行使することを辞さなかったのがアメリカだったのだ」

改まった口調でいった。「もちろん、今回のケースはこれまでとは事情が異なる。シリアを攻撃し、アサド政権を倒しても、宗派間の対立が収まるわけではない。それどころか、限定的とはいえ、攻撃を行った時点で、シリアはイスラエルを攻撃する。となれば、イラン、パレスチナも続く。周辺国家を巻き込んで、中東が全面的戦闘状態に陥る可能性も出てくる」

「アメリカでシリアへの攻撃に否定的な世論が圧倒的多数を占めているのはそのせいなら、議会だって同じです。イラク、リビア、アフガニスタンと、全く意味のない戦争、それも撤退とはいえ事実上、アメリカは敗北したわけです。厭戦《えんせん》気分がアメリカ国内を満たすのも当然だと思います」

「わたしが懸念するのはそこなんだ」

水嶋は眉間《みけん》に深い皺《しわ》を刻んだ。「九・一一の直後、アフガニスタンへの派兵は、実にアメリカ人の九割以上が支持した。ところが、シリアに対する攻撃には、限定的としているにもかかわらず僅《わず》か二割。かつてのアメリカなら、化学兵器が使用され、多くの無《む》辜《こ》の民が犠牲になったとなれば、無条件で攻撃を支持するはずだ。つまり、アメリカはもはや戦争を放棄する。少なくとも他国の紛争のために、自国の軍を出動させることはない。そんな国になってしまったのではないか。私にはそう思えてならないのだよ」

そこまで聞けば、次に何をいわんとしているかは察しがつく。

「尖閣もそうなるとおっしゃりたいのですね」

甲斐は先回りしていった。

「中国だって、尖閣を取りに来る時には考えるさ。それこそ、大量の漁船をしたて、漁民を装った兵を上陸させる。それを排除にかかろうと日本の当局が出てきた時点で、軍が背後から睨《にら》みをきかし、その行動を封じ込める。当然、自衛隊も出動せざるを得なくなるわけだが、さて、その時アメリカはどうでるか」

水嶋の言葉を聞きながら、甲斐はかつて軽井沢で交わした多賀谷との会話を思い出していた。

『上陸されたらそれまでだ』

確かに多賀谷はそういった。

「中国が威嚇するだけで実際に攻撃をしかけてこなければ、自衛隊は黙ってみているしかない。仮に集団的自衛権の行使が可能になっていたとしても、戦闘状態に陥らないうちに、アメリカが動くかね？」

水嶋は沈鬱《ちんうつ》な眼差《まなざ》しを向けてくる。

彼の懸念はもっともだ。いや機能するかどうか怪しいのは、集団的自衛権だけではない。

「アメリカは尖閣にも日米安保条約が提供されると明言していますが、軍を動かすためには議会の承認が必要ですからね。九十日間の戦闘であれば、大統領権限で軍事行動を取ることは可能ですが、中国相手となれば、それだけの期間ではまず終わらないと見ておくべきです。それに、尖閣の防衛は、日本にとって重大事案でも、アメリカが自国の兵の命と引き換えに守るかといえば、疑問です。シリアと同じ結果になる公算が高いと見るべきでしょうね」

公算じゃない。絶対に動くもんか、と思いながら、甲斐は率直に自らの見解を口にした。

「もちろん、中国がその前段として、在日米軍基地を叩《たた》きにくれば話は別だ。しかし、中国もそんな愚は冒すまい。いかにして、米軍に関与させないか。当事国日本との間の戦闘で、終わらせるかを考えるはずだ。つまり、自国の領土は自国で守る。尖閣を守るためには、それしかないように思えるんだ」

水嶋にも異論はないらしい。集団的自衛権よりも、個別的自衛権で対処すべきだと考えているのだ。

「となると、集団的自衛権なんて、少なくとも尖閣を守る上では無意味ということになりますか――」

甲斐は呟《つぶや》いた。

「日米同盟は確かに重要だ。だがね、戦争、紛争のありかたも、かつてとは様変わりしている。国と国との戦いから、民族間、宗教、そして果てはその内部の宗派間での争いとなる場合も多々ある。こうなると、たとえ国連管理下の多国籍軍が乗り出していっても解決するのは困難を極める。まして、日本が頼みの綱としてきたアメリカの世論は完全に厭戦に傾いている。かといって、何も行動を起こさなければ、世界におけるアメリカのプレゼンスは確実に低下する——」

「へたをすれば、日本が代役を務めさせられる可能性も出てきますね」

「そこだ」

水嶋は真顔でいった。「第一、アメリカに新たな紛争に介入する財源などありはしないからな。もう戦争どころの話じゃない。日本で集団的自衛権が認められれば、最低限の軍を出す。それも後方支援。最前線は日本に任せる。そんな展開にもなりかねんのじゃないかと思うんだ」

「財政的な余裕がないのは、日本も同じじゃないですか」

「だから、なおさら悩ましいんだ」

水嶋は、語気を荒らげた。「少なくとも、防衛面において、日米関係は大きな転換期を迎えているのは間違いない。言葉は悪いが、これまでアメリカは用心棒としての役割を立派に果たしてきた。しかし、これからは違う。睨みをきかせはするが、いざとなっても拳《こぶし》は振るわない。本当に日本が存亡の危機に陥るような状況になるまで、座して成り行きを見守るだけ、という存在になるかもしれんのだ」

「では、尖閣が中国の手に落ちる日もそう遠くないとおっしゃるのですか」

水嶋がそういうくらいだ。中国だって、とっくにアメリカの変化を察しているに決まってる。

「いや、そうはならんだろうね」

ところが水嶋は否定する。「接続水域、領海侵入、領空侵犯は今後ますますエスカレートしていくだろう。しかし、尖閣への上陸はまだ先だろう」

「それはなぜです」

「体制維持の切り札だからだ」

水嶋は断言した。「もっか中国は国内に多くの問題を抱えている。中でも深刻なのは経済だ。急激な経済成長の過程で生じた歪《いびつ》な社会構造、積もりに積もった国内の負債は早晩限界に達し、一気に表に湧いて出る。その時、民衆の不満は爆発するだろう。それを押さえ込むためには、外に国家的危機を造り出すしかない。占領に打って出るのはその時だ」

外敵と対峙《たいじ》せざるを得ない状況を造り出せば、大衆の関心もそちらに向くというわけだ。

これもまた、多賀谷の読みとぴたりと一致する。

「もっとも、それより早く中国が尖閣に上陸を試みる可能性もないわけではない」

水嶋は続けた。「オリンピックの開催が決まった以上、我が国としては仮に自衛行動であっても領土内で戦闘行為が勃発《ぼっぱつ》するような事態は断じて避けなければならない。中国にしてみれば、これはチャンスだ。実戦行為に発展せずとも、尖閣を無血占領できれば、緊張状態はいま以上に高まり、国民の関心を尖閣に釘付けにすることができるんだからな」

「かといって日本が奪還行動に出れば、戦争状態に発展しかねない。それからの展開如何《いかん》では、オリンピックの開催も危ぶまれる。一九四〇年の再現ともなりかねないというわけですか」

日中戦争の勃発により、幻となった日本初のオリンピック。八十年の時を経て、日中間の紛争勃発により、再び開催が中止となろうものなら、皮肉な歴史の巡り合わせとしかいいようがない。

「当然、日本経済は、大混乱に陥る。それは中国も同じだ。しかし、共産党一党独裁体制の維持が危ぶまれる状況に陥れば、それを覚悟で中国が尖閣占領に打って出てくるのもあり得ない話ではないと思うのだ」

水嶋の表情に深刻さが増す。「だから九条、集団的自衛権のあり方は、もはや国防だけの問題じゃない。国家体制、財政、経済が入り組んだ複雑な問題なんだ」

水嶋は父親とも親交が深い。甲斐が議員になってからも、何かと目を掛けてくれている。しかし、なぜ、いま、このタイミングでこんな話を自分にするのか、甲斐はその真意を測り兼ねていた。

「九条は確かに改正しなければならない。しかし、今回のシリアに対するアメリカの動き、イギリス議会が出した結論を見ていると、改めて条項を練り上げる必要があるんじゃないか。私にはそう思えてくるんだ」

　水嶋は甲斐の目を正面から見据えてくると、ついに本音を口にした。「一度制定されれば、それが国の規範となるのが憲法だ。なるほど、確かにいまの状況を鑑《かんが》みれば、自衛隊を国防軍と定め、集団的自衛権を確立することも必要であるかもしれない。だがね、十年後、二十年後、君たちがこの国を担う時代に、国防軍を支え、集団的自衛権を行使できる力があると思うかね」

　水嶋が何をいわんとしているかは訊《たず》ねるまでもない。

　甲斐は首を振った。

「集団的自衛権を憲法で認める。それは日本が守ってもらうだけじゃない。同盟国に対しても守る義務を負うということだ。戦費を負担するということでもある。財政の健全化にはまったく目処《めど》がついていない。それどころか、今後ますます悪化の一途を辿《たど》ることは間違いないんだ。まして、自衛隊の人員規模を維持しようにも、生産人口が減り、税収は落ちる。自国の防衛力を維持するのが精いっぱい。他国を守るどころの話じゃないだろう」

　重い言葉だった。水嶋の一言一句が胸に突き刺さる。

　集団的自衛権とは、どちらか一方が守ってもらうことではない。有事に際しては、双方が守り合う義務を負うことだ。つまり血の盟約である。その時、真っ先に前線に向かうのは自衛隊であるかもしれないが、危機は国民全員が共有することになる。

それを是とするか否かは、少なくとも為政者が決めることではない。国民にその覚悟のありやなしやを問うべき議題であるはずだ。水嶋はそういいたいのだ。

「しかも、集団的自衛権が発動される際には、まったなし。財政状況のいかんを問わず、最優先にせざるを得ないんですからね」

甲斐はいった。

「占領軍の意向で、しかも敗戦国家に与えられた憲法を見直すのは当然だ。時代とともに、国のありかたも変わる。それに応じた憲法を、日本国民自らの手で見直すのは決して間違ってはいないと私は確信している」

水嶋の声に力が籠《こも》った。「だがね、九条、特に集団的自衛権に関しては、いかなる際に行使されるものであるのか。その範囲を厳密に定めておく必要がある。自らを利するだけのものであってはならない。かといって、他国の思惑で、無条件に派兵するようなものであってもならない。だから、現行条項の解釈の見直しで済ませるようなものであってはならんのだ。そうでなければ、次世代の国民に、必ずや禍根を残すことになる」

「しかし、現政権は、その憲法解釈で押し切るつもりなんでしょう？　集団的自衛権の確立を急がずば、尖閣の防衛もままならない。そうした危機感に駆られているのは明らかです」

「尖閣を守るためだけなら、防衛出動で十分だ」

水嶋は断言した。「漁民なら、海上保安庁、警察が排除する。武装し、攻撃を仕掛けてくるなら自衛隊が出る。そこで、アメリカが動くなら、集団的自衛権に向けて世論は一気に傾く。そうでなければ、自らの領土は自らの力で守る。つまり新たな九条の設立に向けて、世論は高まる。その時、九条の内容がどうあるべきか。それは君たちの世代の国防のあり方を決めるものになるはずだ」

言葉こそ違え、水嶋の口を衝《つ》いて出たのは、はからずも多賀谷と同じである。

そして、水嶋の場合、考えなければならないのは、日本のことだけではない。世界の中で日本がどういう国であるべきか、それを考えよというのだ。

「しかし、それ以前に集団的自衛権が憲法解釈で押し切られては――」

「それで済まそうものなら、九条のみならず、憲法そのものを改正する必要などないことを、政府が認めたも同然だ。そんなことをしたら、我が党に次はない。自殺行為だ」

舌鋒《ぜっぽう》鋭く、水嶋は断じた。

4

水嶋がなぜ、このタイミングで改めて憲法について話す時間を設けたのか。

甲斐はひとりになった部屋で、そのことを考えていた。

彼が最後に発した言葉に全てが凝縮されていると思った。

まえ。

「そんなことをしたら、我が党に次はない。自殺行為だ」

先の衆参両院選挙での大勝で、党内には二度と野に下ることはない。政権与党の座は、何があっても覆らない。この機に乗じて、かねてからの懸案事項を一気に推し進めてしまえ。

そんな空気が充満していることは確かだ。

おそらく水嶋はそれを案じているのだ。

出合い頭に傲慢《ごうまん》ともとれる言葉を投げ掛けたのも、「お前も、浮かれている馬鹿のひとりなのか――」。それを見定めるのが目的であったのだろう。

現政権が、改憲以前に、解釈を以《もっ》て集団的自衛権の確立を急いでいるのは、明らかに尖閣を見据えてのことだ。現実のものとなりつつある危機。まして、事は領土に関する問題である。そして一度占領されれば、取り返すのが極めて困難になるもの。それが領土だ。

竹島しかり。北方四島しかり。かつて、フォークランドという本土から遥《はる》か離れた島を守るために、英国が軍を送り、武力を以てアルゼンチンを撃退したのもそれを熟知しているからだ。

だが、集団的自衛権の確立が、本当に尖閣を守るために役立つのか――。

水嶋にはいわなかったが、シリアへの武力行使を行うか否かを巡って、日米間にかつて見られなかった歩調の乱れが生じた。これまで、一貫してアメリカの武力行使を全面的に支持してきた日本が、今回に限って明言を避けた。それどころか、シリアに化学兵器を廃棄させるというロシアの提案を支持したのだ。

　おそらくは、シリアへの武力行使を支持すれば、目前に迫ったオリンピック開催地の投票で、アラブ、イスラム諸国の支持が得られなくなることを懸念してのことだろう。つまり、オリンピックの開催権の獲得と、アメリカとの関係を天秤《てんびん》にかけた。そして、これまでの政治の例に漏れず、目先の利益を優先したのだ。

　結果、明確にアメリカを支持したのはフランス一国のみ。その後、シリアが化学兵器の廃棄に同意し、一時の緊張状態が解消されたからよかったものの、アメリカが梯《はしご》を外された形になったのは否めない。

　今回の沙汰《さた》に加えて、ただでさえ前政権の不手際によって、普天間基地の移設問題は暗礁に乗り上げたままである。アメリカが同盟国としての日本の姿勢に、疑念を抱いたとしても不思議ではない。

　そう考えると、「アメリカは動かない――」といった、多賀谷、水嶋の見解が、ますます現実味を帯びたもののように思えてくる。

　部屋に密《ひそ》やかなノックの音が響いた。

　ドアが開くと、

「先生、お時間です」

　秘書が告げた。

甲斐は立ち上がると、執務室を離れ、七階にある会議室へと向かった。

部屋の中には、勉強会のメンバーたちがロの字型に並べられたテーブルを前に座っている。

「お待たせしました。久しぶりの勉強会になりますが、今日は最初に新しいメンバーを皆さんにご紹介します」

甲斐が目配《めくば》せを送ると、増山が立ち上がり、

「宮城選出の参議院議員、増山健一でございます。宜《よろ》しくお願いします」

自ら名乗ると頭を下げた。

拍手が湧いた。

「では、早々に今日の議題に入ります」

静寂が戻ったところで甲斐は切り出した。「本来ならば、事前にレジュメをお配りしておくところですが、用意していなかったのには理由があります。今日、議論したい内容は、我々の時代。つまり十年先、それ以降の日本のあり方についてです」

ほうっというざわめきと共に、一同の視線が甲斐に向けられる。

「じゃあ、さっそく――」

隣に座った新町を甲斐は促した。

政策案の説明は彼女の役目だ。

新町はパワーポイントの画面をスクリーンに映し出した。そこには、今日の論点であ

る、「少子化対策への提言」「第二新卒者の社会進出支援」「高齢者の就職支援と介護」と三つの文字が浮かんでいる。

「では、最初に少子化問題について、現状認識に基づく対策を説明したいと思います」

新町は前置きして、さわやかな弁舌で語りはじめた。

内容は、これまで甲斐、新町、増山との間で、話し合ってきたことだが、もちろん他のメンバーは、はじめて聞く話だ。しかも、大胆かつ斬新《ざんしん》なアイデアの続出に、誰もが熱心に聞き入る。

もっとも、夢物語と取られても仕方がない部分も多々あることは事実だ。身を引いて懐疑的な表情をあからさまに浮かべる者もいないではない。

しかし、それでいいのだ、と甲斐は考えていた。

企業に勤務した経験はないが、以前とある企業の経営者にこんな話を聞かされた記憶があったからだ。

曰《いわ》く、「商品開発、ビジネスプラン、施設の建設だってそうです。一番できそうでできないのが、夢を描いて見せることなんです。我々は、これをコンセプチュアルデザイン、日本語では概念設計といいますが、どんな仕事でも、それを描かずしてははじまらないんです」

そして、こうもいった。

「夢物語。理想像です。そんなものを突きつけられれば、当然問題点は山と湧いて出てくる。批判も出ます。実現性に疑問も呈される。でもね、肝心なのはそこからです。否定のまま終わらせない。ゴールを共有し、どうしたら夢に近づくことができるのか。それをみんなで考えることなんです」

これまで、メンバーに内容を一切漏らさなかったのは、まさにそのコンセプチュアルデザインを書き上げるためだったのだ。端《はな》から、額を寄せ合って議論をしたのでは、積み木を一段重ねては崩し、また一から始める。それを延々と繰り返すだけで、いつになっても形にはならないからだ。

果たして、長いプレゼンテーションが終わると、侃々諤々《かんかんがくがく》の議論となった。

ネスティングプレイスにしても、少子化問題対策の切り札としての有効性を認めながらも、民業圧迫論からはじまり、公平性に欠ける。果ては、同年代を一箇所に集めれば、親同士のトラブルが頻発する。若くして子供をといっても、肝心の結婚相手に巡り合う機会が減少しているのだという意見も出た。

第二新卒者の社会進出支援もまた同じだ。

そんなことをすれば、若者の就職の機会を奪う。果ては、それこそ女性を子供を産む機械だといっているのも同然だと捉《とら》えられかねない。再教育程度で、果たして企業が中年女性を戦力として迎えるか。高齢者の就職支援、集中介護に至っては、住み慣れた土地をそう簡単に離れるものだろうかといい出す。

甲斐は議論が一応の収まりを見せるまで、ひと言も発することなく話に聞き入った。

正直なところ、予想された反応ばかりで、それほど驚くような意見は出てこない。

「いいかな」

甲斐は頃合いを見計らって口を開いた。「みなさんのご意見はもっともなものばかりだと思います。その上で、お訊《たず》ねしますが、これら三つのプランについては、基本的に反対なんでしょうか。それとも賛成なんでしょうか？」

お互いの反応を探るように、一瞬の沈黙があった。

「そりゃあ、やれたら素晴らしいとは思いますけど――」

メンバーの中から、声が上がった。それに続く者は出ない。つまり、価値を認めたということだ。

「けど、何です？」

再び一瞬の沈黙。

「理想と現実は別問題だということです」

そんな中で、きっぱりといい放ったのは、衆議院議員の海道道弘《かいどうみちひろ》だ。当選二回。メンバーの例に漏れず、まだ四十歳と若い。

「確かに、待機児童をゼロにしただけでは少子化問題の解決にはなりません。出産率を上げるために、インセンティブを与える。オリンピックの選手村をネスティングプレイスにするのは、正直、目から鱗《うろこ》。面白い発想だとは思います。しかし、もしこの策が功を奏するってことは、施設をどんどん増やし、それも全国へと展開して行くってことですよ。その財源をどうするのか。ただでさえ、数多《あまた》の大型公共事業が予定されている最中にあって、そんなことができますかね。議会の賛同が得られますかね」

「もちろん、理解を得るのは簡単な話じゃないでしょう」

甲斐はこたえた。「ですが、次世代を担う人間が激減していくのに、鉄道や道路を新設して、どんな意味があるんです？　完成した頃には、利用者がいない。そんなものを造るのは馬鹿げていると思いませんか？」

「つまり、公共事業の組み換えを行おうというわけです。同じお金を使うならね」

新町が言葉を継いだ。「ネスティングプレイスを全国に展開する。これだって、立派な公共事業ですよ。モデルケースで効果ありという結果が出れば、事業拡大に一気に弾みがつく。しかも、将来の国を支える人を増やす事業なんですもの、これこそが、まさに、国家の命運を賭《か》けた事業といえるんじゃないでしょうか」

海道の顔に、明らかに皮肉が籠《こも》った笑みが浮かんだ。

「それは、分かりますが、計画されている公共事業には、様々な思惑が入り交じっていますからねえ」

彼がいわんとしていることに、説明はいらない。

国の金が動くところには、必ずや政治の力が働く。そして、その一部は様々な形でそこに関与する政治家の許《もと》に還流する。まして、そこに票が絡むのだから、まさに政治家にとっては死活問題。事業が中断、あるいは延期される兆しが見えようものなら、死に物狂いで潰《つぶ》しにかかって来るに決まってる。

「確かに、これらのプランを実現しようと思えば、大変な抵抗を受けるでしょう。でも、やはりやるべきだ。いや、やらねばならないと私は考えますね」

次に言葉を発したのは、片桐英郎《かたぎりひでお》である。かつて、経産省のキャリア官僚であった男で、当選三回の衆議院議員だ。

「かつてほどの勢いはないとはいえ、いまだGDP世界第三位の経済大国であり続けていられるのは、過去の蓄財によって消費が回っていること、国内人口の減少がまだ、この程度で済んでいるからです。生産人口、消費人口が減じれば、国内市場はそれに比例して縮小することは間違いないんです。となれば、企業が日本に存続する理由がなくなってしまう。当然、国の空洞化はますます加速する。これじゃあ、国は持ちませんよ」

片桐は切迫感の籠った声でいった。

「そう考えると、提示された三つのプランは三位一体。どれも同じ重要度を持ち、同時に解決を目指さなければならないものといえるかもしれませんね」

参議院議員の津田美智子《つだみちこ》がいった。「国の債務は一千兆円。これは、あくまでも表に出ている数字に過ぎません。公的年金、医療・介護、所謂《いわゆる》社会保障費にまつわる未顕在化債務は、千百五十兆円はあるともいわれていますからね」

未顕在化債務とは、「暗黙の債務」とも呼ばれるもので、賦課方式を積み立て方式に変えた場合に生ずる不足分を指す。

これまで、日本では老齢世代の社会保障費を現役世代が賄う仕組みを取ってきた。これが賦課方式である。しかし、高齢化が進む一方で、現役世代が減るとなれば、当然この構図は崩れる。結果、現役時代に積み立てた額の範囲で賄う制度に変更すべきだという論が出てくるわけだが、そこで問題になるのが、積み立てた以上の額を受け取り続けている高齢者の社会保障費をゼロにはできないということだ。移行すれば、その際に不足する財源は、公的年金で七百五十兆円。医療・介護費用で四百兆円に上るとされているのだ。

消費増税を行う目的は、その差額分を捻出《ねんしゅつ》するためであるのだが、少子高齢化が今後も進む一方となれば、三%や五%上げたところで焼け石に水だ。津田が三つのプランは三位一体と表した理由もそこにある。

「積立型に変えたとしても、労働人口が減る。それを遥《はる》かに上回る経済成長が見込めなければ、限界が来るのは目に見えています。それを回避するためには、消費税を上げ続けるしか手はないわけですが、そんなことはとても現実的とは思えません」

果たして津田はいう。

「世界には二〇%を超える消費税率を課している国も幾つかありますが、生活必需品の税率を据え置いたにしても、消費が落ち込むのは目に見えていますからね。それに、品目を限定するにせよ、年金生活者の暮らしが、困窮することは間違いないでしょう。やれると、やるは別の次元の話の典型みたいなもんですよ」

片桐がすかさず同意する。

「未顕在化債務を縮小するためには、生産人口を増やすしかない。つまり、人口減少に歯止めをかけ、かつ定年をさらに延長し、生産年齢を上げ、年金の支給開始年齢を引き上げる。その間に貯蓄を増やし、老後に備えて貰《もら》うしかないのです」

津田が再びいった。「そのためには、確かに第二新卒者の雇用促進は実現すれば、有効な政策となり得るでしょうし、子育て住宅は別の観点からも、少子化対策の切り札になるかも知れませんね」

津田は、当選二回の四十二歳だが、現役議員との間にふたりの子供をもうけている。まさに、仕事と子育てを両立してきた女性である。自分たちが話し合ってきたこと以外にも、まだこの案にはメリットがあるらしい。

「それは、どういうことでしょう」

甲斐は訊ねた。

「育休一年。政府はこれを三年に延ばすプランを考えているようですが、正直いって、一年を三年にしたところで、ほとんど変わりはありません。だって職場に復帰した途端、新たな出費が発生するんですから」

「シッター代がかかるってこと？」

「ええ――」

先刻承知とばかりに海道が軽くいった。

津田は頷《うなず》いた。「保育所に入れられたとしても、仕事が時間内に終わるとは限りませんからね。そうなると、どうしてもシッターさんを雇うことになる。この費用負担は、本当に大きくて、夫婦共稼ぎだと、どちらかの所得がそのままシッター代に消える。そんな家庭も少なくないんです」

「だからそれを所得控除として認める案も出てきているわけでしょ？」

海道がいうと、分かってないなとばかりに、津田は軽く目を閉じ息を吐いた。

「個別にシッターさんを雇うのと、延長保育とでは料金が違いますよ。ましてネスティングプレイスの保育所は、住居に隣接するんですよ。しかも料金も格安になる。これは、育児をする側、特に共稼ぎにとってはとても魅力的な話です」

そこで、津田は海道に冷たい視線を投げつけると、「第一、所得控除といっても、確かにアメリカやドイツ、フランスと同様の制度を用いている国が存在するのは事実ですが、二〇％から五〇％で、全額控除を認めている国はありません。延長保育とシッター、どちらに魅力を感ずるかは明らかです」

きっぱりと断言した。

「私も、津田さんの意見に賛成ですね」

片桐が再び口を開いた。「日本の対外純資産高は、経常取引受取額の二・五倍。外貨、金の準備高は一兆ドル。国債が国内で消費されている限り、いくら発行しても大丈夫という見方もありますが、無職世帯の月間平均支出は二十一万円。可処分所得は十六万円。

差額は金融資産の取り崩しで埋められているわけです。このままでは、国債の引き受け先を海外に求めなければならなくなるのは明白です。それを回避するためには、就労人口を増やし、いかに貯蓄残高を増やすか。つまり、経済成長と税収の増加は絶対に必要なんです。その点からも、人口の維持は、本当に大切な問題なんです」

「水を差すつもりはないけどさ。仮にネスティングプレイスが効果を発揮したところで、すぐに人口減少に歯止めがかかるわけじゃない。だって、そこで生まれ育った子供たちが、生産年齢に達するまでには、二十年以上もの時間がかかるんだぜ。いや、オリンピックの選手村をなんていってたら、それこそ三十年以上だ」

海道は、白けた口調であくまでも否定的な見解を貫き通す。

まるで処置無しといわんばかりのいい様に、さすがの甲斐もかちんときたが、それより早く、

「だからって、何もしないってわけにはいかないじゃないですか」

新参者であるがゆえか、それまで一言も発しなかった増山が、甲斐の内心を代弁するように口を挟んだ。「このままでは、今後五十年間で出産可能性の高い二十五歳から三十九歳までの女性は六割も減少し、未成年者も五割減るとされているんですよ。その頃の日本の人口に占める高齢者の割合は四〇%。要介護者だって当然増える。その一方で納税人口は激減して行く。そんな国がもつわけないでしょう」

海道は苦い顔をして押し黙る。会議室の中に重苦しい沈黙が流れた。

それがこの問題の解決がいかに困難なものであるかを物語っていた。

増山が口にしたデータは、国立社会保障・人口問題研究所の予測に基づくもので、確実にそうした時代がやってくるのは、すでに政府も承知している。なのに、根本的な打開策を打ち出すどころか、その時に日本がどんな国になるのか黙して語らないのは、現在政権の中枢にいる人間たちが、その頃はすでに過去の人間となってしまっていることを確信しているからだ。

国民の間に、少子化がいかに恐ろしいものか、まさに国家存亡の機に纏《まつわ》る大問題であることの意識が乏しいのもそのせいだ。社会を構成する最小集団である家族にしたって、次世代を担う子供がいなければ家は絶える。その集合体が国家であることを考えれば、同じことになる。それすらも明言しないのだから、無策ぶりにもほどがある。

甲斐は、一同を見渡した。そして、口を開いた。

「生産人口が減る一方で、社会保障費は激増する。市場としての魅力が失《う》せた国からは、企業がどんどん海外に流出していく。当然、金融資産も目減りすれば、税収も落ちる。そんな国の国債を誰が買いますか」

沈鬱《ちんうつ》な空気に重さが増すのを感じながら、甲斐は続けた。「このままでは、間違いなく日本は破綻《はたん》します。その危機をこれまでの政権は、明確に国民に告知してこなかった。いや、政権だけじゃない。その責は、我々国会議員全員が負うべきものだと思います」

俯《うつむ》く者、天を仰ぐ者。反応は様々だが、皆一様に甲斐の言葉に聞き入っている。

甲斐は続けた。

「我々は、この事実を、国民に知らしめなければなりません。しかし、ただ危機を煽《あお》るだけのものであってはならない。危機を打開するビジョンも明確に指し示さなければなりません」

「どうやって？」

やれるものなら、やってみろといわんばかりの海道の口ぶり。

当たり前だ。政策として掲げるのなら、党の重鎮たち、そして官邸を動かさなければならない。それがいかに困難を極めることかを熟知しているからだ。

しかし、甲斐はそれにこたえずに続けた。

「これらのプランが政策として実現しても、効果が現れるまで、長い年月を要する。それは海道さんがおっしゃる通りです。その間、国民にも多大な負担を強いることになるかもしれません。ですが、少子化に歯止めがかかれば、まして増加に転ずるような兆候が現れれば、将来への展望が開けます。国民の間に希望が生まれると思うのです」

「甲斐さん――」

少しの間を置いて、海道がいった。「まさか、この勉強会を事実上あなたの派閥にするつもりじゃないでしょうね」

そのひと言に、海道という政治家の本質が全て現れていた。

政界の頂点を極める。政治家ならば、誰しもが夢見ることには違いないが、こいつはそれだけだ。国民なくして国家は存在し得ない。将来、確実に訪れる危機に対しての策を講じるよりも、出世の階段を確実に登っていくことしか頭にないのだ。仮に、思惑通り頂点を極めたとしても、到底解決不可能な問題を解決してみせなければならない立場に身を置くのが自分であることにすら思いが至らない。つまり、従来型政治家の典型。能無し。極め付きの馬鹿だ。

「そんなことは考えてはいません」

甲斐はそんな内心をおくびにも出さず、冷静にこたえた。「今日、皆さんに提示した案は、叩《たた》き台に過ぎません。勉強会の中に、分科会を置き、この三つのテーマをより現実的なものに仕上げて行く。それができた時点で、党執行部に正式に政策案として提出したい。そう考えているだけです」

「だから、それを事実上の派閥の立ち上げというんでしょう」

海道はなじるような口調でいう。

会場に明らかに動揺が走るのが分かった。

派閥は利害を同一とする者の集まりだけを指すものではない。政策を同じとする者の集団もまた派閥だ。この会の趣旨は、派閥を跨《また》がった勉強会である。個々が所属する派閥が様々なら、参加する目的も十人十色だ。そこに派閥を立ち上げるという言葉が出れば、仕える主《あるじ》を変えるということになるのだ。穏やかな気分でいられるわけがない。

「正しいことを提言するのに、派閥も何も関係ないでしょう。第一、これは我々世代が、直面する問題なんですよ。それに対して、効果的と思える政策を提言する。派閥云々《うんぬん》とは別の話だと思いますが？」

　甲斐は返したが、勉強会とはいえ、このグループが政策案を出せば、党内の議員はもれなく海道と同じ反応を見せるだろう。

　並の議員ならともかく、史上最年少の青年局長。実力はともかく世間の人気、注目度は並の大臣の比ではない。動向の一挙手一投足が、世間に注目される。いや最も注目されている議員が甲斐であることに違いないのだ。

「もちろん、無理にとはいいません。今回の提言の趣旨に賛同していただけない方、あるいは、分科会には加わらないという方は、参加していただかなくとも結構です」

　甲斐の言葉に、また別の動揺が走った。

　若手が中心とはいえ、勉強会のメンバーとて国会議員になった以上、末は大臣、あわよくば総理大臣の椅子を目指している。それが議員である。

　甲斐にその意図がなくとも、すでに影響力を持つ今の派閥の親分に仕えるか、それともさらに将来を見据え前途有望とされる人間につくか。踏み絵を課されたと取る人間も少なからずいるだろうからだ。

「申し訳ないが、甲斐さん、僕は降ろさせて貰《もら》うよ」

　海道はいった。「考えの趣旨は分からないではないけれど、いま政府が行おうとしている方針と整合性が取れない部分が多々でてくるからね。僕には、とても成功するとは思えない」

「整合性というと、どんなところが？」

甲斐に代わって新町が訊《たず》ねた。

「たとえば、第二新卒どころか、サラリーマン、ホワイトカラーが定年まで働けない時代がやってくるからですよ。解雇自由、残業代もなし、いつ首を切られてもおかしくないとなりゃ、いくらネスティングプレイスを造ったって子供なんて、誰が持ちますか」

海道は吐き捨てるようにいった。「戦後、日本が奇跡といわれるまでの経済復興を成し遂げ、いまに至る巨額の赤字国債の九五％を、国内で消費できるだけの金融資産を持てたのも、年功序列、終身雇用に守られた職の安定があったからこそでしょ。それを政府自ら無きものにしようというんだ。ネスティングプレイスを造る以前の問題だよ」

盛り上がった気運が、みるみる間に冷めていく。

改革よりも現状維持、いや現実を見据え、難点を論《あげつら》うのが官僚の得意とするところだが、その点、海道はツボを心得ているだけに始末が悪い。

メンバーの誰もが下を向き、会場は通夜のような雰囲気になった。

「そんな時代に、ただ人だけが増えりゃどうなるかは明白でしょう」

海道は、淡々とした口調で続ける。「職に就けない、あったとしても派遣。正社員への道が開けなければ、そのうち職を探すこと自体をあきらめる人間も出てくる。そうなりゃ、別の意味での社会保障費、つまり生活保護費が増大することになるんじゃありませんか？　ましてネスティングプレイスを造れば、子供は産みやすくなる。結果、シングルマザー、あるいは離婚による母子家庭が激増し、それがまた生活保護を必要とするようになるって悪循環に陥ることだって考えられるしね」

「じゃあ、海道さんは、少子化を改善する必要はない。そういうわけ？」

津田が決然として、顔を上げた。「それで、どうやって激増する社会保障費を捻出《ねんしゅつ》するの？　国を維持していくの？」

「移民を入れりゃいいじゃないですか」

海道はあっさりといった。「だって、肝心の日本人が結婚しない。子供産まないんですもん。それなら、住みたいって希望する外国人を積極的に迎え入れる。日本人はやりたくない仕事でも、世界には、喜んでやる人たちが大勢いるんです。まして、生活レベルが落ちるのを承知で移民してくる人間はいませんからね。より良い暮らしができるから来るんです。そうなりゃ、バンバン子供を産みはじめる。それが次世代の労働力となる。日本人に拘《こだわ》らなければ、人口を増やすのなんて、そう難しい話じゃありませんよ」

本気でいってるのか。

そう問い掛けたいのは山々だったが、元より説得するつもりはさらさらない。

要は、夢を共有する人間だけが残ればいいのだ。

一同の視線を一身に浴びながら、海道は立ち上がると、

「申し訳ないけど、僕はここで——」

そういうなり席を立つと、ノートを纏《まと》めて出口へと向かった。

5

「海道君は降りるか――」

青年局長室に引き揚げてきたところで、新町がいった。「光雲会はもともと、彼のお父さんが率いた派閥だし、勉強会が政策案を提出したとなれば、甲斐君が派閥を立ち上げた、誰もがそう思うでしょうからね」

新町の見立てに間違いはあるまい。

甲斐にその気がなくとも、党内にはやはりそうした見方をする人間が多いに決まっている。そして、その時の反応も察しがつく。

あの若造、調子に乗りやがって――。

政策の重要性、正義もへったくれもない。権力欲に取り憑《つ》かれ、己の出世が最大の関心事というのが大半を占める。それが永田町の偽らざる実情であるからだ。

ましてや、海道は新町が指摘するように三世議員。父親は光雲会という一大派閥を率いて、大蔵大臣を務めた人物である。いまでこそ、派閥の長は異なるが、いずれ自分がその座につくのは既定の路線だ。勉強会に参加しているのも、党内の出世では頭抜けた感のある、自分の動向を探るのが目的だろうと甲斐は睨《にら》んでいた。

「降りるのは海道さんだけじゃないでしょうね。まあ、十人も残れば御の字というところなんじゃないですか」

甲斐はこたえた。「勉強会のメンバーは、若手ばかりですからね。ボスを目の前にして、自分たちの世代が直面する問題に備えるためだと、釈明する度胸がある人間はそういませんよ」

「でも、甲斐君が派閥を立ち上げるつもりだなんて誤解されようものなら、厄介なことになるんじゃない。内心ではあなたを潰《つぶ》したいと思っている人間はたくさんいるんだから」

「そのこと自体はあまり気にしてないんですけど」

それは紛れもない甲斐の本心だった。再び与党の座をものにしたとはいえ、有権者が積極的に日民党を支持したわけではない。前政権与党が、あまりにも酷《ひど》過ぎただけの話。他に選択肢がなかったからこそ、政権与党の座に返り咲けたのだ。

そのことは、党の重鎮たちとて百も承知だ。永田町の毒にどっぷりと浸《つ》かり、猟官運動に明け暮れる、欲望丸出しの人間ばかりと、有権者に見抜かれていることは気がついている。だからこそ、そのイメージを些《いささ》かでも払拭《ふっしょく》するようなキャラクターが必要だったのだ。

日民党は、将来の日本を導く人材を育てている。若い世代の見識を、政策に反映させるべく配慮している。謂《い》わば目眩《めくらま》しのような役割として、自分に白羽の矢を立てた——。

だから反発を覚えるような行動に出たところで、あからさまに切って捨てるような行動に出るはずがないという読みが甲斐にはあった。

「派閥になるのか、そうでないのかはすぐに分かることです」

甲斐はいった。「第一、今回打ち出そうとしている政策案は、この国の将来を考えれば、絶対的に必要なものには違いないんです。これまでの路線で、政治をやってたら、本当に取り返しのつかないことになってしまうんですから」

「でもねえ、重鎮たちがこのコンセプトを理解できるかしら。それに有効かつ画期的な策であればあるほど、提言者が甲斐君だなんてことになったら、意地でも反対する人間が湧いて出てくるんじゃない？」

なぞかけをしてくるような口ぶりは、何か考えがあることの証《あかし》だ。

「ご重鎮に花を持たせるのも、手かもよ」

果たして新町はいった。「たとえば、塔野《とうの》さんに、この案を提出させるのもありかもよ」

なるほどそうきたか。

塔野とは、副総理を務め、新町が所属する派閥の長だ。新町が、今回の一件で派閥のことにあまり頓着《とんちゃく》しないのは、彼女が塔野の寵愛《ちょうあい》を受けており、将来彼の後継者として派閥を率いることになる可能性が高いからだ。まして、塔野が次の総理総裁の座を虎視《こし》眈々《たんたん》と狙っているのは衆目の一致するところ。少子高齢化対策に、斬新《ざんしん》な政策を打ち出したと花を持たせれば、塔野の株はもちろん、彼女への覚えもますます目出度《めでた》くなるというわけだ。

しかし、この政策を早期に実現するためには、そんな悠長なことをしている時間はない。まして、実現に向けての青写真は、すでに自分の頭の中にある。

「それは、一つの手段かもしれませんね」

甲斐は、本心を隠し、あえて同意の言葉を漏らすと、「ただ、それ以前に一刻も早く、政策案をより詳細に練り上げることです。そのためには分科会を設けることが必要になるわけですが――」

何気ない口調で話題を転じた。

「全般に亘《わた》っての取り纏めは、我々ふたりが行うとして、どうでしょう、ネスティングプレイス（子育ての地）の保育施設に関しては、分科会のリーダーを津田さんに。第二新卒の活用は、片桐さん。集中介護施設については増山さんにやっていただくのがいいんじゃないかと考えているんですが」

「まあ、順当なところね」

新町は頷《うなず》いた。「ただ、海道君がいった雇用の確保。これは確かに考慮しておくべきよ。サラリーマンがいつ首を切られるか分からないとなったんじゃ、ライフプランなんて描けるわけがないものね。子供を持つことが最大のリスクなんて考えられるようになったら、少子化に歯止めをかけるどころの話じゃなくなってしまうわ」

全くその通りだ。

こんな制度が認められれば、サラリーマンの多くが長期的負債を極力抱えまいと考えるようになるのは目に見えている。大抵の人間が住宅を購入する時に抱え込むローンはその典型だが、それでも支払い不能になれば、購入物件を手放せばいいのだからまだいい。ところが子供はそうはいかない。子供が独立する以前に、職を失ったとしても捨てるわけにはいかないのだ。それを考えれば、ネスティングプレイス構想が功を奏しても、安定した雇用基盤がなければ、それこそ生活保護家庭で溢《あふ》れ返る。海道が指摘したような事態に陥る可能性も、あり得る話ではあるのだ。

「人材の流動化には原則として賛成しますが、再雇用される場があって初めて成り立つ政策です。単に不要な人材を、企業の一存で切り捨てられるようなものなら、僕は断固として反対します。だって、切り捨てて終わりじゃ、社会保障費がますます増加するのは目に見えていますからね」

甲斐は、明確に告げると、「ところで、薫子さん。実は、今日の勉強会の前に、水嶋さんとお会いしましてね――」

再び話題を転ずると、それから暫《しばら》くの時間をかけて、水嶋が改憲に示した懸念を話して聞かせた。

「そう……、水嶋さんそんなことをおっしゃったの」

新町は、ふうっと息を吐くと、「官邸が抱く尖閣に対する危機意識はもちろん理解できるけど、憲法解釈で集団的自衛権を行使できるようにするっていうのは、私もどうかとは思うわ。現九条のどの部分を、どう解釈しようとも、武力による紛争解決は永久に放棄する。そう謳《うた》ってあるんですからね。それに、集団的自衛権は行使しない。それが、歴代内閣の憲法解釈だったのよ。それをここに来て、容認されるなんていったら、憲法なんて、解釈次第でどうにでもなる。そもそも何の意味も持たないことになってしまうじゃない」

きっぱりといった。

「やっぱりそう思いますか」

「こんなこと大きな声じゃいえないけどさ、集団的自衛権を憲法解釈でごり押ししようとしている姿勢を見てると、国を取り巻く状況だって時間の経過とともに変化してるってことが分かってないいんじゃないかって思うのよ」

誰が聞いているわけでもないのだが、新町は、それでも声を潜める。「そもそも、集団的自衛権の必要性に迫られたのは、北朝鮮がＮＰＴ（核拡散防止条約）を脱退したのが発端だったわけでしょう」

政治の世界とは無縁だった頃の話だが、事のあらましは聞いている。

半島情勢が緊迫し、アメリカが北朝鮮に対する攻撃作戦を立案した際に、不足する兵力を補うべく日本に助けを求めてきたのだが、日本は集団的自衛権が憲法で認められていないことを理由にそれを断った。それがきっかけとなり、日米関係が冷え込むという事態に陥ったのだ。

以降日本はアメリカの意向に極力沿うべく、周辺事態法の制定、さらには、テロ対策特措法、イラク特措法と、PKOとは別に日本独自の判断で、武装した自衛隊の海外派遣を可能としてきたのだが、もはやそれも限界である。

「まあ、集団的自衛権が行使される場合、相手は中国、あるいは北朝鮮を想定してるんでしょうけど、水嶋さんがいうように、アメリカの軍事的影響力もかつてとは様変わりしてるしね。北朝鮮が核実験をしても結局何もしなかったし、シリアだってそう。戦費がまかないきれないんだもの、無理した揚げ句に集団的自衛権をものにしたって、紛争が起きてびっくり。アメリカはピクリとも動かないってことになりかねないわよ」

新町の表情が微妙に歪《ゆが》む。彼女の中でも、アメリカに対する信頼が揺らいでいるのだ。

「でも、この様子だと、官邸は是が非でも、集団的自衛権をものにしますよ。薫子さん、覚えてます、去年の総務会で決定した『国家安全基本法案』のこと。あの中では、陸・海・空自衛隊を保有する。国民は国の安全保障政策に協力すると謳ってあります。これは明らかに現憲法の九条二項に矛盾します。これに、集団的自衛権法を加えれば、憲法を改正せずとも、議員立法で集団的自衛権は成立する。ひょっとして、官邸はそれを狙っているんじゃないかと——」

甲斐の声もいつの間にか低くなる。

「ごり押しして通そうものなら、国民は猛反発するわよ」

あり得ないとばかりに新町は首を振る。

「でも、衆参で我が党が過半数を占めているいまなら、すんなり可決。立法化することは可能なんですよ」

「そこまで、頭が回らない人たちじゃないと思うけどなあ」

新町は小首を傾げた。「事は国防に関わる重大事とはいえ、そんなことをすれば、憲法の他の条項なんてどうでもいい。改憲論の目的は集団的自衛権の確立だけにあるって、自ら認めるようなもんじゃない。自国民の手による新憲法の確立なんて、永久にできなくなるわよ」

それをやりそうだから、心配しているのだ。

そういいかけた甲斐を制するように、新町は続けた。

「目的が尖閣防衛だけにあるなら、水嶋さんがおっしゃるように、個別的自衛権で片が付くわ。従来の憲法解釈とも合致するしね。そんなことより、本当に真剣に考えなければならないのは、国から人がいなくなるってことよ。肝心の国民がいなくなったら、集団的自衛権も何もあったもんじゃないじゃない」

新町は、声に力を込めながら、サイドボードに置かれた時計に目をやった。

時刻は、十時になろうとしている。

「甲斐君、あなた食事は？」

「もちろんこれからだけど——」

甲斐は答えながら、机の上に山と積まれた書類に目をやった。

分単位のスケジュールに追われていると、デスクワークはどうしても夜になることが多い。まして、今日は四時間近くも勉強会に費やしたのだ。片づけなければならない仕事はまだ残っている。

その旨を告げると、新町は立ち去った。

甲斐は、ひとりになったところで改めて書類の山に手をやった。

最初のファイルの表紙には、『新産業戦略会議答申案』とある。勉強会で話題になったものの現物である。

官僚の作成した書類は長文である上に、難解であるのが常だ。そして、政府主宰の会議ともなれば、大抵が政府方針に賛同を唱える方向で纏《まと》まるものと相場は決まっている。果たして、この答申についても同様の傾向が見られたが、末尾には「指摘された問題点」という項目がある。

僅《わず》か半ページに過ぎない短いものだが、一読して甲斐は目を見開いた。

いや、指摘されている問題点のひとつひとつが、全て納得がいくものだったからだ。

いったい、これは誰のものだ？

甲斐は、そこに記載された委員の名前に目をやった。

神野英明――。

面識はないが、もちろんその名前には覚えがあった。

一代にしてクロコディアン社を日本有数のＩＴ企業に育て上げた創業者にしてベンチャーの雄と称《たた》えられる人物だ。

意外な気がした。

概してこの業界の人間は、規制に縛られた従来の日本の慣習を否定し、国際社会に伍《ご》する社会を築く必要性を強く訴え、大胆な制度改革の必要性を公言して憚《はばか》らないものだ。

しかし、神野が提示した問題点のことごとくが、それに逆行するものばかりである。

甲斐は改めてその名前を脳裏に記憶すると、一度会って話をしてみたい。

ふとそう思った。

第五章

1

永田町からほど近い赤坂は、国会議員の会合に使われる店も多い。

しかし、それも一ツ木通りを中心とした繁華街が主で、外堀通りを挟んだ反対側となると、様相は一変し、オフィスビルが建ち並ぶようになる。

公用車を降り立った甲斐は、その中でも最も新しい高層ビルに入ると、ひとり最上階に直行するエレベーターに乗った。

時刻は午後八時になろうとしていた。

エレベーターのドアが開く。床全面が大理石で覆い尽くされた豪華なフロアが目の前に広がった。正面に、高級中華料理店の入り口がある。高額なせいもあるが、食事をはじめるには中途半端な時間だ。ここにも人影はない。

入り口に立ったところで、案内役の店員が声をかけてきた。

「甲斐先生でいらっしゃいますね」

甲斐が頷《うなず》くと、

「どうぞこちらへ——」

先に立って奥へ誘う。

店の構造は一風変わっていて、廊下を挟んでまず個室が並び、その奥が広大なメインダイニングとなっている。

会食の目的も様々だ。食事そのものを楽しむものもあれば、人目を避けたい会合を兼ねたものもある。後者の観点からいえば、この店は絶好の条件を兼ね備えているといえた。

ロビーこそガラス張りで、人の有無が一目で分かるが、エレベーターは最上階直行。そして、店の入り口からすぐのところに個室——。

何しろこれから会食をする相手は、神野英明。日本有数のIT企業の経営者にして、新産業戦略会議の委員を務めた人物だ。政権与党の青年局長が、そんな男と会食をしていたと知れれば、どんな臆測《おくそく》が流されるか分かったものではない。

店員が足を止めると、ドアを開けた。

十人ほどが収容できる大きな部屋だ。外に会話が漏れる恐れはない。窓の外に広がる赤坂の夜景を背景に、男が立ち上がった。

百八十センチはあるか。体つきもしっかりしている。光沢を放つ、インクブルーのスーツ。プレスがきいたワイシャツは、ひと目で高価なものであることが分かる。そして、日焼けしてしっとりと黒光りする肌艶《つや》は、成功者特有のオーラを放っているようでもある。

「突然の面会をご快諾いただきまして、ありがとうございます」

甲斐は歩み寄ると、手を差し出した。

「お会いできて、光栄でございます」

神野はその手を握り返すと、「クロコディアンの神野でございます」

改めて名乗った。

硬い声だった。緊張しているわけではない。警戒しているのだ。

財界人に政治家が声をかける。そんな場合の目的はひとつ、献金の要請というのが相場だからだ。

政治家の歳費、つまり給与は世間相場から見れば高額だが、それだけでは到底足りはしない。個人事務所の維持費、私設秘書、事務員の給与、その他諸々《もろもろ》。地位が高くなればなるほど、出費も嵩《かさ》む。頻繁にパーティを開き、あるいは後援会を立ち上げ会費を募るのも、全て資金集めのためである。神野にしてみれば、タニマチのひとりになれ。今日の会合の目的はそこにあると踏んでいるに違いない。

オーダーを取り終えたボーイが、冷えたビールと前菜を運んで来る。

形式通りに乾杯を交わし、喉《のど》を潤したところで、

「新産業戦略会議の答申、拝読させていただきました」

甲斐は直截《ちょくせつ》に切り出した。「実は、今日こうしてお目にかかりたいとお願いしたのは、

他でもありません。あの中で、神野さんがご提示なさった問題点。そのことに関して、もっと詳しくお話を伺いたかったからなのです」

「詳しくとおっしゃられても、答申に書かれた内容以上のものもなければ、以下もありません」

与党の青年局長がいうからには、反対意見を撤回させることを目的としているとでも踏んだのか、神野は厳しい表情で撥《は》ね付けた。

「はっきり、申し上げます。私、神野さんの意見は極めてまっとう。こんな答申の内容が、そのまま制度として認められれば大変なことになる。そう考えているんです」

神野は口元に運んだグラスを止め、

「本気でおっしゃってるんですか？」

驚いたように目を見開いた。

「政府主宰の有識者会議なんていっても、人選を行うのは内閣府や担当省庁。委員以外の事務方だって同じです。結論は端《はな》から決まっているのも同然なら、異論を述べる人間が出れば、よってたかって潰《つぶ》しにかかる。そんな中で、神野さんは持論を貫き通された。しかも、内容は経営者側からすれば、是が非でも実現したいものばかりのはず。なのに反対なさった。それはなぜなんです」

甲斐は一気に話した。

「こんな制度が実現してしまえば、当たり前の生活を送ることができなくなる人間で、世の中は溢《あふ》れ返るからですよ」

神野はいった。「だって、そうでしょう。今回の三つの提言は、事実上、日本型雇用、つまり年功序列、終身雇用制度の完全撤廃を意味するんですよ。年俸制にしたって、いくら有能だといっても、若い世代の給料が二倍、三倍になるなんてあり得ません。賃金テーブルは、現行とそうは変わらないと見るべきです。それに社員のパフォーマンスと給与を比較し、コスト的に見合わないと見なされる人間が、どの層に集中するかといえば、四十代から上の層となるのは明白ですからね」

「しかし、この制度が導入されれば、若くして高給を食《は》める人間も多々でてくる。そうもいわれていますが？」

甲斐は、あえて疑念を呈した。

「それは、外資系の金融機関、それもディーラーのような極端な例にしか当て嵌《は》まりませんよ」

神野は鼻でせせら笑う。「外資の金融機関は基本給だけをとってみても、一般のサラリーマンからすれば、びっくりするほど高額であることは否定しませんけど、法外な年収を得ている人たちの報酬の大半は業績給、ボーナスですよ。当たり前でしょう。莫大《ばくだい》な資金を運用し、いかに多額の収益を上げるかが仕事なんですよ。何十億、何百億という利益をあげれば、数％にしたって物凄《ものすご》い額になれば、年齢なんて関係ありませんからね」

なるほど、そういわれると納得がいく。

資金を運用することによって、莫大な収益を上げても、定額の報酬しか貰《もら》えないのでは、社員のモチベーションが上がるわけがない。まして、運用実績は、一円、いや一銭単位まで数字で現れる。それが金融の世界だ。サラリーマンというよりは、腕と運があればいくらでも金を稼げるプロスポーツの選手のようなものだ。

「それが、日本企業の、それも一般業種に当て嵌められる理屈だと思いますか？」

神野は片眉《まゆ》を吊《つ》り上げた。「個人の能力の過不足をチームで補い、一丸となってゴールを目指す。それが日本企業の組織ですからね。そんなところに、事実上の年俸制度を持ち込むのは無理ですよ」

「でも、それは経営者の側からすれば、実に魅力的な制度ではあるでしょう？」

甲斐は重ねて訊《たず》ねた。

「そりゃあ、魅力的ですよ。人件費に見合わなくなった従業員を、手切れ金を払えば解雇できるんですから」

神野は躊躇《ちゅうちょ》することなく肯定する。「でもね、今の時代四十歳で会社を放り出されたら、前職と同様の収入が得られる仕事に就ければ御の字。下手をすれば路頭に迷います。そんな人間で社会が溢れ返れば、大変なことになるじゃないですか」

「しかし、それでは結果的に企業が不要の人材を抱えてしまう。経営圧迫の要因となるのではありませんか」

「委員の方々は、皆一様に同じことをおっしゃいましたね」

神野は不快感を露《あら》わに、顔を歪《ゆが》める。「従業員を残すために、会社が潰れたら元も子もないだろうとね。いや、まったくその通りです。ですがね、甲斐さん。それをいうなら、不要になる人材を、いかに活《い》かすか。あるいは新たな仕事を造ってやるのも、企業、経営者の務めでしょう」

それから、神野は暫《しばら》くの時間をかけて、自分が密《ひそ》かに計画している新規事業のあらましを語りはじめた。話を聞くにつれ甲斐の胸中に沸き立つような興奮が込み上げてくる。

気がつくと、テーブルの上には、何皿もの料理が手付かずのまま並んでいた。

「神野さん、本気でそんなことをお考えになっているんですか」

甲斐は、身を乗り出して訊ねた。

「日本人のIT経営者の中で、将来にこんな懸念を抱いている人間がどれほどいるかは分かりませんが、シリコンバレーには沢山いますよ。すでに人間は機械に追いつかれてしまった。間違いなく、雇用は減る。残れるのは機械に優る技能を持った人間だけ。それも就労寿命はどんどん短くなるとね」

神野は真剣な眼差《まなざ》しでいうと、「だから、絶対に人間が必要とされる産業を創出しなければならないんです。もちろん、農業だって労働はどんどん機械化によって軽減されていくでしょう。でもね、それは逆に、就労寿命を延ばすことにも繋《つな》がるはずです」

「おっしゃる通りです」

甲斐は頷《うなず》いた。「実は、それに関連した政策を、いま私の勉強会で検討しようとしていたところでして」

今度は甲斐が、温めていたプランを話す番だった。

少子高齢化対策にはじまり、年金支給開始年齢の引き上げに、どう対処するか。さらに今後、増加する要介護者への対応を、いかに解決するか。もちろん、増山が提示した被災地の高台移転指定地域でスマートアグリを大々的に展開することも含めてだ。

神野は、甲斐の一言一句を聞き漏らすまいとするように、熱心に耳を傾けると、

「いや、驚きました――」

話がひとしきりしたところで、肩の力を抜くようにほうっと息を漏らした。

「正直、あの会議に出て以来、日本の政治には絶望していたところなんです。いったい、この国の将来がどんなことになるのか分かっているのかとね。しかし、今の甲斐さんの話を聞いて希望が湧いてきました」

神野の目元が緩んでいる。肌の艶《つや》がさらによくなったように感ずるのは、酔いのせいだけではあるまい。

「高齢者を生活コストの安い地方に集める。都市部にある自宅を資産として活用し、老後の生活に充当する。さらに、スマートアグリによって雇用を創出すれば、高齢者の就労支援にもなるという話は、まさに私が考えているプランとも合致しますね」

神野は興奮の色を露わにいった。それが、話の進展に拍車をかける。

「それに、確かに少子化は国家の存続にかかわる大問題。技術の進歩によって、介護の効率化がはかられ、労働が軽減化されようとも、人手を必要とする部分は必ず残る。労働力、財源の確保、地域再生、いずれの観点からしても一定の人口は維持しなければなりません。ネスティングプレイスを造るという案は決定的な打開策になる可能性を秘めていると思います」

神野は熱を帯びた言葉を口にしながらも、

「ただ……」

一転して疑念を呈す。

「ただ、何でしょう」

甲斐は問い返した。

「いきなり話が細かいところにいくようで申し訳ないのですが、人口減少に歯止めをかけても、労働の現場における人材の二極分化は避けられないように思うんです」

「二極分化？」

「現役世代でいうなら、進化する技術、激変する環境についていける人間か否か。子供たちの世代でいうなら、技術をさらに進化させる能力を身に付けられる人間と、そうでない人間のどちらであるか、それによって、安定した収入を得られる層とそうではない層の差が、今後さらに顕著になるということです」

「教育格差ですね。高報酬の職に就こうとすれば、高い教育を身に付ける必要がある。

職を維持するにも、自己研鑽《けんさん》を怠ればたちまち取り残される」

甲斐はいった。

「そうです」

神野の眼差しが冷徹さを宿した気がした。明らかに経営者の目である。

「会社にいると本当にそれを実感するんです。十年先に、いまオフィスにいる従業員の中で、いったい何人の人間が残っているのかとね。それだけIT技術の進化には加速度がついてるんです。常に新しい技術を身に付ける自助努力を怠ると、ひとつのプロジェクトに没頭している間に、次の仕事に居場所はない。そんな時代になりつつあるんです」

「それが、次の雇用の受け皿という発想に繋がったわけでしょう？」

「ええ――。でも、それが全員に当て嵌まるわけじゃない。中には、仕事に忙殺されながらも、新たなスキルを身に付ける努力を怠らない。そんな人間も確かに存在するんです」

神野は、そこで一瞬言葉を区切ると、「その種の人間がどんな方法で、新しい技術を身に付けていると思います？」

と訊ねてきた。

そう問われても、俄《にわ》かに思い当たるものはない。

甲斐は黙って、首を振った。

「オンライン講座ですよ」

口が乾いたのか、神野は久方ぶりにグラスを傾けた。飲み物は既に紹興酒に変わっていたが、氷も半ば溶けかかって、琥珀《こはく》色の液体は薄くなっている。

神野は続けた。

「企業は、最新の技術や情報が集まる場所ですが、学問の場所もまた同じです。特に、専門的領域を研究する高等教育機関は、その宝庫です。だけど、これまではそこに集まる最先端の情報や技術を学ぼうと思えば、直接足を運び、長い時間を費やし、その上、高い学費を支払わなければならなかった——。こうした環境が、いま劇的に改善されつつあるんです」

「MOOC《ムーク》ですね」

そういわれれば、神野が何をいわんとしているか察しがつく。

大規模・公開・オンライン・講座の英語訳の頭の一文字を連ねたもの。それがMOOCだ。

欧米の一流大学が、授業の内容をネットで公開し、段階ごとに小テストを課しレポートを提出させる。そのスコアの積み重ねと最終試験の結果によって、十分講座の内容を身に付けたと判断されれば、公的な修了証が交付されるのだ。授業料が無料なら、通信教育にはつきものの、スクーリングも不要。いわば進化した公開講座だが、これを行っている大学は世界ですでに百を超える。

「これを、ネスティングプレイス構想の、学校外教育に導入してはいかがでしょう」
神野はいった。「私も二児の父親です。ふたりとも私立の学校に行かせています。だから分かるんです。所謂《いわゆる》難関校に子供を行かせようとすれば、義務教育機関の授業だけでは足りません。塾、予備校といった学校外教育が必要になる。それにかかる費用と親の労力は、大変な負担です。これを改善しないことには、親の所得や地域格差が、子供の将来を大きく左右する現状は、改善されはしないでしょう」

　さすがはＩＴ企業の功罪を知り尽くした人間である。神野はその罪の部分をもっぱら口にしてきたが、それも功の部分を熟知していればのことだ。

「つまり、ＭＯＯＣを大学のみならず、小、中、高の、それも学校外教育の段階にまで、拡張しろと？」

　甲斐は感心しながら、言葉を返した。

「学校、塾、いずれをとっても、集団教育で行われている限り、ついて行けなくなった子供は、取り残されてしまいます。裕福なら家庭教師をつけることも可能でしょうが、経済負担はさらに増す。まして、地方ともなれば、家庭教師を探すのさえ困難でしょう。それを解決しようとすれば、やはりＭＯＯＣの活用しかないと思うんです」

「学習者のレベルに合わせて、基礎からアドバンスまで、補習授業をネットを介して行うわけですね」

　確かにネットは地域を選ばない。時間も自由になれば、一つの授業を何人とでも共有できる。学校外教育の手段としては、極めて魅力的なアイデアではある。

「しかし、オンライン授業は、多くの塾がビジネスとして行っていることですよね。国が率先して、そんなことを始めれば、民業圧迫と取られます。当然業者は猛反発しますよ」

そうなるのは目に見えている。

甲斐は、即座に返した。

「でしょうね」

ところが神野は、あっさり肯定する。「子供向けのオンライン授業をやってる塾は沢山ありますからね。しかも、教材費と授業料は別。ひとり年間一講座でも十万円近くの収益になる。まして、教室は持たなくともいい。一箇所から全国に展開できる。受講希望者は無制限に受け入れられるんですから美味《おい》しい商売ですよ」

国が行うのは、やはり無理だ。

不可能だからじゃない。余りにも筋が良過ぎる。教育産業に及ぼすインパクトがあり過ぎるのだ。

黙った甲斐に、神野は続ける。

「でもね、甲斐さん。貧困から抜け出すのは、何よりも教育が必要なことは誰もが認めていることなんです。ですが、高い教育を受けるためには、お金がかかる。つまり、貧困家庭に生まれた者は、低賃金の仕事にしか就けない。学校がいくら増えても、偏差値で序列化され、一発の試験で合否が決まった学歴が一生ついて回る。それがいまの社会の現実なんです。そしてこの構造はまず変わらない。富の二極分化はますます大きくなるばかりと見て間違いないんです」

神野の指摘が的を射ていることは間違いない。しかし、教育が産業である限り、そこにもまた規制があり、利権が生ずる。文教族といわれる族議員がいるのがその現れだ。勉強会で練り上げようとしている政策は、いずれもそれとの戦いになるのだが、そこにまたひとつ新たな難題を抱えることになる。

もちろん、戦うことは吝《やぶさ》かではないが、問題は勉強会の中で、誰にこの案を担当させるかだ。

「おっしゃることは、良く分かります。しかし、学校外教育の部分まで、国が行うというのは、やはり――」

甲斐は語尾を濁した。

「その部分を民間が勝手にやったら文句はいえないでしょう」

神野は考えもしなかったことをいいだした。「だったら、私がやってもいいですよ」

「神野さんが！」

心底驚いた。慌てて手に持ちかけたグラスを落とすところだった。

本気でいっているのか？

甲斐は、目を剝《む》いて神野の顔を見詰めた。

「うちはIT企業ですよ。オンライン講座を開設する際に新たに必要となるのは、スタジオぐらいのものです」

「しかし、講師を集め、カリキュラムを開発するのは、大変なんじゃないですか。第一、失礼ですが御社には教育関係のノウハウは――」

「学習意欲のある子供が親の所得の多寡にかかわらず、学校外教育が格安で受けられる。このコンセプトに賛同してくれる教職経験者はたくさんいらっしゃるんじゃないでしょうか。もちろん報酬は支払います。たとえば一講座一月千円を受講料として徴収する。それでも一万人が集まれば、年間一億二千万円になります。もちろんテキストを開発するのは講師です。それも現物を造るのではなく、データを受講者がプリントアウトする。そして、講師への報酬は、受講者の数によって変わる――」

この短い時間の間にも、神野の脳裏にはビジネスプランがすでに形を成しているらしい。

さすがの甲斐も、この頭の回転の速さについていけない。

「どういうことです」

思わず問い返した甲斐に向かって、

「つまり、有益な講義を行う講師は、多額の報酬が得られるってことです。まあ、有料のメールマガジンのようなものですよ。受講者のレベルだって様々ですからね。極端な話、足し算、引き算はできても、割り算になるとついていけない。そんな小学生もいるでしょう。しかし、学校、塾にしたって、個別授業でもない限り、懇切丁重に教えては貰(もら)えない。基礎中の基礎からアドバンスまで、長年教育の現場でつちかったノウハウを多くの教職経験者に存分に発揮していただこうというわけです」

神野は造作もなくいった。

「確か、ＭＯＯＣの中には、掲示板的な機能を使って受講者同士が疑問点を教え合うという仕組みがありましたね」

甲斐の中でも、神野の構想が形をなしていく。

「小学生、特に低学年にそうした機能が有効に働くとは思えませんが、講師とのやり取りで解決することは期待できるかもしれませんね」

「しかし、それでは需要のある学力レベルのところに、講座が集まるのでは……」

「このサイトの目的は、経済力の有る無しにかかわらず、学校外教育が受けられるということにあるんです。講師になる方には、その点を十分に理解して参加していただく必要があります。どこかの段階で、つまずくと、それ以降、授業についていけなくなる。やがて、勉強そのものを放棄する。そんな現状を身をもって体験した教師の方々もたくさんいるはずです。ひとりでも、そうした子供を救い、高い教育を受けられる人材に育て上げる。そこに生き甲斐《がい》を見いだす人もいるんじゃないでしょうか」

このプランが実現し、うまく機能すれば、素晴らしいことだ。

親の経済力にかかわらず、学校外教育が受けられるとなれば、おちこぼれも、かなりの確率で解消されることにもなるだろう。学校外教育の地域間格差は解消される上に、高い教育スキルを持っているにもかかわらず、定年で現場を離れた教育者に、新たな仕事を齎《もたら》すことにもなる。まして、その行為に対して受講者から感謝の言葉が寄せられ、かつ、収入も得られるとなれば、生き甲斐にもなるだろう。

「しかし、塾経営者にとっては、こんなサイトができ上がったら、大打撃になるでしょうね」

クロコディアンが事業として行うというのだ。自分が気にすることではないが、それでも甲斐は思わず呟《つぶや》いた。

「教育産業だって、常にイノベーションの波に晒《さら》されているんです。受験戦争につけこんで、いつまでも暴利を貪《むさぼ》っているのが間違いなんですよ」

神野は簡単にいい放つと、「それに、安価にして、受講者のニーズにあった新しいオンライン教育が出現したとなれば、彼らだってさらに価値のある教育コンテンツを開発する必要に迫られる。当然、教材、教え方も工夫するでしょうし、料金体系だって競争力のあるものに見直さざるを得なくなる。いずれを取っても、受講者の側からすれば、決して悪い話ではないはずです」

確信に満ちた口調でいう。

「政治がそこに関与できないのは残念ですが、出来得る限りのご協力はさせていただきます」

甲斐は頭を下げた。「それに、これが実現すれば、まさに憲法で謳《うた》っている教育の機会均等が、学校外教育の分野でも、実現することになるんですからね」

「政治が関与というなら、甲斐さん。それこそこのMOOC《ムーク》を、第二新卒の資格取得に用いたらどうでしょう」

神野は、またしても考えもしなかったことを言い出した。「技術の進歩に取り残される人間がいる一方で、働きながら自己努力で新しい知識や技術を身に付ける人間もいる。その一手法としてMOOCを活用しているという話をさっきしましたよね」

「ええ」

「それを、現役のビジネスパーソン、主婦層に広げるんですよ。これからの時代、技術革新には、ますます加速度がつきます。ついていけない人間は、IT企業のみならず、一般企業にも湧いて出てくるのは間違いありません。それに、子育てを終えた主婦層を、第二新卒として活用するというアイデアは、老後の資金を蓄えるという観点からも、絶対に必要なことには違いないんです」

「なるほど、改めて受験をし、大学や大学院で勉強するには、時間とお金がかかる。MOOCを活用すれば、無料で資格が得られることになりますね」

やはり、一代でクロコディアン社を、日本有数の大企業に成長させた人間だけのことはある。着眼点が違えば、アイデアの広がりも並大抵のものではない。

甲斐は感心しながら、改めて神野の顔を見た。

「私自身も幾つかのMOOCのサイトを見たことがありますが、内容は様々です。実際大学で行われている授業の録画もあれば、MOOC向けにつくられたコンテンツもある。ただ、共通しているのは、授業の進捗《しんちょく》に合わせて課される小テストや最終試験の質は、決してレベルを落としてはいない。コースを修了した証書が渡されることは、その学校が授けた授業内容を身に付けたことを証明するものであるという点です」

「それ自体が、受講者の能力を証明するものとなる。採用する側からすれば、十分信頼に足りるものとなるというわけですね」

理に適《かな》った話だ。

子育てが終わり、事実上のDINKS《ディンクス》となった主婦を正社員として採用するとなれば、企業が最も懸念するのがブランクだ。過去に身に付けた教育や技術が、すでに役に立たないものとなっていたのでは、企業も採用を躊躇《ちゅうちょ》するだろう。MOOCで取得した資格が、最新の学問、技術を身に付けた証《あか》しとみなされるようになれば、安心して採用できるというわけだ。

「残念ながら、日本ではMOOCを行っているのは、まだ限られた大学だけです。それも英語である場合が多いのです。これを国立大学が日本語で、多岐に亘《わた》る講座を設け、無料で公開したらどうでしょう。大学の授業だって、同一科目の授業は週一回。一コマ九十分やそこらの話です。子育ての合間に、一講座ずつ勉強していけば、改めて社会に出ようという頃には、多くの分野の修了証を手にする方も数多く出てくるんじゃないですか」

「そして、その数が増せば増すほど、職業の選択肢は広がる——」

「それだけじゃありません、最先端の教育内容を学んだ証しにもなる。となれば企業にとっても、第二新卒として採用することを躊躇する理由はどこにもない。そうはなりませんか？」

神野は、そこでニヤリと笑うと、「それに、優秀な人間を新卒で、それもおそらくは四十歳以上の人材を迎えられるとなれば、確かに人件費という点では、企業には大きなメリットがありますからね。そして、それは、おそらく、国にだって通用する理屈のはずです」

意味あり気な言葉を口にした。

「国に？」

甲斐は、意図するところが俄《にわ》かには理解できず、問い返した。

「人件費に悩んでいる最大の組織は国でしょう？」

神野はさも当然のようにいう。「税収は公務員の人件費と、国債の償還で消える。かといって、人件費を減らそうにも、給与を劇的に下げるわけにはいかない。だったら、人員を減らすか勤続年数を減らすしか方法はないじゃありませんか」

甲斐は、あっと声を上げそうになるのを、すんでのところで呑《の》み込んだ。

もちろん全ての公務員を、第二新卒にするわけにはいかない。しかし、公務員といっても仕事は多岐に亘る。社会経験豊富な人材を登用した方が、実情にあった仕事が期待できる分野も多々存在するはずだ。もっとも、若者の雇用を阻害するという意見も出てくるだろうが、勤続年数を短くし、かつ中年層、特に女性の雇用を活性化させ、それが人件費の削減にも繋《つな》がるとなれば、検討する価値は確かにある。

そう考えると、国内におけるMOOCの講座の充実、制度の確立はますます重要になってくる。

「神野さん――」

甲斐は改めて名を口にすると、「今日は、本当に貴重なお話を伺いました。お会いできたことを感謝します」

居住まいを正し、深々と頭を下げた。

2

甲斐孝輔――。実に面白い男だ。

会社に向かう車の中で、神野は甲斐と交わした昨夜の話を思い出しながらそう思った。

これまでにも、政治家と称する人間には数多く会ってきたが、この国の将来を憂え、問題点を抽出し、明確なビジョンを確立せんとする姿勢を示したのは甲斐がはじめてだ。

被災地、果ては日本の基幹産業として、新しい形の農業を育てるという論は、予《かね》てから自分たちが目指すところと一致する。しかも彼の場合、それを現役引退後の高齢者層の労働の場ともすることで、いずれ減額せざるを得なくなる、年金の不足分を補う所得の糧にしようというのだ。弱者の救済という観点に置いては共通するものがあるが、スケールは圧倒的に甲斐のビジョンの方が大きい。

大局に立って物事を見る力を持つのは、政治家に要求される重要な資質のひとつだ。その点からいえば、甲斐はその力を十分に兼ね備えた人物と見ていいだろう。

そして、何よりも感心したのは、少子化に対する打開策だ。

『人がいなくなっては、国そのものが成り立たない』

言われてみればその通りなのだ。

少子化が問題視されて久しいが、正直いって、これまで深く考えたことはなかった。ふたりの子供が小学校を受験した際の倍率はかなり高いものであったし、自宅の周辺にしたところで、塾や幼児教室が乱立している。少なくとも、自分の日常空間の中では、子供の数が減っているという実感に乏しかったのは事実である。

しかし、甲斐の口を衝《つ》いて出る統計データを聞くにつけ、いまこの国が、どれほど深刻な状況に置かれているかがよく理解できた。そして、ふたりの子供が成人した時の世の中の姿に思いを馳《は》せると、早急に有効な手だてを講じ、少なくとも人口の維持に努めなければ、待ち受けているのは夢も希望も持てない社会だということに改めて気がついた。

そんな日本であってはならない。事態を改善する手だてはただひとつ。甲斐の提言にあるように、国策としてネスティングプレイスを造り、貧富の差なく、教育を受けられる環境を造り上げることだ。そして、安定した雇用基盤をいち早く確立することだ。

車は定時に会社についた。

早朝のオフィスに、まだ社員の姿はまばらである。

すでに津村は出社しており、早くも仕事に取りかかっている。

神野は津村を呼びつけると、いきなり切り出した。

「新しい事業を始めっからな」

突然何を、と言わんばかりに、津村が目を丸くした。

「新しい事業って、農業以外に？」

「そうだ」

「マジかよ。今度は何をやろうってんだ？　大体さ、スマートアグリ一つにしても、まだ可能性を探っている段階なんだぜ」

さすがの津村も、呆《あき》れたように眉《まゆ》をハの字に開いた。

「MOOCだ」

「ムーク？　何だそりゃ」

はじめて聞くとばかりに、津村は問い返してきた。

神野はそれから昨夜、甲斐と会ったこと、その場でどんな議論を交わしたかを、要点を纏《まと》め話して聞かせた。

「なるほど、そう言われりゃ納得しないではないな」

津村は腕組みを解いた。「貧困から抜け出すには、いかに高い教育を身に付けるかだ。低所得者層に生まれついたというだけで、学校外教育が受けられず、結局親と同じ低所得の仕事に甘んじることを余儀なくされる。それが万国共通の構図であることは、多くの学者が指摘していることだからな」

「学歴社会の最たる国であるアメリカを見てりゃよく分かる。大学は全てランキング化され、首尾よく就職できてもどこの大学を出たかで初任給に倍の開きがでることも珍しくはない。だけどな、その点からいえば日本はもっと酷《ひど》い。最悪の国の一つと言っていいかもしれねえぞ」

神野がいうと、

「どうして？」

津村は問い返してきた。

「アメリカの場合、就職の時点ではそうかもしれないが、首尾よく採用されて働きはじめれば問われるのは実績だ。出世、昇給に学歴は関係ない。その点がはっきりしているからな」

それが本来の実力主義というものだが、日本では学歴、学閥と、特に大組織においては昇格ひとつに際しても複雑な力学が働く場合が多い。異物は、あくまでも異物と扱われ、這《は》い上がるチャンスはまず与えられない。

「でも、それが凄《すさ》まじい競争社会を生んだわけだろ？」

それもまた、一面の真実である。神野は頷《うなず》いたが、

「這い上がるチャンスがある分だけまだマシさ」

すぐに別の観点から反論した。「それに、実践の場で能力を発揮すれば、さらに高待遇の会社に転職も可能になる。それがアメリカだ。そして、最も大きな違いは、低所得者層にあっても、成績次第では、ほとんど学費を払わずに高等教育が受けられる環境ができ上がっていることだ」

「それって、奨学金のこと？」

「そうだ」

神野は頷いた。「国、州、企業、個人——。有名私立なら、学費は年間四万ドルから五万ドルもするが、奨学金で賄える。それも、貰《もら》い切り。返金義務はない。能力がある人間ならば、たとえ貧しくとも這い上がれる仕組みができ上がってるんだ」

「その点、日本はお寒い限りだよな」

津村はしみじみというと、「奨学金って言ったって、生活補助費みたいなもんだし、それも卒業後から分割の支払い義務が課せられんだ。第一よ、それ以前に有名校に入ろうと思えば、学校の勉強だけじゃ足りゃしねえ。かくして、貧困の連鎖から抜け出せねえって構図が生まれる。これじゃ、子供なんか産もうって気になるはずねえよ」

重い溜息《ためいき》を吐いた。

「甲斐さん、言ってたよ。これが実現すれば、憲法で謳《うた》っている教育の機会均等が、学校外教育の分野でも実現することになるって――」

「教育の機会均等ねえ」

津村は苦笑が籠《こも》った笑みを浮かべた。「そんなものとっくに有名無実化してるよ。公立校の勉強だけじゃ受験に太刀打ちできねえ。みんなそれを知っているから、早くから私立に入れたがるんだろ。憲法では『能力に応じて』って逃げ道を残してあるけど、その能力による機会均等を重視するあまり、国公立上位校の入試はペーパーテスト。しかも一点、二点の差で合否が決まる。落とすための試験になってるのが現実だからな」

だから、なおさら入学試験への対応策をいかに身に付けるかが重要になってくる。

大学で学ぶだけの学力を問うだけなら、センター試験一つとっても、もっと平易なものになるはずだ。しかし、それでは満点を取る志願者が続出し、合格者が定員を遥《はる》かに上回ってしまう。結果、難問、奇問を受験生に課しミスを誘おうとする。かくして経験に基づく分析力に長《た》けた教育機関、つまり、進学対策が充実した私学や塾に通学する学生、学費負担に耐えられる家庭の子弟が有利になる。

実際、進学校と言われる私学、特に中高教育一貫校では、六年分のカリキュラムを五年で終わらせ、高校三年生の授業が、もっぱら受験対策に終始するのも、そのテクニックを徹底して身に付けさせるためだ。

「日本の政治にダイナミズムが欠けているのは、そこにも原因があるのかもしれねえな」

神野はいった。「だって、そうだろ。何だかんだいったって、制度や政策を立案するのは官僚だ。大臣たって、ころころ変わる。国会議員の名誉職みたいなもんだ。中学から大学まで、十年間も似たような学校に通って、家庭環境にも恵まれて、一点、二点の得点ゲームの勝者が高級官僚になりゃあ、多様な価値観も生まれなきゃ、国の体制を変えなければなんて気になるわけがねえ。その点からいえば、確かにこのMOOC《ムーク》がうまくいけば、低所得者層の高学歴化を促進して、貧困の連鎖を断ち切ることになるかもしれないし、第二新卒構想の実現に繋《つな》がれば、官僚の意識も変わってくるかもな」

新しいアイデアを提示すると、すぐに次の展開へと考えを膨らますのが津村の常だ。早くもその兆候が現れたことに苦笑しながら、

「一般職だけじゃなく、キャリア官僚にも第二新卒が適用できる。そう考えているのか？」

と神野はいった。

「実現は、難しいかもしれないけど、そう期待したいね」

津村は真顔でこたえた。「大体、官の世界から一度も民間企業に出たこともない人間が、国の中枢を司《つかさど》っているってのが変な話なんだ。官から民に人材が流出する例はたくさんあるけど、その逆はあまり聞いたことがねえもん。これじゃいつまで経っても、官

庁の旧態依然としたあり方は、何も変わりはしねえぜ」

もちろん、津村の言に異論はない。

しかし、厄介なのはそれを実現するためには、肝心の制度や政策を立案する側の、官の意識を変えさせなければならないということにある。

中学生の頃から、一貫して世のエリートコースを歩み続け、確立された組織の中で生き、さらには様々な利権を握ることに成功した人間たちが、自らそれを反故《ほご》にするような制度改革に踏み切るとは思えない。

もし、少しでもその可能性が見えてくるとしたら、現在の官僚世界では異端とみなされるような環境の中から這い上がってきた人間が、官界のマジョリティとなり、甲斐のような問題意識を抱いた政治家が、政界の主流を占める。その二つが相まった時だ。

「そのためにも、MOOCが必要なんだ」

神野は思いを新たにしながらいうと、「もちろん、異論はないだろうな」

念を押した。

「当たり前だ」

津村は即座に返してきた。「実際、そう言われてみりゃ、面白い話があるんだ」

「というと？」

「うちのお袋、山形で暮らしてるだろ」

津村の父親は、一昨年《おととし》に亡くなっており、母親は彼の故郷でひとり暮らしをしている。

葬儀に赴いて、はじめて知ったのだが、山形市から車で小一時間。酷い田舎の上に、過疎高齢化が進んだ寂れた町だ。高校入学と同時に地元を離れ、下宿暮らしをしながら山形市内の進学校で学び、東京の私立大学に進学した。それが、彼の経歴である。

「お袋、いまになってもう一度古典を勉強したいっていってさ」

津村は続けた。「それで、俺の高校時代の恩師が退職して、たまたま傍に住んでたもんで、お袋、公民館を通して講座を開いてくれないかって頼んだんだ」

「高齢になっても向学の意欲衰えずか。感心なもんだ」

「それが、凄《すご》い人気でさ。受講者を募集したら、同年代のお婆ちゃんたちが、たちまち二十人を超えたっていうんだ」

正直、意外な気がした。あの寒村で、古典を勉強する高齢者がそれほどの数、集まるとは思えなかったからだ。

「それ、無料講座なの？」

神野は訊《たず》ねた。

「いや、先生はいらないって言ったらしいんだけど、それじゃ申し訳ないってんで、五回の講座でひとり千円――。だけど、料金云々《うんぬん》の問題じゃないんだ。ヒデさんも知っての通り、うちの実家のある町は、酷い田舎だ。正直、受講希望者の中には、中卒どころか尋常小学校しか出ていない農家のお婆ちゃんも多い。でもさ、みんな、昔に返って一から勉強してみたいっていうんだ。これって向学心ってもんは何歳になっても衰えない。

機会さえあれば、人は集まるってことを実証するひとつの出来事であるような気がすんだよな」

　確かに、津村のいう通りかも知れない。

　もちろん、時間を持て余す高齢者ならではということもできるだろう。

　だが、意欲はあっても、環境がそれを許さない。そうした中に身を置く人間は、世の中に数多く存在するはずだ。津村の母親のケースは、ひとりの教育者が近くにおり、講座を開催することを快諾した。それがきっかけとなって、眠っていたニーズを掘り起こしたことの証左であるように思われた。

「まあ、こんなことは、外では口が裂けてもいえるもんじゃないけど、ヒデさんも俺も、たとえ会社が潰《つぶ》れても、一生食って行くのに困りはしないだけの財産を手にした。子供だって、小学校から私立にいれた。凄く恵まれた環境にあるのは事実さ。だけど、世の中の圧倒的多数は、そうじゃない。環境を整えてやれば、チャンスを摑《つか》めるのに、指を銜《くわ》えて見ているしかない子供たちが大勢いんだ」

　津村だって、環境的には決して恵まれたとはいえない地域の中から這い上がってきたのだ。声に力が籠るのは当然のことだ。

「ヒデさん。成功者には、果たさなければならない義務があんだろ」

　津村は真摯《しんし》な眼差《まなざ》しを向けて来る。

「ノブレス・オブリージュ……か」

神野はいった。

日本語に直せば、『位高ければ徳を要す』。つまり、成功者には社会に貢献する義務があるということを意味する言葉だ。

「経営者は従業員の雇用を守るという義務がある。ならば、同様に成功者には社会に貢献する義務がある。甲斐さんとヒデさんが考えた、学校外教育の支援にMOOCってプランは、これからの日本にとっては、絶対に必要なものなんだよ。やろうよ、それ。俺たちの手で、万人が高度な教育を受けられるシステム造りを手がけてみようよ」

神野は津村の目をじっと見詰めながら改めて自らに問うた。

いまのところ社業は順調だ。しかし生き馬の目を抜く激烈な競争を強いられているのがIT業界だ。進化を怠れば、淘汰《とうた》される。冷徹な市場原理の下から逃れることはできない。だからこそ、会社の新しい柱を創出すべくスマートアグリに着目したのだが、それに加えてMOOCである。

甲斐には、「うちはIT企業です」と見得を切ったはいいが、果たしてそれを行うだけの余力があるのか。資金が続くのか――。

いや、やはりそれでもやらねばならないと思った。

人がいればこそのビジネスだ。次世代を担う人間が減少し続ければ、やがて本業も立ち行かなくなる。それは、クロコディアンに限った話ではない。日本という国家が成立し得るかどうかの深刻な問題であり、官民が一体となって何を置いても、真っ先に対策を講じなければならない最優先課題であるはずだ。

「簡単な仕事じゃねえぞ」

神野は覚悟の程を推し量るようにいった。

「だから、やり甲斐《がい》があるんじゃねえか。それに、俺たちの事業が、日本を変える。それも世のため人のためになるなんて、素晴らしいじゃん」

津村はにやりと笑った。

「よし。早々にプロジェクトチームを立ち上げよう。もっとも現状の仕事に支障が出たんじゃ話にならない。すぐに人員の調整を図ってくれ。人の遣《や》り繰りがつかないんだったら、ひとりやふたり、専任できる人間を採用してもいい。そこはお前に任せる」

神野は、決意を新たにゴーサインを出した。

3

衆議院議員会館の自室で、朝刊に目を通しはじめたところで、甲斐は溜息《ためいき》をついた。

早朝、執務席に座るとすぐに、秘書が淹《い》れたコーヒーを飲むのが日課だが、いつになく苦く感じるのは、たったいま目にした記事のせいだ。

『新国立競技場建設費三千億円に　当初予算を大幅に上回る』

またかと思った。

公共事業の予算が、当初の見込みを上回るのは毎度のこととはいえ、誘致に成功してまだひと月ほどしか経っていないのに、千三百億円からいきなり千七百億円もの増加だ。ここまで来るといい加減なんてもんじゃない。出鱈目《でたらめ》もいいところだ。

さらに呆《あき》れるのは、その事実を報じる新聞に、非難めいた言葉が何ひとつ書かれていないことだ。

民間企業なら設備投資を行うに際して、当初予算が二・三倍にも膨れ上がれば、責任者の首が飛ぶ。事業そのものにも中断の沙汰《さた》が下されるところだろう。ところが、これが公共事業となると、当事者はもちろん、メディアをして当たり前だという感覚が染みついている。

オリンピック誘致の最終プレゼンテーションの場において、東京都知事は「四千億のキャッシュがある」と大見得を切ったが、その時点の計画では施設整備費は総額三千五百五十七億円であったはずだ。記事の中では、設計を見直し建設費の削減に努めるとあるが、それにも限度というものがある。

まして、被災地の復興が作業員不足で遅々として進まないのが現状だ。国土強靭《きょうじん》化計画、リニアと大事業が並行して行われれば、作業員の奪い合いがはじまり、人件費が高騰するのは目に見えている。施設整備費が、当初予算を大幅に上回るのは避けられまい。

いや、問題はそれだけではない。閉幕までの間は、それなりの経済効果が見込めるには違いなかろうが、終わった後は、施設建設費の超過分に加えて、新設した設備の維持費が都民、ひいては国民の肩にのしかかる。

費用対効果に対して誰が責任を持つのか。いや、その検証さえもなされるのかどうかさえ、怪しいものだ。それを考えると、高度成長期の経済モデルから脱し切れない、為政者たちのありように暗鬱《あんうつ》たる気持ちに襲われる。

ちょうど新聞を読み終えるのを見計らったかのように、机の上の電話が鳴った。

「甲斐です——」

「平賀《ひらが》だがね」

政調会長の胴間声が受話器を通して聞こえてきた。

党三役のひとりからすれば、青年局長など駆け出しの小僧に過ぎないが、高圧的な声のトーンのどこかに、不機嫌そうな様子が窺《うかが》える。

「すぐにわしの部屋に来てくれんか。ちょっと聞きたい話がある」

果たして朝の挨拶《あいさつ》を交わすまでもなく、平賀は有無をいわせぬ口調でいう。

「今日は、九時半から会議が入っておりまして——」

「まだ一時間ある。時間は取らせん。とにかく、すぐにわしの部屋へ来るように」

こちらの都合もあったもんじゃない。平賀は、再度命じると受話器を置いた。

ご重鎮の命とあれば、従わないわけにはいかない。

甲斐はロッカーから上着を取り出すと、執務室を後にした。

議員会館から党本部までは、公用車で二分とかからない。

上着を着用したまま後部座席に座り、僅《わず》かな距離を移動する間に、甲斐は平賀の呼び出しの目的を考えていた。

話の内容には察しがついていた。

間違いなく、勉強会で検討をはじめた政策のことだ。

新町のほぼ予想通り、分科会を立ち上げ、項目ごとの検討に入ったところで、勉強会のメンバーは十五人に減っていた。分科会で提言への詳細が固まり、執行部へ提出すれば、重鎮たちはそれを事実上の甲斐派の旗揚げと見なすだろう。提言を作成するに当たって、名を連ねた者は、間違いなくいま所属する派閥からの脱藩者と見なされる。それを恐れた人間が半数以上。そのうちの誰かが、甲斐の動きをご注進に及んだというわけだ。

政調会長室は、青年局長室と同じ党本部ビルの三階にある。

部屋は広ささえ違え、レイアウトはほぼ同じだ。秘書室を抜け執務室に入るなり、窓を背にして執務席に座る平賀が、不機嫌そうな様相で、じろりと睨《にら》みつけてきた。

「そこに掛けたまえ——」

平賀は、部屋の中央に置かれた応接セットを目で指しながら腰を上げると、甲斐の正面の席にどっかと座った。

用件に察しがついている以上、こちらから目的を訊《たず》ねるまでもない。

甲斐は黙って言葉を待った。

「その様子だと、何の話か分かっているようだな」

平賀庸《よう》。今年六十八歳になる当選八回の衆議院議員だ。閣僚経験もある、まぎれもない党の重鎮のひとりだ。雑巾掛《ぞうきんが》けから始まり、陣笠《じんがさ》、大名へと政界の慣習に従って、一歩一歩出世の階段を登ってきた一世議員でもある。そんな男からすれば、初当選以来常に日の当たる場所を歩み、若くして青年局長の座についた自分を、嫉《ねた》ましくさえ思いこそすれ、好感など持っていようはずがない。

「政調会長直々にお話をいただくようなことには、心当たりがございませんが――」

甲斐は、敢《あ》えて白を切った。

平賀は、ふんと鼻を鳴らすと、

「親父さんは、つまらん駆け引きなどせん男だったがね。そこが国民から、圧倒的支持を得た理由のひとつだが、どうやら君はそれほどの器ではないようだな」

いきなり皮肉をかましてきた。

「何か、お気に障ることでも？」

険悪な空気を察したのか、茶を置いた秘書が早々に部屋を出る。

甲斐はすかさず、茶を口に運びながら訊ねた。

「君が予《かね》てから勉強会を主宰していることは知っているが、その席で、三つの課題を取り上げ、政策として提言すべく分科会で検討に入っているそうだな」

平賀は冷淡にいう。

「ええ――。それが何か？」

甲斐は静かに茶碗《ちゃわん》を戻した。

「何か、だとお」

禿《は》げ上がった平賀の蟀谷《こめかみ》に青筋が浮いた。「勉強会では、少子化対策に焦点を当て、オリンピックの選手村を子育て住宅にするとか、第二新卒の採用を促進するとか、果ては農業を次世代の産業に育てるとか議論していると聞いたが、何を勝手なことをやってるんだ」

小《ち》っちぇえやつ――。

「事は、国家の存亡に関わる問題です。有効な対策を講ずるべく、知恵を出し合うのは国会議員として当然のことだと思いますが？」

うんざりするような気持ちを抑え、甲斐は平然とこたえた。

「おい――」

平賀は低い声で漏らした。「少子化問題が、国の命運を握る重大事案であることは、誰もが承知していることだ。だからこそ政府も少子化担当大臣を置き、厚労省と一丸となって対策を打ち出しているんじゃないか。待機児童の解消、子育て休暇の延長と具体策も次々に実現しようとしている時にだな、何が子育て住宅だ。お前らのやってることは越権行為だ」

「お言葉を返すようですが、そんな政策が、少子化に歯止めをかけられるんでしょうか」

溜息《ためいき》をつきたくなるのを堪《こら》えて、甲斐は返した。

「何だと」

平賀の青筋が太くなる。それでも甲斐は、怯《ひる》まなかった。

「少子化に歯止めをかけるためには、出産年齢をいかに下げるか。つまり、若くして子供を産める環境を整えること以外にあり得ません。ところが現実は結婚をしても子供は持てない。産んでも育てられない。いまの社会構造がそうなってしまっていることに、最大の問題があるんです。それを改善する政策を講ぜずして、どうして少子化が改善されますか」

平賀にしたところで、現役でいられるのは精々あと二期。いまの政治が総括される頃には永田町にはいない人間だ。責を問われるのは、平賀世代の人間ではない。自分たちの世代だという自負の念があったからだ。

甲斐は勢いのまま、これまで新町や増山たちと、議論してきた内容を話して聞かせ、若い世代に子供を産んでもらわないことには、少子化に歯止めがかからない理由。それを解消するためには、自分たちのプランが起死回生の一発になりうる根拠を説明した。

ところが、である。

「お前、よくもそんなことを口にできるもんだな」

平賀はますます敵意を剝《む》き出しにし、「担当大臣を頭に、官僚が知恵を絞ってきた政策を、根底から否定する。いやしくも青年局長という党の要職にある人間ならば、自分に課せられた使命をまず全うすることに専念すべきだろう」

政策の整合性よりも、組織論を前面に押し出して反論してくる。

さすがの甲斐も、ぶち切れそうになった。

「こんな話を聞いたことがあります」

それでも努めて冷静を装って、甲斐は反論に出た。「新しいテクノロジーをベースにしたビジネスをものにするのが、なぜベンチャーばかりなのか。人員、人材豊富なはずの大企業がどうしてニュービジネスをものにできないのか――」

「政治とビジネスにどんな関係があるっていうんだ」

平賀は不快感を露《あら》わにする。甲斐は構わず続けた。

「大きな組織では、個々に与えられた職務が決まっているからです。たとえ、素晴らしいビジネスモデルや業績改善の妙手を考えついても、他人の職分には口を挟めない。縦割り組織の弊害は組織が大きくなればなるほど顕著になるからです」

「行政のあり方もそうだと言いたいのか」

若造がといわんばかりに、平賀がじろりと睨む。

「その通りじゃありませんか。いやもっと悪いかもしれません」

甲斐は平然と答えた。「こう言っちゃ失礼ですが、大臣なんて名誉職のようなもの。

ころころ変わる。実際に政策を立案しているのは、ほとんどの場合官僚じゃありませんか。しかも省庁間の縄張り意識、前例主義。採用時点から、キャリアとノンキャリに分かれ、必ずしも有能な人物が組織を引っ張っていくとは限らない。いったい少子化が問題視されてどれほどの時間が経つとお思いですか？　その間に何ひとつ少子化に歯止めをかける有効な手だてを打てなかった。その一点を以《もっ》てしても当事者能力に欠けた人材が、この問題を担当してきたことの証左ってもんじゃないですか」

痛いところを突かれたのか、平賀の顔がみるみる朱に染まっていく。蟀谷に浮き出た血管が、青さを増し、ひくついているのが分かる。歯噛《はが》みの音が聞こえてきそうだった。

当たり前だ。少子化がはじめて世の注目を浴びたのが一九八九年の人口動態調査だ。特殊出生率が一・五七を割り込んだことで、民間の研究機関が、二〇〇〇年には出生数が百十万人にと半減し、日本経済が破局的な状況に陥ると警告したのだ。

しかし、当時の厚生省はこれを真っ向から否定し、以来一貫して、将来出生数は必ず改善すると予測し続けた。経済が破局的な状況こそ迎えてはいないものの、二〇〇〇年の出生数は約百十九万人。どちらの予測が正しかったかは、いうまでもない。

「とにかく少子化対策は急務の課題です。改憲を目指す現政権においては尚更ですよ。国民がいなくなっては国家は成立しません。この国が今後も存続し得る策を打ち出せなければ、改憲なんかやったって意味ないじゃないですか」

暫《しば》しの沈黙があった。

静謐《せいひつ》な室内に、ひりひりするような緊張感が流れた。

「まあ、いいさ」

先に口を開いたのは平賀だった。睨みつける目とは反対に、口元に歪《ゆが》むような笑みを湛《たた》えると、

「そこまでいうなら、精々頑張って策を練りゃいいさ。だがな、それが政策として取り上げられるかどうかは別問題だ。そのことは心して置くんだな」

どすを利かせた声でいった。

何を言わんとしているかは訊《たず》ねるまでもない。

党の政策として掲げるためには、政策調査会を経なければならない。その機関を取り仕切るのが政調会長。つまり平賀である。彼は、暗に甲斐たちが立案した政策を通さないと言っているのだ。

「もちろん、正式に政策として提言させていただくに際しては、政策調査会に採否を問うつもりでおります。しかし、対案なき不採択では納得がいきません。事は、国家の存亡に関わる問題であり、改憲の意味があるやなしやにも関わる事案ですから――」

「納得がいかなければどうする」

今度は甲斐が黙る番だった。

「党を出るとでもいうのかね?」

平賀はじわりじわりと追い込むように訊ねてくる。

甲斐は思わず視線を落とした。

政治は数だ。いかに正しい政策を立案しようとも、決に破れれば実現しない。衆参両院で日民党が過半数を握っているのが動かし難い事実なら、党議拘束をかけられるのが党所属の議員である。いや、それ以前に、政策として取り上げるかどうかの生殺与奪の権を握っているのは、誰でもない。平賀である。

「甲斐よ――」

平賀の声が柔らかくなった。「功を焦るな。お前の一挙手一投足に注目しているのは、世間だけじゃない。党内の人間もまた同じだ。一介の議員なら見逃されることも、お前の場合はそうはいかんのだ。神輿《みこし》はな、担がれる時を待つものだ。政権を奪回し、ねじれも解消されて、党が一致団結して様々な課題に取り組もうという時に、いたずらに党紀を乱すような真似をするんじゃない」

なるほど、そういわれれば、平賀が何を気にしているかは察しがつく。

政策の善し悪しじゃない。こんな提言が、甲斐からなされた。それが世間から注目を浴びることを懸念しているのだ。

ネスティングプレイス、第二新卒、MOOC《ムーク》、そしてスマートアグリ。農業政策に関していえば、党がこれからの成長産業と謳《うた》っている限り、甲斐がそれを公言したところで、さしたる影響はないが、他の三つの政策は別だ。ネスティングプレイスを実現するためには、住宅建設の予算をいかに捻出《ねんしゅつ》するか、当然そこが問題になる。オリンピックの選手村をそれに当てることが実現し、成功しようものなら、理は甲斐にあることが証明されてしまう。当然公共事業の予算組み換えが迫られることにもなるだろう。それでは困る議員が党内に山ほどいるのだ。

第二新卒の問題にしてもそうだ。民間企業だけに適用しようというのならともかく、公務員の世界にまでこの制度を持ち込もうとすれば、官僚たちが猛然と反発するだろう。しかし、世論がこれを後押しするようなことにでもなれば、政権与党にとってはとてつもない厄介事を抱えることになる。

それだけではない。展開次第では、甲斐をより政権の中枢にという世論が形成されることだって、十分に考えられるのだ。

オリンピックが終わる頃には、甲斐は四十歳。その若さで入閣でもしようものなら、党内の若手議員は甲斐の下に群れ集う。その余勢を駆って、万が一にでも然程《さほど》の時間を置かず、総理総裁の座を射止めようものなら、政権は一気に若返る。そうなれば、旧態依然とした概念から抜け切らぬ、党の重鎮たちに居場所はない。まさに下克上。入閣を夢見、雑巾掛《ぞうきんが》けから修業を積んだ日々も水泡に帰すともなりかねない。

つまらんことを——。

己の出世と国の将来と、どっちが大切なんだ。

そう返したいのは山々だが、ここで平賀を相手に議論したところでどうなるものではない。それに、政策を提言する以前に、改憲、特に集団的自衛権の解釈を巡っては、現内閣に反旗を翻す覚悟はできている。

集団的自衛権の行使を憲法解釈で合憲とすることなどあってはならない。改正すべきというならば、改正案をきちんと国民に提示し、信を問うべきだ。万が一にでも、それを強行しようものなら、それこそ改憲の機会など永久に失われてしまうことになるからだ。

そのためには、いまの党内での地位を失うことになっても構わないと甲斐は思った。

イメージキャラクターとして取り立ててきた人間が飼い主に牙《きば》をむけば、さぞや世の注目を浴びることだろう。理はどちらにあるのかの論戦もはじまるに違いない。それが肝要なのだ。持論が支持されなければそれまでのこと。しかし、支持されれば眠っていた山が動き出す。山とは、選挙の投票を放棄した人々のことだ。巷間《こうかん》サイレントマジョリティと呼ばれる人間たちが、現政権を肯定していると思ったら大間違いだ。誰を選んでも何も変わらない。政治に対する絶望感の現れなのだ。

そして、山の多くを占めるのは若年層だ。まさに自分たちの将来を、誰に託すかの選択を強いられることになる。その時、彼らが旧態依然とした体制から抜け切らぬ、年老いた政治家を選ぶか、それとも同年代の政治家のどちらを選ぶかは明らかだ。

自分を切れば、日民党は野に下る可能性も出てくる。それを避けるためには、地位を与え続けるしかない。つまり、勉強会が提示する案を通すしかないのだ。

勝つのはお前じゃない。俺たちだ。

「政調会長のご忠告、しかと肝に銘じます」

甲斐は、心にもない言葉を真摯《しんし》な口調で伝えると、深く頭を垂れた。

4

「やっぱりね。でも、いきなり平賀さんが乗り出してくるとは、ちょっとびっくり——」

西麻布のモツ鍋《なべ》屋で、平賀との一件を聞き終えた新町は、冷酒が入ったグラスを傾けた。しかし、言葉とは裏腹に、それほど驚いている様子は窺《うかが》えない。

果たして、新町は続ける。

「もっとも、青年局長に物申すからには、政調会長あたりが出ていかないことには釣り合いが取れない。当然といえば当然かもね」

「話はいずれ漏れる。その時にはひと悶着《もんちゃく》あるとは思ってたけど、取りつく島もない。いい、悪い以前の問題。端《はな》から拒絶してくるんだから、どうかしてますよ」

勝算があるとはいえ、権限を振りかざす平賀の態度は思い出すだに腹が立つ。口調がどうしても激しくなるのは抑えようがない。

「それだけ、あなたの動きは注目を浴びてるってことよ」

新町は平然という。「私たちが検討している政策案、党内じゃ知らない人はいないもの。もちろん、塔野さんの耳にも入ってるわ。私も呼び出されて、政策案の内容を根掘り葉掘り訊《き》かれたしね」

「薫子さんも？」

知らぬは本人ばかりなりとは、よくいわれる言葉だが、そこまで勉強会で検討されている内容が筒抜けになっていることに、甲斐はいまさらながらに驚いた。まして、塔野の耳にまで入っているとは――。

「当たり前じゃない。塔野さんだって、勉強会が甲斐君と私が中心になっていることは先刻承知。当事者に聴くのが一番早いし、確実な情報が得られる。誰だってそう考えるわ」

その通りだ。

「で、塔野さんは、何と？」

甲斐は訊ねた。

「可でもなければ、不可でもない。訊きたいことを訊いてそれでお終《しま》い――」

「それだけ？」

拍子抜けするような思いで、甲斐はいった。

「でも、否定はしなかった。それがこたえだと私は思ったけどね」

新町は意味を含ませたいい方をする。

「どういうこと？」

「私たちの方針が間違ってはいないってことよ。おそらく、平賀さんも内心ではそう思っているんじゃないのかな。問題は、このプランが甲斐君が主宰する勉強会から出てきたってことよ」

本当に新町のいう通りなら、平賀もさることながら時の副総裁をして、何ともつまらぬことに拘《こだわ》るものだ。事は、国の命運に関わる問題だ。誰の発案によるものだろうが、やる価値があると思うなら実現に向けて動き出せばいいものを、語るに落ちるとは、まさにこのことだ。

甲斐は思わず肩を竦《すく》めた。

「ただ、問題視している部分は同じでも、理由は別ね」

新町は、確信に満ちた口ぶりでいう。

「というと？」

甲斐は、その根拠を訊《たず》ねた。

「平賀さんは党内に新しい風が吹くことを恐れている。塔野さんは、このプランを自分の手で政策に仕立て上げようと目論《もくろ》んでいるんじゃないかと思うの」

なるほど、あり得る話かもしれない。

塔野にも野心がある。副総裁止まりで自分の政治家人生が終わることに満足するわけがない。少子化に歯止めをかける打開策を打ち出し、さらには貧富の差無く学校外教育を受けられる仕組みを整え、第二新卒の採用を促進することで、老後生活の資金不足を解消する策を打ち出したとなれば、次の総裁の座を担うに相応《ふさわ》しい人物であることを世間にアピールできるというわけだ。

「塔野さんの野心は、まだまだ枯れちゃいないからね」

だからこそ、彼の派閥に身を置いているのだというように新町はいう。

「野心を抱くのは勝手だけど、塔野さんにその目があるのかな。現内閣への支持率は発足以来高い水準で推移しているし、ひょっとすると、総理はオリンピックが終わるまで、政権を維持するつもりなんじゃないか。僕は本気でそう睨《にら》んでいるけどね」

甲斐は素直にいった。

「そう簡単にいくかしら」

新町は、目を細めると再びグラスを傾ける。彼女が何を根拠にそういうのかは分からないが、少しばかり楽観的に過ぎやしないかと甲斐は思った。

「総理が退任を迫られるとしたら、現内閣の政策が躓《つまず》いた時。塔野さんだって、総理が打ち出す政策を、ことごとく支持してきたんだ。顔が変わっただけで、路線が変わらないってんじゃ、世間は納得しませんよ。もし、現政権がそんな状況に陥った揚げ句、選挙前に塔野さんが総理総裁の座につこうものなら、我が党が再び野に下る可能性だって出てくるんじゃないのかな」

甲斐は疑問を呈した。

「現政権が躓く可能性があるからこそ、このプランを是が非でも我が物にしたいんじゃゃない」

どこにそんなものがある。

内心の呟《つぶや》きが顔に出たものか、

「分からない？　九条の憲法解釈よ」

思いを巡らす間もなく新町はいう。「歴代政権が、集団的自衛権の行使は違憲だと明言してきたのに、それを合憲と解釈して、議決を強行しようものなら世論は必ず紛糾する。それこそ、水嶋さんがいうように、改憲なんて夢のまた夢。それどころか、党が割れ、崩壊する可能性だってあるわよ」

「でも、塔野さんだって、集団的自衛権の行使を憲法解釈で乗り切ることには賛成してるじゃありませんか」

「いまのところはね」

新町は上目遣いに甲斐を見ると、グラスを傾けた。

「じゃあ、いざとなれば反旗を翻す可能性もあると？」

「あからさまにそうした行動に出るかどうかは別として、政権を握るチャンスだと捉《とら》えることは間違いないと思うわ」

政局を語る時の新町の言葉には、圧倒的な説得力と迫力がある。

甲斐は思わず生つばを飲み込んで、次の言葉を待った。

新町はグラスの縁についた口紅を拭《ぬぐ》うと、

「集団的自衛権の行使を憲法解釈で合憲化することについては、党内でも批判する向きは少なからずある。党議拘束をかけたって、造反する議員が必ず出ると思うの。何たって、事は憲法解釈で日本が戦争できるかどうかって大問題ですからね。へたに賛同しようものなら、次の選挙で落選しかねないとなれば、党の命令よりも、議席を失うリスクを恐れる人たちが必ずや現れるでしょうからね」

確信の籠《こも》った目を向けてきた。

「しかし、党議拘束を無視すれば、党から除名されることだってあり得る話ですよ」

「分かってないなあ」

新町は呆《あき》れたように溜息《ためいき》を漏らした。「集団的自衛権の行使を憲法解釈で乗り切ることに失敗すれば、改憲そのもののハードルがさらに高くなるってことよ。当然、総理の責任問題に発展するに決まってんじゃない。甲斐君だって、それを見越しているからこそ、反対するつもりなんでしょう？」

それは少し違うが、敢《あ》えて甲斐は言葉を返さなかった。

「もっとも、あなたは、党の若手のシンボルですからね。党議拘束に反して反対票を投じても、罰することはできない。ならば、反対票を投じた他の議員だって罰することはできない。そうなるんじゃない？」

この部分については反論のしようがない。

自分が党内において、いかに特別なポジションにいるかは重々承知だ。しかし、それを自ら肯定するのは傲慢《ごうまん》に過ぎる。

そんな甲斐の内心を見透かしたように新町はさらに続ける。

「第一、総理の座を追われる人間が、造反議員を処罰できると思う？　総理総裁を替え、より国民に寄り添う政策を明確に打ち出さなければ、それこそ日民党は再び野に下るってことになりかねないじゃない」

そこまで聞けば、新町が何をいわんとしているかは、察しがつく。

「その、より国民に寄り添う政策というのが、我々が立案しようとしている政策というわけですか。そして、それを前面に掲げることで、国民の歓心を買い、さらに造反議員に責は問わない。かくして、波風立つことなく党内は纏《まと》まり、党も政権与党であり続ける——」

TPP交渉にも参加した。消費増税も決まった。経済も上向きつつある。いまのところ、現政権の運営は順調には見えるが、結果が出るのはこれからだ。うまく行けば良し。そうでなければ、TPP、消費増税の二つの政策は、国際競争力の弱い産業と、低所得者層の生活を窮地に陥れることになりかねない。

政権奪回後、内閣が矢継ぎ早に数々の新政策を打ち出し、可決を急いでいるのがそれを見越してのことなら、集団的自衛権の行使の確立へ向けて動き出すのも、そう遠くはないと見るべきだろう。

そしておそらく、塔野はいずれの事案も国民の不興を買う結末を迎える可能性は捨て切れないと睨んでいる。その時が、自分が総理総裁になるチャンス。国を建て直し、弱者に優しい政策を打ち出すことで、前政権とは違うスタンスを取る内閣であることを、有権者に印象づけようと考えているのだ。

「やっぱり、塔野さんに任せるのが一番波風が立たない方法かもよ」

新町は何気ない口ぶりでいう。「塔野さんが総理になれば、現内閣と一線を画すことを印象づけるためにも、閣僚の顔ぶれも一新するわ。あの人、ああ見えて恩義には必ず報いる人ですからね。その時、新内閣の目玉となるのは甲斐君。あなただってことは十分にあり得る話だと思うけど」

新町の狙いは読めている。

恩義に厚いというならば、この政策を塔野に捧《ささ》げる仲介役を果たした彼女にも、それ相応のポジションが与えられるということだ。狙いはさしずめ、少子化担当大臣といったところか。彼女がそのポジションを射止めれば、政策の実行もスムーズに進む。その功績を以《もっ》て、出世の階段を一気に駆け登ろうと目論んでいるのだ。

己の出世を第一に考えるのならば、話に乗るのが最も賢い選択だろう。しかし、塔野がこれまでに公言した政策のあり方については、自分とは相容《あいい》れないものがある。

いつか、有楽町の焼きとん屋で会ったタクシー運転手の話がその一つだ。

『水道を全て民営化する』

あんな政策を塔野に吹き込んだのが誰かは分かっている。かつて甲斐政権でブレーンを務めた大学教授の加賀だ。塔野には自分のビジョンというものがない。常に、ブレーンのいうがまま。そして、間違いなく塔野政権誕生と共に、加賀が再び官邸に復帰するのは目に見えている。

国内市場を開放し、外国資本を積極的に取り入れよというのが、加賀の持論だ。もちろん、ボーダレス化が進んだいまの国際環境においては、それも重要だろう。しかし、甲斐政権において、父とともに行った数々の規制緩和、さらに新産業戦略会議での言動を見る限りにおいて、弱者に優しい政策を提言するとは思えない。いや、それどころか加賀が提言する政策のことごとくが、弱肉強食の世相をさらに助長するものばかりとなるだろう。

少子化にしたって、国の人口が減るのなら、移民を受け入れよ。多民族国家こそが、これからの時代の国のあり方なのだといい出し、自分たちが立案した政策を目玉にするどころか、少子化対策そのものがなおざりにされてしまう可能性だって出てくる。

根は決して悪くはないが、自分というものがない。塔野とはそういう男だ。

「僕が閣僚に名を連ねるようになれば、党は割れるかもしれませんよ。平賀さんが、懸念しているように、雑巾掛《ぞうきんが》けに励みながら、ポストが回ってくるのを待ってる人が党内には山ほどいるんですから」

ことは、新町が属する派閥の長の人物評価に繋《つな》がることだ。もちろん本音を口にするわけにはいかない。

甲斐は当たり障りのない理由を挙げて、やんわりと否定した。

「割れたりするもんですか」

ところが、新町は自信あり気に返してくる。「閣僚ポストの一つを甲斐君に与えたくらいで、党を出てどうするの？　派閥抗争に敗れて党を飛び出して、日の目を見た人がいままでいた？　皆無じゃない。一時は一大派閥を率い、総理総裁の座を争った人間にして、弱小野党の議員でいられれば御の字。落選の憂き目にあって、永田町に二度と戻って来られなくなった人たちだって大勢いるわ」

それもまた、厳然たる事実である。

甲斐は黙った。

表向きの理由は様々だが、党を飛び出した議員に共通するのは、党内の権力闘争に敗れたという点にある。若手議員よりも、重鎮といわれる地位に就く議員にその傾向が顕著に現れるのが何よりの証《あか》しである。

権勢を誇り、内閣の重要ポストを歴任したにもかかわらず、一転してただの議員。それも野党の一員となる。野に下るといえば、まだ聞こえはいいかもしれないが、現実はそんなものではない。尾羽打ち枯らすという表現が、ぴったりくるほど惨めなものだ。

「他の党に移籍しても、政権与党の座に就くのはまあ無理でしょうね。一度他の党に任せてみよう。日民党にお灸《きゅう》を据える。それで、散々な目に遭ったことは有権者だって十分身に染みたことでしょうからね。何だかんだいったところで、政権を担えるのは我が

する。

何とかその気にさせなければという意識の現れか、新町はいつになく傲慢《ごうまん》な物いいをする。

それは違う。思い上がりだ、と反論したいのは山々だったが、ここで彼女と議論しても仕方がない。

何が起きても不思議ではないのが政治の世界なら、自分の思い通りに事が運ばぬのもまた同じだ。時の情勢を見定めて、最適と思える行動を取る。それが肝要なのだ。

「なるほど。薫子さんの言にも一理あるかもしれませんね」

甲斐は、同意の言葉を漏らして見せた。「肝心なのは、ポストがどうのこうのじゃない。我々が立てた政策が実現するか否か。そして、国民に国の将来が希望に満ちたものであることを指し示すことにあるんです。いいでしょう。塔野さんが、本当にプランを実現すると確約してくれるなら、僕は協力しますよ」

「その言葉、塔野さんが聞けば、きっと喜ぶと思うわ」

新町は、安堵《あんど》するかのように、笑みを浮かべた。

「でも、これだけははっきりといっておきます」

甲斐は真顔でいった。「協力はしますが、仮に塔野さんが政権を担うことになっても、全ての方針に無条件で従うことを意味するものではありませんからね」

「入閣しても？」

「ええ――」

やはり気になるのは加賀の存在だ。塔野が総理になれば、政権が打ち出す政策は、加賀の意向が色濃く反映されたものになるはずだ。当然相容れないものが、数多く出てくるだろう。ポストと引き換えに、不本意な政策を実施していく気にはとてもなれない。

「そんなことといったら、あなたの入閣の芽は潰《つい》えてしまうわよ」

「構いません」

甲斐は断言した。「この政策が実現すれば、それでいい。僕はそれで十分です」

新町は、信じられないとばかりに目を丸くした。

「とにかく一刻も早く、政策案を形にすることです。官邸は、きっと集団的自衛権の行使を早期のうちに憲法解釈で合憲化しようとするでしょうからね。そうでなければ、僕らの政策なんて、どっかに追いやられてしまう。時間はありません。急ぎましょう」

甲斐はそういうと、はじめて冷酒が入ったグラスに手を伸ばした。

5

十一月に入ると、軽井沢には秋も終わりの気配が深く漂うようになる。

白樺《しらかば》は黄色く色づき、ドウダンツツジやモミジは燃えるような赤に染まる。雪よりも早く、黄金色の煌《きら》めきを発しながら宙を舞うのは、落葉松《からまつ》の落葉である。

その日、甲斐は多賀谷の別荘にいた。

柔らかな熱を発する暖炉。聞こえる物音といえば、時折薪が爆《は》ぜる音だけだ。

「だいぶ冷え込んできた」

多賀谷は静かに漏らした。「今年もそろそろ、ここを閉じなければならんな。時間が経つのがますます早くなる――」

庭を愛《め》でる多賀谷の顔を見ながら、また老いた、と甲斐は思った。

確かに、年を重ねるたびに時間の流れは早く感ずるようになるものだが、静謐《せいひつ》な空間の中で、日々時が流れるままの生活をしていても、加速度は増すものらしい。

考えてみればそれも無理のない話なのかもしれない。

人は生まれた時から、死へのカウントダウンがはじまる。多賀谷の場合、残された時間は余りにも少ない。来年、いや、再びこの窓の外に広がる木々が、新緑に覆われる時を待たずして、終焉《しゅうえん》の時を迎えたとしても不思議ではない年齢にある。

「で、どうかね。新しい国造りについての構想は進んでいるのかね」

多賀谷は、視線を向けて来るなり訊《たず》ねた。

「主宰しております勉強会のメンバー、十五人ほどと――」

甲斐は、これまでの経緯を話して聞かせた。

多賀谷は視線を落とし、時に紅茶に手を伸ばしながら、黙って話に聞き入った。

そして、ひとしきり聞き終えたところで、

「面白いじゃないか。子育てには経済力がいる。しかし、若い世代の所得はなかなか伸びない。消費税が一〇パーセントに上がるのは時間の問題だ。可処分所得はますます減る。出産適齢期にある男女にとって、最も負担となる居住費と教育費を軽減し、さらに子育ての環境を整えてやらねば、この少子化傾向に歯止めはかからんだろうからね」

多賀谷は満足気に頷《うなず》くと、目を細めた。

「ただ、問題はこのプランが、政策として党の政策調査会で採択されなければ、一歩も前に進まないという点です」

「平賀君あたりに何かいわれたか」

政界の仕組みを熟知した人間である。

甲斐が党内で置かれた立場、どんな目で見られているかは説明するまでもない。多賀谷とて、権謀術数渦巻く激烈な権力闘争を勝ち抜き、権力の頂点の座を射止め、さらには長期政権までをものにしたのだ。甲斐のような人間が、目立った動きをすれば、誰がどんな動きをするかは先刻お見通しというわけだ。

「政策を立案するのは勝手だが、通る保証はどこにもないと――」

甲斐はいった。

「まあ、そう来るだろうな」

多賀谷は椅子の上で姿勢を変え、乱れた膝《ひざ》掛けを整え直すと、「さて、それでどうする」

度量の程を測るかのように、訊ねてきた。

「政調会長にそう釘《くぎ》を刺されますと、どうしていいものか……。対応に苦慮するというのが正直なところです」

まずは殊勝に振る舞うことだ。それに多賀谷が、自分には思いもつかない打開策を持っていないとも限らない。

「ただ、塔野さんの力を借りる。それも、一案かと――」

甲斐はそう前置きして、新町が持ち出した案を話した。

「塔野君ねえ」

多賀谷は苦笑いを浮かべると、ゆっくりと腰を上げ、暖炉に歩み寄った。

火かき棒を使い、薪の位置を整える。火の粉が舞い炎が勢いを増す。

「あれは、駄目だよ。総理の器じゃないね」

多賀谷は背を向けたまま、歯牙《しが》にもかけぬとばかりに、あっさりといい放った。

「ですが、この国が、今後も存続し得るのか。あるいは衰退し、やがて存亡の危機を迎えるのか、いまが正念場だと思います。先に申し上げたように、人がいなくなっては、国家は成り立ちません。改憲を目指すにせよ、まず国家が存続することが前提になるんです。そのためにも、先に申し上げた政策は是が非でも、実現しなければならないのです」

多賀谷は立ち上がり様に、ふうっと重い息を漏らした。

「かといって、宗像君《むなかた》のもっかの最大の関心事は集団的自衛権の行使確立、それにともなう改憲だ。国民がいてこそ国家であり憲法だ。少子化に然程《さほど》の危機感を覚えているとは思えんからね」

宗像繁伸《しげのぶ》。甲斐の脳裏に日民党総裁にして総理大臣の地位にある男の顔が浮かんだ。少子化問題は国会の場でも、度々議論されるが、それに対する宗像の答弁は、常に官僚が作成した文章を朗読することに終始する。その点からいっても、大胆な対策に乗り出すとは思えない。

「先生。ここに来て、地方の高齢者人口が減少に転じているのをご存じですか」

甲斐は訊ねた。

「過疎、高齢化ではなく、高齢者人口そのものが減っているって？」

多賀谷は、ぴくりと片眉《まゆ》を動かし、意外な顔で甲斐を見た。

「地場に生き、そこで高齢を迎えた方々がどんどん亡くなっているんです」

多賀谷を前にして語るのは気が引けたが、事実は告げなければならない。

甲斐は続けた。

「これは本当に深刻な問題です。地方の最大の雇用基盤はいまや介護です。全国の都道府県が、もれなくそうなんです。肝心の介護する人間がいなくなれば、当然職がなくなります。そうした方々が、職を求めるのが東京。しかも、その中心が二十代、三十代の若い女性。つまり、もっとも子育てのしにくい東京に、出産年齢のど真ん中にいる女性がどんどん集まってきてるんです」

「確かに、これから先、東京は超高齢化社会に突入するわけだからねえ……」

多賀谷は深刻な顔をして、語尾を濁す。

「出産適齢期を迎えた女性が出て行った地域は、確実に人口減少へと向かいます。十六年後には、若年女性が半減する自治体が、全国の五〇％にもなるという研究データもあるんです。こうなると限界集落なんてものじゃありません。地方は、早晩無人の荒野となってしまいかねないのです」

「かといって、東京は最も子育てに適さない都市だ」

多賀谷は暗鬱《あんうつ》たる表情で、漏らした。

「その通りです」

甲斐は頷いた。「特殊出生率は一・〇九と全国最低。女性の未婚率に至っては、四二％です。

東京がこれから高齢化社会を迎え、介護職を必要とするのは事実ですが、やがてそれも減っていく。後に続く世代がいないとなれば、いま地方で起きていることが、今度は東京ではじまるのです。しかも最悪のケースを考えれば、介護をする人間さえいなくなってしまう。そんな社会になってしまっても不思議ではないのです」

多賀谷の顔に憂いの色が浮かぶ。

もともと、少子化対策は急務の課題だといったのは多賀谷だ。その時の日本の社会が、どれほど絶望的なものになるかは、誰よりも良く知っているはずだ。

「もちろん、解決策はあります。移民を受け入れろという意見が出てきているのは、その現れです」

「移民？　馬鹿なことをいうな。安易にそんなものを受け入れれば大変なことになるぞ」

多賀谷は両膝に置いた拳《こぶし》を握り締めると、肩を怒らせるようにして断固とした口調でいった。

「誰も住まなくなった地域で、移民がコロニーをつくれば、もはやそこは日本ではない。彼らの自治区だ。ネイティブよりも、移民の数が圧倒的多数を占めるようになり、やがて分離独立運動に発展したケースだって、世界にはいくらでもあるんだ。駄目だ。絶対にそれは避けなければならない」

「しかし、このままでは確実に、人口は減少の一途を辿《たど》ります。移民に頼らず人口減少に歯止めをかけるためには、我々が立案した政策ぐらいしか考えつきません」

甲斐は正直にいった。

多賀谷はじっと目を閉じる。思案しているのだ。

窓の外に、落葉松《からまつ》の落葉が黄金色の雪のように舞う。静謐な室内に、薪の爆ぜる音がする。

やがて、多賀谷は目を見開くと、

「効果が期待できるとしたら、それしかないだろうな。しかし、実現するためには、やはり宗像君、ましてや塔野君では力不足だ。歴代の総理を務めた中でも、やれるとしたら、君のお父さんぐらいのものだろう。もちろん、君にはその資質はあるが、何分まだ若過ぎる……」

嗄《しゃが》れた声でいった。

「しかし、時間がありません。正直申し上げて、ネスティングプレイス一つ取っても、オリンピックを待っている時間すら、惜しいのです」

甲斐ははじめて内心の焦りを口にした。

オリンピックまで七年。その間にも少子高齢化は確実に進む。社会保障費は増大し、国家財政はますます悪化していく。オリンピックを口実に行われる公共事業、インフラ整備が、それに拍車をかけるのは目に見えている。

七年——。そう考えると、年若い我が身が、何とも恨めしく思えてくる。

「東京は地方の人口を吸収しながら、ますます肥大化するか——」

多賀谷は、ぽつりと漏らした。「ここは急がば回れというやつかも知れんな」

「えっ？」

俄《にわ》かには意味するところが分からずに、問い返した甲斐に向かって、多賀谷はにやりと笑うと、

「この計画の鍵《かぎ》を握っているのは、政府とは限らんよ。事の展開次第では、ひょっとす

ると、その方が君がこの政策を実現し、国の次の時代のリーダーになる早道かもしれない」

驚くべきアイデアを話しはじめた。

第六章

1

六本木の小さな和食屋の個室でテーブルを挟んで座るふたりの前には、お茶が置かれている。

進捗《しんちょく》状況について話したいので、ご都合のいい日を——。

神野が申し出てきたのが三日前。夕食を兼ねての誘いであったが、用件の趣からすると、食事は話が一段落してからはじめたほうがよさそうだった。

「ねえ甲斐さん。子育て住宅にMOOC《ムーク》。そして第二新卒構想。いずれもこの国の将来がかかった政策であることには違いありませんが、どれかひとつ欠けても意味がありません。いわばこれらの政策は三位一体なわけです。すでにわたしたちは、スマートアグリとMOOCのふたつの案件に関しては、社内にプロジェクトチームを立ち上げ、準備をはじめておりますが、他の部分についてはいかがなんでしょう」

果たして、挨拶《あいさつ》もそこそこに神野が真っ先に訊《たず》ねてきたのは、甲斐が提示した政策全体の進捗状況だった。

スピードが要求されるのが時代の先端を行くIT企業だ。まして神野はオーナー社長だ。こちらの動きをもどかしく感じるのも無理はない。

「いいわけをするわけではありませんが――」

甲斐は前置きをしていった。「実は、我々が検討している少子化対策は、ひいては日本の社会保障制度、公共事業のありかたを見直すことにも繫《つな》がるものでして――」

「といいますと？」

「高齢化社会に向けての対策です」

甲斐はこたえた。「少子化が進む一方で、日本が超高齢化社会に突入する。これはもはや避けて通ることができない大問題なのです。社会保障費をいかに捻出《ねんしゅつ》するか、同時に激増するであろう介護を必要とするお年寄りのケアをいかに充実したものにするか、その対策を確立しておく必要があるんです」

神野が、先を促すように茶に手を伸ばす。甲斐は続けた。

「国はサ高住（サービス付き高齢者向け住宅）の整備に余念がありませんが、現状のままでは問題を解決するものにはなり得ません。入居者には多額の費用が継続的に発生しますし、仮にそれを捻出できても、認知症や重度の持病を抱えていると、そもそも受け入れて貰《もら》えないのです。しかも、入居後に同様の状態に陥ると、退去を迫られるケースも多々ある。いや、むしろそうしたケースが圧倒的に多いのです」

「それじゃ、ただの老人ホームじゃないですか」

神野は呆《あき》れたようにいうが、それが大方の反応というものだろう。親が元気なうちから介護のことを気にする人間はそうはいない。当事者となって、はじめて現実の厳しさを、理不尽さを思い知る。それが現代の介護だ。

「では、その時誰が面倒をみなければならなくなるのでしょうか」

甲斐はなぞかけをするように問いかけた。

「普通に考えれば、家族……ということになりますか」

神野は歯切れの悪い口調で返してきた。

「想像してみて下さい。そんなことが可能だと思いますか？」

甲斐は訊ねた。「現在の特殊出生率は一・四一。つまり、ひとりしか子供を持たない夫婦の方が多いのです。彼らが成人になり、結婚する。やがて親の介護を強いられる時がくれば、最悪、夫婦ふたりで双方の親四人の面倒をみなければならなくなるんですよ」

「そうか……」

神野ははっとした顔をすると、「仮に、親のどちらかとしても、ふたりでふたり。つまり一対一。それじゃ負担が大き過ぎますよね……」

声を落とした。

「まして、定年は六十五歳まで延長されたんです。現役でいる間に、親の介護に直面する方だって多々出てくるでしょう。それに現役世代にしたって核家族化が進む中で生きてきたんですからね。親子それぞれに独立した生活基盤があるとなれば、介護のために仕事を辞めざるを得ない。非常に難しい選択を迫られるケースが頻発するのは想像に難くないんです」

「仮に、リタイアしていたとしても、大変な負担ですよ。それに――」

神野は、気まずそうな顔をして言葉を呑《の》んだ。

いわんとしていることは察しがつく。実の親の介護ならまだしも、舅《しゅうと》、姑《しゅうとめ》の介護となればそう簡単にはゆかぬ。介護は、奇麗事では済まない問題でもあるのだ。

「仕事を辞めるわけにもいかない。かといって放置するわけにもいかない。となれば、巡回介護に頼らざるを得ないということになるわけですが、介護士がやって来るまで、介護を必要とする高齢者は事実上放置されるんですよ。適時、おむつを換えてもらえない。必要な介助も得られない。こんなことが許されると思いますか？　同じことを幼児にすれば、立派な虐待じゃありませんか」

「全くです――」

神野は、深刻な表情で同意の言葉を漏らしたが、「では、そうならないための方策は？　まさか国が全部面倒をみるとでも？」

と訊ねてきた。

「それは、無理です」

甲斐は断じた。「現状を維持するだけでも、社会保障費は今後毎年一兆円ずつ増加していくんです。家族とはいいません。介護が必要になった時点で、その方が所持している蓄財、資産を極力活用していただくことを、まず考えていただく。介護もビジネスですからね。利益が上がるなら、介護のレベルが上がることも期待できなくはないでしょう」

「しかし、どうやって？　蓄財にも限りがある。その範囲で収まらなければ――」

神野の問い掛けに、甲斐は持ち家を運用して、入居費用に充てる、所謂《いわゆる》リバースモーゲージを活用する仕組み造りを国が率先して行う案を話して聞かせた。

「でも、それって都市部の住宅需要の旺盛《おうせい》なエリアに限って、成立する仕組みでしょう？　先にお話しした被災地の仮設で暮らしているような高齢者には使えませんよ」

神野は絶望的な眼差《まなざ》しを向けてくる。

「その通りです」

甲斐は頷《うなず》いた。「被災地だけではありません。過疎高齢化に直面している地方はほとんどがそうでしょう。だからこそ、公共事業のあり方を見直す必要があるんです」

「どういうことです？」

「過疎高齢化が進む地方に、新幹線や高速道路を通したところで、採算なんか取れるわけがない。いまさら企業がやってくるとも思えません。結局、国の財政赤字を増やす結果に終わる。真っ先に整備しなければならないのは、人口の減少にまず歯止めをかけ、同時に介護を必要とする高齢者を集中的にケアする施設の整備なんです」

甲斐は、断言した。

「それは、国が全部面倒をみるというのと同じではないのですか？」

「施設の設置と運営を分けて考えるのも、一つの手ではないかと思うんです」

甲斐は答えた。「民間企業が土地を購入し、上物を建てれば、多額の初期費用がかかります。当然、それは入居費用に転化される。入居者が無理なく支払い可能な介護施設を探そうとすると、東京なら千葉、埼玉、栃木になってしまうといわれるのは、それが要因の一つです」

「つまりイニシャルコストは国で負担する。運営を民間に任せるというわけですか」

さすがは神野だ。打てば響くようにこたえが返ってくる。

「実現可能かどうかは、勉強会の分科会で検討していますが、それで入居費用が軽減されるなら、ありなんじゃないかと私は考えています」

甲斐は感心しながらいった。

「しかし、どうなんでしょう。国が施設を無料で民間企業に貸与するわけでしょう？」

神野は、首を傾げて考え込む。

「だから、公共事業だといってるんです」

それでも神野は考え込む。

甲斐は続けた。

「それに、実は就労人口が伸びている唯一の職種が介護職でしてね。特に地方では、貴重な雇用の受け皿となってるんです。ところがここにきて肝心の高齢者人口そのものが地方では減少に転じている。職がなくなった人が、これから高齢者が増える東京に集まってきているという現象がすでにはじまっているんです。この事態を放置しておけば、多くの自治体が早晩消滅してしまうんです」

「なるほど、介護施設が地方に分散すれば、地方の人口流出に歯止めがかかる。そこに子育て住宅、MOOC《ムーク》、スマートアグリ、第二新卒制度を導入すれば、人口が増加に転ずるという効果が見込めるかもしれませんね」

神野が、ようやく肯定的な言葉を返してきた。

「これは、子育て住宅とまったく同じ発想なんです。子供を産みやすい、育てやすい環境を整えるのが政治の仕事なら、安心して生涯を終えられる環境を整えるのもまた政治の仕事ですからね」

甲斐は頷くと、笑みを浮かべた。

「異論はありませんが、共通した問題とおっしゃるなら、時間もそうですね」

神野は、正面から甲斐の顔を見据えてくると、「オリンピックの選手村をネスティングプレイスとして活用するには、残された時間は僅《わず》かしかありません。ぐずぐずしていると、転用がきかなくなる可能性が出てきますが」

改めて、考えのほどを問うてきた。

「策はあります」

甲斐は答えた。

まだ誰にも話してはいない。たとえ、勉強会の仲間とはいえ、こんな話が誰かの耳に入ろうものなら、大変なことになる。しかし、神野は別だ。政治家としての利害が絡むわけでもない。何よりも、自分の考えを実現すべくいち早く行動に出た、紛れもない同志である。

「どんな？」

おそらく、国策としてそれを実現するには、まだ長い時間がかかるはずだと考えていたのだろう。神野は意外とばかりの表情を顔に浮かべた。

「都知事をその気にさせるんです」

甲斐は、静かにいった。

「どうやって？」

怪訝《けげん》な顔をする神野に向かって、

「都知事が、いま最も恐れていることは何だと思います？」

甲斐は敢《あ》えて謎をかけた。

「恐れていることねえ……」

神野は、腕組みをしながら瞳《ひとみ》を天井に向けた。「圧倒的支持で都知事に当選。オリンピックの招致にも成功した。いまのところマイナス要因は見当たらないし……」

「じゃあ、質問を変えましょう」

甲斐は、頬が緩むのを感じながらいった。「彼は、あと何年知事を続けたいと考えていると思います？」

「そりゃあ、最低でももう一期。オリンピックまでは……」

神野は、そこではっとした顔をして言葉を呑むと、「甲斐さん。まさか──」

目を丸くして、身を乗り出した。

「おっしゃるように、オリンピック開催後の選手村の使用方針が固まってしまったのでは、あそこをネスティングプレイスにという我々のプランは絵に描いた餅《もち》になってしまいます。残された時間は確かに少ない。かといって、国策としてそれを打ち出すには、時間を要する」

「でも、次の都知事選は三年後ですよ」

どうやら、神野は言葉の意味を、甲斐自らが都知事選に打って出ると取ったらしい。

「私が都知事を目指すといっているわけじゃありません」

甲斐は苦笑いを浮かべた。「それを匂わすだけでも、効果はある。そうは思いませんか？」

神野の目元が弛緩《しかん》し、口元が綻《ほころ》んだ。

「そりゃありますよ。そんなことを甲斐さんがいおうものなら、あの人、腰抜かしますよ。都知事選に大勝したとはいっても、有力な対抗馬がいなかっただけ。オリンピックは現職のまま迎えたい。何があっても知事の座にしがみつく。そこに、甲斐さんが次の都知事選に出馬することを匂わせようものなら――」

ついに神野は肩をゆすり、心底愉快そうに笑い声を上げた。

『この計画の鍵《かぎ》を握っているのは、政府とは限らんよ』

軽井沢で、多賀谷がそう前置きして授けてきたのが、このアイデアである。

欲と野心は、人間の弱みの一つ。そこに付け込めというわけだ。

政治家としての知名度、人気は遥《はる》かに甲斐が優《まさ》る。もちろん党の公認が得られるかどうかの保証はないが、立候補を匂わせただけでも、世間の注目を一身に集め、大旋風が吹くことは間違いない。

まして、オリンピック開催時の年齢は、現職七十五歳。甲斐は四十歳だ。世界中のトップアスリートが集まるスポーツの祭典の顔に、どちらが相応《ふさわ》しいかは改めて語るまでもない。

しかし、それを自ら口にするのは、傲慢《ごうまん》に過ぎる。

「東京の特殊出生率は、一・〇九。最も少子化が進んでいる都市です。その一方で、富と繁栄を一身に集めて、成長し続けている。まず東京の少子化傾向に歯止めをかける。東京には、全国に先駆けてそのモデルケースをつくり、実現する義務がある。わたしはそう考えているんです」

甲斐は、断固とした口調でいった。

「同感です」

神野が大きく頷《うなず》いた。「その点からいっても、まず東京というのは、実に理に適《かな》った話だと思いますね。子育て住宅、MOOC、第二新卒、高齢者の介護。甲斐さんが解決せねばならないと考えている問題の全てを東京は内包しているんです。東京でモデルケースを確立すれば、必ずや国策に波及しますよ」

「国策で行うよりも、手っ取り早いと申し上げたのは、そう考えてのことです」

甲斐は答えた。

「だったら、本気で都知事を目指すのもありじゃないですか」

神野は真顔でいう。「こういっちゃ失礼ですけど、国会議員でいる限り、いくら甲斐さんとはいえ、まだ暫《しばら》くの間は駒の一つに過ぎません。早いうちに入閣ができたとしても、どの省庁を任されるかで権限にも制約が出る。官僚とのすり合わせもあれば、衆参両院の議決だってある。その点、都知事は別ですよ。東京は一つの国家です。都知事はいわば大統領みたいなもんですからね。このプランを実現するためには、最も効果的なポストだと思いますが？」

実は多賀谷も、同じことをいったのだ。彼がいう『急がば回れ』はまさにそれを指してのことだ。

甲斐が掲げるプランを実現するには、一期四年もあれば十分だ。その間にオリンピックを成功裏に終わらせ、少子化に歯止めをかけ、MOOCを実現し、都職員の採用に第二新卒制度を導入する。さらに、高齢者対策までをも行って見せれば、国会議員としての空白期間は、決してマイナスにはならない。むしろ、将来国を背負う人間として、十分な資質を持つことを世に知らしめることになる。しかも、一期を終えた時点で、年齢は四十歳。二期務め上げたとしても、四十四歳。国政の場に、返り咲くには十分だ。東京が変われば、日本は変わる。

多賀谷はそういったのだ。

「しかし、神野さんがおっしゃったように、現知事の任期はまだ三年あります。他の案件はともかく、選手村の件はまったなし。これを実現するためには、彼を否応《いやおう》なしにその気にさせるしか方法はないのです」

これればかりはどうしようもない。

甲斐は冷めた茶に初めて口をつけた。

それに、都知事に就任すれば東京から日本を変えるチャンスを手にすることは確かかも知れないが、国政の場には、そこにいて初めて参画できることも数多く存在する。

改憲はその最たるものだ。

強引な国会運営も、民意がどこまで政権のやり方を許すか。その限界を見極める目的もあってのことに違いない。政権、政党支持率が危機的状況に陥らない限り、必ずや宗像は改憲に向けて動き出す。そのこと自体に異議を唱えるつもりはないが、問題はその中身であり、手法だ。

確かに、少子化、高齢化に備える制度造りも重要だが、事は国家の根幹に関わる重大事案だ。自分たち世代の国の形を決めるものでもある。それを考えれば、一時的にせよ国政の場を去ることは、責任を放棄したも同然となってしまう。

「でもね、甲斐さん。いまの日民党のあり方を見ていると、国政の場とは少し距離を置いた方がいいんじゃないか。私にはそう思えるんです」

神野は一転して顔を曇らせた。

「なぜです？」

「このところの宗像政権の国会運営があまりにも強引過ぎるからですよ」

甲斐は黙った。いわんとしていることは聞くまでもない。

「あからさまに過ぎますよ。衆院選で大勝しても、参議院の過半数は野党に押さえられたまま。それが参院選でも勝利し、単独過半数を取った途端に、数の力で法案を右から左に可決していく。だからといって、有権者が再び野党支持に戻ることはないでしょうが、この調子でやってたら、次回の選挙では手痛いしっぺ返しを食らうことにもなりかねませんよ」

神野は、心底案ずる口ぶりでいった。

「驕《おご》る平家は久しからず——。そうおっしゃりたいのですね」

甲斐はいった。

「そうです」

神野は頷いた。「いわずもがなですが、日民党の支持者は圧倒的に高齢者が多い。保守志向が高いというだけではありません。現行制度が変わっては困る人間が、この層に集中しているからです。投票率は五〇％そこそこ。半数近くの有権者が投票を放棄し、それは主に若年層に集中している……」

衆参両院選に大勝したとはいえ、日民党の支持率は三〇％に満たない。それでもこれだけの議席を確保できたのは、小選挙区制の下にいまの選挙制度が成り立っているからだ。これがただちに中選挙区制に変わるとは思えないが、若年層が投票を行うようになれば、形勢は一気に逆転する。

おそらく、神野はそういいたいのだろう。

「若年層の政治への不満は確実に鬱積《うっせき》しています。それは、政治への関心が高まっているということと同義語です」

果たして神野はいう。「年金ひとつとっても、すでに受給されている高齢者は、現役時代に支払った額以上のお金を貰《もら》っています。その一方で、若年層は支払い損になることを知っている。ただでさえ、若年層は将来への不安を抱いているというのに、雇用環境は一向に改善されず、正規社員よりも、派遣労働者の人口が増加するばかり。企業経営と政治は別物ですが、制度を造るのは政治ですからね。若年層が動けば、日民党政権なんてひとたまりもありませんよ」

「あり得る話でしょうね。実際、戦後の政治の中では、政権交代は何度もあったのです。結果が極端に振れれば、反動もまた大きい。いま以上に議席を伸ばすことは、まずあり得ないでしょうね」

いや、いまの宗像政権のあり方を見ている限り、必ずや反動があると考えるべきなのだ。むしろ、それがどの程度で収まるか。問題はそこにあるといってもいい。

「そんな他人事《ひとごと》みたいにいってていいんですかね」

神野の声に棘《とげ》が籠《こも》った。「何だかんだいっても、政権担当能力がある政党は日民党以外ない。前政権時代のような、稚拙な人間が国政を担うのはこりごりだ。そう思っているわたしでさえ、宗像さんの政権運営は強引に過ぎると感じているくらいです。選挙結果は有権者ひとりひとりの票の積み重ねですからね。単純に日民党だけはいやだ。無投票を決め込んでいた人間たちがそう考え、実際に動き出せば、予想外の結果に繋《つな》がっても不思議じゃありませんよ」

おそらく、宗像をはじめ党の重鎮たちは、次の選挙は三年後。選挙が視野に入ってきた辺りで、有権者の歓心を買う政策を打ち出せば、それまでの強引な政権運営のあり方など忘れ、再び日民党に票を投じる。そう考えているに違いない。

「ではその時、有権者はどこの政党に票を投じると思います？」

神野の見立てが間違ってはいないことは重々承知で、甲斐は敢《あ》えて訊《たず》ねた。

「分かりません。だから怖いんです」

神野は、真剣な眼差《まなざ》しを向けてくる。「国内では被災地の復興、経済の活性化、財政問題、少子高齢化、改憲、そしてオリンピックと継続して取り組まなければならない問題、課題が山積しています。外交では中韓、特に中国との間では、今後緊張状態がますます高まっていくことは間違いないでしょう。そこで、再び衆参がねじれ、何も決められない時代を迎えようものなら、大変なことになりますよ。まして、政権担当能力に欠ける政党が、政権を握ることにでもなれば、もはや悪夢としかいいようがありません」

歴史は繰り返すという言葉が脳裏を過《よぎ》った。あり得ない話ではないだけに、返す言葉がない。

黙った甲斐に向かって、

「甲斐さん……。四年ですよ」

神野がいった。「どんなことがあったとしても、あなたが選挙に敗れることはない。議員ではいられるでしょう。でもね、日民党が与党の座を滑り落ちれば最短でも四年。あなたは国政に影響力を及ぼす機会を失ってしまうんですよ。あまりにももったいないじゃないですか」

「国政の場から、距離を置いたほうがいいというのは、それが理由ですか」

聞き返した甲斐に、

「そうです」

神野は頷いた。「次回選挙は、宗像政権、ひいては日民党四年間の政策が総括されるものになるんですよ。前回の選挙では、旧与党の現職大臣でさえも相次いで落選したんです。日民党でも同じことが起こらないと誰がいえますか。中堅議員に至っては、討ち死にする議員が続出するかもしれません。日民党が政権与党の座を失おうものなら、甲斐さんが実現しようとしている政策のことごとくが、停滞してしまうことになるじゃないですか」

「政局が神野さんのおっしゃるような展開を迎えるなら、日民党そのものが支持を失うということです。ならば、都知事選だって日民党から出馬する限り、当選は覚束《おぼつか》ないということになると思いますが？」

甲斐はこたえた。

「掲げる政策が、明確、かつ理に適《かな》ったものであれば、有権者は支持すると思いますがね」

神野はそれでも、都知事への道を強く推す。「東京都の歳入は六兆二千億と莫大《ばくだい》なものです。将来国を運営するに当たっての経験を積み重ねる上でも、決してマイナスにはならない。そこで、確たる実績を上げ、国政の場に改めて戻る。その時、都知事としての実績は、甲斐さん本人の政治家としての評価に繋がる。党内にも新しい顔として、甲斐政権待望論が湧き上がる。わたしはそう思いますがね」

確かに東京都の予算は一国の国家予算に匹敵する規模だ。これからの日本が直面する問題のほとんどを内包してもいる。それらの解決に心血を注ぐのは、政治家として魅力に溢《あふ》れた仕事であることに間違いはない。

しかしだ――。

「神野さん。政治はそれほど甘いものではありませんよ」

甲斐は軽く息をついた。「都知事は独裁者じゃないんです。どれほど有益な政策を掲げようとも、議会の承認を得なければなりません。日民党に逆風が吹けば、都議会の勢力図も激変するでしょう。仮にわたしが当選したとしても、肝心の議会が野党に牛耳られ、議会運営で躓《つまず》いてしまったのでは話になりません」

今度は神野が黙った。

甲斐は続けた。

「野に下った日民党に一介の代議士としてい続けるより、都知事になった方が将来のためだという意見はもっともかもしれません。でもね、都知事選までは三年もあるんです。いま我々が行おうとしている政策は、早急に実現に向けて動き出さなければならないんです。時間がありません」

「しかし、もし都知事がプラン実現に向けて動き出せば、実績は彼のものと――」

「わたしの将来を案じて下さるのはよく分かります」

甲斐は、神野の言葉を遮った。「ですがね、事は国家の命運にかかわる事案なんです。誰がやろうといいじゃありませんか。それに、現都知事は無所属です。万が一にも、次の国政選挙で政権交代があったとしても、議会運営が滞ることはない。都知事を一旦《いったん》その気にさせれば、スムーズに事が運ぶことは間違いないんですから」

2

勉強会で草案が纏《まと》まったのは、それからほどなくしてからのことだ。

さて、そうなると次のステップは、実現に向けていかなるアクションを取るかだが、まさか都知事を脅すとはいえない。

甲斐は無理を承知で自分に一任して欲しい旨を提案した。

さすがに新町はその理由を訊ね、難色を示したが、かといって彼女も表立って塔野に任せてはとはいえない。対案も出ないまま、他のメンバーが賛同したことで、二カ月間と期限を区切ってとりあえず政策案の今後は甲斐の預かり事項となった。

甲斐は即座に行動に出た。

東京都知事の勝部義則《かつべよしのり》とは面識がないわけではない。しかし、直接アポイントメントを取り、腹を割って話し合うだけの間柄でもない。そこで、甲斐は、太平洋総合研究所の所長である堂島に仲介の労を依頼することにした。彼と勝部は、旧知の仲であったからだ。面談の目的を告げると、幸いにも堂島は政策案に深い理解を示した。もちろん、政策案を勝部が受け入れなければ、甲斐自ら次回の都知事選に立候補し、勝部と対峙《たいじ》する覚悟があることを告げた上でだ。

そして、年が明けた正月二日。甲斐はいよいよ勝部との面談の場に臨んだ。

勝部は静養を兼ね、都内のホテルに滞在しており、施設内にある飲食店に出向くにもエレベーターひとつで済む。マスコミの目も、この期間は手薄になるのも好都合だった。半面、わざわざこの時期を狙って、会食をと持ちかければ、そこに特別な用件があることは容易に察しがつく。

旧知の仲の堂島の仲介とはいえ、甲斐を目前にした勝部の顔には、明らかに警戒の色が浮かんでいた。

「新年、おめでとうございます」

和食料理店の個室で、仲居の女性が朱塗りの盃《さかずき》に屠蘇《とそ》を注ぎ終えたところで、甲斐は音頭を取った。「都政にとっては、オリンピックに向けて本格的な準備が始まる年。忙しい一年になりますが、ご健勝をお祈りしております」

「オリンピックまで六年。若き与党のホープには、今後いろいろとご協力を願わなければならないことも出てまいりますが、一つ宜《よろ》しく――」

勝部は、盃を目の高さに掲げると、一気に飲み干した。

私的会合であることに加えて、休暇の最中である。勝部は、ポロシャツにセーターを着ただけの姿で、甲斐もまたワイシャツにジャケットの軽装である。

勝部は盃を置くなり、

「しかし、日民党には厳しい年になりそうですな。宗像さんが予《かね》てからの政策課題を一気に解決しようとする気持ちは分からないではありませんが、少しばかり性急に過ぎます。都政と国政は別ものとはいえ、オリンピックは国家的イベントですからね。国政が混乱すれば余波は必ずや都政にも及ぶ。まして、東京はただでさえ無党派層が圧倒的多数を占めるんです。勢力図が変わり、スムーズな議会運営が果たせなくなれば、わたしも困ったことになる」

あからさまに懸念を口にした。

やはり、勝部の念頭に真っ先に浮かぶのは、オリンピックのことだ。

誘致したのは東京だが、都市インフラ、競技施設の整備と国の助力なくして成り立たぬことは多々ある。都にとっては国家の力を借りて、さらなる飛躍を遂げる基盤を造り上げる千載一遇のチャンスなら、オリンピックを成功裏に終わらせた暁には、全て勝部の実績となり歴史に名を残す知事となる。人生の集大成として、これほど相応《ふさわ》しい仕事はあるまい。

「ことオリンピックに関しては、ご懸念には及ばないのではありませんか」

甲斐はいった。「誘致が実現するまでには、反対意見もありましたが、決まった以上はやらざるを得ないんです。仮に政権が変わったとしても、もはや覆すことなんてできませんよ。国家の威信がかかっている以上、どこが第一党になろうとも、全面協力する以外にありません」

「甲斐さんは、そうおっしゃいますが、このままだと開催にこぎ着けたとしても、汚点が残るオリンピックとなりかねませんよ」

勝部の眉間《みけん》に深い皺《しわ》が刻まれた。「宗像さんは集団的自衛権の確立にご執心ですが、成立すれば中国、韓国は間違いなく反発します。その後の展開次第では、両国との関係がねじれ、ボイコットなんてことにでもなろうものなら目も当てられませんからね」

可能性としてはあり得る話かもしれないが、まるでそれが現実となれば画竜点睛《がりようてんせい》を欠くといわんばかりのいい草は、いかにオリンピックを華々しいものにするか、関心がその一点にしかないことの現れである。

「それはどうですかね」

堂島が口を挟んだ。「集団的自衛権の確立がきっかけで、実際に日中間が紛争状態に陥ったというならともかく、行使可能な状態になったというだけで、中韓がボイコットに出ることはないと思いますよ。それこそオリンピックに政治を持ち込んだと世界中から非難されますすよ」

「オリンピックは、政治そのものじゃないですか」

勝部は即座に反論に出る。「単なるスポーツの祭典というなら、どこの国が大金かけてオリンピックを誘致しようとするもんですか。開催が決定すれば特需が生まれ、莫大な経済効果を発揮するからこそ各国が誘致に必死になるんです」

「しかし、集団的自衛権は国政の問題ですよ。勝部さんが、口を挟めるわけでもなし、ここはいかにしてつつがなくオリンピックの準備を整え、無事に終わらせるか。それを考えるべきだと思いますが」

堂島は、そういいながら熱燗《あつかん》の入った徳利《とっくり》を手に取ると、勝部に酒を勧めた。

「ったく、宗像さんも何を考えてんだか。集団的自衛権なんて、九条を改正しないことには、どんな理屈をこねたって、違憲であることは間違いないんだ。ごり押しすれば、自ら政治生命を絶つようなもんだ。馬鹿げている――」

憤懣《ふんまん》やるかたないとばかりに、勝部は盃を呷《あお》った。

勝部は都議会議員を経て都知事になった経歴を持つが、元々は弁護士であった人間だ。法の専門家からすれば、宗像の取ろうとしている手段が無理筋と感ずるのも当然というものだ。

「そうなったらなったで、勝部さんにとっては悪い話じゃないでしょう」

堂島が空になった盃にすかさず熱燗を注ぎながら、さらりといった。「オリンピックの誘致に成功した功労者の一方が、勝手に潰《つぶ》れていくんだ。あなたが再選を果たし、オリンピックを成功裏に終わらせれば、功績はあなたひとりのものになる」

「いや、堂島さん。わたしはなにも――」

勝部は、慌てふためいた顔をして、甲斐と堂島の顔を交互に見る。

「いいんですよ。人間誰しも野心を持つ。名誉欲だってある。実際、勝部さんはオリンピックの誘致成功に多大な貢献をしたんだ。六年後を現職のまま迎え、世紀の祭典を成功裏に終わらせたい。そう思うのは当然ですよ」

本音をあからさまに指摘されては、いい繕うのが却《かえ》って困難になるものだ。

押し黙った勝部に向かって堂島は続けていった。

「でもね、勝部さん。あなたが本当に歴史に名を残す知事になりたいと思うのなら、単にオリンピックを誘致し、成功裏に終わらせた。それだけじゃ駄目だ。東京にさらなる繁栄を齎《もたら》し、未来に通用する都市に変貌《へんぼう》させただけでも駄目だ。オリンピックをきっかけに将来の国造りの礎を築いた。つまり日本を変えた知事という評価があって、初めて歴史に名を刻まれることになる」

さすがに勝部の性格を熟知している堂島だ。自然な会話の流れの中で、勝部の野心と名誉欲を擽《くすぐ》りに出る。

「どういうことです」

勝部はここからが本題なのかとばかりに、再び堂島と甲斐の顔を交互に見た。

「ご無理をいってお時間を拝借したのは他でもありません。勝部さんに是非とも実現していただきたい政策があるのです」

頃合いは良し。

甲斐は持参した政策案が綴《と》じられたファイルをテーブルの上に置いた。

「これは?」

勝部が手を伸ばしながら訊《たず》ねてきた。

甲斐はそれから暫《しば》くの時間をかけて、政策案の内容を話して聞かせた。

勝部は、その間一言も喋《しゃべ》らなかった。時折ファイルを捲《めく》っては、ただじっと耳を傾けていた。

「六年後、東京は新しい街に生まれ変わります。都市インフラもいままで以上に整備される。日本、いや世界経済の中心都市としての地位もさらに強固なものとなるでしょう。労働の場を求め、人はますます集中し、東京はさらに巨大な都市となる。しかし、その代償として地方の過疎化には拍車がかかります。少子化もまた、一段と加速するでしょう。それで日本という国がもつのでしょうか」

甲斐はとどめとばかりにいった。「人は国を支える最も重要な資源です。資源を貪《むさぼ》り食うだけで、増やす努力を怠れば、やがて枯渇する。東京には、人を増やす義務がある。わたしはそう思うのです」

堂島が言葉を継いだ。

「実際、東京の特殊出生率は一・〇九。区によっては一を割っているところすらあるんです。東京は、子供を産めない、育てられない都市になってるんですよ。もはやこうなると、東京が繁栄することは、国の衰退を意味するようなものです」

「まあ、おふたりのおっしゃることは理解できなくもありませんがね——」

急な提案のせいもあるのだろうが、そんなことなどまともに考えたことなどなかったに決まってる。勝部は戸惑いを露《あら》わにしながらも、

「でもね、オリンピックに向けて東京がますます魅力的な街になっていけば、黙ってたって人は集まってきちゃいますよ。その上、子育ての環境も充実させたとあっては、む

しろ地方の衰退をより一層加速させることになるんじゃありませんか。少子化対策は都よりも、国策として取り組むべき課題ですよ」

前職が弁護士であったせいか、あくまでも冷静に返してくる。

「国を動かすためには、インパクトのある成功例を作り上げるのが最も早いと考えているから申し上げてるんです」

甲斐は即座にいった。「この政策を国策で行おうとすれば、施設の概要、地域、用地選定、予算の確保……。モデルケースを造り上げるだけでも時間がかかり過ぎるんです。その点、東京は違います。黙ってたって、六年後にはオリンピックが終わり、都心の一等地に子育て住宅に転用可能な居住施設が出現する。こんなチャンスはそうあるもんじゃありません。それも、知事の決断ひとつで、実現に向けて動き出すんです」

勝部は軽く息を吐くと、

「わたしがいいたいのは、少子化問題は単に若年層の経済的負担を軽くしただけでは、根本的な解決にはならないんじゃないかということです」

盃《さかずき》を置いた。「子育て住宅、MOOC《ムーク》、第二新卒……確かに、これらが実現すれば、子供を持つことも育てることも、ずっと楽になるかもしれない。だけど、子供を産み、育てるには経済基盤。つまり確たる収入がなければどうしようもない。正規雇用が減る一方で、派遣労働者が増えているのがいまのトレンドです。これが解消されないことには、子供が増えたところで――」

勝部は言葉を呑《の》んだ。

いいたいことは分かっている。

低収入、かつ雇用基盤が不安定な層が、どんどん子供を産むようになれば、生活に行き詰まった際に社会保障費が激増する恐れがある。子供は次世代を担う宝どころか、大きな社会負担になりかねないと指摘したいのだ。

「それに、東京は地方の人口を集めながら肥え太っているとおっしゃいますが、そもそもそうなったのは、地方から安定した雇用基盤が失われているのが一因でしょう。かといって、いまさら企業が国内に製造拠点を置くことはまず考えられない。つまり、子育て環境を整えたところで、地方の過疎化を食い止めることにはならない。そうなりませんか？」

勝部は続けて問いかけてきた。

「それについては、わたし自身は少し違った見方をしています」

甲斐はこたえた。

「ほう。どう見てるんです？」

「日本が経済成長を遂げる過程で衰退していった一次産業に、再びスポットが当たる。そんな時代が必ずや来る。そう確信してるんです」

「それ、本気でいってるんですか？」

勝部は眉《まゆ》を吊《つ》り上げた。

「ええ——」

甲斐は頷《うなず》いた。「企業活動のグローバル化には今後ますます拍車がかかります。正社員に要求される能力も、いままでとは比較にならないくらいに高くなるでしょう。ところが、日本には八百もの大学があり、新卒者は一様に大卒に相応《ふさわ》しい仕事に就きたいと願っている。しかし、製造業の現場では機械化が進む一方。残酷ないいかたですが、職に就けない人間が出るのも、派遣が増えるのも当たり前なんです」

「学歴を身に付ければ、就職できて安定した一生が迎えられるなんて、もはや過去の話なんですよ」

堂島がいった。「人間誰しも向き不向きがある。個々の能力によって、生きる道を見つける。すでに考えを改めなければならない時代になってるんです」

「もちろん、一次産業が誰でもできるといっているわけではありません」

甲斐は堂島の言葉を補足しにかかる。「農業、漁業、林業、いずれを取っても技能、経験がなければできないプロの仕事です。日々、創意、工夫が必要とされる仕事でもあります。しかし、時代がどう変わろうと決して無くならない。むしろ、世界的には人口は増加してることを考えれば、農漁業はこれから先、有望な産業として再び脚光を浴びることになるんじゃないか。わたしはそう考えているんです」

「だからこそ、政府もこれからの成長産業として農業改革に力を注いでいるんじゃありませんか。農業が大規模化され、企業化されれば、地方にも安定した雇用が生まれます。

賃金は決して高額とはいえないかもしれませんが、それでも、都市部に比べれば生活の基本コストは格段に安くつくのが地方です。そこに子育て住宅が設置されれば、若くして子供を産み、育てることができる。そしてMOOCによって教育の地域間格差も是正されれば、その中から、新しい産業の担い手も生まれてくるでしょう。それが甲斐さんたちが描く、日本の将来像なんです」

堂島が、熱弁を振るった。

「それに第二新卒の採用同様、農業の活性化は、激増する高齢者の社会保障費の削減にもなると考えているんです」

甲斐は、早くして子育てを終え、社会に第二新卒として採用される仕組みができ上がれば、中年を迎えた夫婦は事実上のDINKS《ディンクス》となり、老後を暮らす資金を貯蓄できること。農業の企業化が最新鋭の機材を導入し、あるいはスマートアグリの普及によって労働が軽減され、生活コストの安い地方へのリタイア層のUターン、Jターン現象を生むことが期待できること。都市部で購入した不動産をリバースモーゲージで活用すれば、老後資金が捻出《ねんしゅつ》できることを語って聞かせ、

「この仕組みによって、最大の恩恵を被るのは東京のような大都市です。現状を放置すれば、かつての労働人口がそのまま高齢人口となる。つまり東京は、社会保障に頼って生きる高齢者と、子供を持たない若い世代の都市になる。これは大変な問題です。だからこそ、東京に集まる若い人に子供を産んでもらい、さらに人口を地方へと分散させる

ことが必要になるんです。つまり、少子化と高齢者対策は表裏一体、どちらを解決すればいいという問題ではないのです」

と結んだ。

「まあ、話は分かりますがね……」

勝部は視線を落とし、口の端を歪《ゆが》ませると、「しかし、全ては甲斐さんの思惑通りに運べばの話でしょう。確かに、少子化も高齢化も深刻な問題だ。どちらも手をこまねいていれば、国を危機に陥れる。だけど、わたしには、そううまく事が運ぶとは考えられないんだよね」

そっけなく否定的見解を口にした。

「といいますと？」

甲斐は訊《き》いた。

「絵に描いた餅《もち》で終わりそうな気がするんだよ」

何だそれ――。そういいたいのを堪《こら》えて、

「だったら、このまま放置するしかないと？」

甲斐は問うた。

「そうはいっていませんよ」

勝部は悠然と盃に口をつける。「こと少子化に関して、わたしと甲斐さんの考え方が根本的に異なるのは、日本をいまのような民族構成で成り立たせようとするのがどだい無理な話だということです。グローバリゼーションは、今後ますます進む。すでにインターネットの世界に見られるように、国境、国家という概念なんて、もはや成り立たない。現実世界でも、そうした傾向がますます加速する。わたしはそう考えているんだよ」

「つまり、人口減少を補うためには、移民を受け入れるしかないとおっしゃりたいのですか」

「それが、最も現実的な選択でしょう」

甲斐の問いかけに、躊躇《ちゅうちょ》することなく勝部はこたえた。「東京はこれからの六年間に、世界最先端の都市に生まれ変わる。多くの規制が緩和され、ビジネスチャンスに溢《あふ》れた街にもなる。そうなれば、黙っていても世界中から人が押し寄せてくる。実際、富める者はさらなる富を追い求めて、そうでない者は富を摑《つか》むことを目指してね。シンガポールのように移民が流入し、繁栄を貪《むさぼ》っている国はいくつもあるじゃないですか。都市の繁栄は、国内だけじゃない。海外の人間も引き寄せるもんなんだよ」

まるで大学教授が理想に燃える学生のアイデアを、現実論を以《もっ》て批評するようないい草だ。

反論に出ようとした甲斐を遮るように、

「シンガポールと日本とじゃ状況が違いますよ」

堂島が珍しく声を荒らげた。「淡路島ほどの広さの国ですよ。基本的に国を維持していくコスト自体に雲泥の差があります。シンガポールのような真似は、日本にはできませんよ。そりゃあ、東京には通用する話かもしれませんけど、日本という国家がそれで維持できるかといえばそうではありませんよ」

「しかしね。実際外国人の手を借りなければ、高齢者の介護にせよ、一次産業にせよ、とっくの昔にやっていけない時代になってるのは事実じゃありませんか」

勝部は皮肉の籠《こも》った笑みを浮かべる。「インドネシアから介護士を迎え入れようとしているのは、需要はあっても肝心の日本人になり手がいないからでしょう？　漁業、農業にだって、研修生という名目で労働者を迎え入れているのも、同じ理由からじゃありませんか。もうね、日本人は低賃金にして重労働の仕事には見向きもしなくなってんですよ」

勝部は反論があるかとばかりに、ふたりの顔を交互に見据え、少しの間を置くと続けた。「少子化だって同じですよ。いまの日本人の多くは、面倒を嫌うんです。子供や家庭に縛られるくらいなら、独身でいい。あるいは結婚しても、子供なんか持たなくともいい。そんな考えが蔓延《まんえん》してるんです。そんな人間たちに、少子化が進めば国がもたないなんていったところで、誰が子供を産むもんですか」

さすがに元弁護士だけあって弁が立つ。否定するツボを心得ている。

「確かに、子供を持つ持たないは個人の自由です。しかし、持とうにも持てない人がいる。それも事実じゃありませんか」

しかし、それでも甲斐は、落ち着いた口調で反論に出た。「子供を安心して産み育てられる環境が整えば、必ずや家族観、いや人生観も変わる、わたしはそう考えます」

「人生観が変わるう？」

勝部は語尾をつり上げながら、ぽかんと口を開けた。

「生涯独身で終える。結婚しても子供を持たない。そうした生き方を選択した人たちも必ず老いる。頼る人間もいない。訪ねてくる人もいない。都会のど真ん中に暮らしながら、人生の終わりがくる時を待つ。そんな老後を迎える人が激増する時代が、もうそこまでやってきてるんです。おひとりさまの老後なんて、言葉ほど気楽なもんじゃない。家族の有り難さ、重要性が改めて見直されるようになりますよ」

「同感です」

甲斐の言葉が終わると同時に堂島が頷いた。「核家族化が進んだ時代を生きた世代が老後を迎えるのは、これからが本番です。子供は、親の介護に一切携わらないというわけにはいきません。そこに自分の老後を重ね見る。おそらくは介護にあたる次の世代の子供たちもね。そうなれば、家族、子供に対する考え方も変わってきますよ」

「そうかなあ」

勝部は小首を傾げると、「自分の老後に備えて子供を産む人なんていませんよ。やっぱり子供を持つメリットよりも、デメリットの方が多い。そう考えているから子供をもうけなくなってるんですよ」

少し苛立《いらだ》った声でこたえた。

「だからこそ、子供を持つことにインセンティブを与えるんです」

甲斐は再度話を戻した。「子育て住宅には、一番下の子供が十五歳になるまで住めるというのがわたしたちのプランです。つまり、子供を産めば産むほど安い住宅に長く住み続けられる。保育施設が併設され、育児に纏《まつわ》る負担も軽減される。MOOC《ムーク》によって、学校外教育の経済的負担も軽くなる。ここまで徹底した少子化対策を社会に提示したことはかつてありません。それが、選手村を転用するだけで、効果の有無が確認できるんですよ。やってみるだけの価値はあると思います」

「それに勝部さんは移民といいますがね」

堂島が言葉を継いだ。「移民をそう簡単に考えるのはいかがなものかと思いますね。実際、移民を受け入れた国々では、移民人口が増加するにつれ、民族間の対立という大問題に直面してるんですよ。第一、移民してくる人たちは、祖国にいるより良い生活が営めるからこそ、移住してくるんじゃありませんか。生活環境が改善され、収入が増えれば、今度は子供を産みだす。結果ネイティブよりも、移民の人口が増えてしまう。そんな事態だって考えられるんです」

「それが、果たして日本といえるのでしょうか」

甲斐はいった。「日本人がマイノリティになれば、共通言語も変わるかもしれない。文化、伝統の継承も困難になるでしょう。国政の場にも移民出身者が多数選出されるようになる。当然法律も変われば、憲法だって変わる。それが、新世界の国のあり方だといわれればそれまでですが、本当にそれでいいのでしょうか」

「国が豊かになるって、そういうことでしょう」

勝部は静かな口調で返してきた。「少子化は日本に限ったことじゃない。先進国はおしなべてそうなんだ。生活環境が良くなれば、教育に目が向く。学を身に付けた人間は、それに相応《ふさわ》しい職を求める。当然競争が激しくなり、所得格差が生まれる。富裕層は教育に金をかけはじめ、多く子供を持たなくなる。貧困層は、子供を持つに持てない。社会構造がそうなってしまうんだ。国のあり方だって変わるのが当たり前なんだ」

確かに少子化は、成熟した国家が必ずや直面することになる宿命といえるものかもしれない。

世界的に人口は激増する傾向にあるが、増加しているのはもれなく発展途上国である。

「第一、日民党が、憲法改正を悲願としているのも、日本の社会構造が変わり、国を取り巻く環境が変化し、現状にそぐわないものになっている。そう考えていることにも一因があるんでしょう？」

勝部はさらにいう。「現行憲法が制定されてから六十八年。世間には永遠不変の原則があると論ずる人もいますがね、わたしにいわせりゃそんなもの、人の世には存在しませんよ。国のあり方だって、時代とともに変わっていくんだ。日本はたまたま島国だから、変化に乏しかっただけなんだ。でもね、これからの時代はそうはいきません。日本も変わらざるを得ない。そういう時代になってるんですよ」

勝部の考えが明確になった。

たとえ国の形が変わろうとも、人口の減少は海外からの移民で補う。むしろ、オリンピックをきっかけに、近代化に拍車がかかる東京を、そのモデルにしようというのだ。

「勝部さんの考えは、まるでM&A。企業買収のようなもんじゃないですか」

甲斐は皮肉を込めて返した。

少なくともこれまでの勝部の言葉からは、国家観というものが感じられない。むしろ、帳尻《ちょうじり》さえ合えばそれでいいと考えている経営者。それも、将来のビジョンに欠ける無能な経営者のそれだ。

「M&Aね」

勝部は苦笑した。「確かに似てるかもしれんね。自社にない技術は、それを持っている企業を買収した方が早い。それがいまのビジネス社会の常識ですからね。人口問題だって同じです。人がいなくなるなら、いるところから連れてきたらいいんだ。もっとも移民構想が真剣に論議されるようになったら、甲斐さんのようにこの国の形の変化に危機感を覚える『日本人』が、子供を産みはじめるかもしれんけどね」

勝部は、『日本人』という言葉を強調しながらいい終えると、ふっふっふっと腹をゆすって笑い声をあげた。

暴言もいいところだ。

「M&Aなら期待通りの成果が得られなければ、買収した会社を切り捨てれば済みますが、移民はそうはいきませんよ。国籍を与えた人間は、ずっと日本に居続けることになるんですよ」

甲斐は正面から勝部の顔を睨《にら》みつけた。

「あのね、甲斐さん――」

勝部は真顔になると、負けじと視線を捉《とら》えたままいった。「そもそも日本は、古くは飛鳥時代から移民を受け入れ、彼らの知恵を活用して国力を伸ばしてきた国ですよ。それに、異文化を取り入れ独自の形に変化させ、さらに進化させる術《すべ》に優れている国民性を持つ。これからの国際社会はますます競争が激化する。この厳しい時代を生き残るためには、日本が日本人による国に拘《こだわ》る必要はない。むしろ新しい血の導入を積極的に受け入れ、多様な価値観による刺激を力としながら、文化の融合を図るべきなんだ。わたしはそう考えますがね」

確かに勝部の見解にも一理ある。

だが、それも移民が人口減少に歯止めをかける根本的解決手段となり得ればの話である。

「それがひとつの論であることは否定しません」

甲斐は肯定しながらも、すぐに反論にでた。「でもね、結局は同じことになるんじゃありませんか？　だってそうでしょう。移民を受け入れたところで、子育てに適した環境が整備されなければ、また少子化がはじまる。そうなれば、また移民を受け入れるんですか？　それを延々と繰り返せばいい。そうおっしゃるんですか？」

勝部は言葉に詰まった様子で、苦い顔をして盃を干す。

甲斐は続けた。

「それじゃあ、問題を先送りするだけじゃありませんか。為政者が考えなければならないのは、まずいま現在この国に住む国民の幸福です。いまの社会が抱える問題を解決し、将来に亘《わた》って安心して暮らせる国にすることです。ならば、いかにして安心して子供が産め、育てることができるか。育児と仕事の両立が可能となり、さらに中年を迎えてもなお、職を得ることができるか。安心した老後を過ごせるようにするのか。そうした政策を立案し、実現して見せることでしょう」

「かといって、甲斐さんのプランは、実現性に――」

勝部は苛《いら》ついた声をあげた。

「やってみないことには分からないじゃありませんか」

甲斐は、勝部の言葉を途中で遮った。「少子化問題を解消するために、これと同じような政策を行った国は世界のどこにもありません。だからこそ、やってみる価値があるんです。もし、この政策の結果、少子化に歯止めがかかる兆しが見られれば、日本発の世界に通用する少子化問題解消のモデルケースが確立されることになる。それも、施設建設の目処《めど》はついている。知事の決断ひとつで動き出すんですよ。こんなチャンスは、二度と訪れるものではありません」

勝部は無言のまま自ら酒を盃《さかずき》に注ぎ入れる。

迷っている様子が、手に取るように分かった。

名誉への欲もある。歴史に名を残す知事になりたいという野心を抱いてもいる。

日本発の世界に通用する少子化問題解消のモデルプランという言葉に突き動かされぬわけがない。

「勝部さん――」

甲斐は、満を持して切り出した。「わたしは、この政策はこれからの日本の命運を担う最も重要な案件だと考えています。これから国政の場では、改憲に向けての論議が本格的に行われるようになるでしょうが、国民がいてこその国家です。少子化問題が解決されなければ、どんな憲法を掲げたところで意味がありません。わたしたちの時代の日本のあり方は、この政策が実現するか否かで大きく変わる。命懸けで取り組まなければならない問題だと考えています」

勝部はじっと盃に目を落とす。甲斐は続けた。

「もし、あなたがやらないとおっしゃるのなら、わたしにも覚悟があります」

盃を口元に運んだ勝部の手が止まった。

「覚悟って？」

ぎょっとした目を向けてくる。

「次回の都知事選にこの政策を掲げて立候補し、有権者に信を問います」

甲斐は断言した。

勝部の手から盃が滑り落ちた。こぼれた酒がテーブルの上に広がったが、それをそのままにしながら、

「そ、そんな……」

勝部は、顔色を変えて口籠《くちごも》ると、「き、君は、わたしを脅すのか」

動揺を隠し切れずに、早口でいった。

「脅しているわけではありません。そもそも選挙とは、政策の是非の判断を有権者に委《ゆだ》ねるものじゃありませんか。勝部さんがおやりにならないとおっしゃるなら、わたしがやる。当然の帰結というものです」

甲斐は冷静な口調でいい放つと、さあ、どうするとばかりに勝部の目をしかと見据えた。

3

勝部は最後まで明確な返答をしなかったが、反応は即座に現れた。

松の内も明けやらぬ日の昼近く、突如衆議院議員会館の執務室を訪れた新町が、

「甲斐君、あなた都知事にあのプラン、直に持ちかけたんだって？」

血相を変えながら訊《たず》ねてきた。

勝部が何らかの動きに出ることは想定していたことだが、真っ先に新町の耳に入るとは意外だ。

「どこで聞いたんですか？」

訊ね返した甲斐に向かって、

「俺に任せてくれって、そういうことだったのね」

新町は呆《あき》れたように溜息《ためいき》をついた。「塔野さんのところに、これは党が了承してのことなのかって、勝部さんから問い合わせが入ったのよ。それにしても、もう少し知恵の回る人だと思ったけど、見損なったわ。よりによって、都知事選出馬をちらつかせて脅すなんて、どうかしてるわよ」

「塔野さんに？」

勝部は無所属だが、都知事選に出馬した際には日民党の支持を得た人間だ。党内に人脈があるのは不思議ではないが、問い合わせをするなら幹事長か政調会長であろう。それがいきなり副総裁とは――。

そんな甲斐の内心を悟ったのか、

「脅しをかけるくらいなら、相手の経歴、人脈ぐらい頭に入れておきなさいよ」

新町は再び息をつく。「塔野さんも昔は弁護士。仕事を通じて以前から面識があったのよ。それで直に連絡を入れてきたってわけ。お陰でわたしは事情を聞かれて往生したわよ。政策案の内容は、それとなく耳に入れてはいたけど、都知事に直接掛け合うことを君は知ってたのかって――」

「それは申し訳ないことをしました」

甲斐は頭を下げた。「でもね薫子さん。あの提言を早期のうちに実現するためには、都を動かすのが一番早い。そう考えたからこその行動なんです。それについての判断は間違ってはいないと思いますがね」

「拙速に過ぎるわ」

新町の声に怒気が籠った。「あなた、都が動いて効果があれば、国も動かざるを得なくなるっていったそうだけど、この政策を国のレベルに持ち込むためには、根回しってものが重要になるってこと、忘れてんじゃないの。官邸には少子化担当大臣がいるし、厚労省にも担当部署があるのよ。そこを飛び越して、国会議員が都に政策を持ち込んだ。まして、与党現職の青年局長がよ。それじゃみんなの面子《メンツ》が丸潰《まるつぶ》れじゃない。通るものも通らなくなるわよ」

そんなことは百も承知だ。根回しなどしていたら、いつになったら提言が政策として取り上げられ、実現に向けて動き出すか分からないから直接勝部にかけ合ったのだ。

「その担当があてにできるなら、そもそもこんな行動にはでませんよ」

傲慢《ごうまん》に過ぎることは分かってはいるが、甲斐はあえていった。「だってそうでしょう。大臣なんて議員の持ち回り。担当省庁の官僚だって、ころころ変わる。それに、必ずしも適材が適所にいるとは限らないのが組織ですからね。職分に捕われたら、いつまでたっても何も変わりゃしませんよ」

「そこまでいうからには、もし勝部さんがあなたの提案を受け入れないなら、本当に次回の都知事選に出馬するつもりなんでしょうね」

新町は、声のトーンを落として訊ねてきた。

まさかブラフだとはいえない。

「いざとなれば――」

甲斐はこたえた。

「党の公認が得られる保証はないわよ」

新町はぴしゃりといった。「そりゃあ、あなたの人気、知名度からすれば、公認がなくとも当選する可能性は十分にあるでしょう。在任中にこのプランを実現し、オリンピックを成功裏に終わらせれば、有権者の期待値も上がるでしょうしね。でもね、その実績を以《もつ》て、再び国政の場に戻ろうって考えているならちょっと甘いわよ。その時党が再びあなたを迎え入れるとは限りませんからね」

多賀谷の描いたシナリオがまさにそれだが、今後の身の振り方は、都知事選以前に、改憲を目指す宗像のやりかた、特に集団的自衛権の行使確立を憲法解釈を以て行おうとするか否かで決まる。あくまでも強行するというなら、時の情勢いかんでは党を離れる覚悟はできている。

黙った甲斐に向かって、新町はいった。

「いま塔野さんが誰と会ってると思う？」

甲斐は眉《まゆ》を上げた。

「宗像さんよ」

新町は冷ややかな声で告げた。「今回のあなたがとった行動に対してどう対処するか。それを話し合ってるの。へたをすれば甲斐君。あなた青年局長のポストを失うかもしれないわよ」

党のイメージキャラクターもどきのポストに未練はないが、それでも、自分の処遇を巡って総理と副総理が話し合っていると告げられると、さすがに穏やかではいられない。

「都知事選まで、冷や飯を食い続けるつもり？　水に落ちた犬はとことん叩《たた》かれるのがこの世界よ。ことをこじらせれば、都知事選どころか、あなた、政治家として二度と日の目を見られなくなるわよ」

新町にとって、それはライバルがひとり消え失《う》せることを意味する。悪い話ではないはずだ。忠告なのか、それとも、水に落ちようとしている犬の恐怖をかき立てようとしているのか――。

「薫子さん――」

判断がつきかねながらも甲斐はいった。「随分前に、いまの日本の姿を作り上げたのは、僕らの親の世代の政治家だ。その地盤を引き継ぎ、政治の世界に入った限り、僕らにはこの国の将来を考える責任があるって話し合ったこと覚えてますか」

「ええ――」

新町の勢いが落ちた。視線を落としながら小さく頷《うなず》く。

「あの場で、僕らは党が掲げる改憲案を話し合い、全面改憲など不可能だ。ひとつひとつ議論を重ね、国民に信を問うべきだと結論を出しましたよね。強引なやり方では、憲法そのものの存在意義を貶《おとし》める。現政権のやりかたは間違いだとも」

新町はますます視線を落として押し黙る。

「その考えに、いまも変わりはありませんか」

こたえを迫ったが返事はない。甲斐は続けた。

「最終的に、国会の場で承認されたとはいえ、他国の人間によって作られた憲法を掲げている国は日本以外、世界のどこにもありません。まして、敗戦直後という異常な状況下で作られたものです。時を経れば社会も変わる。国のあり方だって変わる。憲法といえども、見直すべきところは見直す。その考えはいまでも変わりはありません」

「わたしだって、それは同じだけど……」

新町はようやく言葉を返した。しかし後が続かない。

「でもね、たとえ一条項といえども、一度変えたものは、そう簡単には変えることはできない。それが憲法なんです。つまり、現政権によって変えられた条項は、今後何十年にも亘《わた》って、この国の法や行動規範の礎となる。まして、僕らはその当事者になり、やがてはその条項を遵守し、国を導いていくことになるんです。間違いは許されないんです。だから、変更する過程に一片の疚《やま》しさもあってはならないんです」

甲斐は心からいった。

「でも、宗像さんは、絶対に集団的自衛権の行使の確立に乗り出す。おそらくは今年中にね。甲斐君、その時あなたどうするの？」

新町がいわんとすることは、よく分かる。

政治家には理念と信念が求められる。しかし、独裁国家でもない限り、民意の賛同なくして政策の実現はあり得ない。そして、今のところ、その民意は日民党に集まっている。

「いったでしょう。やり方次第では、僕は断固反対に回るって」

甲斐は改めて決意のほどを口にした。

「あれ、本気でいってたの？」

新町は目を丸くした。「そんなことしたら――」

「そんなに驚くようなことですかね」

甲斐は微笑んでみせた。「薫子さんだって、いずれは閣僚に名を連ね、果ては総理総裁の座を射止めたいと思っているんでしょう？」

新町は複雑な顔をして口を噤《つぐ》んだ。

「憲法解釈による集団的自衛権の行使容認に賛成するということは、宗像さんの路線を継承するということですよ」

甲斐はいった。「集団的自衛権を現行憲法の下で、合憲とすれば必ず訴訟になる。判決が確定する頃には、宗像政権は過去のものとなり、我々世代が国政を担う立場になっているかもしれない。そこで違憲という判決が出たらどうするんですか。その間に、同盟国の戦いに日本が加わり、国民が命を失うようなことになれば、誰が責任を取るんですか。国民にどう釈明するんですか」

新町は視線を落とした。

釈明などできるわけがない。どんな言を弄《ろう》したとしても、政府自ら違憲の状態を作り上げ、自国民を紛争地に送り出した。その事実だけが残ってしまうことを理解しているからだ。

「僕はね、何も九条の改正に頭から反対しているんじゃないんです」

甲斐は続けた。「日本が自ら戦争を行うことは考えられない。だけど、防衛のために止むなく武力を行使せざるを得ない事態が勃発《ぼっぱつ》することは絶対にないとはいい切れません。自衛隊を自衛軍と位置づけ、個別的自衛権の行使は認めると明確に謳うべき。その部分においては、党の改憲案に賛成です。でもね、それを決めるのは政治家じゃない。政治家の役割はその必要性を国民に説明し、信を問うまで。最終的な判断を下すのは国民なんです」

「甲斐君のいうことは、もっともだと思うけど――」

新町は視線を上げた。「でもさ、反対しようものなら、党にいられなくなるわよ。これまでにも党を出た人は何人もいるけど、かつて権勢を振るったご重鎮にしたって、野に下った途端尾羽打ち枯らし、議員の座にしがみつくのがやっと。あなた、そうなってもいいの？」

なるほど、そうなる可能性は確かにある。ただし、現在の状況に立って見ればの話だ。多くの人間がそうなのだが、新町もまた状況は時とともに変化するものだということを忘れている。

「日民党が、ずっと与党でいられる保証なんてどこにもありませんよ」

甲斐は、薄い笑みを浮かべた。「現政権の閣僚、党の執行部の顔ぶれだって、あと二回も改選を重ねりゃ、様変わりしてますよ。いや、それ以前に集団的自衛権、ＴＰＰ、さらなる増税、結果次第では国民の猛反発を買い、日民党が政権与党の座から転げ落ちる引き鉄《がね》になる事案は山ほどあるんだ」

「ずっと与党でいられるか……か――」

新町は呟《つぶや》いた。「だけどさ、どこの党にしたって、いきなり顔ぶれが一新するわけでもなければ、有能な人材が揃えられるわけでもない。となれば、このまま日民党が――」

それは、希望的観測というものだ。

「たとえば十年……。それだけの時間があれば、人材を育成するのに十分な時間ですよ」

甲斐は新町の言葉が終わらぬうちにいった。

「育成って……じゃあ甲斐君」

新町は息を呑《の》んだ。

「勝部さんを脅したことで、青年局長のポストを失うなんてどうでもいいことです。それより、もし集団的自衛権の行使の確立に反対した際に、党が除名するというなら、僕は新党を立ち上げますよ」

甲斐は断言した。

「あんたねえ、新党を立ち上げてどうすんの？　政治は数よ。ついて来る人間がいなけりゃ、何もできない。地元にも見放され、それこそ二度と永田町に戻ってこられなくなるわよ」

新町は呆《あき》れた顔でいった。

「政治は数ね――」

甲斐は薄く笑うと新町の目を見据えた。「その数って何によって決まるんでしょう。政党ですか？　それとも政策ですか？」

「えっ……」

新町は虚を衝《つ》かれたかのように短い声を漏らす。

「高速道路、新幹線、トンネル、果ては国土強靭《きょうじん》化計画。公共事業で経済を支える政策は、将来に負の遺産を残すだけです。次世代を担う人間は、みな気づいてますよ。年金、介護、医療といった社会保障が絶対的に不足し、いずれどん詰まることもね。ならば、その不安を解消し、将来に希望を与える政策を実現してみせたとしたら？」

集団的自衛権の行使容認を憲法解釈で行うことに反対すれば、冷や飯を食わされるどころか、除名されることもあり得る話だ。だが、たとえそうなったとしても、まだ起死回生の手だては残されている。勉強会で造り上げた政策案を掲げ、次回都知事選に打って出、そのことごとくを実現してみせることだ。その実績を引っ提げて国政の場に復帰することだ。

勝部にはブラフをかましたつもりだったが、そう考えると多賀谷に授けられた策が、全ての点において、最も現実性の高いものと思えてくる。

「政策案の内容を公約として都知事になって、実現してみせるってこと？」

果たして新町がいう。

「そうです」

甲斐は頷いた。「少子高齢化問題が、どれほど深刻かつ解決に急を要する課題かを都知事選の最大の論点にするんです。そして、それを解決するためには、予算のシフト、さらに産業構造の再構築による人口の地方への分散が必要であり、そこに新しいライフスタイルが生まれる。東京を変えてみせれば、国政選挙でどの政党に支持が集まるかは明らかです」

ふむ、といった態《てい》で新町は考え込む。瞬《まばた》きが早くなるのは、その時の展開を読んでいることの証《あか》しだ。

やがて新町は口を開くと、

「宗像さんが、いま考えているやり方で、集団的自衛権の行使確立を強引にものにしようとすれば世論は紛糾する。都知事選に出馬するのは、甲斐君がそのやりかたに異を唱え、党の意向に背いた時。義を貫いた甲斐君の人気はいま以上に高くなる。まして、東京は無党派層が大半を占める——」

結果は見えたとばかりにいった。「しかも、知事といっても都知事は別格。注目度、発言の影響力は段違いに高い。まして、いよいよオリンピックが目前に迫ってくるんだしね」

新町の口調が明らかに変わった。

甲斐の描く絵図が荒唐無稽《こうとうむけい》とは思えない。そう考えはじめているのだ。そして、おそらくは、その先の展開も——。

「そこで、徹底的に日民党政権の政策、議会運営を批判し、反対勢力を集結させようってわけか」

果たして新町はいう。

「反対勢力といっても、現野党と一緒になるつもりはありません。数さえいればいいってもんじゃない。志を共にする仲間でなければ、意味がありませんからね」

それはそれで、難しい問題なのだが、甲斐は敢《あ》えていった。

「そんな人たちをどうやって集めるの？」

果たして新町はそこを突いてくる。

「集団的自衛権の行使を採決に持ち込んだ。さて、その時、党議員の全員が賛成すると思いますか？」

甲斐は問うた。

新町は、思案するように首を傾げ視線を落とした。

「じゃあ、薫子さん。あなたはどうなんです」

暫《しば》しの間を置いて甲斐は再び訊《たず》ねた。

「それは……その時になってみないと——」

乗り気になった素振りを見せておきながら、いざその時の行動を問うと、新町は明確なこたえを避けた。

「現時点で同じことを訊ねたら、圧倒的多数の議員が同じ答えを返すでしょうね。それは、おそらく、採決の段階にきても変わらない」

甲斐は、新町の内心を代弁してみせた。

「宗像さんだって、党議拘束をかけるだろうしね——」

苦しげな新町の口調。

「それでも、応じない議員も決して少なくないと思いますよ」

甲斐は断言した。「確かに現時点において、宗像政権の支持率は高いまま推移しています。だけど、それは宗像さんが打ち出した政策への結果が出ていないからですよ。消費増税、TPPだってこれからだ。まして、集団的自衛権となれば、宗像さんどころか、党議員にとっても政治生命を賭《か》けた議案になるんですからね」

日民党の議員とはいえ、盤石な基盤を持つ者は数少ない。そして議員が最も恐れるのが落選だ。まして、事は憲法に纏《まつわ》ることである。世論を甘く見、ごり押しすれば次の選挙で落選の憂き目に遭う可能性は十分にある。

宗像と心中するか。それとも議員として生き残る道を取るかとなれば、後者を選ぶ議員は決して少なくないはずだ。

「確かに、反対に回る人は少なからず出てくるでしょうね。その人たちを吸収すれば、新政党を旗揚げするのも可能かもしれないわね」

新町は慎重ないい回しでありながらも、甲斐の読みを肯定した。

「僕はね、何も日民党をぶっ壊そうというんじゃないんです。良くも悪くも、政策に精通していれば、政治のプロが揃っているのが日民党ですからね。だけど、プロであるがゆえの弊害というものがある」

「プロであるがゆえの弊害？」

新町は問い返してきた。

「知識と経験が改革を阻害するっていうことですよ」

甲斐は静かに返した。「日民党は大企業なんですよ。新入社員の時代から、党の中で政治の仕組みを一から学ばされ、この国の組織、制度を徹底的に叩《たた》き込まれる。経験を積み、実績を上げ、やがて課長になり部長になる。そして、組織の競争に勝ち抜いた者が社長、つまり総理総裁に選ばれる」

「うん……。それはいえてるわね」

「知識、経験の伝承。確かにそれは重要でしょう。だけど、それが通用するのは、社会環境の変化が緩やかな時代の話です。イノベーションによって、社会環境がどんどん変化する。積み重ねた経験や知識じゃ太刀打ちできない。そんな時代になってるんです。政治だって同じです。旧態依然とした考えから抜け切らない。それじゃやっていけませんよ。イノベーションの波に一番脆《もろ》いのが大組織であることは、現実社会を見れば明らかじゃないですか」

もちろん、これまではそれでも何とかうまくいっていた。

しかし、憲法同様、日民党が戦後政治の弊害を引き摺《ず》りながら、もはや制度疲労を起こしていることに疑いの余地はない。

「環境変化についていけない組織は、潰《つぶ》れるしかない……か――」

新町も思うところは一緒であるらしい。ぽつりと漏らした。

「もちろん継承しなければならないものはある。残さなければならないものもね。それが何かを判断し、舵取《かじと》りを担うのがトップの務めです。でもね、変化に対応するためなら何でもありってわけじゃない。正当な手順を踏み、その上で問題を解決していかなければならないんです。それを無視した組織は絶対に潰れます」

新町は、甲斐の言葉を嚙《か》みしめるように何度も頷《うなず》くと、

「でもさ、甲斐君がもし都知事になったら、あなたと行動を共にする議員をどうするつもり？　本来なら先頭に立たなきゃならない党首が都政じゃ、国政の場での影響力は低下する。戻ってくる頃には、組織自体が弱体化してしまっていることだってあり得る話よ」

新党を立ち上げた後の展開に話を転じた。

その変化が何を意味するかは明らかだ。甲斐の展望に現実性を見いだしはじめているのだ。

「集団的自衛権の行使確立に反対した造反議員を、除名するかどうかは数次第になるはずです」

甲斐はいった。

「でしょうね。除名した結果、両院のどちらかでも、過半数を確保できなくなれば、それこそ何も決められなくなってしまうもの」

「つまり、除名を断念することは、集団的自衛権の行使を憲法解釈、国家安全基本法のいずれを以《もっ》てしても確立できない結果に終わることを意味します。それでも、諦《あきら》めないというなら、九条の改正を以て、正面から改憲の是非を国民に問わなければならないこ

とになる」

「党議員の多数が賛成に回っても、過半数に及ばない。集団的自衛権以外の全ての法案の可否も、造反議員の意向次第。その先頭に立つのが甲斐君ってことになるんなら、ますますあなたが国政の場を離れるわけにはいかなくなるじゃない」

新町は、甲斐の読み通りの言葉を返してくる。

甲斐は、そこだとばかりに人差し指を顔の前に翳《かざ》すといった。

「薫子さん。もし、そうなったら、グループを率いるつもりはありませんか」

「わたしが？」

新町が目を丸くした。

「もちろん、勝部さんが我々の提言を撥《は》ね付けた場合です」

甲斐はいった。「次世代を担う人口が確保できなければ、国は滅ぶ。滅ぶことを避けようとすれば、日本は別の国家になる。日本人の、日本人による、真の日本国憲法を目指そうにも、確固たる国の維持基盤、つまり国民なくしては意味がありませんからね」

新町は黙ったまま話に聞き入っている。

甲斐は続けた。

「しかし、薫子さんがいうように、都政と国政は別物だ。国政の場を離れれば、改憲論議に関わることもできなければ、財政、公共事業、数多《あまた》あるこの国が抱える問題に携わることもできなくなる」

新町がそっと息を吐く気配がある。

迷っているのだ。

「東京から、国を変える。この国の将来の姿を提示してみせる。それが国のあり方を変える最も早く、かつ効果的な手段なんです。でもね、国を変えるためには、国政もまた変わらなければならない。そして、もはや一刻の猶予もならない。この国は、あらゆる面でそこまで追いつめられているんです」

「党をぶっ壊すつもりはなくとも、支配するつもりはあるわけね」

新町がようやく口を開く。

「現に東京は国を動かしたじゃないですか」

甲斐はにやりと笑った。「尖閣を国が慌てて買い取ったのは、東京が買うと宣言したからでしょう？　議会云々《うんぬん》よりも先に、その考えに多くの国民が賛同し、買い取る資金を寄付したからじゃないですか。国が手をこまねいていることを、東京が先んじてやってみせれば、動かざるを得なくなることの証明ですよ」

「その動きを内部から加速させろっていうわけね」

新町は初めて頬を緩ませた。

「国民だって、将来に不安を抱いていることは間違いないんです。その声がなかなか政治の場に届かないのは、為政者が目に見える形で解決の方法を示さないからですよ。いま国が抱えている問題を明示し、それに対する政策を掲げてみせれば、必ず大きな声になる。僕は、そう信じます」

　もちろん、どれほどの議員がグループに合流するかは未知数だ。しかし、少なくとも勉強会に残った、十五名からの議員は同調する。そして、提言が都の政策として実行されれば、必ずや大きな反響を呼ぶ。

　機を見るのに敏なのが政治家ならば、党内には無派閥の議員も少なくない。その後、グループに加わる議員も出てくるだろう。

「ご重鎮たちに任せていては、事態が悪化するだけなのは目に見えてるんです。彼らの意識を変えなければ、僕らはその尻拭《しりぬぐ》いに追われるだけになる。それも到底解決不可能な――」

　甲斐は決断を迫るように新町の目を見据えた。

「座してその時を待つくらいなら、できることをやる。それが正解よね」

　新町はにこりと微笑むと、「いいわ。その話、乗るわ」

　きっぱりと断言した。

4

　それから三日後の夕刻、甲斐は新町を伴ってクロコディアン社を訪ねた。

　宗像と塔野の間で、どんな話し合いがなされたのか、いまのところ動きはない。

もちろん、いかなる沙汰《さた》が下されようと、覚悟はできている。

神野を訪ねたのは、決意を告げるためだ。クロコディアン社はすでに、自分たちが立案した政策の実現に向けて動きはじめている。志を同じくする神野には、いち早く伝えておかなければならない。それに、今後の展開いかんでは、新町は国政の場で新しいグループを率いることになるかもしれない。

「ご高名はかねがね――」

受け取った名刺に目をやった神野が、目を上げるなりいった。

「こちらこそ」

新町は最高の笑みを浮かべながら返す。「新産業戦略会議の議事録には、つど目を通しておりましたが、あれだけのメンバーの中で、持論を最後まで曲げないなんてどんな方かと思っていたのです。お会いできて光栄です」

財力のある人間と出会うと、何とかして支援者にと考えるのが政治家の常だ。その本能が図らずも出てしまったといったところか。新町は自ら進んで手を差し出すと握手を求めた。

「どうぞ、おかけ下さい」

応接室は、会議室を兼ねているらしい。テーブルの周りに置かれた椅子を、神野は勧めた。

「突然に時間を作っていただいて申し訳ありません。神野さんに、お伝えしておかなければならないことがありまして——」

甲斐は腰を下ろすなり、政策案を受け取った後の勝部の反応と、宗像、塔野のふたりが、それについての対処を話し合っていること、そして、集団的自衛権を巡っての今後の展開次第では、新党結成に踏み切る覚悟があることを話して聞かせた。

「やっぱりね」

神野は驚いた様子もなく、肩を竦《すく》めると、「まったく、どいつもこいつも考えているのは我が身のことだけ。これまでの政策を踏襲してたら取り返しのつかないことになるのが分かっているはずなのに、端《はな》から無視とはね。政界だけじゃない。経済界だって同じだ。こんな連中に舵取《かじと》りを任せてたら、本当にこの国は壊れてしまいますよ」

一刀両断に切り捨てた。

「でも、経済界には神野さんのような、経営者もいらっしゃるわけだし……」

新町が、抜け目なく持ち上げる。

「新興企業の経営者はともかく、問題はいまの日本の経済界を牛耳っている大企業の経営者ですよ」

神野は、白けた口調で返す。「民間の非金融法人が抱える現金、貯金がいくらあるかご存じですか？　リーマンショック以来、昨年の九月時点まで二十・四半期連続で増加。実に二百二十四兆円ですよ。貯め込むだけで、設備投資を行うわけでもない、かといって従業員の給与を上げるわけでもない。これで、どうして景気が回復するんです」

「しかし、宗像政権発足以来の円安で、企業業績に回復の兆しが見えているのは事実です。業績が給与に反映されるのも、そう遠くないという見方もありますが？」

庇《かば》うつもりはない。甲斐は一般論を口にした。

「いまの経済界のご重鎮って、ほとんどがサラリーマン社長じゃないですか」

神野は、冷ややかな笑いを口元に宿す。「大企業のトップなんて、若いうちから敷かれたレールに乗って、時の上司の顔色を窺《うかが》いながら、最後までミスを犯すことなく最終駅まで辿《たど》り着いた人間が就くポジションです。だから自分で考え、決断するということが身に付いていない。どうしても、事なかれ主義になってしまう。自分の代さえ、会社に重大な問題が起きなければそれで良し。そう考えている連中ばっかかですよ」

経済界の実情は、神野が誰よりも良く知っている。

黙った甲斐に向かって、神野は続けた。

「もちろん設備投資を行う企業はありますよ。だけど、そのほとんどは海外ってのがいまのトレンドでしょう？　これじゃあ、国内の雇用なんか増えるわけがない。いや、そもそも大企業の経営者の頭の中は固定費をいかに抱えないか。そのことでいっぱいなんです。宗像さんがいくら音頭を取ったって、派遣社員は増えても、正社員は増えない。賃金にしたって、ボーナスは出しても、ベアが劇的に上がるってことにはなりませんよ」

「新産業戦略会議の答申は、企業のためにこそなれ、決して従業員のためにはならない。

誰が読んでもそんな内容でしたものね」

新町がいった。

「コストパフォーマンスが落ちた人間をばっさりやれるなら、経営者なんていりませんよ。人をどう使うか、どう活かすかを考えるのが経営者じゃありませんか」

本来ならば、不要になった人間を真っ先に切って捨てたい思いに駆られるのが技術革新の波に常に晒《さら》されているIT企業の経営者だろう。しかし、それでは企業における労働者はただの消耗品ということになる。そんな風潮が企業社会に蔓延《まんえん》すれば、不幸を生むだけだというのが神野の持論である。

激しい口ぶりからは、改めて彼の固い信念が伝わってくる。

「円安といっても、企業の製造拠点が海外に流出してしまっている以上、企業業績に及ぼす好影響もかつてほどではないでしょうしね」

甲斐の言葉に、

「だからこそ、国の政策を根本から見直さなければならないんです」

神野は声に力を込めた。「同時に経済界のあり方、特に経営者の意識もね。利益を上げ続けずして企業は成り立たないのは真理というものですが、それを追求し続けた結果、何が起きるかに思いを馳《は》せるべきなんです。だってそうでしょう。自国の産業が空洞化するということは、労働の場所がなくなるということですよ。それは国家の破綻《はたん》を意味することじゃないですか」

つと、厳しい顔になった神野に、

「おっしゃる通りです」

甲斐は大きく頷《うなず》いた。

「そのためには、確固たる国内市場の存在が必要不可欠――。わたしが、甲斐さんたちがお考えになった政策に賛同しているのは、そう考えるからです」

神野は、真摯《しんし》な眼差《まなざ》しをふたりに向けると、「党を出る。いいじゃありませんか。わたしは百パーセント支持しますよ。都知事にせよ、総理にせよ、中途半端な理解を示されてお茶を濁されるくらいなら、いっそ甲斐さんたちの政策案をけんもほろろに撥《は》ねつけて欲しいと思うくらいです。それが新党設立の要因になったとなれば、さぞや世の中の耳目を惹《ひ》き、いまこの日本を牛耳っている連中の無能ぶりが明らかになるでしょうからね」

表情とは裏腹に、過激な言葉を吐いた。

「ただ、党を出るにも、タイミングというものがありますから――」

新町が神野の顔色を窺いながら、慎重な口調で返した。

「分かります」

神野は頷いた。「タイミングを間違えれば、自爆で終わってしまいかねませんからね。いかにして最大限の効果を得るか。そのためには、もっと大きなムーブメントを起こす必要がある――」

「といいますと？」

訊《たず》ねた新町に向かって、

「政治を都政と国政の双方から変える。二方向から攻めるのは確かに効果的です。でも、それにもうひとつ。経済界からの力が加われば、威力はさらに増す――」

神野は声のトーンを落としながらも、決意の籠《こも》った目で見据えた。

「経済界からって……」

新町は驚いた様子で、重ねて訊ねた。

「うんざりしてるんですよ」

神野はこたえた。「何もしない。何もできない。やることといえば右へ倣え。独自性も創造性の欠片《かけら》もない。自分の代さえ、大過なく過ごせればいい。国を支えているのは、自分たちだという矜持《きょうじ》もない。そんな連中に、経済界が牛耳られている現実に……」

眉《まゆ》を顰《ひそ》める表情に、唾棄《だき》するような口調に、彼の心根が現れている。

神野は続けた。

「彼らにだって、子供もいれば、孫もいるはずです。当たり前の頭を持ってんなら、いまの企業経営のあり方に疑問を抱いて当然なんだ。だけど、そこにすら頭が回らない。ならば、次世代を担う僕らが立ち上がらなければ何も変わらないじゃありませんか」

「立ち上がるって、どうなさるんです」

新町は目を見開いた。

「おふたりが新党を立ち上げるなら、僕は若き経済人の力を結集して支援しますよ。いまの政財界の関係をぶっ壊す。新しい政財界の関係を築くんですよ」

神野の言はもっともだと思う。力強い言葉だとも思った。

しかし、問題はその実現性だ。

確かに、クロコディアン社は、ＩＴ業界の雄だ。そして、神野は紛れもない成功者。大企業のサラリーマン社長とは比較にならないほどの資産もある。同世代の経営者への影響力もあるだろう。国の新産業戦略会議の委員に選ばれたのも、彼の実績と経営手腕が認められたからにほかならない。

だが、概して新分野の産業は、流行《はや》り廃れが激しい。多くの経営者はいまを生き抜くのが精いっぱいで、とても他の活動に考えを巡らす余裕などないように思われた。

「物造り大国なんて、いっちゃいますがね、日本の物造りを支えてきたのは、大企業じゃない。中小企業ですよ」

神野の勢いは止まらない。「その中小企業が、二〇〇〇年からの十年間だけでも、三割近くも減少してるんですよ。資本金百億以上の大企業の数はほとんど変化していないにもかかわらずです。それが何を意味するか分かりますか？」

「雇用基盤が脆弱《ぜいじゃく》になる……ですか？」

甲斐は思いつくままに答えた。

「それもあります。でもね、もっと深刻なのは、肝心の技術の継承者が減少していることとです。これは、本当に憂うべきことなんです。いかに調達コストを削減するか。生産性だけを考え、製造拠点を海外に移した結果、生産回帰を計ろうにも計れない。そんな状況を生んでるんです」

「生産回帰？」

新町が問い返した。

「たとえば中国。世界の製造工場も人件費が高くなり、欧米企業を中心に、生産拠点を自国に戻す。そんな動きが加速しているのはご存じですよね」

神野は念を押すようにいう。

「ええ。それが必ずしも自国の雇用回復には繫《つな》がっていないことも――」

それはアメリカの失業率ひとつを取っても明らかだ。生産回帰現象がはじまったのは、ここ四年間の現象といわれるが、失業率に回復の兆しはほとんど見られない。

「企業が戻ってきても、こなせる技術を持った人間がいないのでは話になりません」

甲斐の言葉に神野は頷いた。「それにもうひとつ。雇用が回復しないのは、生産現場の機械化が物凄《ものすご》い勢いで進んでいるからです。ゼネラル・エレクトリックなんて、約一万八千坪のバッテリー工場をアメリカに戻したはいいけど、雇用したのはたった三百七十人ですよ」

「ですよねえ……」

新町が、深い溜息《ためいき》をつく。「工場なんてロボットだらけ。ましていまや3Dプリンターまで出てきてるんですもの。人手なんていりませんものね」

「だからこそ、新しい雇用基盤を創出することに、これからの経営者は知恵を絞らなければならないんです」

神野の声に再び力が籠る。「はっきりいって、大企業の生産現場からは、これから先もどんどん人が減ることは間違いありません。そして人材のミスマッチは、ますます顕著になっていく。だけど、それをしょうがないで済ましてたら、働こうにも働けない人間で世の中は溢《あふ》れ返ってしまうってことになるじゃないですか」

それは、製造拠点を新たな途上国に求めたとしても同じだ。

新拠点には、最新の生産設備が導入される。規模が同じでも、採用人員は必ずや減る。そして途上国とはいえ、社会が豊かになるにつれ人件費は上がっていく。となれば、企業はさらに安い労働力を求めて、次の途上国へと生産拠点を移して行く――。

もちろん、その過程において、自国へ生産拠点を移す企業もないわけではないだろうが、その時必要となる技術を持った人間がいないのでは、それも不可能だ。まして、日本の場合、このままでは、生産人口が激減していくことは間違いないのだ。それは、市場規模の縮小を意味する。これでは、生産回帰など望めるわけがない。

思いがそこに至ると、暗鬱《あんうつ》たる気持ちになる。

そんな甲斐の内心を見て取ったのか、

「でもね、甲斐さん。僕は日本にはまだ救われる道が残されていると思うんです」

神野はいった。「過疎高齢化が進む地方には、耕作放棄地がたくさんあります。減反政策のお陰で休耕田もある。確かに大都市周辺は開発が進み、農地はなくなってしまいましたが、全国を見渡せばまだまだ再生可能な農地はたくさんあるんです」

「農漁業の一次産業を新しい形で復活させ、雇用の受け皿にする。それが神野さんのお考えですからね」

「人が生きて行く限り、決してなくならない永遠不滅の産業ですものね。わたしたちの勉強会でも、一次産業の再生は必要不可欠と結論づけたし、その点でも神野さんのお考えと一致するわけね……」

甲斐の言葉を新町が引き継いだ。

「その点では、中国のようにならなくて、本当に良かったと思うんです」

神野はしみじみという。

「中国？」

新町が問い返した。

「耕作地を農民から取り上げて、誰も住まない都市を造り続けて経済を成長させてきたんです。世界の工場としての魅力が失《う》せつつあるいま、外資の生産拠点が引き揚げたら、何が残るんですか。どこに新たな雇用基盤を設けるんですか。再び農業だといったって、肝心の農地をぶっ潰《つぶ》して都市を造ってしまったんですよ。元に戻せるわけないでしょう」

なるほど、その通りだ。

無きに等しい補償金で、農民から土地を取り上げ、人も住まない巨大都市を造り続けてきたのだ。追われた農民は、職を求めて都市に押し寄せたが、就ける仕事はほとんどない。かといって、もはや農地を再生することは不可能だ。

まして、環境汚染が改善される目処《めど》はまったく立たない。現存する農地にしたところで、有機化合物、重金属で汚染され、安全な食料の確保が困難になりつつあるのが中国の現状だ。

それに比べれば、確かに日本には再生可能な農地がたくさん残されている。過疎化が進む地方で新たな形の農業を展開すれば、日本の産業の柱となる可能性は十分にある。そして、そこに雇用が発生すれば地方の再生へと繋《つな》がっていく——。

甲斐は、自分たちの考えと、神野が乗り出そうとしている新たな事業の可能性と重要性を改めて認識した。

「しかし、神野さん。次世代を担う経営者の力を結集するといっても、容易なことではないように思えますが」

意気は良し。やはり問題はその実現性である。

甲斐は神野の考えを問うた。

「政治の仕組みを変え、産業構造を変えなければ、誰も幸せにならない社会になってしまうことに気がついている経営者は決して少なくありません。特に我々のようなＩＴ企業の経営者はね」

　神野は、加速度を増す技術の進歩が、人の寿命を延ばす一方で、雇用を奪い、労働寿命を短くしている現象を語り、特にその技術開発の聖地といえるシリコンバレーの経営者たちは、本気でそれを憂え、真剣に対策を論じ合っている現実があることを話した。

「このままじゃ、日本は間違いなくデトロイトになります。そうなったら、時の政府がやることは目に見えてますよ。水道や道路といったインフラはもちろん、学校やあらゆる公共施設だって叩《たた》き売られ、民営化されるでしょう。それもおそらくは外資にね――」

　その布石は着々と打たれている。

　昨年、副総理の塔野がアメリカで、水道事業の民営化を公言したことが甲斐の脳裏を過《よぎ》った。

　黙ったふたりに向かって、神野は続けた。

「貧しい人は水も飲めない。教育も受けられない。公共サービスは何もかも有料。そんな社会になってしまったら、格差はますます開くばかりだ。それは、間違いなく経済活動の低下に繋がる。我々経営者にとっても、死活問題ですよ。このままだと、そんな社会になってしまう。それを認識すれば、若き経営者は必ずや立ち上がります。いや経営者のみならず、次世代を担う若者たちもね」

　希望的観測に過ぎるといってしまえば、それまでだ。

しかし、そうでなければ、待ち受けているのはあまりにも絶望的な未来である。

「やるしか、ないわね」

新町が、決意の籠《こも》った声で答えた。

「動かなければ、何もはじまりませんよ」

神野は頷《うなず》くと、「動けば、必ずや後に続く人間が出てくる。政治だって、産業だってみな同じ。志を持った人間が立ち上がって、世の中は変化してきたんです。それを信じてやるしかないじゃないですか」

ふたりの顔を、じっと見詰めた。

とその時だった。胸の内ポケットの中で携帯電話が震えた。慌てて取り出すと、パネルに『塔野』の文字が浮かんでいる。

「甲斐です――」

こたえるや否や、塔野の声が聞こえてきた。「孝輔、すぐに総裁室にきてくれ。話がある」

第七章

1

総裁室に来いというからには、宗像が一緒のはずだ。

官邸とは目と鼻の先だが、宗像が党本部にやって来ることは滅多にない。

用件は分かっている。勝部を脅したことへの、沙汰《さた》が下されるのだ。

さて、どうなるか――。

もっとも塔野に泣きついたくらいだ。勝部が政策案を呑《の》むとは思えない。これからの展開次第では、いよいよ都知事選への出馬を本気で考えなければならなくなるかもしれない。

総裁室は、青年局長室と同じフロアーにある。

秘書室を通り、総裁室のドアを開けた。

最大与党の党首の部屋としては然程《さほど》広くはない。調度品にしたって、至って質素なものだ。上場企業の社長室の方がよほど豪華な造りだろう。

部屋の奥に置かれた執務席の背後には、国旗と党旗が置かれている。その前の応接セットに並んで座る宗像と塔野が、同時に甲斐を見た。

もちろん、立ち上がって迎えたりはしない。ふたりとも、憮然《ぶぜん》とした表情で上目遣いに鋭い視線を投げ掛けてくる。

「急に呼び出してすまなかったな」

口を開いたのは塔野だった。「まあ、そこに座れ――」

甲斐は勧められるままに、正面の長椅子に腰を下ろした。

時刻は午後八時になろうとしている。

説教を食らい、沙汰を下されて終わるのか。それとも――。

身構えた甲斐に向かって、

「孝輔。おまえさん、勝部さんに勉強会で練り上げた政策案を突きつけたんだってな。それも、政策として取り上げないなら、次回の都知事選に出馬してでも実現するといったんだって？」

塔野が、冷ややかな声でいった。

「はい――」

事実である。

甲斐は即座に返事をした。

「おまえさん、本気なのか？　国会議員を辞めて、都知事選に打って出んのか」

塔野は足を高く組みながら葉巻を取り出すと、ライターで先端を炙《あぶ》りはじめた。

「勝部さんが、おやりにならないというなら、腹を括《くく》るしかないかもしれませんね」

「かもしれない？」

塔野は言葉尻《じり》を捉《とら》えると、じろりと睨《にら》み鼻を鳴らした。「なんだ、その程度の覚悟かよ」

「他に誰もわたしたちの政策案を受け入れ、都知事選に立つ人が出てこないというならば、わたしが出るしかないでしょうね。もっとも、勝部さんに、少子高齢化を解消する、より効果的な案があるというなら話は別です。わたしたちは喜んで勝部さんを支持しますが」

むかっとする気持ちを堪《こら》えて甲斐はこたえた。

「そりゃあ、おまえさんが都知事選に出馬すりゃあ、無所属でも当選するだろうさ。だけどな、あの政策案を実現するためには、都政だけじゃどうにもならねえぜ。国を動かさねえと実現できねえ部分が幾つもある」

塔野は目を細め、葉巻を二度三度と吹かす。甘い香りが室内に漂いはじめる。

「たとえば？」

そんなことは百も承知だ。甲斐は敢《あ》えて訊《たず》ねた。

「たとえばどころか、穴だらけだ」

塔野は嘲《あざけ》るような笑いを口元に浮かべる。「まず、子育て住宅だ。おまえさんたちのプランでは、オリンピックの選手村をモデルケースにって考えているようだが、確かにそいつが実現すりゃあ、住みてえって人間は、わんさか湧いて出るだろさ。だけどな、そこ一箇所じゃどうしようもねえ。かといって、あんだけの条件が揃っている土地はそうは転がっちゃいねえぞ。民間の土地はべらぼうに高《た》けえしな。なるほど、URの遊休地をってのはありかもしらんが、それだって全国にあるわけじゃねえ」

「東京近辺には、国が長年塩漬けにしている国有地がたくさんあるじゃないですか」

「たとえば？」

今度は、塔野が訊ねてきた。

「都心の傍にも農水省の備蓄米倉庫があれば、地方へ行けば企業誘致に失敗した工業団地用地もたくさんあります。子供が増え、人口減少に歯止めがかかるなら、それこそ生きた土地の使い方ではありませんか」

「残念ながら、江東区の備蓄米倉庫は民間への売却が決まってな」

塔野はしれっとした口調でいった。

もちろん、そのことは知っている。

「本当に残念です。売って些《いささ》かの金に変えるより、活用の道を考えるべきだったと――」

甲斐は本心からいった。

江東区の備蓄米倉庫は深川にあり、土地の広さは約三万六千平方メートル。市街地に隣接していることから、予《かね》てよりデベロッパーには垂涎《すいぜん》の的となっていた施設だが、会計検査院の勧告により売却を検討していたにもかかわらず、ふたつの理由から長期間に亘《わた》って放置に等しい状態にあったものだ。その理由のひとつは、農水省の売却条件が、用地の一括購入にあり、規模が大き過ぎて、買い手が現れなかったこと。もうひとつは区が条件をつけたからだ。

「お前、売却が進まなかった理由を知ってっか？　高層マンションなんかぶっ建てられたら、子供が増えて小学校の収容キャパを超えちまう。住宅用地にすることに、区が難色を示したからだぜ」

塔野は冷ややかにいい放った。「オリンピックの選手村だって同じだぜ。子育て住宅なんかにしてみろ。学校も新設しなきゃなんなくなるじゃねえか。ずっと続いた少子化のお陰で、学校の統廃合も進んじまって、都心じゃ、学校を増やそうにも増やせねえようになっちまってんだよ」

それは政治の無策さの証《あか》しなら、歴代の政権が打ち出してきた少子化対策が、露ほどの効果も発揮しなかった結果でもある。

そう返したいのを堪えて、

「でも、深川にしたって、結局はデベロッパーに売却する方針になりましたよね。そこに建てられるのはマンションじゃありませんか。まさか、DINKS《ディンクス》専用、あるいは高齢者限定マンションにでもするってんですか？」

甲斐が思い切り皮肉を込めて反論すると、塔野は言葉に詰まった。

甲斐は続けた。

「第一、子供が増えるって、喜ばしいことじゃないんですか？　少子化対策は喫緊の課題じゃないんですか？　塔野さんの言葉を聞いてると、子供を増やすな。むしろ迷惑だっておっしゃってるように聞こえますが？」

どんな沙汰が下されようと、腹を括った以上怖いものなしだ。

甲斐は、言葉に勢いをつけて迫った。

「そうはいってねえよ。突然、学童が特定の地域に集中すりゃ、教育施設の整備が追いつかなくなるといってるだけだ」

答えになってねえ。

「だけど現実は、対応を迫られる方向に進んでいるじゃありませんか」

甲斐は怒りを感じ、塔野を睨みつけた。「いったい湾岸地域にどれほどのマンション計画があることか。それも、大半は超高層のタワーマンションですよ」

入居者が子連れならば、就学児童の人口は突然増える。近隣に学校がないからといって、放置するわけにはいかない。結局は、学校を新設せざるを得なくなることになるのは明白だ。

選手村の住宅利用による就学児童の増加を懸念していながら、民間デベロッパーの開発案件は良しとする。都市計画という概念が欠如していることの現れならば、湾岸部への人口流入が、東京、いや首都圏近郊の住宅地の今後にどんな現象を生むことになるかに考えが及んでいないのだ。

湾岸部に流入する人口は、職住近接に魅せられた現役世代が多数を占めるのは想像に難くない。それは、ベッドタウンとして発展してきた首都圏郊外の街の人口減少、ひいては高齢化に拍車をかける。当然、該当自治体の税収は減る。ただでさえ苦しい行政の台所事情は逼迫《ひっぱく》し、高齢者をケアする原資の確保を困難にする。そして、さらに深刻なのは、公共交通機関への影響だ。

通勤人口が減少すれば、運行本数を減らさずして経営は維持できない。それは、郊外から都心へのアクセスが格段に悪くなることを意味する。その一方でメンテナンスコストの削減は不可能。結局コストは運賃に転嫁され、現役世代の郊外離れ、都心回帰に拍車をかける。こうなると、まさに、負の連鎖である。

「どれほどの就学人口が生まれるかは、実際に入居がはじまってみないことには分からない。それじゃ、教育施設を新設しようにも後手後手になります。無駄も発生するでしょう。その点、子育て住宅は違います。確実に、しかも継続的に就学人口が生まれるんです。いまのような、住宅開発を行っていたら、郊外の学校の学童人口は減り、都心では待機児童どころか、待機学童が発生しかねない。そうはなりませんか？」

いい返してくるかと思いきや、

「穴はそれだけじゃねえ」

塔野は、するりと話題を変えた。「低所得者向けに、オンラインで学校外教育を施すなんてこともやろうとしてるんだってな。まあ、民間の塾みたいなもんだ。それは勝手にやりゃいいさ。だけどな、MOOC《ムーク》とやらで取得した資格を第二新卒採用の活性化に繋《つな》げるっていうのは、難しいと思うぜ」

「どこが……ですか」

塔野の口を衝《つ》いて出るのは、否定的な見解ばかりだ。

甲斐は、むっとしながら訊ね返した。

「おまえさんたちがやろうとしてんのは、とどのつまりは通信教育だろ？」

塔野はいった。「資格として認められるレベルにするなら、客観性が必要だわな。となりゃ、試験制度も導入しなきゃなんねえだろうし、スクーリングだって必要だ。おまえ、学校教育法を読んだことがあるか？」

学校教育法と関係省令では、通信教育制の高校課程において、年間四十日間のスクーリングを定めている。大学においても、集合教育を行おうとすれば、通信教育といえども、物理的な校舎、それも設置基準を満たす施設を持たなければならない。

おそらく、塔野はそれを指摘したつもりなのだろう。

「承知しております」

溜息《ためいき》が出そうになるのを堪えて、甲斐は返した。「一九四七年に制定された、時代遅れの代物ですよね。だけど、日本の教育界がそんな古い法律に縛られている間に、世界の教育環境はどんどん進歩してるんです。塔野さんは、いまMOOCが海外の教育界にどんな変革を齎《もたら》しているかご存じないでしょう」

塔野が黙る。なるほど、多賀谷をして「あれは駄目だ。総理の器じゃない」といわれるわけだ。

そんな気持ちを抱きながら、甲斐は続けた。

「世界の一流大学が、世界中に授業や特別講座をネットを介して無料で公開し、規定の試験をパスした人間に単位、あるいは学位を与えてるんです。どんな辺境の地にある人間でも、貧富の差なく学ぶ機会を与えようとね。そしてMOOCで有能な人材と見なされた人間に奨学金を与え、大学に迎え、さらに高度な教育を授けてるんです。それに比べて我が国の教育はどうでしょう。海外から優秀な学生を呼び込めといってる割には、いまに至ってもなお、教育を社会に開放しようとしない。そんな時代錯誤も甚だしい法律なんか、さっさと変えてしまえばいいじゃないですか」

「試験たって、家でやるんじゃ他人の手を借りたって分かりゃしねえじゃねえか。そんなもん誰が信じるかよ」

塔野は、吐き捨てるようにいう。

「インチキすれば、結局苦労するのは、本人ですよ。入学したって、すぐについていけなくなれば、会社の採用試験には面接だってあるんです。問われるのは資格の有無だけではありません。本当の実力、人間力ですよ」

「だけどな、そんなことになりゃ、学校の存在意義そのものが根底から覆っちまうぞ」

塔野は、苦い顔をして眉間《みけん》に皺《しわ》を刻んだ。「塾もいらねえ。学校を設置する必要もねえ。それじゃあ、学校経営は成り立たなくなっちまうぜ。教育産業に従事している人間はことごとくいらねえってことになるじゃねえか」

まるで、教育産業経営者、既得権益を守ろうとする文部官僚の見解を代弁しているかのようだ。

学校教育法は、ネット教育に関しても、設置都道府県からの通学圏内への教育しか認めてはいない。通学を必要としないネット教育が普及すれば、日本全国、いや世界のどこからでも授業を受けられる。そんなことになれば、学校経営そのものが成り立たなくなってしまうからだ。馬鹿馬鹿しいことに、教育の機会均等よりも、事業としての学校を存続させることに重点が置かれているのだ。

なるほど、教育にも経営という概念が付き纏《まと》う。

MOOCの教育内容が充実し、普及していくに従って、塾のような学校外教育産業に与える影響は少なからず出てくるかもしれない。特に、第二新卒者の登用にこのシステムが用いられれば、社会人教育を施す大学、各種専門学校のビジネスを直撃することにもなるだろう。

しかし、教育の無料開放は、先進国ではすでにはじまっていることだ。この流れは、もはや止めようがない。それに、いかに既存の教育産業の仕組みを維持しようとしても、不可能になるのが時間の問題であることは、少し考えれば分かることだ。

「塔野さんは、少子化のせいで学校の統廃合が進んでるっておっしゃいましたが、現状を放置すれば、少子化はますます進むんですよ。それじゃあ学校や塾の経営だって、立ち行かなくなっちゃうじゃないですか。それは、教育産業の側からしても、絶対にあってはならない展開でしょう」

　ビジネスはオール・オア・ナッシングではない。ただでさえ縮小傾向にある市場が、さらに三割も減少すれば、経営の維持は困難になる。余剰となった公立学校は統廃合が進み、定員を確保できなくなった私立校の授業料は高騰する。それが、志願者不足を招き、廃校となっても不思議ではないのだ。

　果たして、塔野は苦々しい顔をして葉巻をしきりに吹かす。

「それに、ＭＯＯＣが普及したからといって、皆が皆、学校に行かず、ネット教育だけで済ませるようになるとは思えませんね」

　甲斐はうんざりしながら否定すると、「第一、支給開始年齢を今後さらに引き上げるか、支給額を減らすかしないと、国民年金の原資は枯渇してしまうんです。老後の蓄えを確保して貰《もら》うためにも、第二新卒構想は絶対に必要な制度だと思いますが」

　そのメリットを改めて強調した。

「年金が破綻《はたん》するから、それに備えて働けなんていえるか」

　正気でいっているのかとばかりに、塔野は吐き捨てた。

「じゃあ、大丈夫だと確約できるんですか？」

甲斐は迫った。「定年延長制度を設けたのは、そうでもしなけりゃ年金制度が破綻するからじゃないですか。それとも他に理由があるんですか」

塔野は苦い顔をして口をへの字に結んだ。

「結局、問題の根源は高齢者を支える世代がいなくなる。つまり、少子化にあるんでしょう？　年金、介護、医療といった社会保障の仕組みを根本的に変えるというなら話は別ですが、いまのシステムを維持しようとするなら、いかに次世代の人口を増やすかしかないんです。まさか、塔野さんも、人が減るなら移民を受け入れればいい。そうお考えなのではないでしょうね」

「まあ、積極的に賛成というわけじゃないが、いざとなればそれも考えにゃならんだろうな」

甲斐の問い掛けに、塔野は苦しげにこたえた。

「いざとなれば……ですか」

甲斐は失望を覚えながら漏らした。

「肝心の国民が、子供を持ちたがらねえんだ。孝輔、おまえさんだってそのひとりじゃねえか。ひと昔前なら、子供のひとりや、ふたりいたって不思議じゃねえ歳だ。少子化が問題だって喚《わめ》いちゃいるが、当の本人が、結婚もしてねえじゃねえか」

塔野は眉《まゆ》を吊《つ》り上げ、あざけるような笑いを口元に浮かべた。

「だから安心して子供を産み、育てられる環境を整えようって考えてるんです」

痛い所を突かれたせいもあるが、対案を出してくるならともかく、塔野の口を衝いて出たのが、またしても移民だ。それを根底から否定するわけではないが、やるべきことは先にある。

「第一、減った人口は、移民で賄うというなら、憲法を改正したって意味がなくなりますよ」

甲斐は声を荒らげた。「だってそうでしょう。人口回復の自助努力を放棄すれば、ネイティブの人口はどんどん減っていくんですよ。それを移民で補っていたら、いずれ移民の国になってしまうじゃないですか」

「孝輔——」

宗像が初めて口を開いた。

2

「確かに君のいうことには一理ある。だがね、移民がマジョリティになって日本が全く別の国になってしまうことを心配する以前に、日本は国家存亡の機に発展しかねない事態に直面してるんだ。なのに、有効な策を講じることができない。その要因が現行憲法にあるとなれば、改憲を目指すのが為政者の務めというものではないのかね」

宗像は冷静な口調で問うてきた。

彼が何をいわんとしているのかは明らかだ。国家存亡の機といえば、ひとつしかない。

「改憲の必要性は否定しませんが——」

いいかけた甲斐は言葉を呑《の》んだ。問題にしているのは改憲そのものではない。集団的自衛権を憲法解釈でものしようとしていることにある。その決定権を握っているのはこのふたりだ。ここで持論を戦わせたところでどうなるものでもないと思ったからだ。

「減少した人口を補うために移民を受け入れ続ければ、いずれネイティブとの比率は逆転する。確かにその通りだ。しかしね、それが日本ではないというのなら、いまの憲法は誰が制定したものかね」

宗像は甲斐のこたえを待つこともなく、続けていった。「GHQだろ。つまり外国人、それも戦勝国によって与えられた憲法によって、日本は国家のあり方が決められ、それに縛られながらこの国がかたち造られてきたんだ。それが真の意味での独立国家といえるのかね」

「それも、歴史も、文化も、国民性も全く理解していない、軍人、軍属がやっつけ仕事で草案を練り、一方的に押し付けたんだぜ」

塔野が宗像の言葉を継いだ。「日本を二度と戦争のできない国にする。GHQの狙いは成功しただろうさ。教育なんかその最たるものだ。平和憲法の名の下に、先の大戦を彷彿《ほうふつ》とさせるものは教育の現場で否定される風潮ができあがっちまったんだからな。そのお陰で、国旗、国歌、国土を守る自衛力すら認めねえという声も当たり前にある。いったい世界のどこに、愛国心を否定し、国土防衛を否定する教育を施す国があるってんだ」

塔野は唾棄《だき》せんばかりの口調でいう。

「私はね、日本が戦争を行える国にしようというんじゃない。現行憲法が制定されてから七十年の間に、国の内外ともに情勢は激変してしまってる。齟齬《そご》をきたす部分も多々出てくる。それを改正し、時代に即した憲法を日本人の手によって掲げよう。そう考えているだけなんだ」

塔野の言葉は、本音が出過ぎた、いや過激に過ぎると思ったのか、宗像は穏やかな口調でいう。

「総理は、国家が直面している危機とおっしゃいましたが、それは中国を念頭においてのことですか？　だから集団的自衛権の確立を急いでいらっしゃるわけですか？」

甲斐は改めて訊《たず》ねた。

「尖閣情勢が、いかに緊迫したものであるかは、君も重々承知してるだろう」

宗像は頷《うなず》いた。「中国との武力衝突は、絶対に避けなければならない。しかし、尖閣を核心的利益と公言した以上、中国は決して侵略を諦《あきら》めない。かといって、我が国が引き下がることもない。ならば、いかにして衝突を避けるか、中国の武力行使を未然に防ぐかということになるわけだが、それを回避する最も効果的な手段は、集団的自衛権行使の確立。それ以外にあり得んのだ」

「北方領土しかり、竹島しかり、一度占領されたら最後、取り返すのが極めて困難になるのが領土だ。尖閣だって、仮装漁民だろうが軍人だろうが、上陸されたらそれまでだ。中国は話し合いになんか応じやしねえよ。それを防ぐためには、アメリカとの同盟関係を確たるものにしておくしかねえ。当たり前の話じゃないか」

塔野は、断固たる口調でいう。

それについては、これまで幾人かと議論したことだ。

「なるほど、確かにそうかもしれません。しかし、集団的自衛権の行使確立が、果たして中国相手に機能するのでしょうか」

甲斐は疑念を呈した。

「なんで――」

塔野がむっとした顔をして、訊ね返してくる。

「中国が武力行使に出る場合、アメリカ軍を目標にすることはあり得ません。攻撃用レーダー照射を受けた時点で、問答無用で攻撃とみなす。自衛隊のように、反撃を躊躇《ちゅうちょ》したりはしませんからね。そうなれば日本を飛び越して、即米中開戦。中国だって、そんな愚を冒すはずがありません。どう考えても攻撃目標は、間違いなく自衛隊となるはずです」

「そりゃ、その通りだ」

塔野が頷いた。

「では、自衛隊が攻撃を受けたらどうでしょう。アメリカは即座に自衛隊と共に、一緒に戦ってくれるでしょうか」

「支援するさ。当たり前だろ」

こいつ、何をいってるんだとばかりに、塔野はきょとんとした顔でこたえた。

いったい、この楽観的な思考はどこから生まれてくるのか。

そんな思いを抱きながら、

「そうでしょうか」

甲斐は疑問を呈した。「反撃に出ることは、中国、日米間の全面戦争に発展する可能性が極めて高くなるんですよ。日本を守るために、アメリカが中国との全面戦争も辞さない。それほどの覚悟を以《もっ》て、日本を支援しますかね」

「そりゃ、中国だって同じだろ。アメリカとの正面衝突なんて、絶対に避けたいと思ってるに決まってんだろ。だからこそ、集団的自衛権の行使確立は日中間の武力衝突を回避する、抑止力になるんじゃないか」

塔野が苛《いら》ついた声を上げた。

「自衛隊を攻撃しても、アメリカは反撃に出ないと見越して、中国が攻撃を仕掛けてくれば？」

「それで、アメリカが動かなければ、在日米軍の存在意義が問われることになるぜ。そんな選択をアメリカがするかよ」

ね」

「在日米軍基地の存在が問われる――。中国にとっては、願ったり叶《かな》ったりでしょう

甲斐は即座に返した。

「じゃあ君は、集団的自衛権の確立は無意味だといいたいのかね」

黙った塔野に代わって宗像がいった。

「有事の際にはアメリカが無条件で一緒に戦ってくれる。その確たる保証を得られぬ限りは――」

アメリカが参戦しない可能性があることは、宗像とて気がついているはずだ。

戦費の負担もある。国内に蔓延《まんえん》する厭戦《えんせん》感。指導力、決断力に欠ける大統領。まして、そこに上下院のねじれときている。日本が中国と衝突しても、アメリカが動かない可能性は、考慮しておくべきだ。

甲斐は本気でいうと、さらに続けた。

「それに、集団的自衛権の行使確立は、確かにアメリカとの同盟関係を強固なものにし、日中間の軍事衝突を避ける最も効果的な手段となることになるかもしれませんが、アメリカが日本と一緒に戦う義務を負うというなら、日本もまたアメリカと一緒に戦う義務を負うことですよ」

塔野が何かをいおうとするのを宗像が手で制する。甲斐はいった。

「アメリカを憎み、反米を公言するテロ組織は世界に数多く存在するのは紛れもない事

実です。再度九・一一のようなテロ事件が勃発《ぼっぱつ》し、あの時同様『ショウ・ザ・フラッグ』と迫られたらどうするんですか。集団的自衛権の行使が確立されてもなお、自衛隊の活動は、非戦闘地域の後方支援のみとすることができるんですか」

「おまえさんのいってることは、分からんではないが――」

分かっていないから、反論に出ようとしてるんじゃねえか。

甲斐は塔野の言葉が終わらぬうちに、口を開いた。

「事あらば日本のために血を流せというのなら、日本人はアメリカに事あらば血を流す覚悟を持たなければなりません。それが同盟関係であり、集団的自衛権ではないのですか。それは違う。日本は一緒に戦わない。血を流すのはアメリカだけだというのなら、アメリカ国民が納得するわけがありません」

甲斐は、ふたりの顔を正面から見据え、「その覚悟のありやなしやを決めるのは、政治家ではありません。国民です。集団的自衛権の行使を確立するなら、正面からその必要性を説き、覚悟を問い、国民の賛意を得た上で、堂々と憲法に掲げるべきものでしょう」

と迫った。

「正論だよ。それができるなら、どんなにいいか……」

宗像の顔にはじめて苦悩の色が浮かび、小さな溜息《ためいき》を漏らした。「現行憲法下で集団的自衛権の行使を確立しようと思えば、まず、議会の三分の二の同意が必要だ。それも衆参両院でだ。それから、国民投票で過半数の同意――。このハードルは極めて高い。何よりも時間を要する。その間に中国が尖閣占領に乗り出してきたらどうする？」

「おまえさんの論に従えば、自国のために日本人が血を流す覚悟を示さぬ限り、アメリカは動かない可能性があるってんだろ。だったらそれを見透かして、中国が動く可能性もねえとはいえねえだろが」

重ねて問い掛ける塔野に、

「集団的自衛権を確立しても、いざ中国と日本が衝突した場合、アメリカが動かない可能性は確かにあるかもしれない。だがね、動かぬとも断言できんのだ。となれば、中国にとって、尖閣への侵攻は立派な賭《か》けだ。その点からいっても、行使の確立は立派な抑止力になる。やはり、あるとなしとでは大違いなんだ」

と宗像が続けた。

「しかし、違憲訴訟が必ず持ち上がります。その結果判決が――」

「それまでに、何年かかる？」

甲斐の言葉が終わらぬうちに、宗像がすかさず返してくる。「中国が抱える国内問題は限界に近づいている。いつ国民の怒りが爆発しても不思議じゃない。共産党の一党独裁体制を維持するために、中国が国外に危機を作り出し、国民の関心をそこに向ける条件は、揃い過ぎているんだ」

中国が尖閣占領に出てくるなら、この三年が最も危ない――。

かつて堂島が述べた見解が脳裏を過《よぎ》り、甲斐は黙った。

「これは、あくまでわたしの推測だが――」

宗像は慎重な口調で続ける。「国内の不満を逸《そ》らすべく、中国が尖閣への上陸を試みるとすれば、次期アメリカ大統領選の前になる可能性が最も高い。もし、それが現実のものとなり、アメリカが自衛隊と一致団結して事態の対処に当たれば、憲法解釈で集団的自衛権の行使を可能とした、我々の判断は必ずや国民に支持される」

「もし、アメリカが動かなければ？」

「その時は、自衛隊が単独で尖閣防衛の任に当たる。規模の大小にかかわらず、一度でも戦端が開かれれば、憲法解釈どころか、九条を改正すべきだという世論が形成されるだろうね」

宗像は甲斐の問い掛けに答えると、「そうはならないかね？」

疑義はあるかとばかりに訊《たず》ね返してきた。

なるほど、確かにそうなる可能性は否定できぬ。

しかし、動かないというなら、一方の中国のことも考えておかなければなるまい。

「では、中国が動かなければ？」

甲斐は訊ねた。「集団的自衛権の行使を憲法解釈で可能にした。それに対する世論の反発、そして違憲訴訟だけが残るということにはなりませんか」

「かもしれない。しかし、それは中国との武力衝突が避けられた、好ましい結末じゃないか」

そうではない。

違憲を承知で憲法解釈を以て、集団的自衛権の行使を可能とした。その責めを問われることになるのを指摘したつもりだったのだ。

ところが甲斐が言葉を返す暇《いとま》を与えずに、

「それにな、仮に国内の不満を収めるために尖閣の占領に出たとしてもだ、中国国民の関心を外に向けておくのは難しいぜ。理財商品ひとつを取っても、処理がうまくいかなきゃそれこそ体制維持なんてできやしねえ。なんせ、買った連中は、政府の保証がある。溶けてなくなるこたあねえと思って、汗水垂らして稼いだ金をつぎ込んでんだ。それがパーになりゃ、尖閣どころの話じゃねえ。金をどうやって取り戻すか。怒りの矛先を政権に向けるに決まってんじゃねえか」

塔野がすかさず言葉を継いだ。

「むしろ、心配なのはその時だ」

宗像の眉間《みけん》に深い皺《しわ》が刻まれた。「民衆の不満を押さえ切れないとなれば、中国の指導部がどう動くかはまったく予想できない。共産党指導部、役人、富裕層の多くは、海外に莫大《ばくだい》な資産を移し終えている、永住権を取得している人間も多い。いざとなれば、国を捨てるのかもしれないが、その後の体制を誰が担うのか。どうやって、国内の混乱を収拾するのか。その過程でどんなことが起きるのか。それがまったく見えんのだ」

「それに、崩壊の危機にあるといえば、もうひとつ。北朝鮮があるからな」

塔野がいった。「そして、この二つの国には核がある」

核――。

甲斐は思わず息を呑《の》んだ。

「北の体制崩壊がどんな形で起こるのか。それもまた分からない」

宗像はいう。「だが、両国に共通するのは、現体制が崩壊したら誰が核を握るのか。特に北の場合、崩壊の過程で独裁者が核の発射を命じないという保証はどこにもないんだ。もちろん、それが日本に向けられるか、他国に向けられるかは分からない。しかし、目標がどこであろうとも、まず第一に発射の阻止。万が一にでもミサイルが発射された場合には、同盟国が総力を上げて飛行中に破壊せねばならんのだ」

「こいつはな、決して絵空事の話じゃねえぞ」

塔野は珍しく深刻な顔をすると、「営々と続いてきた独裁体制が崩壊すんだぞ。それは、独裁者の死を意味すんだ。自分が死んじまった後の世界なんか、どうでもいい。死なばもろともなんてことになったら、たまったもんじゃねえ」

吐き捨てるようにいった。

甲斐は深く息を吐きながら、宗像に視線をやった。

「それに、北が崩壊する際には、必ず中国が出てくることは間違いないんだからね」

宗像の声が硬くなり、目に緊張感が宿るのが分かった。「崩壊の兆しが見えれば、状況如何《いかん》にかかわらず、アメリカは躊躇《ちゅうちょ》することなく半島周辺に軍を展開する。韓国も有事に備え、厳戒態勢に入る。中国も同じだ。国境を越え国外に逃れようとする難民を防ごうと、国境線に軍を置く。その後の情勢次第では、軍事介入も辞さないだろう」

予想される展開だ。

現体制崩壊後に新体制が樹立されるのか、あるいは南北が統一されるのか。いずれにしても半島情勢、ひいては極東のパワーバランスが大きく変化することに変わりはない。まして、その際に北が保有する核を誰が管理下に置くかは、三国間、いや日本にとっても重大な問題である。

甲斐が口を開く気配がないと見て取ったのか、宗像は続けた。

「その時日本は、どうしなければならないかね。米韓軍と中国軍の間で、武力衝突が起こらぬとも限らない。そうなれば、もはや対岸の火事とはいえんよ。もちろん、だからといって、日本が米韓と共同で中国と戦う姿勢を鮮明にするというわけではないが、万が一の事態に備えて、半島近辺に自衛艦を配備し、警戒体制を敷くことになる。まして、半島有事に際しては、在日米軍基地がアメリカの後方基地になるんだ。そうなれば、こちらにその気がなくとも、中国にとっては日本も立派な敵だ。ミサイルが、砲弾が飛んで来るまで、何もするなといえるのかね。それで、自衛隊員の命を、国民の安全を守れるのかね」

理は完全に宗像にある。有事は中国一国だけを想定していてはならない。北朝鮮に政

ないのだ。変が起きれば、日米中朝韓の五ヵ国が否応《いやおう》なしに極度の緊張状態に陥ることに間違いは

「話せば分かるというがな。和やかにやっていながら、テーブルの下ではお互いの足を蹴《け》り合ってんのが外交だ。なぜだか分かるか？　交渉の前面に立つ人間は、国を背負ってるからだよ。自分の肩に、国益、安全がかかっているからだ」

これまでとは打って代わって、しみじみとした口調で塔野が言葉を継いだ。

「集団的自衛権の行使を憲法解釈、国家安全基本法の成立を以《もっ》て確立すれば、必ずや訴訟が起きる」

宗像はいった。「だがね、先にもいったが、判決が出る前に、日本の安全が脅かされる可能性は極めて高い。それがいまの日本を取り巻く情勢なんだ。我々はそれを防ぎ、あるいは中朝いずれかの国と衝突が起きたとしても、最小限に抑えなければならない義務を負っているんだ」

「ならば、その必要性を国民に知らしめ、改憲の可否を問えとおまえさんはいうだろうが、中国、北の危機に備えるためだなんていえるか？　そんなこと公言してみろ。中国も北も猛反発するに決まってんじゃねえか。メディアだって黙っちゃいねえぞ。やっぱ戦争するつもりだって、喚《わめ》きたてるのは目に見えている」

塔野の言は認めざるを得まい。

政治には透明性が求められ、政策には説明責任が伴う。しかし、正直にいえばいった、

いわねばいわぬで問題となる。為政者が常に直面するジレンマなら、批判されることを承知の上で真の目的を語らず国を導くことを強いられる。まして、他国との有事を前提にしてのことならなおさらだ。

これまでのふたりの言に、些《いささ》かの誇張も偽りもないとすれば、確かに集団的自衛権の行使を憲法解釈で可能にするという策も、あながち間違いとはいえぬかもしれない。

「九十六条にしてもよ、改正すりゃあ、時の政権の意向次第で、憲法がいいように変えられちまうっていう人間も世間にゃいるがな、俺にいわせりゃ、それこそ国民を愚弄《ぐろう》してるぜ」

塔野は忌々しげに、葉巻を灰皿に擦《こす》り付けた。「だってそうだろ。なんぼ議会が通ったって、国民投票で過半数の賛成が得られなきゃ、成立しねえことには変わりないんだぜ。改憲し放題になるなんて、それこそ国民には判断力がねえ、馬鹿ばっかりだっていってるのと同じじゃねえか」

「仮に一年に一条文を改訂したって、十年かかってやっと十条文だ。国会だって、審議しなけりゃならない議題は山ほどある。始終改憲論議をやってるわけにはいかないんだ。それに、国民投票を行うにしても、ネット投票で済ませるわけじゃあるまいし、投票所を設け、立会人を置きと、選挙と同じくらいの手間と費用がかかるんだ。現実問題として、そんなことを毎年やれるわけがない」

ともすると感情的なものいいをする塔野とは裏腹に、宗像は冷静な口調でいった。

「それでは改憲なんて、いつまで経ってもできやしないってことにはなりませんか」

甲斐はいった。

「それが、七十年もの間、改憲を行わなかったことのツケだよ」

宗像は断じると、「しかしね、だからといって改憲を行わなければ、現行憲法と現実社会との乖離《かいり》はますます広がるばかりだ。政治が現実的な策を講じられなければ、国家、国民の利益を損なうことにもなりかねないのだ」

決意を新たにするようにいった。

「憲法に縛られ、国が危機に陥る。そんな馬鹿なことがあっていいと思うか？」

塔野はいう。「集団的自衛権の行使を憲法解釈で、そして、九条改正をまず最初に目指そうとしているのは、こいつが最も急を要し、ハードルが高いからだ」

つまり、一番改正が困難な条文を変えることに成功すれば、そこから先はずっと楽になる。ひょっとすると、一度に多項目の条文の改正も可能になると考えているのかもしれない。

なるほど、ひとつの方法論としてはありなのかもしれない。しかし、問題は九条だけではない。党が改憲によって、いまの日本の何を、どう変えようとしているかだ。

甲斐が問い掛ける間も与えずに宗像が続けた。

「戦争によって壊滅的な打撃を与えられた日本が、秩序ある社会を取り戻すために、現行憲法が寄与したことは否定しない。その後の経済成長期においても、大きな障害にもならなかった。だがね、いまは違うんだ。とっくに日本は途上国から先進国へ。そして、成熟した国家へと変貌《へんぼう》を遂げた。国を取り巻く情勢だけではない。国の構造、社会のありようが、激変してしまっているんだよ」

「憲法だけじゃねえ。社会保障だって同じだ。考えてもみろ。国民年金にしたってだな、制定された当時の男性の平均寿命は男性六十五歳、女性七十歳だぜ。それがいまじゃそれぞれ八十、八十六歳だ。しかも、医療技術っちゃ聞こえはいいが、人を生かしておく技術はこれからもどんどん進歩すんだ。年金にしたって、受給額が納付額を上回りゃ原資が枯渇すんのが当たり前なら、医療、介護といった社会保障費だって膨らんでいくに決まってんだろうが。こんな時代がくるなんて、七十年前に、誰が予測した？」

塔野は、うんざりした表情を浮かべると、「かといって、社会保障費を捻出《ねんしゅつ》するために消費税を引き上げていきゃあ、国内消費は落ち込む。雇用だって減少するだろうさ。だがな、いまでさえ年金未納者は四割にも達してんだぞ。制度に頼らず、自立した老後を送る準備があるってんならともかく、払わねえって国民が老後を迎えたら、日本は生活困窮者で溢《あふ》れ返っちまうぞ。それを全部国が面倒見ろってのか？」

ありえねえだろうといいたげに、両手を広げ肩を竦《すく》めた。

確かに塔野のいう通りだ。払われた以上の金を永々と支払い続けていたのでは、原資もつきる。まして払わない人間が増加し、生きるための最低限度の金とはいえ、支援を続けていたのでは財政がもつわけがない。

「止むに止まれぬ事情があって、困窮生活を強いられる。そんな人たちに社会が手を差し伸べるのは当然のことだ。しかしね、財源は無限ではないんだ」

宗像もまた、深刻な声を漏らす。

「社会保障は、国民の集団的自衛権のようなもんだ。守られる権利があるというなら、守る義務だってあるんだ。いよいよとなったら国のセーフティネットに縋《すが》りゃいいなんて考えが世の中に蔓延《まんえん》したら、真面目に働く人間なんていなくなっちまうぜ」

塔野のいわんとするところも分からないではない。しかし、七十年の間に家族のあり方も激変してしまっているのは紛れもない事実である。

「だから党の改憲草案には、家族の助け合いを掲げたわけですか。国に頼る前に、身内が面倒見ろと」

甲斐はこたえを待たずに続けていった。「親兄弟が独立した生活を営んでいるのがいまの社会ですよ。このままだと、親の介護のために、仕事を辞めなければならない人も激増します。それでは援助しようにも、家計がもちません。貧困層が増えるばかりでむしろ、社会保障費が増加の一途を辿《たど》るばかりになってしまうと思いますが？」

「何もかも自助努力で解決しろっていってるわけじゃねえよ。そうでもしねえと、金がダダ漏れになって行くからいってんだ」

痛い所をつかれたといったところか、塔野は苛立《いらだ》った声を上げた。「実の姉貴が生活保護を受けてるのに、援助もせずに公職についてる人間だっているんだぜ。こんなことが常識としてまかり通る社会はどう考えたっておかしいだろ」

「なるほど、生活保護のあり方に問題があるのは事実でしょう。ですがね、塔野さん。それでも、まず家族というのは、やはり間違いだと思うんです」

「何でえ?」

塔野は不愉快そうにじろりと睨《にら》んだ。

「いまの日本は、貧困の連鎖を生む構造に陥っているからです」

甲斐は続けた。「新卒採用試験に失敗すれば、正社員への道は閉ざされる。派遣労働に従事するしかない。雇用期間の保証もない。いつまで経っても収入は増えない。年を重ねれば、やがて派遣すら職に就くことも困難となる。親どころか、家庭さえ持つのが困難な層が激増してるんです」

「実効求人倍率が低下しているのは事実だが、大企業はともかく、中小企業に至っては三倍以上もあんだぞ。職がねえわけじゃねえ。採用の段階でミスマッチが起きてるだけだ」

弁護士から政治家に。塔野の言葉は、常に日の当たる道を歩き続け、人生の挫折《ざせつ》を知らぬ、紛れもない勝ち組の弁だった。

「大企業の雇用環境だって、かつてとは比較にならないほど激変してますよ。六十五歳どころか、働き盛りが真っ先にリストラの対象にされているのがいまの社会じゃないですか。一家の柱が職を無くせば、子供の教育費も負担できなくなる。派遣労働者と同じ境遇に立たされる人たちが、どんどん増えているんです。教育が受けられなければ、相応の仕事に就くこともできない。挽回《ばんかい》のチャンスも与えられない。結局、低所得の労働に就かざるを得ない。貧困の連鎖が生まれてるんです。それで、家族が支え合えって、どうやったらそんなことができるんですか」

塔野が黙る。甲斐は続けた。

「第一、党の改憲草案でも二十六条で、その能力に応じて、等しく教育を受ける権利を有するという現行憲法の条文は維持し、さらに国は、教育が国の未来を切り拓《ひら》く上で欠くことができないものであることに鑑《かんが》み、教育環境の整備に努めなければならないという条文を新たに付け加えているじゃないですか。教育が国の未来を切り拓く。教育環境の整備に努めるというなら、それこそ保護者が子供に教育を授けられる環境。つまり、安定した雇用の基盤造りを国が行わなければならないのと違いますか？」

塔野は「ふん」と鼻を鳴らすと、

「派遣法を改正して、いまの雇用形態を造り上げたのは誰だよ。おめえの親父じゃねえか」

痛い所を突いてやったとばかりに、一刀両断に切り捨てた。

「情けなく思います……。働けど働けど猶我が暮らし楽にならざり——。石川啄木の歌の世界にあるような雇用環境を生み出したんですからね」

甲斐は俯《うつむ》き、低い声で漏らしたが、すぐに顔を上げた。「だから、同じ間違いを犯してはならないと考えているんです。憲法を時代に即したものにする。その必要性は否定しません。ですが、国民に不幸を強いるものであってはならない。新憲法を掲げるならば、国民が前を向いて新しい国造りに邁進《まいしん》できるものでなければならないと思うんです。その点、党草案は改憲といいながら、歴代の政権が行ってきた放漫政治によって、溜《た》まりに溜まったツケを国民に押し付けるようなものではありませんか。こんな憲法草案を国民が是とするとお思いですか？」

血を吐くような甲斐の言葉に、塔野は気圧《けお》された様子で、

「誰だって、国民に負担を強いるような真似はしたかねえよ」

苦しげにいった。しかし、すぐに気を取り直したかのように甲斐を見据え、いままでにも増して強い口調でいう言葉を聞いて、甲斐は心底驚いた。

「だがな、このまま行きゃあ日本は沈没しちまうんだ。もはや抜き差しならねえ。国民に痛みを分かちあって貰《もら》わなければならねえところにまで日本は追い込まれているんだよ」

聞き間違いかと思ったが、確かに塔野はそういったのだ。

3

もちろん、それが何を意味するかに説明はいらない。

しかし、時の総理が並ぶ席で、副総理の口からこんな言葉が出るとは——。

甲斐は思わず宗像を見た。

宗像が口を開く。

「国民に負担を強いるような憲法草案は、たとえ議会を通過しても、国民投票で否決される。確かにその公算は高い。だがね、現行の社会保障制度を維持し、かつ従来の手法で経済を活性化するために国債を発行し続けるにも限度がある。最大の引き受け先である金融機関の貯蓄資産は一千四百兆円。このままでは、あと数年ともたない。かといって日銀に買い取らせるにも限界がある」

当たり前の話だ。

日銀に国債を買い取らせれば、市中に流通する通貨量が増加する。当然貨幣価値が下落し、インフレが起きる。それでも買い取りを続行すれば、その先に待ち受けているのはハイパーインフレだ。貨幣価値が減少すれば、老後の蓄えもあったものではない。年金だって同じだ。受給額は物価スライド制とはいえ、基金の絶対額は変わらない。年金は確実に破綻《はたん》する。

「だが、それだけは絶対に避けなければならない」

宗像は断固とした口調で続けた。「そのためには、国民にこの危機的状況を認識してもらわなければならない。いままでのような、社会保障、公共サービスを国、自治体は維持できない。自らの力でやれることはやっていただく。それは駄目だというなら、日本は財政破綻に向かって一直線ということになってしまう」

愕然《がくぜん》とした。

そもそもが、日銀が国債を直接購入することは、財政法で禁じられているのだ。戦前に同様の手法によって、軍事費を調達したがために、財政支出に歯止めがかからなくなり、凄《すさ》まじい物価高騰が起きたことからの教訓である。

宗像とて、それは百も承知だ。なのに、なぜ禁じ手を用いたのか――。

それ以外に、財源を捻出《ねんしゅつ》する方法がないからだ。

彼がいうように、国民の貯蓄で国債を購入しようにも、もはや限界は目前に迫っている。まして、社会保障費が削られれば、不足した生活費を捻出するために、国民は貯蓄に手をつける。それは、金融機関が国債を買おうにも買えない時期を早めるということだ。

もちろん、国債の購入先を諸外国、あるいは海外の金融機関に求めることは可能だが、日本の経常収支は赤字に転じた。こうなると、日本には外貨準備がある。対外債権国だ、よって国債はいくらでも発行できるという理論は通用しない。国債金利が高騰し、利払い額も大きくなれば、債務不履行になる可能性が高くなる。国債の売りがはじまれば価格は暴落。日本の財政は破綻に陥る。

つまり、国債の日銀購入は、金利高騰、国債価格の暴落を防ぐ窮余の一策。まさに最終手段といえるのだが、国内経済が早期のうちに、それも劇的な回復を見せなければ、戦前同様凄まじいインフレが起きる。国運はもはや賭《か》けの領域に入った。宗像の言葉は、それを認めたのに等しい。

「国民に負担を強いる前に、やらなければならないことがあるでしょう」

甲斐は恐怖を覚えながら迫った。「消費税を五％から八％に上げるに当たっては、増収分は全額社会保障費に充てるというのが公約だったはずです。なのにいつの間にか、三％の増税分のうち二％は公共事業に充てる。これじゃ従来の公共事業依存型の経済と何も変わらないじゃないですか。そもそも、国の財政をここまで悪化させたのは、必要性、採算性を度外視した公共事業をばんばんやり続けてきた結果じゃありませんか」

国会議員とはいえ、全ての政策に関与するわけではない。国政全般に亘《わた》る議論をここまで政権担当者、それも最上位にあるふたりと面と向かって議論するのは、はじめてのことだ。甲斐は、ここぞとばかりに迫った。

「おまえさんはそういうがな、その公共事業が雇用を生み、国民生活を支えてきたのもまた事実だろ」

何を青臭いことをとばかりに、せせら笑うように塔野が返してきた。「ただ消費税を増税しただけじゃ、消費は冷え込む。仕事を造らにゃ金が回らねえ。税収も上がらねえってことになっちまうじゃねえか」

「公共事業を全て否定しているわけじゃありません。もうこの国には、新しい鉄道も道路もいらない。老朽化したインフラ整備、高齢者対策、少子化対策、医療、介護の原資に充てるべきだといってるんです」

甲斐は食い下がった。「第一、公共事業とおっしゃいますが、建設の現場では人手が圧倒的に不足してるんですよ。そのせいで入札不調が続出しているのはご存じでしょう」

「仕事はあるのに人手が足りなきゃ、雇うしかねえじゃねえか。雇用が発生すんだろ。それも不足しているのは、熟練工だ。技術を身に付けさせるためには、正規で雇わにゃならねえ。安定雇用に繋《つな》がるじゃねえか」

「それは違うでしょう」

わざとなのか、それとも現状に無知なのか、塔野の見解は的が外れ過ぎている。「熟練工が不足している現状が解決されないのは、不況が長期に亘ったせいもありますが、それ以上に仕事がいつまであるか分からないからです。先が見通せないからです。人を抱えたら最後、仕事がなくなれば、たちまち経営が行き詰まる。経営者がそれを恐れているからです」

「それは、何も建設業界に限ったことではないよね」

ふたりのやりとりを聞いていた宗像が口を開いた。「革新的技術の出現によって、ひとつの産業が生存の危機に脅かされる時代だ。定年までひとつの企業で終えられる。そんな社会でもなければ時代でもない。現行の社会保障制度は、終身雇用が当たり前なら、年功序列で年を重ねるごとに収入も増え、国民年金、厚生年金も確実に支払われることを前提に造り上げられたものだ。企業、社会のありようが激変しているのに、制度を変えずに維持しようなんてことがそもそも不可能なんじゃないのかね」

宗像の言には一理あるが、ならば公共事業に莫大《ばくだい》な予算を投じても、効果は限定的ということになる。その場凌《しの》ぎの策にしかならない。

「民間のシンクタンクがこんなレポートを出している」

そこを指摘しようとする甲斐を遮って、塔野がいった。「日本はすでに労働投入も資本投入もマイナス。二％の成長を中期的に可能にするためには、大胆な制度改革が必要だ。それを怠れば、消費税率を一〇％に上げても、財政は破綻する。政府負債と名目GDPの比率を二〇〇％で安定させるためには、消費税を二五％に引き上げる一方で、法人税を引き下げて海外から企業を呼び込み、国内企業と併せて経済を活性化させなければならない――」

そのレポートは読んだ記憶がある。

「そこには、こうも書いてありましたよね」

甲斐はいった。「日本の市場規模が拡大し続け、社会保障制度を維持するためには、人口規模九千万人を維持しなければならない。手厚い子育て支援が必要だと」

「それも、二〇五〇年に、国民所得が倍増しているのが前提だ」

宗像が補足した。「それを可能にするためには、日本経済がデフレから脱し、安定したインフレを持続させなければならんのだ。そのためには、大胆な構造改革を行い、新産業を立ち上げ、国内に投資機会を創出することが必要となる」

そのインフレを意図的に生むために、日銀による国債購入という禁じ手に出たのだと宗像はいいたいのだろうが、となると、問題は構造改革である。

「しかしね、いうは易いが、構造改革を実現するのは、極めて困難だ」

果たして宗像はいう。「誰もが構造改革の必要性は認めてはいるが、それによる変化が我が身に不利益として降りかかるとなれば、断固として認めないというのが人の常だ。新産業は必ずしも、既存産業と共存できるものではない。取って代わるものもあれば、激しい競争を生むこともある。それが経済の活性化に繋がると理解していても、良しとしない人間が圧倒的多数を占めるのだ」

一度摑《つか》んだ既得権益は、易々とは手放さない。

改革に異を唱えるのは、影響を受けることになる当事者ばかりではない。彼らの支持があって、議員でいられる人間たちもまた同じである。行政を担う官僚たちもそうだ。政治がいかに構造改革の必要性を訴え、改革を命じたとしても、一度手にした利権は死守しようとする。公の利益よりも、私の利益を優先する。それが人間の常だ。

「戦争は、気がついた時にははじまっているというがな、財政破綻だって同じだぜ」

塔野はいった。「このままじゃ、国の財政は行き詰まる。そんなこたあ、国会議員なら誰でも気がついている。いや、国民だって同じだろう。だけどな、痛みを強いるような政策を打ち出せば、国民は必ず反発する。議員だって、次の選挙で落とされる。官僚は官僚で既得権益は頑として離されねえ。国民は国民で、仕事を創出し、手厚い社会保障を与える政治家、政党しか支持しねえとなりゃ、どうやったら、国の窮状が解決できるってんだ」

　塔野の言葉が、いまの日本の社会構造、国民の意識をいい当てていることは間違いない。

　政治家の代わりはいくらでもいるとはよくいわれる言葉だが、代わりとは時の国家、社会が必要とする人間であるとは限らない。むしろ、国民に甘言を提示する議員、政党が支持される。これでは事態が好転するわけがない。

　返す言葉が見つからず、黙った甲斐に向かって宗像がいった。

「かつて、ケネディはいった。『国家があなたたちのために何ができるのかを問うのではなく、あなたが国家のために何ができるのかを問うて欲しい』とね。いまの日本に求められているのは、まさにこの言葉にあるんじゃないのかね」

　国家のために何ができるのかを問え——。

　宗像が、何をいわんとしているのかは明らかだ。

　安易に国に頼るな。まず最初に問題を自助努力で解決することを試みようとする新制度の樹立。党改憲案は、それに整合性を持たせるためのものだ。

　そういいたいのに違いない。

「しかし、ケネディはその演説の中で、こうもいいましたよね。『わたしたちがあなたたちに求めることと同じだけの高い水準の強さと犠牲をわたしたちに求めて欲しい』と……。ならば、わたしたちが求められる高い水準の強さと義務って何です？」

甲斐は訊《たず》ねた。

「あのな、孝輔――」

塔野が軽い息をついた。「世間じゃ、借金を重ねてきたのは政治じゃねえかっていうがな、そのお陰で日本はこれまで食いつないでこれたんだぜ。一千兆円を超える借金の大半は、回り回って国民の懐に入ったんだ。そうでもしなけりゃ、とっくの昔に日本は貧しい暮らしを強いられる国になってたんだぜ。それを許さなかったのは国民だろ？」

確かにそれは一面の真実ではある。だが、「自分たちの代では解決できないが、次の代の人間がよりよい解決策を生み出してくれる」といって、領有権問題を棚上げした尖閣と同じ乗りで財政赤字を積み上げてきたのは、誰でもない。政治家だ。

「だから借金を払う義務は国民にあるとおっしゃりたいわけですか。そんな見解を、国民が許しますかね」

そんな虫のいい理屈が通るわけがない。

甲斐は語気を荒らげた。

「許さなかったらどうなる？　いや、そもそもが耐乏生活を強いられるのが嫌だから、そんな政治を選んできたんだろ？　じゃあ、誰がこの借金を払うんだよ」

「もちろん、闇雲に痛みを強いるというわけじゃない」

宗像が割って入った。「本当に困窮している方は、社会で守らなければならない。だがね、富める人には、応分の負担をしていただくといっているのだ。もはや誰もが一律に制度を享受できる。もう、そんな状況ではないといっているんだ」

「もう一度いう」

塔野が重い声で漏らした。「日本は変わらなけりゃならねえんだ。戦後の成長モデル、社会構造はもはや通用しない。溜《た》まりに溜まったツケを支払わなければ、間違いなくこの国は破綻する。最悪の事態を避けるためには、社会のあり方を根本から見直し、抜本的改革を行うことが必要なんだ。改憲、既存制度の見直しは、その危機意識を国民に認識して貰《もら》うためにも重要な意味を持つんだ」

誰よりも国の実情を熟知しているふたりである。日本が破綻の危機に晒《さら》されているのは、国の財政事情を示すあらゆる数字からも明らかだ。現行の社会保障制度も改革なくして、早晩立ち行かなくなるというのも、その通りだろう。日本を取り巻く国際情勢と併せて考えれば、党が掲げた改憲草案もそれなりの説得力があるようにも思えてくる。

しかし、最大の問題は、改憲、制度改革のいずれをとっても、国民の審判は避けられないということだ。このハードルはとてつもなく高いはずである。

「もし、国民がそれを是としなければ、日民党が選挙に敗れ、改憲も、制度改革も成し遂げられないということになります。従来の国家のありかた、制度を維持することを公約とした政党が、政権与党となれば、いったいどうなるのでしょう」

こたえは分かり切っているが、甲斐は敢《あ》えて訊ねた。

「日本の財政は間違いなく破綻する」

果たして宗像は静かに断言した。「痛みどころの話じゃない。国民は塗炭の苦しみを味わうことになる」

やはり——。

十年先よりも、目先の生活を考えるのが人間だ。そして、有権者は、いまの生活を維持してくれる為政者を選ぶ。そして、破綻を迎えるその時までツケは溜まり続け、限界に達した瞬間に突然行き詰まる——。

『戦争は、気がついた時にははじまっているというがな、財政破綻だって同じだぜ』

塔野の言葉が、俄《にわ》かに現実味を帯びたものとなって甲斐の脳裏を過《よぎ》った。

4

「財政破綻しちまったら、それこそ無い袖《そで》は振れねえってやつだ。社会保障も何もあったもんじゃねえ。空気や水のように、あって当たり前と思っていた行政サービスのことごとくが、受けられなくなっちまうんだからな」

塔野はいう。

国家レベルでの財政危機といえば、九七年の韓国、近年ではギリシャだが、いずれの国も破綻を避けるために、国民が多大な痛みを強いられ、社会構造の変革を迫られたことは同じである。

そして、破綻とはいかなる過程を辿《たど》るのか。アメリカのデトロイトの例が脳裏に浮かぶと、いま日本が置かれている状況と、酷似していることに気づき、甲斐は凍りついた。

そもそもデトロイトが破綻した最大の原因は、街の主産業であった自動車の製造拠点が、安い労働力を求め、海外に流出したことに端を発する。一九五〇年には、百八十万人もいた労働者が、九〇年には百万人に減少。さらにリーマンショックで、クライスラーが倒産。富裕層を中心とした住民の四分の一が市外に転出したのだ。産業、街の空洞化である。

大統領は、自動車会社の破綻に際して、八百億ドルもの公的資金を投入し、さらには巨額の法人税を免除したが、GMは資金をデトロイトではなく、世界の販売台数の半分を占める新興国に投資した。企業再建のために新規雇用者の賃金は半減。その一方で、労働時間の上限は撤廃され、年金も大幅にカットされた。結果、生活困窮者が激増し、それが州や市の財政をさらに悪化させたのだ。

企業の製造拠点の海外流出。安価な労働力を求める企業姿勢。それが、生活困窮者を増加させるという構図は、まさに日本が陥りつつある現象そのものである。

いや、そればかりではない。

「塔野さん」

甲斐は、彼が全国の水道事業を民営化すると、アメリカで公言したことを思い出しながらいった。「公営事業の民営化によって、日本の財政が持ち直すというのなら、それもありかもしれません。ですが、失敗したら取り返しのつかないことになりますよ。いわば最後の砦《とりで》じゃないですか。当然、コンティンジェンシー・プラン。うまく行かなかった場合の代替案はおありなんでしょうね」

塔野が言葉に詰まった。

考えてはいないのだ。

甲斐は続けた。

「たとえばデトロイトです。あの街は破綻《はたん》以前に、危機管理人に市財政の建て直しを命じました。その結果何が起きたかご存じですか？　公営学校の事実上の民営化です。それも生徒の能力主義、成果主義を取り入れたお陰で、貧困層の子供が通学する学校は真っ先に閉鎖された。教員だって約五千五百人が解雇されたんですよ。当たり前ですよね。民間企業に任せれば、効率性、収益性が何においても優先されるんですから。それがまた人口の流出に拍車をかけ税収も落ちた。市を再生するどころか、破綻を招く結果になったんです」

それだけではない。財政が破綻した後は、市職員の大量解雇。学校、警察、消防署の業務すら歳出削減の名の下に凍結されたのだ。

デトロイトで起きたことが、日本では起こらないと誰が断言できるだろう。日本に置き換えれば、公務員は大幅に削減され、行政も機能不全に陥る。治安も乱れ国は荒廃する。自衛隊の維持だって困難になる。九条改正の意味もなくなってしまうのだ。

「だから、そうさせねえためにも原資がいるんだ」

塔野は、苦しげに呻《うめ》いた。

「そんなことになったら、過疎地の学校なんて、真っ先に閉鎖されますよ。それが、地方の疲弊を加速する。日本中デトロイト、夕張だらけになりますよ。それだけじゃない。水道にしたって、民間企業に売却するに当たっては、ある一定の期間、経営を一任することになるはずです。うまくいかずに途中で公営化に戻そうとすれば、莫大《ばくだい》な違約金が発生します。そのつけは国、いや国民にさらなる負担となって降りかかることになるんです」

実際、ボリビアは六百万ドルの多国籍債務の免除と引き換えに、水道事業を民営化したのだが、暴動の果てに再び公営化に戻した際には、二千五百万ドルもの契約破棄料を支払うはめになったのだ。

まして、水にせよ、教育にせよ、民営化によって国民が被る不利益は、明らかに憲法に違反する。ふたりが覚える危機感、焦燥感は理解できなくはないが、まさに国運がかかった大事である。代替案もないのは、余りにも危険に過ぎる。

「だったら、どうしろっていうんだ。本当に義務が伴わない権利を認めてたんじゃ、財政なんてもちゃしねえぞ。みんなで貧乏になりゃ、怖くねえとでもいうのか」

塔野は声を荒らげた。「どいつもこいつも、何かというと、憲法で保障された自由だ、権利だっていうけどな。自由ってのは何でもありっていうこっちゃねえよ。社会規範、常識と照らし合わせて、人に迷惑かけねえ範囲で自由があんだ。自由ってのは、自ら律することができる能力を持って、初めて行使できるもんだ。権利だって一緒だ。何度でもいうが、義務を果たしてこその権利だ」

「集団的自衛権の確立をなぜ急いでいるのか。おふたりの意図は、よく理解できました。しかし、他の条文の変更によって、社会保障制度のあり方、教育のあり方、公共施設のあり方まで変えるというのは、日本が直面している危機的状況を打開する根本的解決策にはなり得ません。それ以前に政治がなすべきことがあるはずです」

甲斐は塔野の目を見て、きっぱりといった。

「ならば訊《き》く」

宗像が口を開いた。「君はこの国の危機的状況を、どうやったら変えられると思う？　君がいうやるべきこととは何だ」

目の表情が変わった。こちらの度量、あるいは決意を探るような眼差《まなざ》しだ。

「一にも二にも、国内産業の再生です。予算の使い道の大改革です」

甲斐はこたえた。「雇用基盤が縮小し、税収が減っているにもかかわらず、従来型の公共事業に金を注ぎ込んでいたら、赤字と無駄が増えるばかり。やがて行き詰まるに決まってます。かといって、海外に流出した製造業は、中国に安い労働力がなくなれば、次はベトナム、ミャンマーと、さらに安い国を求めて戻ってはこない。となれば、新産業の創出に加えて、絶対になくならない、人が生きていく上で必要不可欠な産業。つまり、一次産業の再生以外にないと思うのです」

「新産業創出の必要性は認めるわけだ」

宗像は念を押すようにいう。

「しかし、政府が考えている新産業とは、頭脳、先端技術を必要とするものか、あるいは金融といったように、高度な能力が要求されるものばかりです。結局、高度な教育、あるいは特殊な技能を身に付け、さらに技術革新のスピードについていけない人間は、取り残されてしまいます」

「一次産業だって、技術もいれば知恵もいる。誰もがやれるというものではないと思うが？」

「その通りです」

甲斐は頷《うなず》いた。「まして、TPPがはじまれば、この分野の産業も、厳しい国際競争に晒《さら》されます。ですが、総理。本当に日本の一次産業に未来はないのでしょうか？　まさか、ないとはおっしゃいませんよね」

いえるわけがない。肯定すれば一次産業、特に農畜産業に壊滅的打撃を及ぼすことを承知でTPPに加盟したことになる。

「君は、それを念頭において一次産業は有望だといっているわけだろう？」

宗像は苦笑を浮かべながら、こたえを巧みに逸《そ》らし、「だったら、その考えを聞かせてもらおうじゃないか」

逆に問いかけてきた。

「米、肉、穀物――。アメリカが関税撤廃を要求してくる分野の農畜産物は、価格だけを取ってみれば、日本産に勝ち目はありません。しかし、安全性と品質には、日本産に圧倒的な利があります。アメリカは市場を面で見ていますが、ならば日本は点で捉《とら》えたらどうでしょう」

「点とは？」

「美味《おい》しいものは、どこの国の人間でも美味しいと感ずるものです。販売価格が高くとも、それに見合う価値があると認められれば、絶対に売れます。そうでなければ、ひとり何万円もするフレンチやイタリアン、寿司《すし》屋なんて、商売として成立するわけがないじゃありませんか。市場は世界に開けるんですよ。一都市の市場は小さくとも、何十、何百と積み重なれば、大きな市場になるじゃありませんか」

宗像の視線が和らいだ。目を細めながら、大きく頷く。

甲斐は続けた。

「日本の農業は、規模の点ではアメリカに太刀打ちできません。ですが、美味しいものを作る技術があります。肉だってそうなら、日本産ほど大きくて、甘く、滋味に満ちた果物を作る国がどこにあります？　問題は流通です。それこそ、日本産の農畜産物の流通を確立するために、官民が一体となって、全力を注ぐ。そうなれば、必ずや海外市場は開けると思うのです」

「まして、農業の現場も機械化が進み、労働条件はかつてとは比較にならないほど、肉体的負担が軽くなっているわけだしな」

「それは、漁業にもいえることです」

宗像の肯定的な見解に、甲斐は言葉に弾みをつけた。「確かに漁業もまた重労働です。ならば、いかにして漁業従事者の肉体的負担を軽減するか。若い世代に魅力的な仕事として映るようにするか。そこに原資を注ぎ込むべきではないでしょうか」

「一次産業が復活すれば、職業の選択肢の幅も広がる。安定的雇用が生まれる。地方活性化にも繋《つな》がる。そう考えているわけか」

「政府が農業再生を構造改革のひとつに掲げているのは、それが狙いじゃないんですか。わたしの考えは、その点では一致すると思いますが？」

「確かに——」

宗像は頷く。

「次に。社会保障です」

甲斐は話を転じた。「高齢者問題は、介護、医療、年金といずれも大きな問題を抱えています。その一方で、特に介護はこれからの成長産業だと捉えられています。しかし、わたしは必ずしもそうとは考えていません」

「ほう？　それはなぜだね」

宗像は真摯《しんし》な口調で訊《たず》ねてきた。

「成長するのは、これから先、四十年が精々ですよ。高齢者人口がピークアウトを迎え、減少に転ずればどうなるかは明らかじゃありませんか」

宗像は、あっといわんばかりに、口を小さく開いた。

甲斐は続けた。

「確かに、これから団塊の世代が高齢化していくにつれ、介護は深刻な問題となるでしょう。この世代は比較的蓄財もある。年金も予定通りに受け取ることができる世代だとされてもいます。そして、間違いなく、この市場を狙って民間企業が相次いで進出してくるとも。ですがね、ピークを迎えた後の経営はどうなるんでしょう」

肝心の高齢者がいなくなれば、経営は成り立たぬ。いや、それ以前に介護ビジネスに進出してくる企業がひきも切らずということになれば、新旧入り交じって入居者の奪い合いがはじまる。料金は安くなるかもしれぬが、おそらくそれは質の低下を招くはずだ。それに空き室だらけの施設が増えれば、建物の減価償却が終わらぬうちに倒産ということにもなりかねない。それは介護施設で働く人間が、職を失うということだ。

まして、定年が六十五歳に延長されたいま、これから新卒で介護の現場に従事しようという若者が、いよいよ自分が高齢者になる段に来て、路頭に迷うことになるのだから、事は深刻である。

思いがそこに至ったのか、ふたりは重い息を吐いて押し黙る。

「実際、いま過疎地といわれる地方でどんな現象が起きているかご存じですか」

甲斐は訊ねた。

ふたりは顔を見合わせて、言葉を返さない。甲斐は続けた。

「高齢者そのものが、急速に減っているんです。全産業の中で、唯一雇用が伸びているのが介護です。全都道府県においてです。しかし、肝心の要介護者がいなくなれば、職がなくなります。かといって、他に雇用基盤があるわけじゃなし、結局若い世代は職を求めて大都市に出てくる。それが、地方の高齢化、人口減少に拍車をかける。そして、大都市での生活費は地方に比べて格段に高い。若い世代は結婚もできなければ、子供も産めない」

ふたりは黙って甲斐の言葉に聞き入っている。甲斐はさらに続けた。

「東京を例に取れば、高齢者が増えるのはこれからです。介護の仕事も当分こと欠かないでしょう。しかし、いま地方で起きていることは、今後二十年、三十年というスパンで見れば、必ず東京でも起きるんです。結局、問題の根源は、後を継ぐ世代がいないこと。つまり、少子化に行き着くんです。後に続く人間が出てこなければ、介護も、年金も、国の財政も全て崩壊してしまう。憲法で家族は助け合えなんて謳《うた》ったところで、次世代を担う子供が生まれなきゃ、助けることなんてできるわけないじゃありませんか。まして、教育を民営化しようものなら、親の負担は増すばかり。それで、誰が子供を産みますか。国の崩壊を早めるだけじゃないですか」

甲斐は一気にいった。

塔野が、への字に結んだ口をもごりと動かした。

いいたいことは分かっている。

「だから移民を受け入れるんだとおっしゃるのなら、相当な覚悟がいりますよ」

甲斐は先回りしていった。「少子化対策の一環として、移民を受け入れたヨーロッパの国々がどんな状況になっているかご存じでしょう。民族の融合どころか、移民排斥運動が激化している国ばかりじゃありませんか」

「人口減少に歯止めがかかったといっても、増えているのはネイティブじゃない。移民だからね――」

宗像が低い声で漏らした。

「第一、移民ってどこの国から迎え入れるんです？　迎え入れるに当たっての条件は？この日本にどんな職があるとお考えなんです？」

甲斐はふたりの顔を交互に見ながら問うた。

「そんなこたあ、まだ何も決まってねえよ。移民っていったって、検討をはじめたばっかりだからな」

塔野が苦虫を嚙《か》み潰《つぶ》したように口を歪《ゆが》めた。

「移民を募れば、少なくとも、中国からは殺到するでしょうね」

甲斐はすかさず返した。「水も空気も食料も汚染され、このままなら早晩人が住めない環境になるんです。まして貧富の差は拡大する一方。そこにもってきてインフレです。大卒でさえ、就職できない学生は八割を超えるんですよ。それに加えて農民工です。移民を受け入れるというなら、高齢化が進んで空き室だらけになった団地、あるいは過疎地へということになるんでしょうが、住居が保証されるというだけでも魅力でしょうからね」

中国では、収入がなく地下室で暮らすことを余儀なくされている鼠族（シューツー）、個人では部屋を借りる財力がなく、集団で暮らす蟻族（イーツー）、最近ではコンテナで暮らすコンテナ族と、劣悪な住環境で暮らす人々がごまんといる。それに比べれば、日本人にとっては老朽化した団地でさえも、彼らには魅力的な住環境と映るに違いない。

それだけではない。第一、裸官といわれる党幹部、莫大《ばくだい》な富を摑《つか》んだ富裕層は、すでに資産を海外に移し、永住権まで入手しているのだ。そのほとんどが欧米諸国である。そんな人間たちが、日本に移住して来るわけがない。中国からの移民を受け入れれば、困窮層が中心となる可能性は高く、まして語学もできない、特別な技能もないでは、労働力とはなり得ない。むしろ社会保障費が、激増するだけである。

「総理――」

甲斐はいった。「子育て住宅だって、立派な公共事業じゃありませんか。四十階のタワーマンションでさえ、一棟百五十億円で建つんです。十棟建てれば千五百億。五十棟なら七千五百億。保育、教育環境を整えれば、そこに雇用が発生します。五十年の等価償却にすれば、月額二万円。ふたり産んで貰《もら》えれば、家賃をただにしたって児童手当より安くつく。入居者もまた、憂い無く職場に復帰できる。女性の職場進出も、ずっと進む。第二子をもうけやすくもなる。第二新卒を公務員に積極的に採用すれば、生涯賃金も極端に抑えることができる。民間企業だって同じです。いったい、これのどこが悪いのです。これこそが、生きた金の使い方。いまの時代に求められる、公共事業のあり方ではないのですか。第一、教育を保証し、幸福を追求する権利は、憲法がどう改正されようと変わることはないのですよ」

塔野がこたえた。

「住宅にだけ事業を集中させるわけにはいかねえよ。建設は裾野《すその》が広い産業だから、金が満遍なく回るんだ。その中のひとつが活性化すりゃあいいってもんじゃねえ」

「これだって、構造改革のひとつでしょう」

甲斐は怯《ひる》まず反論に出た。「第一、さきほど申し上げたように、地方の人口は急速に減ってるんです。一万人を切れば、もはや限界集落どころの話じゃない。崩壊集落に向かって一直線。日本中が誰もいない地域だらけになってしまうんです。これは予測なんかじゃない。現実にはじまっていることなんです。二〇四〇年には、全国の自治体の五〇%で若年女性が半減するというデータもあります。できた頃には人はいない、増える見込みも全くないところに、鉄道や道路を整備してどんな意味があるんです。まして在来線を廃止するわけじゃないとなれば、赤字と維持費を増加させるためにやるようなもんじゃないですか。地元選出の議員が議員でい続けるために、公金を注ぎ込む。こんな馬鹿げた仕組みこそ、真っ先に見直されるべきなんです」

少しは頭と想像力を働かせろといいたいのを堪《こら》えて、甲斐が断じると、塔野は宗像に視線を送った。

意外なことに、甲斐を見据えるふたりの目元が弛緩《しかん》している。そこに、何やら決意めいたものを感じさせる、力強い光が浮かびはじめる。

「君のいうことはもっともだ」

宗像は、穏やかな声でいった。「だがね、日本が中国のような一党独裁、あるいは北朝鮮のような、独裁国家なら指導者の鶴のひと声で大胆な改革も可能だろう。しかし、民主主義国家は違うんだ。民意で選ばれた議員が国政を担う限り、財政の組み換えは口でいうほど簡単なものじゃない。先進諸国の財政が、おしなべて危機的状況にあるのは、ある意味、資本主義、民主主義の限界ともいえるんだ」

ならば打つ手無し。日本は、財政赤字を積み重ね、破綻《はたん》の時を迎えるしかないとでもいうのか。

宗像は続けた。

「かといって、日本が独裁政権国家になることなど、あり得ない。ならば民主主義、資本主義を維持しながら、国の構造を変えるためには、やはり国民の意識を変えるしかないということになる」

「改憲を行うのは、それが目的なわけでしょう？」

「そうだ――」

甲斐の言葉に宗像は頷《うなず》く。「そして、もうひとつ方法がある。身近なところで、指導者が変われば、社会も変わる。新しい社会のあり方を、有権者に見せつけてやることだ。それが、これからの時代に必要な政策であると有権者が認めれば、必ずやその動きは国政へと波及する。国政だって変わらざるを得ない。つまり、国会議員が有権者の支持無くして議員たり得ないというのであれば、国政だって変わらざるを得ない、ということになる」

何をいわんとしているかは察しがつく。しかし、まさか――。

甲斐は、固唾《かたず》を呑《の》んで次の言葉を待った。

「孝輔――。君、都知事をやれ。次の都知事選に出ろ」

果たして宗像はいう。「都の予算十三兆円。国家レベルで比べても、スウェーデンに相当する巨大な予算だ。資産だって二十二兆四百二十億円の超過だ。国とは違って、財政にはゆとりがある。権限も影響力もある。都政の場で君が考える政策を実現し、これがこれからの日本のあるべき姿だと、国民に突きつけてみせろ」

多賀谷、神野、新町と、これまで甲斐が練り上げた政策を話すたびに、結論はそこに行き着く。しかし、宗像までもがいい出すとは――。

宗像は続けた。

「君がいう日本の現状分析は、的を射ていることに間違いはない。家族のあり方だって、すでに崩壊してしまっているといってもいい。非正規雇用の増加で収入が不安定で年収は増えない。前途に希望を見いだせない若者世代のパラサイトシングル化も進んでいる。親が生きているうちは、蓄財、年金で何とかなっても、それもやがて限界がくる。まして、生涯未婚率はすでに男性で五人にひとり。あと五年もすれば、三人にひとりになろうって勢いだ。これじゃ、やがて日本から人は消えうせる。その大きな一因に、不安定な雇用環境、賃金の低下、それに伴う所得格差があることは、疑いの余地はないんだ」

「いろいろいったがな、最初に都知事選に出る気があんのかって訊《たず》ねたのは、おまえさんが考えた政策を、どこまで本気で実現しようとしてんのか、それを知りたかったからなんだよ」

塔野が、はじめて口元に笑みを湛《たた》えた。「そうでなけりゃ、俺たちふたりが雁首《がんくび》揃えて、何でおまえさんと長々と話をしなけりゃならねえんだ」

いわれてみれば、その通りである。

時の総理、副総理が青年局長ごときと、国家の根幹に関わる憲法を論じ、国の将来のあるべき姿を議論するわけがない。全ては、政策に賭《か》ける甲斐の熱意を推し量るためであったのだ。

「変えて欲しいんだよ、国民の意識をね」

宗像はいった。「東京はこれからも地方の人口を吸収しながら、大きくなっていく。

しかし、次世代を担う人間が増えなければ、やがてそれも限界を迎える。君が考えている政策が実現すれば、少なくともいまよりも若い世代が子供を産みやすくなることは確かなんだ」

「地方から若者が減り、東京をはじめとする大都市に集中してきていることは、俺たちだって承知してるさ。このまま、地方の人口が減り続けりゃ、議員定数だって一増五減どころの話じゃねえ。それこそ、大都市の議席は増えて、地方は県単位ってことになったって不思議じゃねえ。つまり、東京都知事はそれこそ総理大臣に匹敵するだけの権限と、権力を持つ存在になることだって考えられんだ。それは同時に日本が内包する、全ての問題が集まる都市になるということでもある。そこで思う存分、政治家としての手腕を発揮してみろよ」

塔野は背中を押すように、声に力を込め決断を促した。

「同時に、雇用の創出も急務の課題だ」

宗像が言葉を継いだ。「もっとも、一次産業の活性化は、東京では難しい。そこは、我々が国政の場で行う。だがね、少子高齢化に関しては、東京が成果を出せば、必ず国民の間から地方へもという声が上がる。つまり、議員もまたその声を無視できなくなるというわけだ。そうなれば、公共事業のあり方の見直しがはじまる。人口維持、あるいは増加の兆しが見えれば、社会保障への取り組み方も変わってくる。社会に変化を生むためには、成功例、そしてなによりも国民の声が必要なんだよ」

東京を起点として、日本を変える。

自ら策を示して国政をいかにして動かすかを考えてきたのだが、国政は範を欲していたのだ。

それも無理からぬことなのかもしれない、と甲斐は思った。

激烈な競争に晒《さら》される企業でさえも、組織が巨大化し、成熟すればするほど、変化を起こすことは難しくなるものだ。まして、大企業ともなれば、従業員の多くは新しいことを考えるのではなく、与えられた職務を果たすことを要求される。

行政のあり方もまた同じだ。雇用環境が激変したいまの時代において、公務員は最も安定した職業とみなされるがゆえに、志願者が殺到する。その多くは、変化を起こそうというのではない。行政という大樹に依存し、安定した人生を送ろうと考えている人間が、圧倒的多数を占めるのだ。

世界に名を馳《は》せる大企業とはいえ、時代の変化に対応できなければ、あっという間に淘汰《とうた》されるのがいまの社会だ。日本社会が、制度が現実と乖離《かいり》し、様々な不整合が起きているのは、政治のせいばかりではない。政治を支え、行政の現場を担う人間たちが、変化、いや進化を望まなかったせいでもある。乖離が大きくなれば、やがて破綻をきたすことを承知の上で、何の手も打たなかったからだ。

それはなぜか。

前例を踏襲するだけの仕事は楽だからだ。既得権益を守れるからだ。そんな組織のありようを変える手段はひとつしかない。外からの圧力、つまり国民の声である。

「もちろん、都知事だって政策を実現するには、議会の承認が必要だ。党が全力を挙げて君を支援することは約束する」

宗像はいった。

心強いが、微妙なニュアンスが込められた言葉だ。

「党の公認を受ければ、都連だって支持しないわけにはいかないでしょうが、いまの総理のお言葉からすると、党は公認しないといっているように聞こえますが？」

甲斐は訊ねた。

「君が掲げる政策を実現するには、一期では足りまい。おそらく、二期、あるいは三期とかかるかもしれない。その間に国政の場で、何が起きるかを想定しておかなければならない」

緩んでいた目元が引き締まる。緊張感に混じって、憂慮するような表情がそこに混じった。

宗像は続けた。

「財政も、社会保障も、オリンピックが終わるまでは確実にもつ。問題はその後。いやそれ以前にもある」

「おまえさんだって、集団的自衛権の行使確立、改憲が、政権の命取りになる、それどころか、党が与党の座を失うことになってもおかしくはねえって踏んでんだろ」

どうやら、新町はこちらの読みを、全て話しているらしい。

肯定も否定もできない。甲斐は言葉に詰まった。

「確かに、そうなる可能性はないとはいえんのだ。集団的自衛権、改憲だけじゃない。TPP、消費増税、どれもひとつ間違えれば命取りになる地雷だ。だからこそ、君が都知事選に出馬するに当たって、そして在任中は、日民党色を極力排除しておいた方がいいと思うんだ」

宗像の声に力が籠《こも》る。「我が党が、与党の座から転落するようなことになっても、改革の手は緩めてはならない。そこに日本の未来がかかっていることには変わりはないんだ。東京に起きた変革は、誰が政権与党になろうとも、必ず国政のあり方に大きな影響を与える。つまり、それは君の実績となり、日本を背負っていくリーダーとしての資質が国民に認知されるということと同義なんだ」

「孝輔よ――」

塔野がいう。「正直いって、俺たちの代でこの国のあり方を変えるのは限界がある。改革の手は、間違いなくおまえさんたちの世代が引き継ぐことになる。都政の実績を引っ提げて、国政の場に戻ってくりゃいいじゃねえか。その時、日民党が受け皿になるのか、あるいは新党となるのかは分からんが、政策がおまえさんの思惑通りの展開を迎えれば、世間から甲斐待望論が湧き起こる。風は間違いなく、おまえさんに吹く」

「これは、新しい国を造るために君に課せられるミッションなんだ。これをやれるのは、君しかいない。だから、今日ここに君を呼んだんだ」

宗像は揺るぎない視線で甲斐を見据えた。

覚悟を迫っているのだ。

「勝部さんはどうするんです。オリンピックを誘致した、功労者ですよ。党の公認を受けて知事になった方ですよ。おふたりがおっしゃっていることは、次回都知事選では、勝部さんは公認しない。わたしを支持するといっているのと同じじゃありませんか。それで、勝部さんは納得しますかね」

「積極的に公認したわけじゃねえ。他にロクな弾がなかったから、しょうがなく公認したんだ」

甲斐の問いかけに、塔野は、あっさりといってのける。

「都政にも新しい風が必要なんだよ」

宗像は続けた。「何もせずとも東京には企業が集まる。人も流入してくれば税収も上がる。はっきりいって、現状を維持するだけなら、都知事なんて誰がやったところで、そう酷《ひど》いことにはならないからね」

「勝部には風を起こすほどの能力もなけりゃ手腕もねえ。リオデジャネイロから旗を受け取ってくるだけで十分な花道になる。おまえさんが出馬し、党が支持すりゃ勝部だって、どうしようもねえよ」

塔野は歯牙《しが》にもかけぬ口調で切って捨てた。

「ただし、子育て住宅にせよ、MOOC《ムーク》にせよ、ただ制度を確立しただけじゃ駄目だ。行政が音頭を取って行う新たな事業は、官僚の天下りの温床になるからね。それは都だって同じだ。彼らに権益をつかませることなく、これらの事業を立ち上げ、軌道に乗せるのは、簡単なことではないが、やって見せれば、官僚機構の構造改革へのモデルケースにもなる。その点からいっても、君が行おうとしている政策は、将来の国のあり方を大きく左右するものでもあるんだ」

公金が注ぎ込まれる、あるいは認可を必要とする事業が、官僚の天下りの温床になってきたことは、紛れもない事実である。無駄な公共事業も、彼らの既得権益を維持し、さらに拡大していくためにあったといっても過言ではあるまい。

袖《そで》の下を貰《もら》って私腹を肥やす中国の官僚と形態は違うが、権力や許認可権を盾に職を造り、禄《ろく》を食《は》むという点において、日本の官僚構造も実態にさほど変わりはない。しかし、その一方で、公金が使われる限り、行政の関与を排除することは難しい。

「厄介な問題ですね」

甲斐は低い声で漏らした。「子育て住宅の原資は、都の財政が使われることになるんです。それに、うまく行けば、今度は国レベルの政策になる。公金が正当な使われ方をしているか。それを管理するためには、やはり行政ということになりますからね」

「MOOCにしたって、第二新卒の資格にするとなりゃ、文科省、経産省あたりが絶対に自分たちの権益にしようと、しゃしゃり出てくんぞ」

塔野が眉《まゆ》を顰《ひそ》めると、

「いますぐこたえを出す必要はない。次回都知事選までに、どんな組織形態を確立する必要があるのか、それを考えておけといってるんだ」

宗像が言葉を継いだ。

「しかし、総理。次回都知事選とおっしゃいますが、ただちに動き出さなければ、オリンピックの選手村を転用するという絶好のチャンスが――」

「そんなもの、大事の前の小事だ」

宗像は甲斐の言葉を遮った。「日本の次世代を育てる、大事な事業になるんだ。既に、使い道が決まっている建物を転用するより、理想的な建物、施設を建設するプランを練り上げろ。それをものにするためには、二年や三年かかるだろう。それに、今後の成り行き次第では、君が考えた政策は、新しい日本を築く点においても重大な意味を持ってくるんだ」

宗像がいわんとしていることが、俄《にわ》かには理解できない。

「といいますと?」

甲斐は訊《たず》ねた。

「世界の経済情勢は、極めて不安定だ。今後十年のスパンで考えれば、何があっても不思議ではない」

宗像は声を硬くする。「いまや経済に国境はなきも同然だ。一瞬にして巨額のマネーが、運用者の思惑ひとつで、世界中を駆け回る。一国の経済危機が世界を混乱に陥れる。そんな時代だ。だがね、何が起きようとも国はなくならない。国民がいる限り、国家は存続していくんだ」

「要は最悪の事態を想定しておかなきゃならねえってことだ」

塔野が言葉を継いだ。「中国ひとつを取っても、問題山積だ。理財商品、社債、不動産、どれもどん詰まりだ。ソフトランディングは、至難の業だ。大クラッシュすりゃあ、中国にどっぷり手を突っ込んだ日本企業だって無傷じゃいられねえ。倒産する企業も出れば、業績不振に陥って、リストラをせざるを得ない企業も続出するだろう。当然、税収だって落ちる。そうなりゃ、国の財政はますます苦しくなる」

「混乱に陥ってから、日本の再構築に取り掛かったのでは遅いんだ」

宗像はいう。「だから万が一の時に備えて、新しい日本のモデルケースを確立しておかなければならんのだ。社会保障のあり方、公共事業のあり方、行政のあり方。東京には千三百万、日本の総人口の十分の一を超える人間がいる。そこで通用する政策は、必ずや国家の再構築に応用できる。つまり、それこそが君がいうコンティンジェンシー・プランになるんだ」

たとえ、どんな事態が起きようとも、国家は存続し続けるというのは、その通りだ。一国の経済破綻《はたん》が、大不況、あるいは恐慌を引き起こす可能性も否定できないが危機に際して、代替策となり得るモデルがありやなしやでは、対処の仕方が違ってくる。

もちろん、混乱は避けられぬ。特に社会保障の多くの部分は、国が担ってきたのだ。国民は塗炭の苦しみを味わうことになる。しかし、国が生まれ変わるためには、現行制度の見直しなくしてはあり得ない。ならばいかにして、国民が味わうことになる苦しみを軽微に抑え、将来に希望を持たせるか。それを考えるべきなのだ。

甲斐はかつて、軽井沢の別荘で多賀谷がいった言葉を思い出した。

『むしろ、何もかも奇麗さっぱり壊れてしまえば、理想的な街が造れる』

ふたりもまた、国家再生の青写真を描けといっているのだ。そして、痛みを伴わぬ改革はあり得ない。国民に強いる痛みはまた、改革者が背負う痛みでもある。それを一身に引き受ける覚悟のありやなしやを問うているのだ。

国政の場に出る者は、誰しも自ら国を率いることを夢見る。それは、甲斐とて同じことだ。そして、その職責を全うする覚悟はすでにある。

「分かりました――」

甲斐は頷《うなず》くと、「確かに、この国の形を変えようと思うなら、東京でモデルケースを成功させるのが最良の策かもしれませんね。わたし、やります。次回都知事選に打って出ます」

静かに断言した。

終章

1

千鳥ヶ淵のマンションのリビングからは、皇居が一望できる。

三月に入ったというのに、まだ春の気配は感じられない。土手は枯れ草に覆われ、常緑樹の葉の色も濃い。

「そうか、決意したか――」

宗像、塔野との会談の経緯を聞き終えたところで、多賀谷は頷きながら静かに漏らした。

多賀谷は冬の間を東京で過ごす。自宅は世田谷にあるが、老朽化した屋敷である。先を考えると、修理するのも面倒だ。バリアフリーに加えて密閉度の高いマンションの方が、老いた夫婦には快適なのだというのだが、それでも足元が冷えるらしい。下半身を膝掛《ひざか》けで覆っている。

「まだ先の話にはなりますが、おふたりの話を聞くにつれ、憲法しかり、社会構造もしかり、抜本的な改革が必要だという思いを強くいたしました。そのためには、まず東京を変える。そこからはじめるしかないと――」

甲斐はいった。

「党は改憲とはいうが、宗像君の政権では、集団的自衛権、九条改正がせいぜいだろうからね。他の条項を変えるのは、容易なことではないよ。政治には短期的視点、中長期的視点の双方が必要だ。目先のことは、ふたりに任せておけばいい。君が考え、備えて置かなければならないのは、その先だ」

多賀谷は、嗄《しゃが》れた声でこたえると、「しかし、彼らは他国を引き合いに出して、日本が危機的状況に陥ると語ったそうだが、それはどうなのかな」

老いた眼差《まなざ》しに、憂いの色を浮かべた。

「といいますと？」

「日本が自ら破綻する可能性があるからだよ」

多賀谷が、何をいわんとしているかは推測がつく。

「宗像さんが推し進めている経済政策ですか――」

「あれは、いちかばちかの大博打《ばくち》だね」

果たして多賀谷はいう。「確かに長期に亘《わた》ったデフレを解消するためには、金融緩和、日銀の国債買い取りは必要な政策ではあったろう。だがね、問題はテーパリング。金融緩和の縮小だよ。蛇口を緩めることは簡単だが、締めるのは極めて難しい。急に締めれば、景気は腰折れを起こす。緩め続ければ、凄《すさ》まじいインフレに陥る。どう考えても、その舵取《かじと》りがうまく行くとは思えないのだ」

「先生は、どちらに転ぶとお考えなのですか」

甲斐は訊ねた。

「インフレに向かう。それも制御不能な――」

多賀谷は、深い息を吐きながらこたえた。「宗像君はそれを念頭に置いているからこそ、最悪の事態を想定しておかなければならないといったのかもしれんよ」

「どういうことです？」

甲斐は訊ね返した。

「日銀の国債購入は、これまでも行われてきたことだが、彼が行ったのは、自ら語っているように異次元のものだ。問題はこれが重大なモラルハザードに繋《つな》がりかねないという点でね」

多賀谷は憂いの色を濃くする。「購入代金は、日銀が新たに発行する日銀券、つまり金だ。大量の通貨が市場に放出されることになる。しかも超長期国債ともなれば、償還期限は最長四十年。この間、政府はいくらでも財源を捻出《ねんしゅつ》することができるんだ。まして、日銀に入る利息は、国に返還される。事実上、無担保、無利息。まさに麻薬だよ」

「宗像さんも、そこは十分にご承知のはずです。だからこそ、経済成長戦略を掲げ、新しい産業の柱を創出しようと――」

「だとしたら、知恵が足りな過ぎるね」

多賀谷は鰾膠《にべ》もなく断じた。「何を新産業の柱にするかも決まらんうちに、日銀にばんばん国債を買い取らせ、金融緩和を行ったらどうなる。金を市場に注ぎ込んでも、活性化する産業がいまの日本のどこにあるかね。国内産業は、とっくの昔に雇用の拡大など見込めぬ構造になっているんだ。社会の末端まで、満遍なく金が回る時代じゃない。それでどうして消費が伸びるのかね。まして、消費税を八％に、さらに一〇％に引き上げるというんだ。景気が回復すると思うかね」

通貨供給量が増大すれば、インフレが起きる。その一方で、消費が伸びない。つまり、デフレから脱却できないとなれば、どういう状況に陥るかは明白だ。

「先生は、スタグフレーション（景気停滞下の物価上昇）に陥りかねない。そうおっしゃりたいのですか」

こたえは分かり切っているが、甲斐は敢《あ》えて訊《たず》ねた。

「禁じ手を使ったんだ。景気の腰折れなどあってはならない。政府はさらに国債を日銀に買い取らせ、金融緩和を続ける。そうなれば、まさに負の連鎖だよ。当たり前の話だ。新産業というは易いが、国家の柱とするためには、それなりの時間を要する。まして、それが必ずしも成功するとは限らんのだ。その間に、インフレはどんどん進んでいく——」

淡々と語るだけ、多賀谷の言葉には圧倒的な説得力と迫力がある。

甲斐は、思わず生唾《なまつば》を飲み込んだ。

「当然、国債の信用力は低下する。暴落がはじまる」

多賀谷は続けた。「これまで国債を購入していた銀行、生保はたちまち経営危機に陥る。金融再編か、あるいは外資に買い取られるかは分からんが、いずれにせよ大量の解雇者が出るだろう。そして、最大の被害者は金融機関に金を預けていた国民だ。事実上自分たちが買い支えてきた国債の価値が著しく棄損されるんだ。払い戻されるのは、ペイオフ対象の一千万円。それ以外の預貯金は、まったく受け取れなくなってしまうことになるだろうからね」

「そんなことになったら、それこそ高齢者は、老後の生活が送れなくなってしまいます。年金だって破綻《はたん》します。ましてそこにスタグフレーションとなれば、ただでさえお金の価値は減じてしまうんです。塗炭の苦しみどころではありませんよ。国民は地獄を味わうことになりますよ」

多賀谷にいったところでどうなるものではないが、理屈自体はあながち間違いとはいえない。

それが焦燥感を煽《あお》り立てる。

甲斐は悲鳴にも似た声を上げた。

「そう……。国民は地獄を味わうことになる。高齢者だけじゃない。現役世代も同じだ。富む者も、富まざる者も一律にね――」

多賀谷は頷くと、「公務員だって例外じゃない。国債の引き受け手がいなくなれば、財政規模は維持できなくなる。リストラか、残った人間だって給料が大幅に削減される。国会議員だって同じだ。議員定数の見直し、報酬の減額が行われる。これが何を意味するか分かるかね？」

　甲斐の目を見据えながら訊ねてきた。

　一瞬の沈黙があった。

　多賀谷は静かな声でいった。

「グレート・リセットだ」

「グレート・リセット？」

　甲斐は訊ね返した。

「これまでの国家構造、社会制度を見直し、再構築する。国民が同じスタートラインについて、新しい国を築く時が来るんだ」

「ですが、それでは国民の多くが——」

「そこまでの事態に直面しなければ、国民の意識は変わらんよ。政治家も官僚もね」

　かろうじて漏らした甲斐の言葉が終わらぬうちに、多賀谷はいった。「国家再興のためには、無駄を極力排除し、何を優先すべきかが問われることになる。もはや甘言を弄《ろう》して、国民の支持を得る政治は通用しない。官僚の既得権益もことごとく排除される。社会保障にしたって同じだ。公的制度が果たす役割はどこまでなのか、厳密な線引きが行われ、新しい制度が確立されることになるだろう」

多賀谷のいわんとしていることは十分に理解できる。しかし、問題はやはり現行制度の下で生活している人間をどうするかだ。グレート・リセットが行われれば、大量の生活困窮者が生み出される。社会がその面倒を見られないというのであれば、死ねといっているのも同然だ。

甲斐が口を開くより先に、多賀谷は続けた。

「確かに混乱は起こる。不遇をかこつ人間も数多く出る。だがね、それでも日本が消えて失《う》せるわけじゃない。企業活動が続きもすれば、難局を打開する任を担うのは政治だ。再構築された仕組みの下で社会が動き出すにつれ、日本は復活し、新しい道を歩みはじめることになる」

その点は、宗像、塔野の見解と一致する。

なるほどそう聞けば、ふたりがいう最悪の事態とは、グレート・リセットを指してのことかという気がしてくるが、再興への道はとてつもなく険しいものになる。

「しかし、先生。グレート・リセットが起こるということは、日本が借金を積み重ねたあげく、いよいよ行き詰まるということですよ。現時点でさえ、国家が抱えている負債は一千兆円を超えてるんです。ＩＭＦだって救済しきれません。となれば、国家予算は税収のみということになってしまいます」

その時自分がどんな立場にいるかは分からないが、いずれにしても、解決が極めて困難な任務を担うことになる当事者のひとりとなることは間違いないだろう。

「もっとも、悪いことばかりではない。インフレが進めば進むほど、国が背負う赤字負担は軽くなる。それは、次世代を担う人間たちの負担が軽減されるということだ。それに、その時為替《かわせ》は間違いなく極端な円安に振れる。輸出産業が競争力を取り戻せば、海外に流出した製造拠点も国内に戻ってくるだろう。それに公務員でさえ、職が保証されるものではないということを突きつけられるんだ。人がいる限り無くならない産業、かつ自活できる産業でもある一次産業は必ずや見直される。君が、考えている新しい形の農業、漁業にも人が戻ってくることにもなるだろう」

多賀谷の見解は、一聞したところ理に適《かな》っているようにも思えるが、事はそう簡単ではない。

「先生……。日本のエネルギー、原材料の多くは輸入に頼っているんですよ。円安は、製造業にとってもプラスだけとはいえないと思いますが」

「それも、いまのエネルギー政策を踏襲すればだ」

多賀谷は、即座に返してきた。「いいかね。グレート・リセットは、社会の再構築の大チャンスなんだ。既得権益の崩壊でもある。それはインフラ産業とて例外ではない。発送電分離。民間に市場を開放し、競争原理を持ち込めば、誰もが知恵を振り絞るようになる。それは新技術を生み、コストの軽減化に繋がるはずだ。考えてもみたまえ、日本が高度成長期の最中にあった時代には、為替は固定相場。一ドル三百六十円だったんだよ。日本人は、そんな中にあっても世界に進出し、経済大国の礎を築き上げたんじゃないか」

　確かにそんな時代もあった。

「まるで、戦後の混乱期の再来じゃありませんか――」

　甲斐はいった。

「そうだ」

　多賀谷は頷《うなず》いた。「だがね、それは決して悲劇とばかりはいえんよ。危機に直面すれば、人間は誰しも必死になるものだ。そしてここでも既得権益の崩壊が起こる。人に先んじて富を成功を摑《つか》もうと知恵を絞り、今日を明日《あした》を生き抜く術《すべ》を考えはじめるようになる。それが新しい日本を造る活力となっていくのだ」

　戦後の混乱期を身をもって体験したわけではないが、敗戦によって財閥は解体され、金融機関も崩壊しと、それまでの社会構造が崩壊し、グレート・リセットの時を迎えたのは紛れもない事実である。

　社会保障なんてものはありはしない。凄《すさ》まじいインフレにも見舞われた。しかし、それでも日本は滅びなかった。新しい国家機関が機能しはじめるにつれ、社会は秩序を取り戻し、産業が興り、雇用が生まれた。多賀谷がいうように、誰もが必死になって、今日を、明日をいかに生き抜くか、知恵と情熱の積み重ねの結果、日本は再興を果たしたのだ。

「今日の日本が経済にせよ、生き方にせよ、内向きで、かつてのような貪欲《どんよく》さを失ってしまったのは、あまりにも社会が成熟し、いつの間にか知恵を働かせずとも生きられるようになったことにも一因があるんじゃないのかね。充実した社会保障制度に依存するがあまり、危機感を覚えなくなってしまったからだとは思わんかね。人間というものは悲しいものでね。安穏とした社会に浸《つ》かり切ってしまうと、先に待ち受ける悲劇を考えなくなる。やがて、その時が来ると分かっていても、無視してかかるものなんだ」

多賀谷は九十四歳とは思えない激しい口調で断じると、「そして、もしグレート・リセットを迎える時が来るとすれば、日本を再構築するという意味において、もうひとつ大きな意味を持つ」

続けていった。

「といいますと？」

「憲法だ」

多賀谷はいった。「戦後の日本は、戦勝国が敗戦国に与えた憲法の下で形造られて来た国だ。それが崩壊し、再構築を迫られるんだ。現行憲法は到底通用しない。生まれ変わる国をどう形造るのか。当然制度も変われば、法律も変わる。その根源を成す憲法もまた、変わらざるを得ない。それが真の意味で、日本人の手による日本という国家が確立されるということになる」

「一刻も早く国の形を変えなければならないとなれば、ひとつひとつ国民に信を問うわけにはいきません。全面改憲ということになりますか――」

当然、結論はそこに行き着く。

甲斐はいった。

「それが、すみやかに受け入れられるかどうかは、時のリーダーの政治家としての資質、実績が国民に認知され、信頼するに足る人物と見なされるかどうか。そして、具体的に日本がどういう国に生まれ変わろうとしているのか。その将来像を見せてやれるかにかかってくる。その点からも、君は都知事として手腕を振るい、東京を変えた実績を造らなければならない。政治家としての君に国民が信を寄せれば全面改憲も夢物語とはいえなくなる」

「政策の実現、都政改革、そして憲法ですか——。大変な仕事になりますね」

甲斐は改めて、自らに課されようとしている任務の重さに姿勢を正した。

「それだけじゃない。再び国政の場に転じた後は、国家再建の舵取《かじと》りという重要な任務が君の双肩にかかってくる。幾多の困難に直面するだろうが、君は何が何でもそれを成し遂げなければならんのだ」

多賀谷は、窓の外に広がる皇居に目をやると、「いまの日本は、かつて香港にあった九竜城みたいなものだよ。増築に増築を重ね、穴を塞《ふさ》ぐために継ぎはぎをしながら、気がつけばすっかり歪《いびつ》な姿になってしまった。器としての形はあっても、機能はとっくの昔に老朽化している。これ以上無理を重ねても、何の解決にもなりはしない。ますます歪《ゆがみ》は増すばかりだ」

今度は揺るぎない視線で甲斐を見詰めてきた。

かつて、最初に軽井沢の別荘で会った際に、『カオスは、同時にチャンスでもある』と多賀谷はいった。宗像、塔野のふたりは、世界経済の動向いかんで、多賀谷は日本自らが、財政破綻《はたん》を招くかもしれぬという。発端こそ異なれ、そう遠からぬうちに日本が危機的状況に陥り、グレート・リセットの時を迎えることは、もはや避けられぬと考えていることに変わりはない。

「無理に無理を重ねながら、歪な国家を築きあげたのは日民党ですよ。もし、グレート・リセットの時がくれば、党は――」

「そりゃあ、もたんよ。壊滅、いや消滅するさ。宗像君もそれを承知しているから、都知事選には党の公認を受けぬ方がいいといってるんだ」

多賀谷はあっさりとこたえると、「それでいいのだ。政治の世界だって変わることを余儀なくされるんだ。議員定数、報酬だって削減される。公共事業も、社会インフラのあり方も見直される。利益誘導型の政治ができなくなれば、国家再建のために敢《あ》えて火中に身を投じ、全身全霊を尽くして働く覚悟のある人間だけが、国政の場に集うようになる。しかし、どんな時代が来ようと、民主主義国家である限り、政治が数であることに変わりはない」

力の籠《こも》った目で甲斐を見据えた。

多賀谷の言葉が何を意味しているかは明らかだ。

国家を再構築するにしても、全ては議会の決議を経てのことだ。そのためには、志を同じくする人間をいかに多く集めるか。つまり、政党の存在が不可欠であることに変わりはない。日民党に取って代わる政党を、築き上げられるかどうか。新しい日本の形として、国民の賛同を得られる青写真を掲げられるかどうか。全てはそこにかかってくる。

多賀谷はそういっているのだ。

「お言葉、肝に銘じて――」

甲斐は、多賀谷の視線を捉《とら》えたままいった。

多賀谷はうんうんと頷くと、

「君がこの国をどう立て直し、日本がどんな国に生まれ変わるのか、この目で見届けたいものだが、そうはいくまい――」

九十四歳である。異を唱える言葉を口にしても空しいだけだ。

そっと視線を落とした甲斐に向かって、多賀谷は続けた。

「日本が、いずれグレート・リセットを迎えることは避けられまいが、いまはただ、それ以上の国難に見舞われぬことを願うばかりだ」

「国難といいますと？」

三年前に、大震災と原発事故を経験したばかりだ。すぐに思いつくのは天災だが、他に何があるというのか。

甲斐は訊《たず》ねた。

「戦争だよ」

果たして多賀谷はいう。

「尖閣ですか？」

「それで済めばいいがね――」

多賀谷の目に再び憂いの色が宿る。「宗像君と塔野君は、中国経済の破綻が近づいているると感じているようだが、その読みに間違いはあるまい。だがね、こちらについても最悪の事態を想定しておかねばならんよ」

「といいますと」

「社債はともかく、理財商品の破綻と不動産バブルの崩壊は、中国人民の懐を直撃する。国民の間に鬱積《うっせき》した不満は抑え切れぬものになるだろう。政府が怒りの矛先を日本に向け、尖閣を奪取しにかかる。それは十分にあり得る話だ。だがね、問題は尖閣を巡る戦いだけで済むかどうかだ。わたしは、その点に不安を覚えているんだよ」

「戦闘が拡大する可能性があると？」

予想もしなかった見解に、甲斐は背筋を伸ばした。

「中国の実態経済は、公表されているものより遥《はる》かに悪い。すでに想像以上に傷んでいると考えておくべきだ。なのに、その一方で軍事予算と、国内の治安維持費は増大する一方だ。それがなぜか分かるかね」

甲斐は黙って次の言葉を待った。多賀谷は続けた。

「リーマンショックの際に、中国政府が四兆元（五十六兆円）もの景気刺激策を打ち出したのは、バブルを支えるためだ。崩壊とともに景気が落ち込み、デフレに見舞われた日本のようになってはならないと考えたからだ」

「それが、さらにバブルを膨らませ、いまに至ったわけですが、バブルは必ず弾《はじ》けるものですからね」

「かといって、何の手も打たなければ大変なことになる」

多賀谷はすかさず断じた。「国内経済がマイナス成長に転じれば、雇用も減る。職を失った上に、資産を失い、あるいは負債を背負った国民で国中が溢《あふ》れ返るということになる。ならば、国内経済を維持するために、政府は何をやらなければならんかね」

「公共事業……。それも道路や鉄道は造れないとなれば、軍備の増強ということになりますか」

甲斐の言葉に、多賀谷は頷《うなず》いた。

「だがね、公共事業の原資は基本的に税金だ。国内経済が好調で、税収が上がるうちはどうにでもなるが、景気が落ち込めばこの仕組みも成り立たなくなる。まして、中国の場合、金融機関に預けるよりも、遥かに高い利子が受け取れる理財商品にも民間の金が流れ込んでいるんだ。それが不動産の開発資金に回り、バブルを膨らませた。しかも、そこに地方政府が関与しているとなれば、バブルが弾ければいずれにも回す金はない」

それどころか、国防費にしても、規模が大きくなれば、その分だけ維持費が増大する。

それすなわち、国家予算に占める固定費が増加するということだ。

「かといって、肥大化した軍、治安維持組織は縮小できません。そんなことをしようものなら、それこそ、国内情勢は一気に不安定なものとなるでしょうからね」

甲斐は思いつくままにいった。

「ならば、どうするかね。職もない。金もない人間で国中が溢れ返るんだよ。力で抑圧されてきた中国人民が黙っているかね。あの国で政変が何を意味するかは、指導者たちだって百も承知だ」

多賀谷は、沈鬱な口調でいった。

その時、甲斐の脳裏に浮かんだのは、第二次大戦に至るまでのドイツの国情である。第一次大戦に敗れ、国家賠償を請求されたドイツは凄《すさ》まじいインフレに襲われた。その後の世界恐慌によって、一転してデフレに陥ったドイツ経済を立て直すために、ヒトラーはアウトバーンの建設、つまり公共事業を行った。しかし、それによって持ち直した経済も、事業が終われば頭打ちとなる。再び、不況に陥れば、国民の批判は政権に向く。独裁国家において、政権の崩壊は独裁者の死を意味する。ヒトラーは、それを避けるために戦争を起こした――。

「戦争は、大きな経済効果を発揮するものだからね」

沈黙した甲斐に向かって、多賀谷はいった。「世界恐慌を脱したのも戦争のお陰なら、日本が奇跡と称される戦後の復興を遂げたのも、朝鮮戦争勃発《ぼっぱつ》に伴う特需を被ったからだ。わたしは、それを恐れているんだ。いよいよ行き詰まった中国が、日本、あるいは周辺諸国に対して大規模な侵略行為をしかけてくるのではないかとね」

「だからこそ宗像さんは、中国との衝突を避けるためにも、集団的自衛権の確立が必要なのだと……」

甲斐は、かろうじて言葉を返した。

「それが機能することを心底願っているが……」

多賀谷は、大きな息を漏らしながら語尾を濁した。「だが、シリア、ウクライナで知れたこと、アメリカはやはり動かんというわたしの見解は変わらない。もっとも、中国が沖縄本島の占領を目指して侵略をエスカレートさせてくるなら別だろうがね」

「それでは、こと尖閣に関しては、日本は自力で中国と対峙《たいじ》しなければならないということになると？」

「そんな必要はない」

多賀谷は首を振った。「中国はどう足掻《あが》いたところで、体制維持は不可能なのだ。日本が応戦しなければ、戦争による経済効果も望めない。それどころか、侵略行為に出れば中国は国際世論の非難を浴び、彼《か》の地に進出していた外国資本も一斉に手を引く。まして、環境汚染は回復不可能、経済も崩壊する。その時中国は、世界第二位の経済大国から、最貧国のひとつに転落するだろう。共産党の一党独裁も終わりを告げる。新体制の下で、国家再建の道を歩みはじめる。つまり、中国のグレート・リセットが起こるのだ」

「先生は、以前人が住めなくなった国には、誰も支援の手を差し伸べない。そうおっしゃいましたが、それでは、中国のグレート・リセットとは何が起こるんでしょう」

甲斐は訊ねた。

「共産主義とは、ほんのひと握りの特権階級に圧倒的多数の国民が搾取される構造であることに、国民だって気づいているさ。政権の崩壊とともに、民主主義政権が確立される。中国は中国共産党の指導を仰ぐと謳《うた》った憲法も改正されるだろう。その一方で、国家を破綻《はたん》に追い込んだ、歴代の指導者の責任はとことん追及される」

「それでも国家再建までは、とてつもなく長い道のりになりますね」

「茨《いばら》の道だよ――」

多賀谷は視線を宙に向けた。「環境問題ひとつを取っても、日本は経済成長を遂げる過程で過ちに気づき、対策を講じ、今日の姿を築き上げた。しかし中国は違う。何の対策も講じないまま、経済成長の頂点を迎えてしまったんだ。発電所、工場、石油精製工場、これまで経済成長を支えてきたインフラの多くを、一から再構築しなければ解決はできない。途方もない資金が必要になるが、それを自力で賄えると思うかね？　軍事力が維持できるかね？」

肥大した軍事力を維持するための支出が、いかに国家の財政を圧迫するかは、アメリカを見れば明らかだ。

「不可能です――」

甲斐は断じた。「中国は既に食料でさえ自国では賄えず、輸入に頼る割合が高くなっています。それに、農地を住宅に転用したばかりでなく、肝心の農業従事者が激減しているんです。国力が落ちれば、深刻な食料不足に見舞われるでしょうし、環境を改善するためには、他国の技術の導入と支援なくしてあり得ません」

「食料はともかく、環境改善技術の導入をどこの国に頼るかといえば、日本。そうはならんかね」

共産党が崩壊し、民主主義国家に中国が生まれ変わるとなれば、その可能性は十分にある。

「ですが、それも崩壊の過程いかんではありませんか？」

甲斐は訊《たず》ねた。「経済の崩壊を防ぐために、軍事行動に出るというのであれば、先生がおっしゃるように衝突の規模が小さくては無意味です。無謀な行動に打って出る。あるいは、国家の存続を賭《か》けて、軍が暴走する可能性もあるのではないでしょうか」

「一時的にせよ、尖閣は失うだろうね」

多賀谷は明言した。「それ以上戦線を拡大すれば、米中開戦。南シナ海の状況いかんではアメリカを巻き込んだアジア大戦に発展しかねない。もちろん、それを覚悟で戦線を拡大する可能性はないとはいえんよ。だがね、それでも中国が直面している危機の解決にはならんのだ。根本的な環境対策が講じられぬうちに特需を生み出しても、環境汚染が悪化するだけだ。結局、中国が自壊の道を辿《たど》ることに変わりはないのだ」

「領土は、ひと度失えば、取り戻すことが極めて困難になるものでは――」

甲斐は、宗像、塔野が語った言葉をそのまま告げた。

「ならば、日中が全面戦争に突入する危険性を覚悟の上で、防衛力を行使するかね」

多賀谷は首を振った。「戦争は悲惨なものだ。多くの若者の血が流れる。それも勝手に自壊していくことが明白な国を相手にだ。馬鹿げたことだとは思わんかね」

「では、尖閣は捨てろと？」

「最終的に中国は民主主義国家として生まれ変わるだろうが、そこに至るまでにはふたつの過程が考えられる」

多賀谷は問いかけにこたえることなくいった。「ひとつは、政権崩壊と同時に軍が乗り出し軍政を敷く。その時、中国は地域を管轄する軍区によって、幾つかに分裂するかもしれない。もうひとつは、崩壊の過程で、新しいリーダーが生まれ、その人物が国の再構築の指揮を執ることだ。そのどちらの可能性が高いかといえば、おそらく前者だろう」

異論はない。甲斐は頷いた。

多賀谷は続ける。

「軍政となれば、引き続き彼《か》の地で活動を続ける外国企業はまずあるまい。資本の流入も途絶える。ただでさえ崩壊状態にある経済は、ますます悪化する。当然国民の不満は高まる。軍を支える資金も枯渇する。兵隊は国家に養われるものだよ。報酬を支払えぬ軍に、誰が身を置くかね」

「巨額の資金を費やして整備した軍備も、兵士がいないのでは用をなさなくなる、というわけですか――」

多賀谷は頷《うなず》いた。

「中国がこれまでの覇権主義の清算を迫られるのはその時だ。尖閣に武力を以《もっ》て侵攻すれば、世界の非難を浴びることになるのは間違いない。我が国の領土だと主張できるのも、国力があればこそだ。まして、水もない、大地は汚染され安全な食料も確保できないでは、国家の再興どころか、他国の援助なくして国家が存続できるわけがない。支援と引き換えに、侵略行為の清算を迫られれば、呑《の》まざるを得んさ」

中国が強硬な姿勢を貫けるのも、成長する経済の裏付けがあってこそだ。

最貧国に転落すれば、いかに声を大にして自らの主張の正当性を叫ぼうとも、耳を傾ける国はあるまい。まして、破壊された環境は、そう簡単には元に戻らない。いずれにしても、中国のグレート・リセットによる国家再興は、日本以上に遥《はる》かに長い年月を要することは間違いない。

しかし――。

「中国が崩壊するのが先か、日本の財政が破綻するのが先か、それは分からない。だが、そのいずれもが必ずやってくると考えておくべきだ」

多賀谷は甲斐が訊ねようとする言葉を先回りすると、「しかしね、どうあろうとそれはチャンスと捉《とら》えるべきなのだ。中国の軍事的脅威から解放されれば、日本を取り巻く環境は一変する。国土防衛のあり方も、アジアにおける日本の役割も変わる。君たちの世代の政治家は、日本を再生するだけでなく、国際社会における日本の新しい形を示すことを求められるのだ」

声に力を込めた。

「それは、同時に世界が新しい秩序の確立に向けて、歩きはじめる時でもあるわけですね」

一国の経済の変調が、瞬く間に世界に波及する時代である。まして、中国はGDP第二位、日本は第三位の経済大国だ。その余波が世界経済に及ぼす影響は、甚大なものとなるはずだ。

「おそらく、世界の混乱が収まるまでには、長い年月がかかるだろう。だがね、人類はグレート・リセットを何度も迎え、その度に危機を克服し、いまの世界を築き上げてきたんだ。悲しいことに、その手段が戦争だったわけだが、それだけは断じて起こしてはならん。ひもじさに耐え、その先に開ける明日《あした》を信じ、人知を結集して苦難の時を乗り越えなければならない。そのためには人だ。将来を担う人材を、新しい国家を担っていく人間を育て上げることだ」

「まだ、国に余力が残されている間に、その礎を築け。そうおっしゃるわけですね」

甲斐の言葉に多賀谷は頷いた。

「人あればこその国家なら、国家とて組織だ。組織は人なり。人材なき国家は必ずや衰退し、滅亡の時を迎える」

多賀谷は無念の籠《こも》った目で甲斐を見据えた。「日本をこんな国にしてしまったのは、問題の芽を小さなうちに摘み取らず、その場凌《しの》ぎの政策を行ってきた結果だ。社会の変化に目を向けず、過去の成功例を踏襲する政治を行ってきたせいだ。もちろん、わたしも失政者のひとりだ。だからいう。こんな過ちを二度と繰り返してはならんのだ。国民の希望を断ってはならんのだ――」

声が震えている。

齢《よわい》九十四歳の老人の目に、涙が浮かんでいる。

果たして、これから日本が歩む道が、多賀谷のいう通りの展開を迎えるのかどうかは分からない。

だが、いまの日本社会が、制度的に行き詰まっていることに間違いはない。そしてその場凌ぎの政策を以てしては、現状を維持することも不可能で、抜本的な改革を行わなければならないことは明白である。

いつの間にか、日が傾きはじめている。

雲が切れたのか、皇居の森に降り注ぐ日差しが光度を増す。

その光景を見ながら、甲斐は自らに課せられた任務の重さを、改めて噛《か》みしめた。

2

高層ビルの最上階にあるレストランからは、夜の帳《とばり》に包まれた永田町が一望できた。

「老いたりとはいえ、やはり一時代を築かれたお人だ」

多賀谷との会談の内容を聞き終えたところで、神野が口を開いた。「先を見据える目は衰えちゃいませんね。国際情勢はともかく、現政権の経済政策は、失敗する可能性が高いとわたしも見ています。そして、その時日本が辿る運命も、おそらくは多賀谷さんのいう通りになる。なぜなら、全ては必然だからです。避けられませんよ」

「必然……ですか」

反論の余地はない。覚悟も決めたつもりだ。しかし、それでも甲斐の声は重く沈む。

「だって、社会の仕組みも、世界経済の環境も、ルールも、何もかも変わってしまってるんですから」

神野はいった。「株価が上がれば、経済が活性化する。円安に振れれば、企業業績が上がる。そんなの全部、過去の経済モデルです。産業が空洞化したばかりじゃありません。かつて、国を支えてきた産業が熟成の域を超え、衰退の時期に入っているんです。円安が進んだところで、消費意欲をかき立てる肝心の製品がない。これでどうして経済が復活するんですか」

その典型的な例が、家電産業だ。日本経済が好調だった頃には、日本製の家電製品が世界を席巻《せっけん》したものだが、いまやその面影すらない。電子技術の進化に伴い、製品機能の集約化が進み、かつての基幹事業が次々と撤退しているのが実情だ。それは、他の産業とて同じだ。日本経済を支えてきた、重厚長大型の産業が、構造的不振に陥っているのは、紛れもない事実である。

「これじゃ、国が衰退するのも当たり前ですよ。この危機から脱するためには、それこそ、多賀谷さんのおっしゃるグレート・リセット。産業構造、社会保障、国家体制を含め、全てを再構築する以外にないでしょうね」

神野は続けていうと、グラスに注ぎ置かれたワインに手を伸ばした。

「急がなければなりませんね。新しい日本の青写真を描く作業を――」

甲斐の言葉に、

「わたしたちの仕事は、毎日がそれの連続ですよ」

神野は口に含んだワインを飲み下しながらこたえた。

「といいますと？」

「新興企業の経営者は、常に時代を追いながら、自分の会社の理想的な姿を思い描いているんです。そこが、完成された企業との大きな違いですよ。彼らの場合まず現状ありき。そこから次のステップを積み上げて考えていくんですからね。それじゃあ行き当たりばったりも同然。どん詰まるのも当たり前ですよ」

神野はニヤリと笑った。「理想像が明確になれば、次は達成までの期間です。それが決まれば、その間に何をやらねばならないか。何を解決しなければならないのか。それが分かってきます――」

「なるほど、これまでの政治は積み重ね。前例に捉われ、理想像なんて誰も考えもしませんでしたからね。将来の国の姿が見えてくれば、新しい社会の仕組みもおのずと見えてくる。ひいては、それを可能にせしめる新しい憲法の姿もおのずと明らかになる。多賀谷先生もそうおっしゃいました」

「さすがですね」

神野は感心したように頷くと、「甲斐さん。その時起こる混乱を最小限に止《とど》め、国民が将来に希望を見いだすためには、明確な政策ビジョンもさることながら、新しい国の柱となる産業が確立されているかどうかにもかかってきます」

改まった口調でいった。

「その通りです」

「ならば、我々もそれに向けての準備を加速させるしかありませんね」

「加速させる？」

「従来の計画を、速やかに推し進めることです。我が社についていえば、スマートアグリ、バイオテクノロジーを使った新しい農業の確立。もちろん教育産業への進出もです」

アグレッシブな姿勢は毎度のことだが、いつにも増して神野の声には力が籠《こも》っている。

「しかし、一気に事業を拡大するには――」

「もちろん、慈善事業じゃありません。採算が取れない事業を行うつもりはありませんよ。でもね、事業を拡大するならば、現政権の金融政策がインフレを起こすことを目指しているいまがチャンスです」

神野のいっている意味が俄《にわ》かには理解できない。

甲斐は首を傾げた。

「考えてみれば、こんな低金利の時代に金を借りない手はありませんからね。だって、インフレが進めば進むほど、金の価値は減じていくんですもん。それは、借金の負担が軽減していくのと同義じゃないですか。だったら、借りられるだけとことん借りて、次の時代のビジネス、それも設備に投資した方が得ってことになるじゃありませんか」

神野の視線が鋭くなった。明らかに、事業の次の展開をはっきりと見定めた目だ。

なるほど、いわれてみればだ。

これまで、日本経済を担ってきた企業の多くが、次のビジネスを探しあぐね、事業を整理し、リストラを行い、資産を売却しと、規模を縮小しようという時に、神野はむしろ借入金を増やしてでも事業を拡大するチャンスだという。この違いは、まさに日本の産業界に大きなパラダイムシフトがはじまろうとしていることの現れだ。

神野は続ける。

「バイオテクノロジーを用いた農業を行うためには、クリーンルームを備えた施設が必要ですが、半導体企業が相次いで経営不振に陥ったお陰で、余剰になった施設が日本には幾つもありますからね。それに、スマートアグリを被災地ではじめれば、復興にも繋《つな》がる。それは、新しい雇用の受け皿になると同時に、過疎地域の人口回復にも繋がるはずです」

もちろん、グレート・リセットの時がくれば、多くの国民が塗炭の苦しみを味わうことになるのは避けられない。しかし、痛みが伴わぬ改革はあり得ない。まして、日本が新しい国家に生まれ変わるのだ。ならば、その苦しみをいかに軽減するか、期間を短くするかだ。そのためには、新産業の確立なくしてあり得ない。

「甲斐さん――」

神野が呼びかけてきた。「政治家の務めって、今日よりも明日《あした》、明日よりも明後日《あさって》の社会が、より良くなって行く。それを国民に見せてやることでしょう？　人間、どん底に落ちれば絶望感に駆られて当然です。でもね、そこにひと筋でも明るい光が見えるのとそうじゃないのとでは、全く違うと思うんです。被災地の人たちだって、それを信じて歯を食いしばって、立ち上がろうとしてるんじゃないですか。やりましょうよ。我々の世代で、新しい日本を造り上げましょうよ」

神野の目が甲斐を見詰める。熱い気持ちが伝わってくる。

甲斐は、視線を捉《とら》えたまま頷《うなず》くと、

「困難を極める道になりますね。お互いに――」

決意を込めていった。

「国の再構築って、謂《い》わば建国ですからね。そりゃあ大変ですよ。だから、やり甲斐《がい》があるんじゃないですか。誰でもできるミッションなんて、面白くも何ともありませんよ」

神野は、にやりと笑った。

「我々に課されたミッションは建国か――」

甲斐は呟《つぶや》いた。

眼下にライトアップされた国会議事堂が見える。

自分は次の都知事選を機に、暫《しばら》くあの場を離れることになる。

その間に、日本に何が起こるのか。日本を取り巻く情勢が、いや世界がどう変わるのか。それは誰にも分からない。

あの場を立ち去る者もいるだろう。新しく、国政の場に登場する者もいるだろう。しかし、誰が出て来ようとも、結局は甘言と引き換えに、国民の歓心を買った人間たちが大勢を占めることに違いはない。そして、その間に、日本が抱える問題がさらに深刻さを増して行くことも――。

だが、自分は必ずあの場に戻ってこなければならない。新しい日本を築くモデルを東京で確立し、新しい日本の礎となる憲法草案を携えて――。

神野の声で我に返った。「未来というものは、信ずるためにあるものです。乾杯しましょう」

「甲斐さん――」

神野は、ワイングラスを捧《ささ》げ持つ。

甲斐がグラスを持ち上げたところで、

「我々のミッションの成功を祈って。新しい日本に――」

神野はいった。

ふたりのグラスが涼やかな音色を奏でた。

甲斐のミッションへの挑戦が始まった。

解　説――手遅れになる前に

村上《むらかみ》　貴史《たかし》

■フィクション

「本書はフィクションであり、実在する人物、団体、事件などには一切関係ありません」

本書の末尾には、こう記載されている。

見慣れた文言ではあるが、この小説の場合、この言葉をどうしても深く受け止めてしまうのである。本書はほんとうにフィクションなのか、と。

この本に書かれている日本の危機的状況は、フィクションと割り切るにはあまりに生々しい。まさに今ここにある危機であり、そう遠くない将来、自分や子供たちを襲うのではないかと思わざるを得ず、無理矢理にでもフィクションだと信じることで安心したくなるのだ。

それと同時にこうも思う。本書の主人公のように危機に立ち向かう人物が現実に存在して欲しい、と。危機をリアルに感じるが故に、主人公がもたらす希望がノンフィクションであって欲しいと願ってしまう。

本書が刊行されたのが二〇一四年六月（産経新聞への連載は二〇一三年六月一日〜一四年三月三一日）である点も気になる。本書の主人公が危機回避の重要な要素としている東京オリンピックまでの時間が、執筆当時とくらべ現在では相当に少なくなっているのだ。既に手遅れなのでは——そんな不安も覚える。

それほどまでに現実を考えさせられる一冊なのだ。

■ミッション建国

その小説の主人公となるのが甲斐孝輔。三十三歳。日民党結党以来最年少の青年局長だ。父親は五年にわたって総理大臣を務めた甲斐信英。要するに二世議員だ。

だがこの二世議員には骨があった。世襲議員が親から引き継ぐのは、地盤、看板、鞄だけでなく、親が残した負の遺産——甲斐政権の政策がもたらした格差の拡大や赤字国債による債務残高の拡大など——も受け継ぐ覚悟があってしかるべきと考えているのだ。孝輔は、政界を引退した九十三歳になる元総理大臣から、この国を担う人物として長期的な視点でこの国をどう導くかを考えて欲しいと要望され、同時に中国を震源とする危機（軍事衝突に限らない）を示され、この難局に立ち向かうことを決意する。自分が主宰する勉強会を通じ、同じく二世議員にして二歳年上の新町薫子を相棒にして……。

という具合に冒頭を紹介すると、本書は甲斐孝輔が総理大臣の座を目指して頑張っていく姿を描く小説と思われる方がいるかもしれない。それはまあ確かにそうなのだが、本質はそこにはない。孝輔の目的が総理になることではなく、この国を救うことだからだ。それ故に、孝輔は危機から目をそらさない。危機の解決を先送りして、現状に安住したりはしない。問題の把握、解決策の検討、その実現に、必死に取り組むのである。その姿が読者を惹きつけ、頁をめくらせる。危機から目をそらす者たち（それは政権の側にも国民の側にもいる）に立ち向かい、この国を滅亡から救うべく知恵を絞るその姿は、まさにヒーローそのものだ。

しかもこのヒーローは、いわゆる口だけ番長でもなければ、机上の理想像を他人事としてしたり顔で語るような人物ではない。解決策を案出するだけではなく、それを現実にすべく、政界の魑魅魍魎たちのなかで、押したり引いたりの奮闘を重ねながら、一歩ずつでも確実に前に進んでいくのである。頼もしい。

その一方でこのヒーローは、目をそらしたくなる現実を、読者に容赦なく突きつける。少子高齢化がどんな将来をこの国にもたらすのかを示し、なぜ『家族は、互いに助け合わなければならない』などという当たり前のことを政権が憲法に押し込もうとしているのかを説明し、現実を読者に直視させるのだ。その重苦しいリアルは、抜群の説得力を備え、しかも我が身の問題であるだけに、フィクションだとことわられてもなお、読み手としては頁をめくる手を止められないのである。

さらに楡周平は、孝輔や薫子という政治家の視点だけではなく、民間企業の視点も取り入れている。政治の力だけではこの国を救えないと考え、民間の側にもヒーローを配置したのだ。それが神野英明である。IT企業の社長である彼は、二人で始めた会社を急成長させ、十六年で従業員五百名、時価総額五千億円の企業に育て上げた。この人物が、薫子とはまた異なる形で、孝輔とタッグを組むのである。神野は、アイディアを現実の事業に展開し運営していくためのシビアな現状分析や行動力を企業経営者として備えており、彼のそうした力が、孝輔の〝闘い〟において重要な役割を果たす様も読み逃せない。政界と民間の連携の理想像が、それも現実の深刻さを見据えた上での現実的な理想像が、ここに描かれているのである。

本書はまた、「正義の青年」対「悪の年長者」というような単純な構図ではない点も魅力だ。意外な人物が意外なところで意外な度量を見せたりするから油断は出来ない。こうした具合に、とにかく読ませる小説に仕上がっているのである。ほぼ全体が国の問題点に関するディスカッションで成立しているこの小説が、ここまで読みやすく、しかもワクワクするものに仕上がっているのは、もはや奇蹟と呼びたくなるほどだ。

実際には奇蹟でもなんでもなく、楡周平の力によるものなのだが、その幹となっているのが、孝輔が中心となって構想し、仲間とともに実現に邁進する政策そのものである。孝輔が（つまりは楡周平が）問題の根本原因を考え抜き、目先小手先でない解決案を提示したからこそ、その政策に説得力が生まれ、問題解決に有効だという納得感を得られるのである。それ故に読者は孝輔に惚れ、この小説に惚れ込む。その政策の凄味を——そして希望を——たっぷりとご堪能いただきたい。

■楡周平

外資系企業在籍中に書き上げた『Cの福音』で、楡周平は一九九六年にデビューした。朝倉恭介という悪のヒーローが主人公のクライム・ノヴェル『Cの福音』がヒットしたことを契機に会社を辞め、専業作家として活動を開始した彼は、二〇〇一年にかけて『Cの福音』を第一作とした六部作を完成させる。その六部作は、悪のヒーローと正義のヒーローが交互に活躍し、最後の第六作で両者が対決するというユニークな構成のシリーズであった。そしてこの六作は、アクションを前面に押し出しつつも、その背後にはしっかりとしたビジネスモデルが——非合法な要素を含むが——確かにあるという点も特徴としていた。

その後も『マリア・プロジェクト』『無限連鎖』などのエンターテインメント小説を放ち続けた楡周平だが、やがてそのビジネスセンスが経済小説としても開花することになる。

二〇〇五年に発表した『再生巨流』が、その第一歩であった。左遷された男が、新たなプランを手に〝再生〟を目指す様を、楡周平は読み応えたっぷりの小説として描き上げたのである。翌〇六年には、世界有数の電機メーカーの社員の苦闘を描いた『異端の大義』、そして物流に着目した『ラストワンマイル』と二冊の経済小説を上梓するなど、この分野でもしっかり地歩を固め、さらに、新車開発を題材とする『ゼフィラム』（〇九年）、電子書籍戦争を扱った『虚空の冠』（一一年）、世界最大のフィルムメーカーが新戦略に挑む『象の墓場』（一三年）、ある商人の栄枯盛衰を綴った『砂の王宮』（一五年）など、それぞれに特色のある経済小説を放ち続ける。

こうして経済を見つめるなかで、楡周平は少子高齢化問題への言及を深めていく。その問題への意識が最初に強く打ち出されたのが、〇八年発表の『プラチナタウン』であった。大手商社の部長職から、財政破綻寸前の東北の町の町長へと転身せざるを得なかった山崎鉄郎が、高齢者ばかりのその町で起死回生のアイディアを現実にしていく物語である。山崎鉄郎がさらに十年先、二十年先を見通して苦悩し、先手を打つ姿を描いた『和僑』（一五年）とあわせ、本書読者には是非ともお読み戴きたい。甲斐孝輔が立ち向から日本の危機を、さらに多面的に実感できるようになるだろう。

楡周平はまた『衆愚の時代』（一〇年）という著作を通じ、現代日本への問題意識を直截に語っている。ちなみに『衆愚の時代』は小説ではなく、楡周平の言葉がそのまま綴られているのだ。派遣切り、格差社会、天下り、当時の与党（民主党だ）の未熟さなど、様々な問題について、当たり前のことを当たり前に、そして目をそらさずに論じた本なのである。その点で甲斐孝輔の視線と共通しており、注目すべき一冊だ。

政治についていえば、『プラチナタウン』と同じく〇八年に発表した『ワンス・アポン・ア・タイム・イン・東京』という上下巻の長篇にも注目しておきたい。いくつもの病院を経営する両親の下で生まれ、東大を卒業して大蔵省に入り、ハーバードへの留学も経験した有川崇に、与党の閣僚経験者の娘との結婚話が持ち上がり――そしてどろどろの物語が続いていくという大作だ。続篇の『血戦―ワンス・アポン・ア・タイム・イン・東京2』（二〇年）では非情な選挙戦の緊張感を味わうことが出来る。『ミッションン建国』での政界描写を堪能した方には、こちらも読んでおいて戴きたい。

■今こそ読むべき一冊

現代日本の問題を、こうして見つめ続け、考え続け、本の形にして世に問い続けてきた楡周平である。彼だからこそ、この『ミッション建国』は書き得たのだ。

そして本書で指摘された危機は、今なお危機である。二〇一四年の発表当時より、さらに危機である。

だからこそ、『ミッション建国』は、今すぐに読むべき本なのだ。手遅れになる前に、読むべき本なのだ。本書が指摘した危機を自分自身の危機として認識し、政治家は政治家として行動し、そして有権者は有権者として行動すべきだ。

本書は、その際の拠り所として、実に貴重で、実に有用な一冊である。

本書は二〇一四年七月、産経新聞出版より刊行された単行本を文庫化したものです。

本書はフィクションであり、実在する人物、団体、事件などには一切関係ありません。

ミッション建《けん》国《こく》

楡《にれ》 周平《しゅうへい》

平成29年 4月25日　初版発行
令和6年 9月20日　5版発行

発行者●山下直久

発行●株式会社KADOKAWA
〒102-8177　東京都千代田区富士見2-13-3
電話　0570-002-301（ナビダイヤル）

角川文庫 20297

印刷所●株式会社KADOKAWA
製本所●株式会社KADOKAWA

表紙画●和田三造

ISBN978-4-04-105503-8　C0193

◆◇◇

角川文庫発刊に際して

角川源義

第二次世界大戦の敗北は、軍事力の敗北であった以上に、私たちの若い文化力の敗退であった。私たちの文化が戦争に対して如何に無力であり、単なるあだ花に過ぎなかったかを、私たちは身を以て体験し痛感した。西洋近代文化の摂取にとって、明治以後八十年の歳月は決して短かすぎたとは言えない。にもかかわらず、近代文化の伝統を確立し、自由な批判と柔軟な良識に富む文化層として自らを形成することに私たちは失敗して来た。そしてこれは、各層への文化の普及滲透を任務とする出版人の責任でもあった。

一九四五年以来、私たちは再び振出しに戻り、第一歩から踏み出すことを余儀なくされた。これは大きな不幸ではあるが、反面、これまでの混沌・未熟・歪曲の中にあった我が国の文化に秩序と確たる基礎を齎らすためには絶好の機会でもある。角川書店は、このような祖国の文化的危機にあたり、微力をも顧みず再建の礎石たるべき抱負と決意とをもって出発したが、ここに創立以来の念願を果すべく角川文庫を発刊する。これまで刊行されたあらゆる全集叢書文庫類の長所と短所とを検討し、古今東西の不朽の典籍を、良心的編集のもとに、廉価に、そして書架にふさわしい美本として、多くのひとびとに提供しようとする。しかし私たちは徒らに百科全書的な知識のジレッタントを作ることを目的とせず、あくまで祖国の文化に秩序と再建への道を示し、この文庫を角川書店の栄ある事業として、今後永久に継続発展せしめ、学芸と教養との殿堂として大成せんことを期したい。多くの読書子の愛情ある忠言と支持とによって、この希望と抱負とを完遂せしめられんことを願う。

一九四九年五月三日

角川文庫ベストセラー

生贄のマチ
特殊捜査班カルテット
大沢在昌

家族を何者かに惨殺された過去を持つタケルは、クチナワと名乗る車椅子の警視正からある極秘のチームに誘われ、組織の謀略渦巻くイベントに潜入する。孤独な潜入捜査班の葛藤と成長を描く、エンタメ巨編！

解放者
特殊捜査班カルテット2
大沢在昌

特殊捜査班が訪れた薬物依存症患者更生施設が、何者かに襲撃された。一方、警視正クチナワは若者を集めたゲリライベント「解放区」と、破壊工作を繰り返す一団に目をつける。捜査のうちに見えてきた黒幕とは？

十字架の王女
特殊捜査班カルテット3
大沢在昌

国際的組織を率いる藤堂と、暴力組織〝本社〟の銃撃戦に巻きこまれ、消息を絶ったカスミ。助からなかったのか、父の下で犯罪者として生きると決めたのか。行方を追う捜査班は、ある議定書の存在に行き着く。

財務省の階段
幸田真音

財務省の若手官僚が自殺した。遺されたノートには昭和初期の経済政策が綴られていた――彼の真意とは？国会議事堂、日銀、マスコミ、金融市場を舞台に、経済の裏側に巣くう禍々しいものの正体に迫る！

天佑なり　(上)(下)
高橋是清・百年前の日本国債
幸田真音

足軽の家の養子となった少年、のちの高橋是清は、英語を学び、渡米。奴隷として売られる体験もしつつ、帰国後は官・民を問わず様々な職に就く。不世出の財政家になった生涯とは。第33回新田次郎文学賞受賞作。

角川文庫ベストセラー